HEYNE
BÜCHER

Von John Saul
sind als Heyne-Taschenbücher erschienen:

*Blinde Rache* · Band 01/6636
*Wehe, wenn sie wiederkehren* · Band 01/6740
*Das Kind der Rache* · Band 01/6963
*Wehe, wenn der Wind weht* · Band 01/7755
*Im Banne des Bösen* · Band 01/7873

JOHN SAUL

# HÖLLENFEUER

*Roman*

Deutsche Erstausgabe

WILHELM HEYNE VERLAG
MÜNCHEN

HEYNE ALLGEMEINE REIHE
Nr. 01/7659

*Der Sack-Familie gewidmet –*
*Burt, Lynn und den Jungens*

Titel der amerikanischen Originalausgabe
HELLFIRE
Deutsche Übersetzung von Joachim Honnef

5. Auflage


Printed in Germany 1990
Umschlagzeichnung: Franco Accornero
Umschlaggestaltung: Atelier Ingrid Schütz, München
Satz: Compusatz, München
Druck und Bindung: Elsnerdruck, Berlin

ISBN 3-453-02519-9

# PROLOG

Der Junge bog vom Pfad ab, der sich von dem großen Haus auf dem Hügel – seinem Haus – hinabwand, und wanderte am Flußufer entlang. Etwa hundert Meter voraus konnte er die Holzbrücke sehen, die den Schienenstrang über den reißenden Fluß trug. Er hatte den Fluß immer als eine Art Grenze betrachtet, eine sichtbare Linie, die ihn von allen anderen in der kleinen Stadt trennte.

Wenn der Fluß nicht da wäre, dachte er manchmal, würdest du zur Stadt gehören.

Der Fluß war natürlich nicht der einzige Grund für die Trennung; es gab weit mehr Gründe dafür.

Der Junge gelangte zur Holzbrücke und blieb stehen. Er lauschte auf die Geräusche eines Zugs, denn er wußte, daß es gefährlich war, über die Brücke zu gehen, wenn das ferne Rattern einer Lok zu hören war.

Man mußte warten, bis der Zug vorbeigefahren oder bis das Geräusch wieder verklungen war.

Manchmal reizte es ihn jedoch, trotzdem auf die Brükke zu gehen, auch wenn er einen Zug herankommen hörte, einfach um zu sehen, ob er es rechtzeitig schaffen könnte.

Natürlich hatte er es nie getan. Es war ein zu großes Risiko.

Nicht, daß er etwas gegen Risiken hatte. Er mochte sie. Er liebte nichts mehr, als allein loszuziehen, die Wälder am Hügelhang zu erkunden, am Flußufer entlangzubummeln und von Stein zu Stein zu springen, obwohl er irgendwann einmal abrutschen und ins reißende Wasser stürzen konnte.

Das reißende Wasser würde ihn nicht töten.

Ein Zug, der ihn mitten auf der Brücke erfaßte, würde ihn töten.

Einen Augenblick lang stellte er sich vor, wie er unter dem Stromlinienzug zermalmt werden würde, der zweimal täglich an der Stadt vorbeidonnerte, und er sah seine verstümmelte Leiche in den Fluß hinunterfallen...

Der Junge verdrängte den Gedanken und malte sich statt dessen wieder einmal aus, er sei bereits tot.

Er lag in einem Sarg, der mit Blumen bekränzt war. Seine Eltern saßen mit Tränen in den Augen in der ersten Bankreihe der kleinen Episkopalkirche im Zentrum der Stadt. Hinter den Eltern konnte er all die anderen Leute der Stadt sehen. Sie starrten auf seinen Sarg und wünschten, ihn netter behandelt zu haben, wünschten, sein Freund gewesen zu sein.

Nicht, daß ihm das etwas ausmachte, versicherte er sich. Es war ohnehin lustiger, wenn man für sich blieb. Außerdem hatte er die meiste Zeit Freunde, und wenn er im Sommer von der Schule heimkam, war es schön, allein spielen zu können, ohne daß ihm jemand mit irgend etwas anderem in die Quere kam.

Er gab das Phantasieren auf und lauschte aufmerksam. Als er keine Geräusche von einem nahenden Zug hörte, überquerte er die Holzbrücke, trat vorsichtig von Schwelle zu Schwelle und folgte dann weiter den Schienen, die in einer langen und sanften Kurve um den Ort herumführten.

Plötzlich spürte er, daß er beobachtet wurde, und er blickte nach links. Etwas weiter weg standen zwei Jungen unten auf der Straße und starrten ihn an.

Er lächelte, aber als er ihnen winken wollte, wandten sie sich ab. Er konnte sie kichern hören, als sie miteinander tuschelten.

Sein Gesicht glühte plötzlich vor Zorn, und er eilte über den Schienenstrang, bis er sicher war, daß man ihn von der Straße aus nicht mehr sehen konnte. Zwischen ihm und den anderen Jungen erhoben sich jetzt die Backsteinwände eines Gebäudes, das ihn seit jeher fasziniert hatte.

Der Junge zögerte, denn er erinnerte sich an die Geschichten, die er von seinem Vater gehört hatte, an die Legenden über die Ereignisse, die vor so vielen Jahren in diesem Gebäude geschehen waren. Schreckliche Dinge, über die nur im Flüsterton gesprochen wurde.

Keiner wußte, ob die Gerüchte der Wahrheit entsprachen.

Als er auf das Gebäude starrte, hatte er das Gefühl, daß ihn die anderen Jungen – die Jungen aus der Stadt – immer noch beobachteten, ihn verhöhnten und auslachten, weil sie wußten, daß er nicht den Mut aufbrachte, in das Gebäude zu gehen.

Jedesmal wenn er hier stand und die alten Mauern betrachtete, verließ ihn schließlich der Mut, und er wandte sich ab.

Heute würde es jedoch anders sein.

Er ignorierte die Furcht, die in ihm aufstieg, verließ den Schienenstrang und kletterte den Bahndamm hinab zur Straße.

Der Junge ging über einen Pfad, der von Unkraut überwuchert war und parallel zur Seite des Gebäudes verlief. In Höhe der Mauermitte gelangte er an einen schmalen Einlaß, der mit verwitterten Brettern verschlagen war. Durch die Lücken zwischen dem faulenden Holz sah er die Tür, die nur mit einem Vorhängeschloß an einem verrosteten Haken verschlossen gehalten wurde.

Vorsichtig überprüfte er eines der Bretter. Die rostigen Nägel gaben nach. Bald darauf hatte der Junge zwei weitere Bretter entfernt und auf dem Boden abgelegt.

Der Junge streckte die Hand durch den Spalt und packte das Vorhängeschloß. Er zögerte, denn er wußte, daß es kein Zurück mehr für ihn geben konnte, wenn das Schloß nachgab. Er atmete tief durch, packte das Vorhängeschloß fester und drehte es.

Der rostige Riegel hielt noch einen Augenblick lang und brach dann auseinander. Das Schloß, das die Tür so lange gesichert hatte, lag jetzt in der Hand des Jungen. Er starrte lange darauf und wünschte fast, er hätte es an Ort und Stelle gelassen.

Dann kämpfte er gegen die in ihm wachsende Furcht an, stieß die Tür auf und zwängte sich durch den Spalt, den er mit dem Entfernen der drei Bretter geschaffen hatte.

Einen Augenblick lang konnte er nichts erkennen, doch dann gewöhnten sich seine Augen an das Halbdunkel, und er schaute sich um.

Innen wirkte das Gebäude noch größer als von draußen – und unbewohnter.

Der Junge hatte jedoch keineswegs das Gefühl, daß es unbewohnt war.

Er war überzeugt davon, daß irgendwo jemand – oder *etwas* – hier drinnen herumschlich und auf ihn lauerte.

Fast gegen seinen Willen schweifte sein Blick durch das alte Gebäude. Leere erstreckte sich in allen Richtungen, und weit oberhalb von ihm, gerade noch sichtbar im schwachen Lichtschein, der kaum durch den gewaltigen Raum drang, schienen die eisernen Streben, die das Dach stützten, zu ihm hinabzugreifen, als wollten sie ihn mit ihren skelettartigen Armen umklammern.

In der Stille konnte der Junge das heftige Pochen seines Herzens hören.

Plötzlich wurde das gewaltige Gebäude von einer Folge schriller Geräusche erfüllt, und der Junge hätte fast aufgeschrien. Er konnte den Schrei gerade noch unterdrücken, dann zwang er sich, hinaufzublicken.

Ein Schwarm Tauben war beim Eindringen des Jungen aufgeschreckt worden, und sie flogen jetzt im Kreis unter dem Dach herum. Während sie der Junge beobachtete, ließen sie sich nach und nach wieder auf ihren Nestern nieder.

Sekunden später senkte sich von neuem unheimliche Stille über die weite Leere.

Der Junge spähte durch die Düsternis und entdeckte weit hinten im Gebäude den oberen Absatz einer Treppe.

Unter ihm war also ein Kellergeschoß.

Die Treppe schien ihm zu winken, ihn aufzufordern, zu kommen und zu erkunden, was dort unten war.

Das Herz des Jungen klopfte schneller, und kalter Schweiß brach ihm aus.

Plötzlich konnte er die Stille nicht länger ertragen.

*»Nein! Ich tue es nicht!«*

Sein Aufschrei war weitaus lauter als beabsichtigt und hallte von den Wänden wider. Von neuem schreckten die Tauben auf und flatterten in wildem Durcheinander unter den Dachsparren. Der Junge wich zurück gegen die Backsteinwand, die ihm ein Gefühl der Sicherheit gab.

Als jedoch wieder Stille herrschte, zog ihn die unwiderstehliche Faszination dieser abwärtsführenden Treppe von neuem an. Er kämpfte gegen seine Furcht an. Langsam ging er auf die Treppe zu.

Der Junge hatte erst ein paar Schritte zurückgelegt, als er ein Kribbeln auf der Haut spürte.

Etwas beobachtete ihn, dessen war er sicher.

Er versuchte, nicht mehr auf das eigenartige Gefühl zu achten und hielt den Blick auf die ferne Wand gerichtet, doch das Gefühl blieb.

Seine Nackenhaare richteten sich auf, und er bekam eine Gänsehaut. Er konnte es nicht mehr ertragen und wirbelte herum, was auch immer hinter ihm sein mochte.

Nichts.

Er spähte durch das Halbdunkel und suchte nach etwas – nach *irgend etwas!*

Das weite Gebäude wirkte leer.

Und dann prickelte seine Haut von neuem, und eine eisige Hand schien über seine Wirbelsäule zu streichen.

Abermals fuhr er herum. Wieder war da nichts.

Doch irgend etwas schien die Leere zu füllen, ihn zu umgeben, ihn zu verhöhnen.

Er hätte niemals in das Gebäude gehen sollen. Das wußte er jetzt mit einer Gewißheit, die ihn erschauern ließ.

Aber jetzt war es zu spät. Jetzt gab es kein Zurück mehr.

Weit fort und scheinbar zurückweichend war das kleine helle Rechteck der Tür zu erkennen, durch die er erst vor ein paar Minuten gekommen war.

Die Tür war jetzt weit entfernt.

Ihm schien, als wäre er schon immer in dem geheimnisvollen Dunkel gewesen, und er erkannte bereits vage, daß er es nie wieder verlassen würde.

Hier war irgend etwas – etwas, das ihn haben wollte.

Erfüllt von der unerbittlichen Kraft seiner Phantasie, schritt er von neuem auf den Strudel zu, der die Treppe war.

Er verharrte auf dem oberen Treppenabsatz und spähte furchtsam in die Schwärze hinab. Er wollte zurück, wollte fortlaufen und zum fernen Lichtflecken und dem Tageslicht jenseits davon flüchten.

Es war jedoch zu spät. Die Düsterkeit des Gebäudes hielt ihn in ihrem Bann, und obwohl dort unten nichts außer Dunkelheit war, wußte er, daß ihm keine andere Wahl blieb, als die Treppe hinunterzugehen.

Er stieg die ersten Stufen hinab und starrte angespannt in die Schwärze, die nie zu enden schien.

Die Luft hier unten war moderig, und da war noch etwas anderes – irgendein schwacher Geruch, den er nicht identifizieren konnte, der ihm jedoch seltsam vertraut vorkam.

Der Junge gelangte an den Fuß der Treppe und blieb entsetzt stehen.

Von neuem wollte er umkehren, vor dem Teuflischen flüchten, das er in der Dunkelheit spürte, aber er wußte, daß er es nicht tun würde.

Er wußte, daß er es nicht konnte.

Dann hörte er ein kaum wahrnehmbares Geräusch.

Er lauschte angestrengt.

War das Geräusch real oder hatte er es sich nur eingebildet?

Er hörte es von neuem.

Irgendein Tier. So mußte es sein. Eine Ratte vielleicht oder nur eine Maus.

Oder war es etwas anderes, irgend etwas Unwirkliches?

Eine Stimme, so leise, daß er sie kaum verstehen konnte, rief ihn im Flüsterton, lockte ihn in die Finsternis und das Unbekannte...

Der seltsame Geruch wurde stärker.

Der Junge trat von der letzten Treppenstufe und tastete sich durch die Dunkelheit.

Er hatte das Gefühl, von unsichtbaren Händen geführt und von einer merkwürdigen Kraft angezogen zu werden.

Und dann spürte er, daß da irgend etwas war, obwohl er immer noch nichts in der Finsternis sehen konnte.

Es war nahe bei ihm – zu nahe.

»Wer...?« begann er, doch die Frage wurde abgeschnitten, als ihn etwas von hinten traf. Taumelnd stürzte er vornüber und verlor das Gleichgewicht. Er versuchte, den Sturz abzufangen, indem er die Arme haltsuchend ausstreckte.

Aber es war zu spät, und noch während er fiel, wußte er es.

Er öffnete den Mund zum Schrei, doch seine Kehle war wie zugeschnürt, als hielten ihn würgende Hände in tödlichem Griff. Kein Laut kam aus seiner Kehle.

In einem Augenblick, der sich zu einer Ewigkeit zu dehnen schien, spürte er, daß Kälte durch seine Kleidung und die Haut drang, ein eisiger Schmerz, der zwischen den Rippen tief in seine Brust stach.

Das Objekt – das Ding; das unbekannte Teuflische – drang in sein Herz, und er spürte den nahen Tod.

Und während er starb, erkannte er allmählich den vertrauten Geruch, der ihm in die Nase gestiegen war.

Rauch.

Aus irgendeinem Grund roch er in diesem lange verlassenen Keller Rauch...

Als dann der letzte Hauch von Leben aus seinem Körper wich, sah er unterhalb der Treppe Flammen auflodern, und mit dem letzten, schwachen Rest seines Bewußtseins hörte er Gelächter.

Gelächter, in das sich Schreie des Entsetzens mischten.

Das Lachen und die Schreie hüllten ihn ein, wurden lauter und lauter, verschmolzen mit dem eisigen Schmerz, bis nichts mehr außer Schwärze da war. Und für den Jungen war das Grauen vorüber...

# 1

Regen bei einer Beerdigung ist ein Klischee, dachte Carolyn Sturgess, als sie geistesabwesend aus dem Fenster der Limousine schaute, die langsam durch die Straßen von Westover fuhr. Es war Juni, doch der Tag war kalt, und die Feuchtigkeit schien bis in die Knochen zu dringen. Durch die Trennscheibe und die nasse Windschutzscheibe sah Carolyn Sturgess vor sich den Wagen, mit dem ihr Mann, ihre Schwiegermutter und ihre Stieftochter fuhren, und davor – kaum sichtbar – den Leichenwagen, in dem die Leiche ihres Schwiegervaters war. Carolyn erschauerte.

Kaum sichtbar.

Die Formulierung, erkannte Carolyn, beschrieb Conrad Sturgess perfekt, wenigstens in seinen letzten Jahren. Über ein Jahrzehnt lang hatte er die Villa auf dem Hügel oberhalb der Stadt nur selten verlassen und war so gut wie nie in den kleinen Ort gekommen, den seine Familie über ein Jahrhundert lang beherrscht hatte. Trotz seines abgeschiedenen Lebens war der alte Mann in Westover stets präsent geblieben und Carolyn fragte sich, wie sich der Ort jetzt nach Conrad Sturgess' Tod verändern würde.

Als der große, schwarze Wagen nach links in die Church Street einbog, warf Carolyn einen Blick zurück zu der kleinen Menschenmenge, die immer noch vor der Episkopalkirche stand, deren nüchterne New England-Fassade mit leichter Mißbilligung zum kleinen Geschäftsviertel zu blicken schien, das sich auf der anderen Seite eines abgetretenen Rasens jenseits der Bronzestatue eines längst vergessenen Revolutionshelden erstreckte.

»Wird irgend jemand von denen zur anderen Beerdigung nach Hilltop raufkommen?«

Die Stimme ihrer Tochter Beth riß Carolyn aus ihren

Gedanken. Carolyn drückte liebevoll Beths Hand. »Zur Beisetzung«, korrigierte sie automatisch.

»Zur Beisetzung«, wiederholte Beth Rogers und furchte die Stirn, während sie sich das Wort einprägte. Sie konnte sich den verächtlichen Blick von Tracy Sturgess, ihrer Stiefschwester, vorstellen, wenn sie das Wort später falsch aussprach. Nicht, daß es ihr etwas ausmachte, was Tracy Sturgess dachte, aber sie verabscheute es immer noch, wenn Tracy und ihre Freunde über sie lachten. Nur die Tatsache, daß Tracy fast dreizehn war und eine Privatschule besuchte, machte sie nicht besser als Beth. Schließlich war sie, Beth, selbst fast zwölf. »Warum nennt man es so? Eine ... Beisetzung?«

»Weil es eine ist«, erklärte Carolyn. »Jedenfalls bezeichnet Abigail es so, und deshalb müssen wir es ebenfalls so nennen. Schließlich gehören wir jetzt zu den Sturgess', nicht wahr?«

»Ich bin keine Sturgess«, sagte Beth, und ihre braunen Augen verdunkelten sich genauso, wie es bei ihrem Vater der Fall gewesen war, wenn er ärgerlich geworden war. »Ich bin immer noch Beth Rogers, und das werde ich immer bleiben. Ich will keine Sturgess sein!«

O Gott! dachte Carolyn. Da geht es wieder los. Wann würde sie die Versuche aufgeben, ihre Tochter dazu zu bringen, Phillip Sturgess als ihren Vater zu akzeptieren? Und warum *sollte* Beth ihre Zuneigung auf ihren Stiefvater übertragen, wenn ihr richtiger Vater noch hier in Westover lebte und sie ihn jeden Tag sah? Obwohl sie es niemals sagen würde, wünschte Carolyn, daß Alan Rogers, ihr Ex-Mann, einfach von der Erde verschwinden würde. Oder wenigstens aus Westover, Massachusetts. »Natürlich bist du eine Sturgess«, sagte Carolyn laut. »Wie dem auch sei, es macht in Wirklichkeit nichts aus, wie du es bezeichnest, denn eine Beisetzung und eine Beerdigung sind das gleiche. Okay?«

»Und *kommen* die anderen Leute von der Kirche?«

Carolyn schüttelte den Kopf. »Die Beisetzung in Hilltop findet nur mit Familienmitgliedern und unseren engsten Freunden statt.«

»Aber wir kennen jeden, der dort war«, erwiderte Beth verwirrt. »Warum können sie nicht alle kommen?«

»Weil ...« Carolyn verhaspelte sich, denn sie wußte, daß Beth sofort ihre Worte durchschauen und der Wahrheit auf den Grund gehen würde. »Weil sie nicht alle Freunde der Sturgess' sind«, wagte sie zu äußern.

»Du meinst, sie sind nicht alle reich«, erwiderte Beth.

Volltreffer! dachte Carolyn. Es hatte keinen Sinn, es zu leugnen, wenigstens bei Beth.

Die Wagen bogen von neuem ab, und Carolyn blickte aus dem Fenster und sah die alte Schuhfabrik, die an der Prospect Street aufragte und deren rußgeschwärzte Ziegel ihr ein scheußlicheres Aussehen gaben, als es die kahle Architektur des 19. Jahrhunderts beabsichtigt hatte.

Carolyn erschauerte wie immer beim Anblick der Fabrik und schaute schnell fort. Dann fuhr der Wagen an der Fabrik vorbei, und der Ort blieb zurück, als der Leichenzug über die River Road fuhr und den langen gewundenen Zufahrtsweg hinauffuhr, der nach Hilltop führte.

»Mom?« fragte Beth plötzlich. »Was wird geschehen, jetzt da ...« Sie zögerte und benützte dann die Formulierung, um die ihre Mutter gebeten hatte; bis jetzt hatte sie sich geweigert, sie auszusprechen – »jetzt da Onkel Conrad tot ist?«

»Ich weiß es nicht«, erwiderte Carolyn. »Ich nehme an, alles wird weitergehen wie bisher.«

Natürlich wußte sie, daß es nicht stimmte. Es war ihr klar, daß sich alles in Westover ändern würde, wenn Conrad Sturgess nicht mehr aus seiner Abgeschiedenheit heraus die Geschäfte kontrollieren und die Interessen seiner Familie ohne viel Aufhebens wahren würde.

Und sie wußte, daß zumindest ihr diese Veränderungen mißfallen würden. Als die Limousine durch das Tor von

Hilltop fuhr, erinnerte sich Carolyn an das alte Sprichwort von den schlafenden Hunden, die man nicht wecken soll.

Ihr Mann, das war ihr klar, hatte nicht die Absicht, sie schlafen zu lassen.

Die sechs Sargträger trugen den Sarg mit Conrad Sturgess' Leiche den schmalen Pfad durch den Wald hinauf. Hinter dem Sarg ging Abigail Sturgess allein. Sie hielt den Kopf hoch erhoben und achtete nicht auf den starken Regen. Obwohl sie sich schwer auf einen Stock stützte, hielt sie sich steif aufgerichtet wie immer. Hinter ihr ging ihr Sohn Phillip mit Carolyn am Arm. Dem Paar folgten deren beiden Kinder, Beth Rogers und Tracy Sturgess. Dann bildeten die Trauergäste den Schluß der kleinen Prozession: Die Kilpatricks und die Baileys, die Babcocks und die Adams – die alten Familien, die mit der Familie Sturgess seit Generationen in Freundschaft verbunden waren.

Der Leichenzug umrundete eine Biegung des Pfads und hielt plötzlich an, als Abigail Sturgess einen Augenblick lang stehenblieb, um den schmiedeeisernen Torbogen zu betrachten, der sich über dem Pfad wölbte.

Drei Wörter waren in den Torbogen eingearbeitet:

*Die Toten leben*

Abigail Sturgess schien einen Augenblick lang über die Worte nachzudenken, dann ging sie weiter. Ein paar Minuten später traf Conrad Sturgess, gefolgt von seiner Familie und Freunden, an der Stätte ein, die seine letzte Ruhestätte werden würde, wie er es immer gewußt hatte.

Sorgsam in die Erde eingelassen und mit Moos bedeckt, führte eine kurze Steintreppe hinauf. Oberhalb der Treppe ragte wie eine Art Tempel das Mausoleum der Familie Sturgess aus dem Wald auf.

Das Gebäude war kreisförmig und völlig aus blaßrosa Marmor errichtet. Es gab sieben Säulen, jede fast sechs Meter hoch und mit einem marmornem Kreis überdacht, der fast 15 Meter im Durchmesser maß. Ringsum stand dicht der Wald um das merkwürdige Bauwerk, und nur selten drangen ein paar Sonnenstrahlen durch das Blattwerk auf den polierten Marmor. Heute schien die tiefe Wolkendecke nur ein paar Meter über dem seltsamen Monument zu schweben, und der vom Regen nasse Marmor wirkte, als wäre die Farbe abgewaschen worden.

Sechs Säulen waren in perfektem Zustand.

Die siebte Säule war zerstört. Es gab nur noch den Sockel, und von oben hing ein etwa einen halben Meter langes Stück des Kapitells vom Marmordach herunter.

In der Mitte des Säulenkreises stand auf marmornem Boden ein großer, runder Tisch aus Marmor, der von sieben Marmorstühlen umgeben war.

Sechs der Stühle waren dort.

Der siebte Platz am Tisch, der Platz, hinter dem sich die zerbrochene Säule befand, war leer.

Beth hielt den Blick auf den Rücken ihrer Mutter gerichtet und stieg unsicher die Treppe hinauf. Sie war schon öfter hier gewesen, und das Mausoleum hatte nur wie eine Ruine aus der Vergangenheit auf sie gewirkt. Heute war es jedoch anders, und sie erschauerte, als sie zwischen zwei Säulen hindurch in den steinernen Kreis trat.

Sie schaute sich nervös um, aber alle anderen wußten anscheinend genau, was sie zu tun hatten. Die Trauergäste – allesamt schwarz gekleidet, die Gesichter der Frauen von Schleiern verhüllt – hatten sich in einem Halbkreis um die Stühle verteilt. Die Sargträger stellten den Sarg behutsam auf eine Totenbahre, die bei dem leeren siebten Platz stand. Abigail Sturgess stand mit ausdruckslosem Gesicht hinter dem Sarg und blickte starr auf den massiven Steinstuhl gegenüber vom Sarg.

Beths Blick schweifte zum Rücken des Marmorstuhls, auf den die alte Frau sah.

Auf dem Stuhlrücken war in den Marmor eine Inschrift eingemeißelt:

*Samuel Pruett Sturgess*
*3. Mai 1822–12. August 1890*

Beth griff nach der Hand ihrer Mutter. Sie zog leicht daran, und als sich Carolyn hinabneigte, flüsterte ihr das kleine Mädchen ins Ohr. »Was tut sie?« fragte Beth.

»Sie überbringt Conrad seinem Großvater«, wisperte Carolyn zurück.

»Warum?«

»Das ist eine Tradition, Schatz«, erwiderte Carolyn und schaute sich nervös um. Aber es war alles in Ordnung – niemand nahm von ihnen überhaupt Notiz.

Beth runzelte leicht die Stirn. Warum ›überbringen‹ sie Onkel Conrad dem alten Mr. Sturgess? dachte sie. Es ergab für sie keinen Sinn. Sie zog von neuem an der Hand ihrer Mutter, doch diesmal blickte die Mutter nur zu ihr, hielt mahnend einen Finger auf die Lippen und schüttelte den Kopf. Stumm schaute Beth der restlichen Zeremonie zu, und sie wünschte woanders zu sein – irgendwo anders. Der Geistliche redete eintönig und wiederholte alles, was er erst vor einer halben Stunde in der Kirche über Conrad Sturgess gesagt hatte, und Beth fragte sich, ob der Pfarrer diesmal Samuel Pruett Sturgess von Onkel Conrad erzählte. Dann schaute sie in die Runde zu all den unbekannten Gesichtern der Leute ringsum.

Keiner zählte zu den Leuten, die sie gekannt oder kennengelernt hatte, als ihre Mutter und ihr Vater geheiratet hatten. Es waren allesamt Fremde, und sie wußte, daß sie sich irgendwie von ihr unterschieden.

Sie waren nicht anders, weil sie reich waren, wie Beth wußte, und alle in großen, wenn auch nicht ganz so imposanten Häusern wie Hilltop wohnten.

Daß sie anders waren, lag an ihrem Verhalten.

Wie heute morgen vor der Bestattung, als Beth allein im Frühstückszimmer gesessen hatte und einer von ihnen – sie glaubte, es war Mrs. Kilpatrick – hereingekommen war und sie angelächelt hatte. Es war ein freundliches Lächeln gewesen, und einen Augenblick lang hatte Beth gehofft, sie und die Frau könnten Freundinnen werden.

»Guten Morgen, junge Dame«, hatte die Frau gesagt. »Ich glaube, wir haben uns noch nicht kennengelernt, oder?« Beth hatte scheu den Kopf geschüttelt und der Frau die Hand hingehalten. »Ich bin Beth Rogers.«

»Rogers?« hatte die Frau wiederholt. »Ich glaube nicht, daß ich irgendwelche Rogers kenne. Woher stammst du? Kenne ich deine Mutter?«

Beth hatte genickt. »Ich wohne hier. Meine Mutter ist...«

Und dann war das Lächeln der Frau verschwunden, und ihr zuvor so warmherziger Blick war plötzlich kalt geworden. »Oh«, hatte sie gesagt, »du bist Carolyns kleines Mädchen, nicht wahr? Wie nett.« Bevor Beth irgend etwas hatte erwidern können, hatte sich die Frau abgewandt und wortlos das Zimmer verlassen.

Jetzt wurde Beth bewußt, daß sie die Frau angestarrt haben mußte, denn die Frau – sie war sich fast sicher, daß es Mrs. Kilpatrick war – blickte sie ärgerlich an. Beth bemerkte, daß ihre Mutter sie am Arm zupfte, und sie erkannte, daß die Zeremonie vorüber war.

Die Sargträger trugen den Sarg eine andere kurze Treppe hinunter, und als Beth an der Seite der Mutter Tracy und Phillip Sturgess folgte, die jetzt neben der alten Abigail gingen, sah Beth, daß es einen kleinen Friedhof im Wald hinter dem Mausoleum gab. Ein offenes Grab wartete, und Conrad Sturgess' Sarg wurde langsam hineingesenkt. Abigail Sturgess trat vor, bückte sich steif, hob einen nassen Erdklumpen auf und ließ ihn in das Grab fallen. Dann wandte sie sich ab und ging zurück durch das Mausoleum und den Pfad hinab, der zum Haus führte.

Beth fiel auf, daß Abigail Sturgess kein einziges Mal zurückblickte, nachdem sie sich vom Grab ihres Mannes abgewandt hatte. Ihr Verhalten ähnelte sehr dem von

Mrs. Kilpatrick am Morgen. Beth wußte nicht, warum, aber aus irgendeinem Grund beunruhigte sie das.

Carolyn Sturgess stand unbehaglich in der walnußgetäfelten Bibliothek und tat ihr Bestes, um mit Elaine Kilpatrick zu plaudern. Es fiel ihr schwer. Die Frau war zwar äußerst höflich, aber es schien eine unüberbrückbare Kluft zwischen ihnen zu sein. Nicht, daß Carolyn kein Interesse an dem gehabt hätte, über das Elaine sprach; eines der Dinge, die Carolyn für Phillip Sturgess eingenommen hatten, als sie ihn vor einem Jahr kennengelernt hatte, war genau dieses sein Interesse an all dem gewesen, über das Elaine Kilpatrick anscheinend alles wußte.

Und das war natürlich das Problem. Elaine schien alles und jedes zu wissen, und Carolyn fühlte sich wieder einmal wie eine ungebildete, provinzlerische Närrin.

Carolyn Rogers Sturgess war kein Dummkopf. Sie hatte die Universität von Boston besucht und in Kunst promoviert, und wenn sie auch nicht mit *summa cum laude* bestanden hatte, war sie doch stolz darauf.

Und sie und Alan waren auch viel gereist. Natürlich waren sie nicht in Paris und London gewesen, und sie hatte auch nicht die Museen in Florenz gesehen, aber sie hatte gewiß genügend Galerien in New York besucht.

»Natürlich wissen wir Kunst in diesem Land nicht richtig zu schätzen, nicht wahr?« hörte Carolyn Elaine ernst fragen, und sie tadelte sich insgeheim, weil sie überlegte, ob da etwas Gönnerhaftes am Tonfall der Frau war. Wenn das der Fall war, dann spiegelte es sich nicht in Elaines glänzenden Augen wider, die sich mit ungeteilter Aufmerksamkeit auf sie zu konzentrieren schienen.

Dennoch hatte Carolyn wie stets bei Phillips Freunden das Gefühl, daß sie von oben herab behandelt wurde.

»Ja«, sagte sie stockend, »ich nehme an, wir schätzen Kunst nicht.« Dann schenkte sie Elaine ein Lächeln und hoffte, daß es strahlend war. »Entschuldigen Sie mich bitte«, sagte sie. »Ich sehe dort drüben Francis Babcock, und ich muß etwas mit ihr besprechen.«

»Natürlich«, sagte Elaine glatt und wandte sich sofort Chip Bailey zu, um sich mit ihr zu unterhalten.

Als Carolyn zu Francis Babcock ging, die sie insgeheim verabscheute, fragte sie sich, wie Elaine es schaffte. Schlimmer noch, sie fragte sich, ob sie jemals die Tricks lernen konnte oder ob diesen Frauen die feine Lebensart über Generationen hinweg angeboren war. Aber was immer diese Frauen hatten, sie wußte, daß es ihr daran mangelte. Es fehlte ihr und ebenso ihrer Tochter.

Jetzt wurde Carolyn bewußt, daß sie Beth seit über einer Stunde nicht mehr gesehen hatte, seit sich die Familie getrennt und zu den Gästen in der Bibliothek gesellt hatte. Beth war jedoch nicht in die Bibliothek gegangen. Carolyn schwenkte von Francis Babcock ab und stahl sich aus der Bibliothek. Sie blickte den breiten Flur entlang, der diesen Flügel des Hauses teilte. Der Gang war leer.

Als Carolyn das Wohnzimmer verließ, nachdem sie dort nach Beth Ausschau gehalten hatte, sah sie ihre Stieftochter. »Tracy?«

Das Mädchen, dessen blondes Haar zu einem Knoten aufgesteckt war, was sie nach Carolyns Meinung zu alt machte, stand am Fuß der Treppe, die von der Eingangshalle ins Obergeschoß hinaufführte. Tracy blickte sich verstohlen um; als sie feststellte, daß sie allein waren, schaute sie Carolyn herausfordernd an. »Was willst du?«

In Carolyn stieg Ärger auf. Wenn Phillip dagewesen wäre, hätte sich Tracy höflicher gezeigt. Wenn sie jedoch allein waren, sprach Tracy stets in frechem Tonfall, als versuche sie, Carolyn aus der Fassung zu bringen.

»Ich suche nach Beth«, erwiderte Carolyn gespielt gleichmütig, um ihren Ärger vor Tracy zu verbergen. »Ich dachte, sie geht mit uns in die Bibliothek.«

»Nun, wenn sie nicht dort ist, dann hat sie das offenbar nicht getan, oder?« entgegnete Tracy.

»Hast du sie gesehen?«

»Nein.«

»Wenn du sie siehst, sagst du ihr, daß ich sie suche?«

Tracy kniff die Augen zu Schlitzen zusammen, und ihre Lippen verzogen sich zu einem falschen, boshaften Lächeln. »Vielleicht werde ich das, vielleicht auch nicht«, sagte sie. Dann ging sie die Treppe hinauf und verschwand aus Carolyns Blickfeld.

Nimm einfach keine Notiz davon, sagte sich Carolyn. Sie hat sich noch nicht an dich gewöhnt, ebensowenig an Beth, und du mußt ihr Zeit lassen. Dann ertappte sie sich mit einem Schuldgefühl bei dem Wunsch, es wäre nicht Juni und Tracy wäre den Sommer über nicht zu Hause. Es war schlimm genug an Weihnachten gewesen, als sie und Phillip geheiratet hatten und Tracy sich geweigert hatte, überhaupt mit ihr zu reden, und noch schlimmer war es in den Osterferien gewesen, als Tracy wütend verlangt hatte, daß Carolyn und Beth verschwinden sollten, weil es keinen Platz in diesem Haus für sie gebe. Tracy hatte darauf geachtet, diese Forderung zu stellen, als ihr Vater nicht in der Nähe gewesen war, und Carolyn hatte sich schließlich entschlossen, Phillip überhaupt nichts von dem Zwischenfall zu erzählen. Aber jetzt war das Mädchen den Sommer über daheim, und wenn es auch noch keine großen Szenen gegeben hatte, so spürte Carolyn, daß sich ein neuer Zwischenfall anbahnte. Es war nur eine Frage der Zeit, bis Tracys Zorn über die zweite Heirat ihres Vaters von neuem überschäumen würde. Carolyn hoffte, daß Tracy dann ihre Wut an ihr auslassen würde, und nicht an Beth. Beth hatte es bereits schwer genug.

Carolyn seufzte und ging die Treppe hinauf. Vielleicht hatte sich Beth auf ihr Zimmer zurückgezogen, wie sie es oftmals tat. Als Carolyn im Obergeschoß war, wurde sie von der gebieterischen Stimme ihrer Schwiegermutter aufgehalten. »Carolyn? Wo willst du hin?«

Carolyn wandte sich um und fragte sich flüchtig, wie

Abigail Sturgess es geschafft hatte, so plötzlich aufzutauchen. Doch da stand sie wie aus dem Nichts. Sie stützte sich auf den Elfenbeinstock und musterte Carolyn mit ihren blauen Augen – die gleichen Augen, die ihr Sohn und ihre Enkelin hatten.

Phillips Augen hatten das warme Blau einer tropischen See. Abigails und Tracys Augen hatten das kalte Blau von Eisstücken. Und jetzt waren die Augen wie so oft mißbilligend auf Carolyn gerichtet.

»Ich suche Beth«, erwiderte Carolyn.

Abigail lächelte frostig. »Ich bin sicher, daß Beth in der Lage ist, allein zurechtzukommen. Und eine gute Gastgeberin verläßt ihre Gäste nicht, oder? Komm. Ich möchte, daß du mit einigen Leuten sprichst.«

Carolyn zögerte. Mit einem schnellen Blick die Treppe hinauf folgte sie dann Abigail zurück zur Bibliothek.

Niemand außer Abigail hatte anscheinend bemerkt, daß sie fortgewesen war. Niemand außer Phillip, der sie von seinem Platz neben dem Kamin aus entdeckte und ihr ein Lächeln schenkte. Plötzlich fühlte sich Carolyn besser. Vielleicht gehörte sie trotz allem hierhin. Wenigstens Phillip schien das zu denken.

Alan Rogers lehnte sich auf seinem Schreibtischsessel zurück und fuhr sich unbewußt mit der Hand durch die schwarze Haarfülle, die anscheinend niemals zu bändigen war, so sehr er es auch versuchte. Er blickte aus dem Fenster. Der Regen hatte endlich aufgehört, wenigstens für eine Weile. Alan mußte lächeln, als er sich die Szene vorstellte, die sich vor einer Stunde bei den Sturgess abgespielt hatte.

Alle hatten schwarzgekleidet im Regen gestanden und ihn hoheitsvoll ignoriert, während sie endlich den alten Bastard zur letzten Ruhe unter die Erde gebracht hatten.

*Wenn* Conrad Sturgess jemals in Frieden ruhen würde. Alan Rogers hoffte fest das Gegenteil.

Vielleicht hättest du zu der Beerdigung gehen sollen, dachte er. Schließlich hätte dich niemand fortgeschickt. Das war nicht ihre Art. Sie hätten ihn einfach hochnäsig angeschaut und ihn wissen lassen – natürlich auf die feine Art –, daß er unerwünscht war.

Wenn es nicht um Beth gegangen wäre, hätte er an der Beerdigung teilgenommen und sich den Teufel um Carolyn geschert.

Sie wäre natürlich wütend auf ihn gewesen, aber das hätte ihm wirklich nichts ausgemacht. Nach all diesen Jahren war er an Carolyns Zorn gewöhnt. Manchmal fragte er sich allen Ernstes, ob es jemals eine Zeit gegeben hatte, in der sie nicht wütend auf ihn gewesen war.

Es mußte jedoch solch eine Zeit gegeben haben, als sie sich geliebt hatten. Vielleicht in den ersten Jahren ihrer Ehe, bevor Carolyns ehrgeizige Pläne für ihren Mann ihr Leben bestimmt hatten. Alan war Zimmermann gewesen, und zwar ein guter, der stolz auf sein Handwerk gewesen war, doch das hatte Carolyn nicht gereicht. Sie hatte sich entschlossen, ihn zu einem Unternehmer, einem Geschäftsmann, zu machen. Er hatte sich stets geweigert und ihr gesagt, daß er einfach nicht die Verantwortung tragen wollte.

Sie hatten sich immer erbitterter gestritten, und schließlich war die Ehe in die Brüche gegangen.

Die Ironie des Ganzen war, daß er zwei Jahre nach der Scheidung ohnehin Unternehmer geworden war. Es war schließlich zu einer wirtschaftlichen Notwendigkeit geworden. Wenn er für seinen, Carolyns und Beths Lebensunterhalt sorgen wollte, dann brauchte er einfach mehr Geld. Und so hatte er getan, was Carolyn von Anfang an verlangt hatte.

Und was war passiert?

Sie hatte Phillip Sturgess geheiratet, und er war bis auf die Unterhaltszahlungen für das Kind mit allem aus dem Schneider. Was das anbetraf, so würde es Carolyn jetzt nicht mehr das geringste ausmachen, ob er den monatlichen Scheck schickte oder nicht. Phillip würde die Differenz ausgleichen und zwar mit Freuden.

Es war jedoch eine Sache des Prinzips. Beth war Alans Tochter, und er wollte für sie sorgen, ob sie seine Unterstützung brauchte oder nicht.

Er nahm an, daß das Geld vermutlich in einen Treuhandfond für Beth eingezahlt wurde. Das würde sehr zu Phillip passen – Kinder sollten Treuhandgelder von ihren Vätern bekommen, und Phillip würde dafür sorgen, daß Beth finanziell gesichert sein würde, ob er, Alan, etwas davon wußte oder nicht.

Alan grinste vor sich hin und fragte sich, ob Carolyn wußte, wie gut er und Phillip in Wirklichkeit miteinander auskamen. Wenn Carolyn Phillip nicht geheiratet hätte, wären Phillip und er vermutlich gute Freunde geworden, trotz ihres unterschiedlichen Milieus.

Denn Phillip hatte es als einziger unter den Sturgess irgendwie geschafft, seinen Dünkel zu überwinden, der ihm von dem Tag seiner Geburt an angezüchtet worden war.

Phillip hatte die richtigen Schulen besucht, mit den richtigen Kindern gespielt, die richtigen Frauen kennengelernt – sogar eine davon geheiratet, jedenfalls beim erstenmal – aber so sehr sich seine Eltern auch bemüht hatten, Phillip hatte nie die arroganten Allüren der Familie Sturgess angenommen. Nachdem Phillip jetzt Carolyn geheiratet hatte, hätten die beiden Männer eine argwöhnische Distanz halten sollen, doch in Wirklichkeit konnte Alan nicht dagegen an, daß er Phillip Sturgess mochte. Carolyn hatte jetzt alles, was sie sich wünschte – einen Rang in der Gesellschaft, Geld und all den Luxus, den er ihr nicht hatte bieten können, und er hoffte, daß die Ehe gedeihen würde. Eines war sicher: Phillip liebte Carolyn – so sehr wie Alan sie einst selbst geliebt hatte.

Alan wollte, daß seine Ex-Frau glücklich war, wenn

auch nur um seiner Tochter willen, denn er wußte, daß Beth darunter zu leiden haben würde, wenn Phillip und Carolyn nicht miteinander auskamen.

Was auch immer geschehen mochte, Alan würde niemals zulassen, daß seine Tochter darin verwickelt werden würde. Es war nicht Beths Schuld, daß es mit ihm und Carolyn nicht geklappt hatte. Wenn er es sich richtig überlegte, waren vermutlich nur die Sturgess' schuld am Scheitern der Ehe.

Denn so lange er Carolyn gekannt hatte – und sie waren zusammen aufgewachsen – war sie von der Familie Sturgess fasziniert gewesen.

Fasziniert und zugleich von ihnen abgewiesen.

Und trotzdem hatte sie Phillip geheiratet.

So war die Ablehnung der Sturgess', von der sie immer gesprochen hatte, nicht ganz so groß gewesen, wie Carolyn behauptet hatte.

Vielleicht war es von Carolyn Neid gewesen, der Wunsch, als eine von ihnen geboren worden zu sein.

Als Phillip Sturgess nach fast zehn Jahren Leben im Ausland plötzlich wieder in Westover aufgetaucht war, hatte Carolyn jedenfalls keine Zeit verloren, um ihn zu umgarnen und einzufangen. Nein, das war eigentlich keine faire Behauptung. Die beiden hatten sich kennengelernt und ineinander verliebt, und Carolyn hatte ihren Job in einem örtlichen Anwaltsbüro nach der Hochzeit aufgegeben und das damit begründet, daß sie nicht weiter Anwaltsgehilfin sein konnte, wenn sie den wichtigsten Mandanten heiratete; das würde zu Interessenkonflikten führen.

Vielleicht stimmte das, vielleicht auch nicht. Nichts von allem spielte noch eine Rolle. Tatsache war, daß Carolyn Phillip geheiratet hatte, und Alan hoffte, daß sie glücklich sein würde.

Wenn Abigail Conrad ins Grab folgte, würde Carolyn vielleicht eine Chance haben. Bis dahin würde ein mühseliger Kampf vor seiner Ex-Frau liegen, davon war Alan überzeugt.

Die Tür wurde geöffnet, und die Sekretärin kam herein. Sie legte einen Stapel Post auf den Schreibtisch und musterte Alan kritisch. »In Gedanken versunken«, stellte sie fest. »Ds ist immer ein schlechtes Zeichen.«

»Ich denke gerade an die Sturgess' und hoffe, daß sie nicht alle in Conrads Grab ertrunken sind.«

Judy Parkins kicherte. »Das wäre was, nicht wahr? Und vor allem, nachdem Carolyn so hart daran gearbeitet hat, Phillip zu bekommen.«

Das Lächeln verschwand von Alans Gesicht, und Judy bereute sofort ihre Worte. »Verzeihung, ich meinte das nicht so.«

Alan verzog ironisch das Gesicht. »Nun, hoffen wir einfach, daß sie glücklich sind, und wünschen wir ihnen das Beste, in Ordnung?«

Judy betrachtete ihren Chef mit erhobenen Brauen. »Wie schaffen Sie es immer, so verdammt *gut* zu sein? Und wenn Sie so ein gutes Herz haben, wie kommt es dann, daß Carolyn Sie überhaupt gegen Phillip Sturgess eingetauscht hat?«

»Erstens bin ich nicht so verdammt gut, und zweitens hat sie mich nicht eingetauscht. Sie hat mit mir Schluß gemacht. Und es ist aus und vorbei. In Ordnung?«

»In Ordnung.« Judy wandte sich um und wollte das Büro verlassen. In diesem Augenblick stürzte Beth herein. Ihr Gesicht war gerötet, und Tränen liefen über ihre Wangen. Beth warf sich schluchzend ihrem Vater in die Arme. Judy Parkins sah Alan noch mitfühlend an, huschte aus dem Büro und schloß leise die Tür hinter sich.

»Liebling«, sagte Alan sanft und versuchte seine Tochter zu beruhigen. »Was ist passiert?«

»Sie – sie hassen mich«, schluchzte Beth. »Ich gehöre nicht dorthin, und sie alle hassen mich!«

Alan schloß das unglückliche Kind fester in die Arme.

»Oh, Schatz, das stimmt nicht. Deine Mutter liebt dich sehr, und ebenfalls liebt dich Onkel Phillip ...«

»Er ist nicht mein Onkel«, widersprach Beth heftig. »Er ist Tracys Vater, und er haßt mich.«

»Wer hat dir denn das gesagt?«

»Tracy«, schluchzte Beth. Sie schaute zu ihrem Vater auf und blickte ihn flehend an. »Sie ... sie sagte, ihr Vater haßt mich, und am Ende der Sommerferien müßte ich verschwinden und woanders wohnen. Sie ... sie sagte, er wird mich fortjagen!«

»Ich verstehe«, murmelte Alan. Das war wieder so ein Zwischenfall wie im Frühjahr, als Tracy auch in den Ferien zu Hause gewesen war. »Wann hat sie dir das gesagt?«

»Vorhin. Alle waren in ... in der Bibliothek, und ich war allein im Wohnzimmer, und da kam sie herein und sagte mir das. Sie sagte, jetzt nach dem Tod ihres Großvaters besitze ihr Vater das Haus und ... und er werde mich davonjagen!«

»War sonst noch jemand dabei?«

Beth zögerte mit der Antwort und schüttelte dann den Kopf. »N-nein ...«

»Nun, ich wette, wenn Onkel Phillip das von Tracy gehört hätte, dann hätte er sie übers Knie gelegt und ihr den Hintern versohlt. Vielleicht sollte ich ihn anrufen und ihm davon erzählen.«

Beth wich entsetzt zurück. »Nein! Wenn du ihn anrufst, erfährt Tracy, daß ich es dir gesagt habe, und dann wird alles nur noch schlimmer!«

Alan nickte ernst. »Was soll ich dann deiner Meinung nach tun?«

»Kann ich nicht bei dir bleiben, Daddy? Bitte!«

Alan seufzte leise. Dies war ebenfalls etwas, das sie schon durchgemacht hatten, und er hatte immer wieder versucht, Beth zu erklären, warum es das Beste für sie war, bei ihrer Mutter zu leben. Aber all seine Bemühungen hatten nichts an Beths Antwort geändert.

»Ich gehöre nicht dorthin«, sagte sie stets. »Sie sind anders als ich, und ich passe einfach nicht zu ihnen. Wenn du mich dorthin zurückschickst, werde ich sterben.«

Und manchmal wenn er in ihre großen, braunen Augen geschaut und ihr das weiche, schwarze Haar zurückgestrichen hatte – das Haar, das ein Erbe von Carolyn war –, hatte er fast geglaubt, daß Beth recht hatte.

Er stand auf und nahm seine Tochter an die Hand. »Komm, Kleines«, sagte er. »Ich fahre dich nach Hause, und wir reden unterwegs über alles.«

»Nach Hause?« fragte Beth, und in ihren Augen schimmerte plötzlich Hoffnung. »Zu uns nach Hause?«

»Nein«, erwiderte Alan. »Ich bringe dich nach Hilltop zurück. Dort lebst du jetzt, nicht wahr?«

Obwohl Beth nichts sagte, verschwand das hoffnungsvolle Leuchten aus ihren Augen.

## 2

Alan Rogers bog von der River Road ab, schaltete herunter und fuhr den Zufahrtsweg nach Hilltop hinauf.

»Gleich sind wir da.« Als Beth keine Antwort gab, blickte er aus den Augenwinkeln heraus zu ihr. Sie saß zusammengekauert da und blickte unglücklich drein.

»Tu so als ob«, sagte Alan. Beth wandte sich ihm zu.

»Tu so als ob? Was heißt das?«

»Das heißt, wenn du tust, als ob alles in Ordnung wäre, dann wird es das vielleicht auch werden. Denke nicht an das, was falsch ist, sondern denk an das Richtige. Das hilft.«

»Wie kann es helfen? Heuchelei ändert nichts.«

»Aber es kann ändern, wie du über die Dinge denkst. Erinnerst du dich an das Apartment, in dem ich eine Zeitlang wohnte? Das über dem Drugstore?«

Die Andeutung eines Lächelns spielte um Beths Lippen. »Du hast es gehaßt.«

»Das stimmt. Und warum hätte ich es nicht hassen sollen? Du warst nicht mehr bei mir und fehltest mir schrecklich. Und das Apartment war klein und dunkel und leer. Es war furchtbar. Und dann kam eines Tages Judy herüber.«

»Judy Parkins?«

»Genau. Jedenfalls meckerte ich über das miese Apartment, und sie fragte mich, was ich damit tun würde, wenn es mir gefallen würde.«

»Aber es hat dir nicht gefallen«, widersprach Beth. »Du hast es gehaßt!«

»Genau das habe ich ihr gesagt. Und Judy sagte: ›Dann bilden Sie sich einfach ein, es zu mögen. Was würden Sie dann damit tun?‹ Ich dachte darüber nach und sagte ihr schließlich, daß ich als erstes die Stabjalousien entfernen und durch Fensterläden ersetzen würde. Und daß ich dann das Apartment neu streichen und den Boden mit Binsenmatten auslegen würde. Und am nächsten Wochenende kam Judy rüber, und wir machten all das. Danach fand ich das Apartment überhaupt nicht mehr so schlecht.«

Alan lenkte den Fiat durch das Tor des Hilltop-Anwesens und fuhr langsam über den breiten, kreisförmigen Zufahrtsweg an einem großen Rasen vorbei bis vor die Sturgess-Villa. Er parkte zwischen einem Cadillac und einem Mercedes und blieb einen Augenblick lang sitzen, um das gewaltige Haus zu betrachten. Wie stets war er weniger von der Größe als von dem merkwürdigen Baustil beeindruckt. Dem Architekten war offensichtlich nicht daran gelegen gewesen, etwas Schönes zu schaffen, als vielmehr eine Demonstration der Macht zu errichten.

»Schon gut, schon gut«, sagte Alan und wandte sich mit todernstem Gesicht seiner Tochter zu, als hätte sie etwas gesagt. »Ich gebe zu, daß Fensterläden, Binsenmatten und Farben hier nicht viel helfen würden.«

Das Haus war überwiegend aus Backsteinen errichtet. Zwei Flügel mit Flachdach erstreckten sich vom Mittelteil aus, dessen Hauptattraktion ein gewaltiges Fenster mit bemaltem Glas über dem massiven, doppelflügeligen Portal war. Alan fand, daß das Fenster eher zu einer Kirche paßte als zu einem Heim. Die Fassade war fast schmucklos, und die einzige Auflockerung der Dachlinie bestand aus ein paar Schornsteinen, die wahllos verstreut waren, wo immer der Grundriß es erfordert hatte.

Es war etwas Abstoßendes und Bedrohliches an dem Gebäude, als versuche sich das Haus gegen eine feindliche Welt zu verteidigen.

»Es ist überhaupt kein Haus«, sagte Beth. »Es ist wie ein Museum. Ich habe immer das Gefühl, irgend etwas kaputtzumachen.«

»Du wohnst erst seit ein paar Monaten hier, Schatz. Gib dir eine Chance, dich daran zu gewöhnen.« Noch während er das sagte, fragte sich Alan, ob es überhaupt möglich war, daß sich seine Tochter in einem solchen Haus heimisch fühlen konnte. Er wußte, daß er sich darin niemals wohlfühlen würde. »Komm«, sagte er mit einem Seufzen. »Ich bringe dich rein.«

Beth stieg widerwillig aus dem Wagen aus, als Alan ihr die Tür aufhielt. Dann ergriff Beth die Hand ihres Vaters. »Kann ich nicht wenigstens heute nacht bei dir bleiben?« flehte sie. »Bitte!«

Alan zog seine Tochter an sich und legte den Arm um ihre Schulter. »Gib mir nicht das Gefühl, als würde ich dich den Löwen zum Fraß vorwerfen«, erwiderte er, aber sein Versuch, zu scherzen, klang selbst für ihn mißlungen. Er drückte auf die Türglocke. Einen Augenblick später wurde die Tür von einer älteren Frau geöffnet. Sie war schon so lange die Haushälterin der Familie Sturgess, wie sich jeder zurückerinnern konnte.

»Beth! Wo bist du gewesen? Deine Mutter hat dich überall gesucht!«

»Sie hat mich kurz besucht, Hannah«, sagte Alan. »Ich nehme an, sie hat keinem gesagt, wohin sie geht.«

Hannah sah Beth mit gespielter Strenge an. – »Nun, das hättest du mir sagen sollen, nicht wahr, junge Lady?«

»Es . . . es tut mir leid, Hannah. Aber ich habe einfach . . . ich . . .«

»Ich weiß«, unterbrach Hannah. Sie warf nervös einen Blick über die Schulter und senkte dann die Stimme. »All die feinen Pinkel stehen herum und tun, als trauerten sie um den alten Mr. Conrad, und alle anderen ebenfalls, was das anbetrifft. Ich verstehe nicht, wie die sich selbst ertragen können.« Sie zog Beth sanft von ihrem Vater fort und ins Haus. »Komm in die Küche und trink eine Tasse Kakao. Sie auch, Alan . . .«

»Danke, Hannah. Aber ich sollte besser . . .«

»Hannah?« rief Carolyn aus dem Haus. »Hannah, wer ist da?« Einen Augenblick später tauchte Carolyn mit verzerrtem Gesicht an der Tür auf. Als Carolyn ihren Ex-Mann sah, schwieg sie sekundenlang, und dann verstand sie plötzlich. »Sie war wieder bei dir?«

Alan nickte bestätigend, und Carolyn zögerte einen Moment, bevor sie ihre Tochter in die Arme zog. »Liebling, was ist passiert? Warum hast du mir nicht gesagt, wohin du gehst?«

»Du – du warst beschäftigt.«

»Für dich habe ich immer Zeit. Das weißt du doch.«

»Es war einfach zuviel für sie«, warf Alan ein. »Sie kannte keinen und . . .«

Carolyn warf einen Blick zu ihr und wandte sich dann an Hannah. »Bring sie bitte auf ihr Zimmer, ja, Hannah?«

»Ich wollte ihr einen Kakao geben, Ma'am.«

»Fein. Ich komme gleich in die Küche.« Carolyn wartete, bis Hannah und Beth fort waren. Dann wandte sie sich an ihren Ex-Mann. »Alan, ist etwas passiert? Etwas, von dem mir Beth nichts erzählen will?«

Alan schüttelte hilflos den Kopf. »Carolyn, was kann

ich dazu sagen? Wenn es etwas gibt, das Beth dir erzählen will, dann wird sie es dir sagen.«

»Du willst es mir also nicht erzählen«, sagte Carolyn mit kalter Stimme.

»Stimmt, von mir erfährst du nichts. Wir haben damals abgemacht...«

»Wir haben abgemacht, daß wir Beth nicht gegeneinander ausspielen werden. Aber wenn etwas passiert, das ich wissen sollte, mußt du mir das sagen.«

Alan dachte über die Worte seiner Frau nach und schüttelte dann den Kopf. »Wenn du wissen willst, was Beth widerfahren ist, dann rede mit ihr. Schließlich lebt sie bei dir, nicht bei mir.«

Carolyn blieb an der Tür stehen, bis Alan fort war und sie den Wagen nicht mehr hören konnte. Dann schloß sie die gewaltige Eichentür und wollte zur Küche gehen. Als sie die Eingangshalle durchquerte, wurde Carolyn von der Stimme ihrer Schwiegermutter aufgehalten.

»Carolyn, wir haben immer noch Gäste.«

Carolyn zögerte und fühlte sich hin und her gerissen. Dann wandte sie sich um wie eine Marionette, die an den Fäden gezogen wird, und folgte Abigail Sturgess in die Bibliothek.

Es war fast Mitternacht, als Carolyn ein letztes Mal durch das Haus ging und überprüfte, ob alle Fenster und Türen verschlossen waren. Es war unnötig, das wußte sie. Hannah machte ebenfalls einen Kontrollgang durchs Haus, wie sie es in den letzten vier Jahrzehnten jeden Abend getan hatte, aber Carolyn tat es trotzdem. Als Phillip sie einmal am späten Abend nach dem Grund gefragt hatte, war Carolyn nicht in der Lage gewesen, es ihm richtig zu erklären. Sie hatte gesagt, daß sie durch das Überprüfen das Gefühl gewann, daß es wirklich ihr Heim war, und daß es eine alte Angewohnheit aus den Jahren vor der Ehe mit Phillip sei. Aber es war mehr als das.

Zum Teil war es einfach das Bedürfnis, sich zu beruhigen, denn jede Nacht vor dem Schlafen lauschte sie in der Dunkelheit auf die Geräusche in dem alten Haus und gab dann ihren Ängsten nach, die unbegründet waren, wie sie wußte. Sie stand auf und schaute in alle Zimmer, um sich zu vergewissern, daß alles in Ordnung war. Nach dem zweiten Monat – dem vergangenen Februar – hatte sie sich gesagt, daß es einfacher war, ihre Runde vor dem Schlafengehen zu machen.

Aber es war mehr als das. Da war etwas an dem Haus während der Nacht – nachdem Abigail zu Bett gegangen war –, das sie mit einer Faszination anzog, die sie selten bei Tageslicht empfand. Tagsüber hatte sie auf Hilltop stets das Gefühl, daß man versuchte, sie auszuschließen. Des Nachts änderte sich das jedoch alles, und die kalten Mauern schienen ein anderes Gesicht anzunehmen, wirkten weniger bedrohlich und kühl. Das Haus schien sie liebevoll aufzunehmen und ihr das Gefühl zu geben, daß es immer dort sein würde, ganz gleich was sonst passieren mochte.

Carolyn ging langsam durch die Räume, verharrte im Eßzimmer, um wie so oft die Porträts aller Sturgess' zu betrachten, die einst in diesem Haus gelebt hatten und jetzt im Mausoleum oder auf dem kleinen Friedhof dahinter waren. Die Sturgess' blickten auf sie hinab, und sie bildete sich manchmal ein, daß sie von ihnen mißbilligt wurde – wie von Abigail. Natürlich war das lächerlich. Ihr leicht geringschätziger und herablassender Gesichtsausdruck hatte nichts mit ihr zu tun.

Jedenfalls nichts persönlich mit ihr.

Heute abend ließ sie sich auf einen Lehnstuhl am Fuß des großen Eßtischs sinken und schaute zu dem Porträt von Samuel Pruett Sturgess auf. Der sanfte Lichtschein des kristallenen Kronleuchters fiel auf das alte Gemälde. Carolyn betrachtete es genau. Aus irgendeinem Grund hatte sie fast erwartet, daß die Züge des alten Mannes heute nacht weicher sein würden, als hätte es ihm gefallen, heute nachmittag seinen Enkel wiederzusehen.

Wenn es so war, gab das Porträt kein Anzeichen darauf. Samuel Pruett Sturgess blickte finster von der Wand wie immer, und Carolyn fragte sich wieder einmal, ob der Gründer der Familie Sturgess so grausam gewesen war, wie ihn der Künstler anscheinend gesehen hatte, ein bösartig wirkender, ernster Patriarch.

Hatte der Maler die Gerüchte über Samuel Pruett ebenfalls gehört, oder waren die Gerüchte erst nach dessen Tod entstanden? Es wurden so viele Geschichten im Flüsterton über den alten Mann erzählt, über seine Zornausbrüche, seine Unbarmherzigkeit, daß einige von ihnen stimmen mußten. Und in Carolyns eigener Familie...

Sie erschauerte unwillkürlich und war von neuem froh, daß ihre Eltern lange vor ihrer Ehe mit Phillip Sturgess gestorben waren. In ihrer Familie war der Haß auf die Sturgess' tief gewesen, und all die Gerüchte waren als Tatsachen akzeptiert worden. Sowohl für ihren Vater als auch für ihre Mutter wäre es die größte Schande gewesen, daß das letzte Kind der Deavers einen Sturgess geheiratet hatte.

Die Deavers hatten so lange wie die Sturgess' in Westover gelebt, vielleicht sogar länger. Und in Carolyns Familie hatte es immer die Legende gegeben, daß Charles Cobb Deaver – Carolyns Urgroßvater – eine Partnerschaft mit Samuel Pruett Sturgess gehabt hatte. Charles Deaver war ein Schuhmacher gewesen, und die Legende besagte, daß Samuel Pruett Sturgess ihn benutzt hatte, um seine Schuhfabrik aufzubauen, und daß er ihn dann aus dem Geschäft gedrängt hatte. Während die Fabrik gewachsen war und Sturgess sein Vermögen vermehrt hatte, war es mit Deaver steil abwärts gegangen. Charles Deaver war schließlich nur noch Vorarbeiter einer Schicht gewesen und hatte die Arbeit seiner eigenen Kinder beaufsichtigen müssen. Am Ende hatte er Selbstmord begangen, aber für

Carolyns Eltern hatte festgestanden, daß er von Samuel Pruett Sturgess ermordet worden war. Das hatten sie so fest geglaubt, als hätte Sturgess die Tatwaffe selbst gehalten.

Während Carolyn das Porträt von Samuel Pruett Sturgess betrachtete, fand sie es schwer, die Legende anzuzweifeln. Gewiß war nichts in den Gesichtszügen des Mannes, das auf die geringste Güte und Freundlichkeit schließen ließ. Es war ein verkniffenes Gesicht mit den Zügen eines Habgierigen, und oftmals wünschte Carolyn, das Porträt würde nicht im Eßzimmer hängen, wo sie es jeden Tag sehen mußte. Doch gleichzeitig übte das Porträt eine sonderbare Faszination auf sie aus, als wäre irgendwo darin die Wahrheit hinter all den Legenden verborgen.

Carolyn erhob sich, schaltete das Licht aus und ging zurück durch das große Wohnzimmer zur Eingangshalle. Sie überprüfte noch einmal die Vordertür und ging dann die Treppe hinauf. Oben auf dem Treppenabsatz blickte sie über den Gang des Nordflügels und sah einen Lichtstreifen unter der Tür von Abigails Suite. Einen Augenblick lang war Carolyn versucht, an die Tür zu klopfen und der alten Frau gute Nacht zu sagen. Doch dann wandte sich Carolyn ab. Sie wußte, daß es keinen Sinn hatte. Sie würde nur von neuem abgewiesen werden.

Carolyn ging in die andere Richtung und eilte über den breiten Gang zu der Suite, die sie und Phillip auf der anderen Seite des Hauses bewohnten.

»Sind wir eine weitere Nacht sicher?« fragte Phillip, als Carolyn das Schlafzimmer betrat. Er saß im Pyjama auf dem großen Bett und blätterte in einem Magazin. »Schleichen keine Diebe oder Lustmörder über die Gänge?«

Carolyn streckte ihm die Zunge heraus, setzte sich auf die Bettkante und wandte ihrem Mann den Rücken zu. »Der einzige Lustmörder hier bist du, und zufällig gefällt mir das. Machst du mir den Reißverschluß auf?«

Sie spürte die Wärme von Phillips Hand auf ihrer Haut

und erbebte vor Wonne, doch als er sie in die Arme ziehen wollte, entwand sie sich ihm und stand auf. Sie zog ihr schwarzes Kleid aus und wollte zu ihrem Umkleidezimmer gehen.

»Hier sollten öfter Leute sterben«, hörte sie Phillip sagen. Bestürzt blieb Carolyn stehen und drehte sich zu ihm um. Er grinste sie an. »Du gefällst mir in Schwarz.«

»In Schwarz sehe ich schrecklich aus«, widersprach Carolyn. »Außerdem ist es entsetzlich, so etwas zu sagen.«

»Ich sage gern entsetzliche Dinge. Und du siehst nicht schrecklich in Schwarz aus. Jedenfalls nicht in schwarzer Unterwäsche.«

»Es ist immer noch entsetzlich, so etwas am Tag der Beerdigung deines Vaters zu sagen.«

»Der schon den Anschein zu erwecken begann, daß er überhaupt niemals den Löffel abgeben würde«, bemerkte Phillip trocken.

»Phillip!«

»Nun, das stimmt doch, oder etwa nicht? Und komm mir nicht mit frommen Sprüchen. Was meinen guten, alten Dad anbetrifft, so werde ich nicht heucheln, daß mir sein Ableben leid tut. Wenigstens nicht vor dir.«

»Dein Vater war...« begann Carolyn, doch ihr Mann schnitt ihr das Wort ab.

»Mein Vater war ein halb seniler alter Mann, der seine Zeit überlebt hatte. Mein Gott, Carolyn, du solltest das als erste zugeben. Er hat sich nie damit abgefunden, daß das 19. Jahrhundert vorbei war, obwohl er nie darin gelebt hat.«

»Also gut, er war schwierig«, räumte Carolyn ein. »Aber er war immer noch dein Vater, und du schuldest ihm etwas Respekt.«

Der spitzbübische Schimmer verschwand aus Phillips Augen, und seine Miene wurde ernst. »Ich brauche ihn überhaupt nicht zu respektieren«, sagte er. »Wir beide wissen, wie er war und wie er uns behandelt hat. Er benahm sich, als wärst du eine seiner Bediensteten.«

»Und ich habe es überlebt, oder nicht?« entgegnete Carolyn. »Schließlich hätten wir ausziehen können, wenn wir das wirklich gewollt hätten.«

»Stimmt.« Phillip seufzte. »Und wir taten es nicht, was vermutlich für keinen von uns spricht. Jedenfalls ist das jetzt vorbei.«

»Ist es das?« fragte Carolyn. »Was ist mit deiner Mutter? Und mit Tracy? Die haben uns auch nicht auf Rosen gebettet.« Als Carolyn den schmerzlichen Ausdruck in Phillips Augen sah, bereute sie ihre Worte. »Verzeih mir. Ich hätte das nicht sagen sollen.«

»Du hättest es nicht zu sagen brauchen«, erwiderte Phillip ruhig, »denn ich weiß es.« Er schaute Carolyn in die Augen. »Carolyn, willst du wegziehen? Wir können die Mädchen nehmen und irgendwo anders leben, wo du willst. Weg von Westover. Ohne Mutters Einfluß wird Tracy zur Vernunft kommen.«

Das war etwas, worüber Carolyn oft nachgedacht und was sie letzten Endes stets abgelehnt hatte. Sie wußte, daß es keine Lösung war, Westover zu verlassen. »Das können wir nicht, Phillip. Du weißt, daß es nicht geht. Wir können Abigail nicht allein hier zurücklassen – das würde sie umbringen. Es wird hart genug für sie ohne deinen Vater. Ohne dich und Tracy hätte sie nichts mehr. Außerdem ist dies dein Heim«, fügte sie hinzu.

»Und deines ebenfalls.«

Carolyn schüttelte wehmütig den Kopf. »Noch nicht. Vielleicht eines Tages, aber jetzt noch nicht. Dies ist dein Heim – und das deiner Mutter. Ich befürchte, ich fühle mich hier noch wie ... ein Gast.« Fast hätte sie gesagt: Wie ein unwillkommener Gast.

»Das brauchst du nicht, das weißt du doch.«

»Ich weiß«, erwiderte Carolyn. »Gott weiß, wie oft du mir gesagt hast, daß ich ausgeben darf, was ich will, um das Haus nach meinen Wünschen zu gestalten, aber ich kann es nicht. Ich habe Angst, uns finanziell zu ruinieren, und außerdem wüßte ich nicht, wo ich anfangen sollte. Und ich habe nicht vor, Abigail einen weiteren Grund zum Streit zu liefern.«

»Sie ist nur in ihren Gewohnheiten festgefahren. Wenn du einfach anfängst...«

»Sie ist nicht nur in ihren Gewohnheiten festgefahren, und das weißt du. Sie ist Abigail Sturgess, und sie ist hart wie Stahl.« Plötzlich brach Carolyns Stimme. »Und sie glaubt, ich bin ein Spielzeug, das du auf der falschen Seite der Bahnlinie gefunden und nach Hause mitgebracht hast, um eine Weile damit zu spielen!«

Sofort war Phillip auf den Beinen und nahm Carolyn in die Arme. »Liebling, denk das nicht. Denk das keinen Augenblick.«

Carolyn kämpfte gegen die Tränen an, die in ihren Augen brannten, und schüttelte den Kopf. »Ich denke es nicht. Du weißt es. Ich hatte nur einen schwachen Moment. Ich ziehe mich zu Ende aus, und dann laß uns über etwas anderes reden, ja?«

Widerstrebend gab Phillip sie frei und ging zurück ins Bett. Carolyn ging durch das Ankleidezimmer ins Badezimmer und ließ schnell kaltes Wasser ins Waschbecken ein. Dann wusch sie sich das Gesicht und bürstete ihr Haar.

Vielleicht war es ein Fehler gewesen, Phillip zu heiraten – vielleicht war es eine unmögliche Situation, ganz gleich wie sehr sie wünschte, daß die Ehe gutging.

Aber sie mußte es schaffen, daß sie gutging.

Nach Alan...

Sie versuchte den Gedanken zu verbannen, aber sie konnte es nicht. Das Problem war, daß Phillip und Alan sich zu sehr im Wesen ähnelten.

Gute, freundliche, anständige Männer.

Und sie hatte Alan verloren, nur weil sie nicht in der

Lage gewesen war, ihn so zu akzeptieren, wie er war. Sie hatte immer mehr gewollt.

Sie durfte nicht den gleichen Fehler bei Phillip begehen. Westover war seine Heimat, und dieses Haus war sein Heim. Hier gehörte er hin. Was auch immer geschehen mochte, sie würde ihn nicht bitten, von hier wegzuziehen. Sie würde eine Möglichkeit finden, mit seiner Mutter zurechtzukommen, und sie würde seine Tochter für sich gewinnen. Ja, sie würde Phillip niemals bitten, hier alles aufzugeben.

Sie hatte ihn als den Mann geheiratet, der er war. Ein großer Teil seiner Persönlichkeit wurde durch die Tatsache bestimmt, daß Phillip ein Sturgess war. Und ein Sturgess lebte auf Hilltop.

Plötzlich kamen ihr Bruchstücke der alten Geschichten in den Sinn – Geschichten, mit denen sie aufgewachsen war und die von den Sturgess' handelten. Doch so schnell sie ihr in den Sinn kamen, so rasch verdrängte sie die Gedanken daran. Sie waren nur gehässiges Geflüster von Leuten, die weniger als die Sturgess' besaßen und sie deshalb beneideten. Gerede. Und es hatte nichts mit Phillip zu tun.

Carolyn legte die Haarbürste weg und ging ins Schlafzimmer zurück. Sie schlüpfte neben ihrem Mann ins Bett. Nachdem sie die Lampe auf ihrem Nachttisch ausgeschaltet hatte, kuschelte sie sich an ihren Mann und spürte, wie die Spannung aus ihrem Körper wich. Und dann kam ihr ein Gedanke.

»Phillip...«

»Hm?«

»Phillip, diesen Plan, an dem du gearbeitet hast – die Renovierung der Fabrik.«

»Hm – hm. Was ist damit?«

»Du... du denkst doch nicht daran, den Plan in die Tat umzusetzen, oder?«

Phillip zog sich ein wenig zurück und schaute auf

Carolyn hinab. »Erzähl mir nicht, daß du mit Mutter darüber geredet hast.«

»Mit Abigail? Wie kommst du darauf?«

»Weil wir heute über die Fabrik gsprochen haben. Nach dem Gottesdienst in der Kirche, auf dem Weg hier herauf. Mutter fragte mich, ob der Plan fertig ist.«

Carolyns Herz schlug schneller. »Was hast du ihr gesagt?«

»Daß alles erledigt ist. Alles steht auf dem Papier.«

»Und was sagte Abigail?« Carolyn hielt unwillkürlich den Atem an.

Phillip lachte leise. »Diesmal war Mutter mit mir einer Meinung. Sie sagte, daß es nach Vaters Tod an der Zeit ist, mit diesem Projekt anzufangen.«

Carolyn lag einen Augenblick lang still da, bevor sie das Schweigen brach. »Phillip, vielleicht solltest du nicht damit anfangen. Vielleicht... vielleicht hatte dein Vater recht.«

Jetzt setzte sich Phillip auf und schaltete das Licht an. Als Carolyn zu ihm blickte, sah sie Zorn in seinen Augen.

»Recht? Vater sagte stets, daß die Fabrik teuflisch ist und nie angerührt werden sollte. Weder renoviert, noch umgebaut für eine andere Nutzung und nicht einmal abgerissen sollte sie werden. Sie sollte seiner Meinung nach einfach verfallen! Wie kann er damit recht gehabt haben?«

Carolyn schüttelte unglücklich den Kopf. »Ich weiß es nicht. Aber es hat so viele Geschichten gegeben. Und du weißt nicht, wie jeder in der Stadt über die Fabrik denkt.«

»Die Leute denken darüber wie ich«, behauptete Phillip. »Daß die Fabrik ein scheußlicher, alter Schandfleck ist und daß etwas damit geschehen muß.«

»Aber das ist sie nicht«, entgegnete Carolyn. »Sie ist mehr. Eine Erinnerung daran, wie die Dinge einst hier waren...« Sie unterbrach sich, denn sie wollte ihren

Mann nicht kränken, aber es war bereits zu spät. Sie sah den Schmerz in Phillips Augen.

»Du meinst, eine Erinnerung an die schlechten alten Zeiten, als meine Familie in der Schuhfabrik Kinder arbeiten ließ, bis sie sich zu Tode schufteten?«

Carolyn nickte stumm.

Phillip starrte sie einen Moment lang an, ließ sich dann auf das Kissen zurücksinken und wandte den Blick ab.

»Ich finde, das ist ein weiterer Grund, um die Fabrik zu renovieren«, sagte er müde. »Vielleicht der beste. Vielleicht werden all diese alten Geschichten endlich vergessen, wenn ich etwas aus der Fabrik mache und einige Leute in Westover mit ehrlicher Arbeit dort Geld verdienen.«

»Aber... vielleicht sollten die Geschichten nicht vergessen werden, Phillip. Vielleicht müssen wir stets in Erinnerung behalten, was dort geschah.«

»Mein Gott«, stöhnte Phillip. »Das klingt wie bei Vater. Abgesehen davon, daß er nie genau gesagt hat, worüber er sprach. Es waren immer vage Hinweise und dunkle Andeutungen. Aber nie etwas Greifbares.« Er stemmte sich auf einen Ellenbogen auf, und sein Tonfall wurde sanfter. »Und weißt du, warum ich niemals etwas Greifbares daran finden konnte?« fragte er.

Carolyn schüttelte den Kopf.

»Weil es nichts Greifbares gibt! Nur wilde Geschichten und Legenden über schreckliche Mißstände in der Schuhfabrik. Aber so etwas gab es in ganz Neuengland. Himmel, Kinderarbeit war unsere Antwort auf die Sklaverei. Das ist jetzt alles vorüber, Carolyn. Warum sollten wir uns weiterhin damit quälen?«

»Ich weiß es nicht«, gab Carolyn zu. »Ich kann einfach nichts für das Gefühl, daß dein Vater in bezug auf die Fabrik irgendwie recht hatte.«

Phillip schaltete das Licht aus und zog Carolyn an sich. »Er hatte nicht recht«, sagte er. »Er irrte sich in punkto

Fabrik genauso wie in allem anderen. Er war mein Vater, Liebling, aber ich muß zugeben, daß ich ihn nicht sehr mochte.«

Carolyn erwiderte nichts und lag still in den Armen ihres Mannes. Hier, im Bett mit Phillip, fühlte sie sich sicher und geborgen, und sie wollte nichts tun, um dieses Gefühl zu gefährden. Als Phillip jedoch einschlief und sie noch wachlag, blieb das Gefühl, daß Phillip unrecht in bezug auf die Fabrik hatte und daß der alte Conrad Sturgess, der an diesem Tag beerdigt worden war, mit seiner Meinung recht gehabt hatte.

Die Fabrik sollte nicht angetastet werden. Sie sollte dem Verfall preisgegeben werden, bis nur noch Staub davon übrig sein würde.

## 3

Tracy Sturgess lag in ihrem Bett und lauschte auf das schwache, ferne Läuten der alten Standuhr, die sich in der Eingangshalle befand, so lange Tracy zurückdenken konnte.

Sie zählte die Glockenschläge und verglich die Zahl mit der Zeit, die ihr kleiner Wecker auf dem Nachttisch anzeigte.

Elf.

Tracy warf die Bettdecke zurück, zog ihren Morgenrock an und ging ins Badezimmer, das an ihr Schlafzimmer grenzte. Sie schaltete das Licht an und musterte sich im Spiegel.

Sie sah nicht ganz richtig aus.

Sorgfältig brachte sie ihr Haar durcheinander, bis es zu ihrer Zufriedenheit aussah, als hätte sie es in der letzten Stunde in ihrem Bett zerzaust. Dann knipste sie das Licht im Badezimmer aus und eilte durch die Dunkelheit zur

Tür ihres Schlafzimmers. Sie öffnete die Tür einen Spalt und spähte auf den Flur hinaus, der nur schwach von einem kleinen Nachtlicht auf der Kommode beleuchtet war, die zwischen der Treppe und der Suite ihrer Großmutter stand.

Die Halle war verlassen, und Stille herrschte im Haus. Doch am anderen Ende der Halle schimmerte wie erwartet Licht unter der Tür zu den Zimmern ihrer Großmutter.

Lächelnd eilte Tracy in die Halle hinunter.

Sie blieb kurz vor der Tür zur Suite ihrer Großmutter stehen und lauschte. Drinnen konnte sie schwache Geräusche hören. Ihre Großmutter ging unruhig im Wohnzimmer auf und ab. Dann folgte Stille. Tracy lächelte. Sie setzte eine besorgte, unglückliche Miene auf und klopfte leise an die Tür. Einen Augenblick lang gab es keine Antwort von drinnen. Dann hörte Tracy die Stimme ihrer Großmutter.

»Herein.«

Tracy drehte den Türgriff und schob die Tür langsam gerade weit genug auf, um hindurchzuschlüpfen. »G-großmutter?« sagte sie und ließ ihre Stimme ein wenig beben. »Ich konnte nicht schlafen. Ich vermisse Großvater so sehr...« Sie hob die Hand und wischte sich über die Augen.

Ihre Großmutter reagierte wie immer sofort.

»Tracy, Schatz, komm herein. Bitte.« Abigail breitete auf ihrem Sessel die Arme aus, und nach nur kurzem Zögern lief Tracy durch das Zimmer, sank vor ihrer Großmutter auf die Knie und schmiegte das Gesicht in den Schoß der alten Frau. Abigail, deren Augen sich mit Tränen füllten, streichelte sanft über Tracys Haar.

»Was ist, Kind? Was hast du?«

Tracy schniefte leicht und blickte dann auf. »Ich... ich weiß einfach nicht, was aus uns werden wird, jetzt nach Großvaters Tod...« Sie verstummte mit einem leisen

Schluchzen und hielt still, während ihr Abigail eine Träne aus dem Augenwinkel wischte.

»Es wird alles gutgehen, mein Liebling«, versicherte Abigail. »Wir müssen es lernen, uns mit diesen Dingen abzufinden. Wir alle sterben früher oder später, und für deinen Großvater war die Zeit gekommen.«

»Aber ich *wollte* nicht, daß er stirbt!« schluchzte Tracy. »Ich liebte ihn so sehr!«

»Natürlich, mein Liebling. Wir alle haben ihn geliebt. Aber wir müssen uns mit seinem Tod abfinden und uns sagen, daß für uns das Leben weitergeht.«

»Aber ohne ihn wird alles anders werden!«

»Anders?« fragte Abigail. »Was wird anders werden?«

Tracy zögerte lange und wartete darauf, daß ihre Großmutter sie zu einer Antwort drängte.

»Sprich weiter, Tracy. Was immer es ist, du weißt, daß du es mir erzählen kannst.«

Tracy atmete tief durch. »Es ... es ist Carolyn. Was wird jetzt aus mir ohne Großvaters Hilfe? Sie haßt mich.«

Abigail schloß ihre Enkelin in die Arme und zog sie an sich. »Wie kann sie dich hassen? Du bist ein süßes Kind.«

Tracy setzte eine Schmollmiene auf. »Aber sie haßt mich. Sie sagte Daddy immer, daß ich verdorben bin und daß du mich falsch erzogen hast.« Tracy spürte, wie sich ihre Großmutter versteifte.

»Ich habe dich genau so erzogen, wie es deine Mutter getan hätte«, erwiderte Abigail. »Und dein Vater weiß das.«

»Aber er hat *sie* geheiratet! Und jetzt versucht sie, alles zu verändern!«

»Alles? Wie?«

Tracys Augen wurden eine Spur dunkler, und sie zog sich ein wenig von ihrer Großmutter zurück. »Ich ... ich glaube, ich sollte heute nicht darüber reden«, sagte sie. Sie erhob sich wie um fortzugehen, doch Abigail hielt sie zurück.

»Unsinn. Was immer dich aufregt, wir sollten darüber sprechen. Also, was ist es?«

Tracy wandte sich wieder ihrer Großmutter zu. »Meine... meine Geburtstagsparty«, stammelte sie. »Findet sie immer noch nächste Woche statt, wie wir es geplant haben?«

Abigail blinzelte, und dann erinnerte sie sich. An Tracys Party, die schon vor Wochen geplant worden war, hatte sie nicht mehr gedacht, als Conrad gestorben war. »Nun, ich weiß nicht recht.« Dann sah sie die Enttäuschung in Tracys Augen und traf sofort eine Entscheidung. »Ich sehe keinen Grund, weshalb wir die Party ausfallen lassen sollten. Ich bin sicher, daß dein Großvater wünschen würde, daß sie stattfindet.«

Plötzlich strahlte Tracy. »Und ich kann einladen, wen ich will?«

»Natürlich«, versicherte ihr Abigail. »Schließlich ist es *deine* Party, nicht wahr?«

»Aber was ist mit...« Tracy verstummte, als schrecke sie von neuem davor zurück, ihrer Großmutter zu erzählen, was sie bedrückte.

»Was ist womit?« drängte Abigail.

»Beth«, flüsterte Tracy. Sie zögerte, als ihre Großmutter die Lippen aufeinanderpreßte, und fragte sich, ob sie einen Fehler begangen hatte. Als Abigail einen Augenblick später sprach, wußte Tracy jedoch, daß alles in Ordnung gehen würde.

»Ich glaube nicht, daß sich das kleine Rogers-Mädchen auf deiner Party amüsieren würde.«

»Aber was sollen wir tun?« fragte Tracy. »Carolyn wird von mir verlangen, daß ich Beth einlade.«

»Vielleicht«, sagte die alte Frau sanft, doch ihre Augen glitzerten jetzt kalt. »Vielleicht wird sie das. Vielleicht auch nicht. Wie auch immer, wir werden das morgen klären. In Ordnung?«

Tracy ging zu ihrer Großmutter zurück und neigte sich

hinab, um sie zu umarmen. »Ich liebe dich, Großmutter«, flüsterte sie.

»Und ich liebe dich auch«, erwiderte Abigail. »Du brauchst dir keine Sorgen zu machen. Nur weil dein Großvater gestorben ist, heißt das nicht, daß du ganz allein bist. Du hast immer noch mich.«

Ein paar Minuten später verließ Tracy das Zimmer ihrer Großmutter und ging zurück über den langen Flur. Doch der Geruch des Zimmers – eine Mischung von Modrigkeit, zu süßlichem Kölnischwasser und noch etwas anderem – umgab sie immer noch. Sie atmete ein paarmal tief durch und versuchte diesen widerlichen Geruch loszuwerden, den sie immer gehaßt hatte; es war der Geruch von alten Leuten.

Sie fragte sich, wie ihre Großmutter ihn ertragen konnte. Und auch, wie sie es in der Suite aushielt. Obwohl Tracy immer darauf bedacht war, ihrer Großmutter zu sagen, wie sehr sie das altmodische Wohnzimmer mit den viktorianischen Möbeln und den abgetretenen, orientalischen Teppichen liebte, haßte sie den Anblick der Suite genauso sehr wie deren Geruch. Wenn ihre Großmutter endlich sterben und Tracy ihren Vater überreden würde, sie in die große Suite einziehen zu lassen, dann würde sie alles ändern.

Alles.

Doch bis dahin mußte sie weiterhin ihre Großmutter täuschen. Schließlich war es schon vorgekommen, daß Großeltern ihr Testament änderten. Obwohl Tracy noch nicht ganz 13 war, wollte sie nicht, daß ihr so etwas passierte.

Plötzlich blieb sie stehen und lauschte. Hinter einer geschlossenen Tür konnte sie so gerade die Musik einer ihrer liebsten Rockbands hören. Sie runzelte die Stirn und lauschte angestrengter.

Die Musik kam aus Beths Zimmer.

Tracy hörte einen Augenblick lang zu und wiegte sich unbewußt zu dem vertrauten Rhythmus. Dann kniff sie die Augen zu Schlitzen zusammen, ging zu Beths Zimmer und stieß die Tür auf, ohne anzuklopfen.

Erschreckt von Tracys plötzlichem Eindringen, setzte sich Beth im Bett auf und starrte ihre Stiefschwester an.

»Was treibst du hier?« zischte Tracy.

»Tracy? Was... was ist denn los?«

»Diese Musik, du Dummkopf! Weißt du nicht, daß wir um meinen Großvater trauern?«

Beth sah Tracy an und versuchte zu verstehen, was sie Falsches getan hatte. »Aber – ich habe die Musik ganz leise gestellt.«

»Du sollst sie überhaupt nicht spielen«, sagte Tracy. »Wie kann jemand schlafen, wenn dein Radio plärrt?«

»Aber man kann es ja kaum hören...« wandte Beth ein.

»Ich konnte es hören«, beharrte Tracy. »Und meine Großmutter konnte es ebenfalls hören! Mach das Radio aus!«

Beth schaute sie mit großen Augen an und griff zum Radio hinüber. »Ich werde es leiser stellen...«

»Mach es aus!« Tracy ging zum Nachttisch und drückte auf die Ausschalttaste. Die Musik verstummte. Beth starrte ihre Stiefschwester eingeschüchtert an.

»Ich verstehe nicht, weshalb ich nicht Radio hören kann, wenn es so leise ist, daß niemand sonst es hört...«

»Du kannst das nicht, weil *ich* es dir sage. Es ist mein Haus, nicht deins, und wenn es dir hier nicht gefällt, dann kannst du verschwinden und sonstwo wohnen!«

»Aber Mama sagte...«

»Wen interessiert, was deine Mutter sagt? Nur weil deine blöde Mutter meinen Vater geheiratet hat, hast du nicht das Recht...«

Plötzlich überwand Beth ihre Verwirrung, und Zorn stieg in ihr hoch. »Nimm das zurück, Tracy Sturgess!«

Tracy erschrak bei dem unerwarteten Ausbruch und wich zurück. »Rede nicht so mit mir!«

»Nenn meine Mutter nicht blöde!«

Tracys Blick wurde härter, und ihr Mund verzog sich trotzig. »Ich nenne deine Mutter wie ich will, und du kannst mich nicht daran hindern!«

Beth starrte Tracy an und kämpfte gegen den Zorn an. »Geh«, brachte sie schließlich hervor. »Geh und laß mich in Frieden.«

Die beiden Mädchen starrten sich noch einen Augenblick lang an. In Tracys Augen glitzerte Wut, während Beth gegen Tränen ankämpfte. Schließlich wandte sich Tracy ab und rauschte aus dem Zimmer.

Als Tracy fort war, lief Beth zur Tür und schloß sie ab. Dann kehrte sie zu ihrem Bett zurück. Schluchzend legte sie sich hin und schmiegte den Kopf ins Kissen.

Es wurde kein bißchen besser, ganz gleich, was ihr Vater gesagt hatte. Es wurde nur schlimmer, was auch immer sie tun würde und wie sehr sie sich auch bemühen würde, so zu tun als ob.

Tracy würde sie immer hassen.

Beths Schluchzen ließ nach, und sie lag im Bett und fragte sich, was der nächste Tag bringen würde.

Sie wußte es bereits.

Es würde beim Frühstück anfangen.

Sie würde unglücklich am Tisch im Eßzimmer sitzen und herauszufinden versuchen, welches Besteck wozu benutzt wurde.

Die alte Mrs. Sturgess würde sie wie Luft behandeln, wie sie es immer tat.

Aber Tracy würde sie beobachten und darauf lauern, daß sie einen Fehler machte, damit sie Beth auslachen konnte.

Und sie, Beth, würde etwas Falsches sagen oder tun. Wie immer.

Ein neuer Gedanke kam ihr. Wie wäre es, wenn sie gar

nicht zum Frühstück hinuntergehen würde? Wenn sie früh aufstehen und sich hinunterstehlen würde, um mit Hannah zu frühstücken? Anschließend konnte sie zum Stall gehen und die Pferde sehen, und danach...

Was danach?

Tracy würde kommen und ihr sagen, daß sie nichts von Pferden verstehe und daß sie die Tiere in Ruhe lassen sollte.

Und das Dumme war, daß Tracy in diesem Punkt recht hatte.

Beth verstand nichts von Pferden. Sie verstand nichts von irgend etwas in diesem Haus, und sie würde es nie lernen.

Sie kuschelte sich tiefer unter die Decken und schloß die Augen. Wenn sie es sich fest genug einbildete, dann konnte sie vielleicht das Gefühl wiedergewinnen, im Haus an der Cherry Street zu sein, in dem sie zuvor gewohnt hatte. Und sie konnte sich einreden, daß ihre Eltern noch verheiratet waren und...

Nein, sie konnte es nicht.

Ihre Eltern waren *nicht* mehr verheiratet. Ihre Mutter war mit Onkel Phillip verheiratet, und sie, Beth, mußte sich daran gewöhnen.

Sie mußte es, und sie würde es. Ihre Mutter wollte es so, und ihr Vater ebenfalls.

Beth drehte sich auf die Seite und sagte sich, daß es in Wirklichkeit gar nicht so schlimm war. Es war ein schönes Haus, wenn es auch zu groß war, und Onkel Phillip war immer freundlich zu ihr.

Wenn sie doch nur eine Möglichkeit finden könnte, daß Tracy sie mochte.

Mit diesen Gedanken schlief sie ein.

Und in der Nacht träumte sie von Tracy.

Tracy versuchte, sie zu töten.

Trotz der Wärme des Junis im Eßzimmer spürte Carolyn die Kälte, die von ihrer Schwiegermutter ausging, und den kalten Haß von ihrer Stieftochter. Phillip, der in den Wirtschaftsteil des *Wall Street Journal* vertieft war, schien die Spannung nicht zu bemerken, obwohl Carolyn davon überzeugt war, daß ihm kein Wort entging, das gesagt wurde. Und als er sich schließlich genötigt sah, den Streit zu beenden, der seit über zwanzig Minuten andauerte, wußte sie, daß Phillip fest auf ihrer Seite war.

Es hatte angefangen, als Carolyn an diesem Morgen ins Eßzimmer gekommen war und gesehen hatte, daß ihre Tochter nicht am Tisch saß.

»Ist Beth noch nicht herunter gekommen?« hatte Carolyn gefragt.

Abigail hatte sie über ihre Lesebrille hinweg angeschaut.

»Ich glaube, sie hat heute morgen mit Hannah gefrühstückt«, hatte sie gesagt und es geschafft, zu übermitteln, daß sie zwar mißbilligte, wenn Mitglieder ihrer Familie mit den Bediensteten aßen, daß sie in Beths Fall jedoch bereit war, darüber hinwegzusehen.

Beth war schließlich keine Sturgess, und man konnte von ihr nicht die Manieren der Familie Sturgess erwarten.

Dann hatte Abigail Carolyn strahlend angelächelt und vorgeschlagen, da Beth nicht anwesend war, über Tracys Geburtstagsparty zu reden.

Carolyn war sofort auf der Hut gewesen, besonders als sie das leichte Lächeln um Tracys Lippen gesehen hatte.

Jetzt, fast eine halbe Stunde später, starrte Tracy sie an, und in ihren blauen Augen glitzerte kaum gezügelter Zorn.

»Aber Beth hätte überhaupt keinen Spaß bei meiner Party«, sagte Tracy und versuchte es mit einer neuen Taktik. »Sie weiß nicht, wie sie sich dafür kleiden oder was sie reden soll. Sie kennt keine meiner Freundinnen und Freunde, und die kennen sie ebensowenig!«

»Dann wäre es vielleicht gut für sie, Beth kennenzulernen«, sagte Carolyn gelassen, ohne sich ihren eigenen Zorn anmerken zu lassen. »Und vielleicht sollten wir ebenfalls einige von Beths Freunden einladen. Es wäre gewiß gut für dich, sie kennenzulernen. Schließlich wirst du im nächsten Jahr zusammen mit ihnen auf die Schule gehen.«

»Das ist noch nicht entschieden«, warf Abigail ein und legte ihre Serviette mit einer Geste ab, die Carolyn seit langem als ein Anzeichen auf Gefahr kennengelernt hatte. »Erst wenn Phillip und ich über die Qualität der Schulen von Westover diskutiert haben, werden wir die endgültige Entscheidung treffen.«

»Wir haben bereits darüber gesprochen, Mutter.« Phillip legte die Zeitung beiseite. »Die Entscheidung wurde getroffen. Im nächsten Jahr geht Tracy aufs städtische Gymnasium.«

»Ich habe dir gesagt, daß ich bereit bin, für sie das Schulgeld für eine Privatschule von meinem eigenen Geld...« begann Abigail, doch Phillip schnitt ihr das Wort ab.

»Darum geht es nicht. Es geht darum, daß weder ich noch Carolyn mit Tracys Schule zufrieden sind.«

»Was weiß Carolyn denn über Tracys Schule?« fragte Abigail in scharfem Tonfall. Sie lächelte arrogant zu ihrer Schwiegertochter hin. »Ich glaube nicht, daß Carolyn in der Lage ist, die Qualität von Privatschulen zu beurteilen.«

»Das ist nicht der Punkt, über den wir jetzt reden«, erwiderte Carolyn und ignorierte Abigails eisigen Blick. Carolyn bemerkte, daß ein Grinsen um Phillips Mund begann, und sie versetzte ihrem Mann unter dem Tisch einen leichten Tritt. Das Grinsen schien sich noch zu verstärken, doch dann schaffte Phillip, es zu unterdrükken. Carolyn sprach weiter. »Wir reden über Tracys Party, und ich habe den Eindruck, daß wir aus einer Mücke einen Elefanten machen. Abgesehen von der Tatsache, daß meine Tochter ein perfekt nettes Mädchen ist, auf dessen Gefühlen ich von euch nicht herumtrampeln lasse, bin ich der Meinung, daß du, Abigail, dir in Erinnerung rufen solltest, daß ihr Vater zufällig Stadtrat ist. Und wenn ihn das auch nicht zu einem Sturgess – oder einem Babcock, einem Kilpatrick oder einem Bailey – macht, so gibt ihm das eine gewisse Macht.« Sie blickte Abigail durchbohrend an. »Als du in Tracys Alter warst, bestand der Stadtrat aus deinem Vater, Phillips Großvater, Jeremiah Bailey und Fred Kilpatrick. Und sie waren nicht nur die Stadträte, sondern auch sehr reich.«

»Sie wurden von den Leuten gewählt«, stieß Abigail hervor.

»Natürlich. Und die Leute arbeiteten für sie, was vielleicht etwas mit ihrer Wahl zu tun hatte. Aber das ist vorüber, und es ist an der Zeit, daß du das begreifst. Es gibt keine Baileys, Kilpatricks, Babcocks oder Sturgess' mehr im Rat. Doch der Stadtrat entscheidet immer noch über Westover und erteilt immer noch die Genehmigung, die Phillip für zukünftige Projekte brauchen wird.« Carolyn legte eine Pause ein und bemerkte, daß Abigail leicht zusammenzuckte und verstohlen zu ihrem Sohn blickte.

Carolyn war sich fast sicher, daß Phillip von neuem ein Grinsen unterdrückte.

»In Anbetracht dessen, was du mit der Fabrik machen willst, Abigail, solltest du dir klarmachen, wie wertvoll ein gutes Verhältnis mit dem Stadtrat ist. Es gibt viele Leute – und ich zähle dazu –, die der Meinung sind, die Fabrik sollte entweder so bleiben, wie sie ist, oder abgerissen werden. Ich werde natürlich nicht gegen Phillip ankämpfen. Aber andere werden das tun. Und es wird deiner Sache nicht helfen, wenn Beth bei Tracys Geburtstagsparty ausgeschlossen wird. Es wird mich kränken, und ich will gar nicht daran denken, was es bei Beth anrichten wird. Und es wird Alan erzürnen.«

»Ich kann mir nicht vorstellen, daß der Stadtrat Rogers überhaupt etwas von Tracys Party weiß«, bemerkte Abigail spöttisch.

»Darauf würde ich mich nicht verlassen«, entgegnete Carolyn. »Beth spricht über fast alles mit ihrem Vater. Und bei all dem Gerede über Tracys Party war nie die Sprache davon, daß Beth nicht eingeladen wird.«

»*Ich* habe sie nicht eingeladen«, sagte Tracy mürrisch. »Und es ist *meine* Party. Wenn ich Beth nicht an diesem Tag hierhaben will, dann soll sie auch nicht hiersein! Nicht wahr, Großmutter?«

»Natürlich, mein Schatz«, sagte Abigail. Sie richtete den Blick wieder auf Carolyn. »Ich bin sicher, du verstehst, daß unsere Familie nie mit Kindern wie Beth verkehrt hat, und ich sehe keinen Grund, weshalb Tracy gezwungen werden sollte, etwas zu tun, das für sie unnatürlich ist. Was Beth anbetrifft, so bin ich überzeugt, daß sie sich kein bißchen brüskiert fühlen wird. Solche Leute sind das selten – besonders die Kinder.«

Carolyn schaffte es, mit ruhiger Stimme zu antworten. »Da ich mir nicht vorstellen kann, daß du jemals brüskiert worden bist, Abigail, bin ich sicher, daß du nicht weißt, wie es ist, wenn man verächtlich behandelt wird. Ich dagegen kenne dieses Gefühl sehr gut, da ich ziemlich regelmäßig verächtlich behandelt werde. Ich kann es ertragen. Aber es gibt keinen Grund, weshalb Beth es erleiden sollte.«

Sie legte eine Pause ein und sagte sich dann, daß es an der Zeit war, sowohl Abigail als auch Tracy zu zeigen, wie zornig sie wirklich war.

»Mein Gott«, fuhr sie fort. »Beth lebt hier! Dies soll ihr Heim sein, und ihr beide tut euer Bestes, um ihr das Gefühl zu geben, daß sie nicht hierher gehört. Und vielleicht stimmt das auch. Vielleicht gehören wir beide nicht hierher. Aber wir sind nun mal hier, und wir bleiben hier. Beth wird an Tracys Party teilnehmen, und ihr beide werdet höflich zu dem Mädchen sein. Ist das klar?« Carolyn atmete tief durch und hoffte, daß Abigail nicht das Zittern ihrer Hände bemerkte. »Und jetzt sollten wir die Diskussion beenden und über etwas anderes reden«, fügte sie hinzu und schaffte es irgendwie, sich zu einem Lächeln zu zwingen. »Noch Toast, Abigail?«

Abigail ignorierte sie. »Phillip, ich will nicht so behandelt werden. Ich verstehe nicht, wie du zulassen kannst...«

»Sie hat recht, Mutter«, unterbrach Phillip, und Carolyn atmete lautlos vor Erleichterung auf. »Abgesehen von der moralischen Seite, in der wir Sturgess' nie allzu stark waren, solltest du es dir dreimal überlegen, bevor du Alan Rogers beleidigst. Nicht, daß ich glaube, Alan würde so kleinlich sein, wegen einer Geburtstagsparty irgendwelche Baugenehmigungen zu verweigern.« Er lächelte ironisch. »Irgendwie habe ich bei solchen Sachen das Gefühl, daß dies eher unser Stil ist als seiner. Aber es stehen viele Projekte an, und wir werden die Zusammenarbeit mit der Stadt brauchen. Nicht nur Tracy sollte allmählich mit allen in Westover bekannt werden, sondern wir alle sollten Kontakte mit den Leuten knüpfen.« Er wandte sich schließlich an seine Tochter. »Es tut mir leid, Liebling, aber deine Stiefmutter hat recht. Beth wird an deiner Party teilnehmen, oder es wird keine Party geben.«

Tracy, deren Gesicht sich zu einer Grimasse der Enttäuschung und des Zorns verzog, brach in Tränen aus, sprang vom Tisch auf und stürzte davon. Sofort erhob sich Abigail, um ihr zu folgen, doch Phillip ergriff von neuem das Wort. »Laß sie in Ruhe, Mutter.«

»Das werde ich *nicht«*, erwiderte Abigail. »Seit du Carolyn geheiratet hast, bist du gefühllos gegenüber deiner eigenen Familie. Aber du machst einen Fehler, Phillip, und du wirst ihn bereuen.« Sie verließ das Eßzimmer und wandte sich noch einmal um. »Und was die Fabrik anbetrifft, Carolyn, so geht es dich nichts an, was damit geschieht. Sie ist Besitz der Familie Sturgess und war das immer. Wir werden damit tun, was uns beliebt, und uns beliebt, sie als Monument für den Weitblick von Phillips Urgroßvater zu restaurieren. Wenn das den Leuten von Westover nicht gefällt, dann sollen sie verdammt sein.« Hoch aufgerichtet rauschte sie davon.

Es folgte ein langes Schweigen, das Carolyn schließlich mit einem Seufzen brach. »Es tut mir leid«, sagte sie. »Ich weiß, wie unerfreulich das für dich war. Und vielleicht hat sie recht. Vielleicht sollte Tracy nicht gezwungen werden, Beth in ihre Party einzuschließen.«

Phillip schüttelte den Kopf. »Kommt nicht in Frage. Es ist für uns alle an der Zeit, uns in die moderne Welt ziehen zu lassen. Du hast das bei mir bewirkt, und vielleicht kann Beth es für Tracy tun. Wir werden einfach weiter daran arbeiten, und vielleicht wird es klappen.« Phillip warf einen Blick auf seine Armbanduhr und trank dann die Kaffeetasse leer. »Und jetzt muß ich einen üblen Mann bei der Fabrik treffen, und wenn ich mich nicht beeile, werde ich zu spät kommen.«

»Einen üblen Mann?« fragte Carolyn.

»Den übelsten«, erwiderte Phillip und senkte die Stimme zu einem verschwörerischen Flüsterton. »Deinen Ex-Mann!« Bevor Carolyn etwas erwidern konnte, hatte Phillip das Eßzimmer verlassen.

Carolyn saß ein paar Minuten lang allein da und schaute aus dem Fenster auf den Ort hinab. Als sie früher dort unten gewohnt und zu Hilltop hinaufgespäht hatte, war ihr das Haus stets wie der friedlichste Platz auf der Erde vorgekommen.

Jetzt war sie hier, und es gab keinen Frieden.

# 4

Beth öffnete die Küchentür und trat hinaus auf den kleinen mit Fliesen ausgelegten Innenhof, der zu den Gärten führte.

Die Tür fiel hinter ihr mit einem Knall zu, und Beth zuckte leicht zusammen und rief schnell eine Entschuldigung über die Schulter.

»Schon gut«, erwiderte Hannah gutmütig aus der Küche. »Es ist ja nichts passiert.«

Beth blieb auf dem kleinen Hof stehen, spürte den Sonnenschein des frühen Morgens und schaute sich um. Hier, fern von der ungeheuren Größe des Hauses, fühlte sie sich fast heimisch. Der Innenhof war fast wie der, den ihr Vater hinter dem Haus an der Cherry Street angelegt hatte.

Auf Hilltop gab es jedoch eine andere Terrasse, eine breite Veranda, die sich fast über die gesamte Länge des Hauses erstreckte und auf der Tische und Sessel und Chaiselongues standen. Von der Terrasse aus hatte man einen Blick über den Tennisplatz und den Rosengarten, doch Beth gefiel die Terrasse nicht. Wie alles hier war sie zu groß und zu protzig.

Beth folgte einem Pfad, der unter einer Laube entlangführte, und ging um die Ecke des Rosengartens herum. Jenseits davon, verborgen von einer hohen Hecke, befand sich der Stall.

Der Stall war von ganz Hilltop Beths Lieblingsplatz. Im Winter war es darin warm und jetzt im Sommer kühl, und alles roch nach Pferden und Heu. Beth fühlte sich stets besser, wenn sie im Stall war. Sie hatte sich sogar mit einem der Pferde angefreundet, ein geschecktes Tier namens Patches, das stets wieherte, wenn sie den Stall betrat, und die Nüstern an ihr rieb, wenn es in ihren Taschen nach Karotten suchte.

Beth bog um eine Ecke und stolperte fast über den

Gärtner, der am Boden kniete, Tulpenzwiebeln ausgrub und statt dessen kleine Ringelblumen einpflanzte.

»Guten Morgen, Mr. Smithers.«

Der alte Gärtner blickte auf, hockte sich auf die Hacken und ließ den Pflanzenheber in der Hand baumeln. »Morgen, Miß Beth. So früh auf und munter?«

»Ich habe heute morgen mit Hannah gefrühstückt.«

Smithers hob leicht die Augenbrauen, sagte jedoch nichts.

»Was ist daran falsch?« fragte Beth. »Wenn ich mit Hannah frühstücken möchte, warum sollte ich das nicht?«

»Nichts – überhaupt nichts«, versicherte der alte Mann. Dann verzog sich sein faltiges Gesicht zu einem leichten Grinsen. »Aber ich wette, Mrs. Sturgess sieht das nicht gern.«

Beth blickte ihn unsicher an. »Warum sollte sie das nicht gern sehen?«

Smithers setzte eine gespielt tadelnde Miene auf. »Ein Mitglied der Familie ißt mit den Bediensteten? Ts-ts, Kind. Das gehört sich einfach nicht!«

»Aber ich bin kein Mitglied der Familie! Ich bin einfach das, was ich immer war.« Dann senkte Beth die Stimme. »Und ich wünschte, Sie würden mich nicht Miß Beth nennen. Das hätten Sie sich gar nicht erst anzugewöhnen brauchen.«

»Und deine Mutter hätte sich nicht anzugewöhnen brauchen, mit Mr. Phillip verheiratet zu sein«, erwiderte Smithers in sanftem Tonfall. »Die Dinge sind jetzt anders, und du mußt lernen, was man von dir erwartet. Und ein Teil davon ist, daß ich dich mit Miß Beth anrede und du mich mit Ben ansprichst. Ich bin hier der Gärtner, und du solltest mich nicht mit Mister anreden.«

»Aber als wir Tür an Tür wohnten, sagte ich immer Mister Smithers zu Ihnen.«

»Das war früher«, erklärte der Gärtner. »Und da sprach ich deine Mutter ebenfalls mit dem Vornamen an. Aber jetzt hat sich alles verändert.« Ben Smithers zuckte die Achseln. »So ist es nun mal auf der Welt, Miß Beth. Alles verändert sich, und man kann nicht viel dagegen tun.« Dann hellte sich seine Miene auf. »Außer bei meinem Garten«, fügte er hinzu. »Jedes Jahr versuche ich, ihn so herzurichten, wie er immer aussah. Natürlich klappt selbst das nicht, wenn man es genau nimmt. Er ist immer ein wenig anders, und jedes Jahr wird die Erde ein bißchen verbrauchter.« Er lächelte wehmütig. »Wie ich, nehme ich an. Jedes Jahr ein bißchen verbrauchter. Und jetzt troll dich und laß mich meine Arbeit fertigmachen, ja?«

»Ich könnte Ihnen helfen«, bot Beth an, doch bevor sie ausgesprochen hatte, wußte sie, was der alte Mann antworten würde.

»Es geht nicht an, daß du mir hilfst«, sagte er. »Du und die anderen Sturgess', ihr pflückt die Blumen. Ich pflanze sie an. Was genausogut ist, denn ich pflanze gern.«

Ben Smithers grub eine Tulpenzwiebel aus und wischte sorgfältig die Erde ab, bevor er die Zwiebel in einen beschrifteten Beutel steckte. Einen Augenblick später nahm eine junge Ringelblume den Platz der Tulpenzwiebel ein.

Beth schaute noch ein paar Minuten lang zu, und dann setzte sie stumm den Weg zum Stall fort.

Beth betrat den Stall und hörte Patches leise wiehern. Sie kramte in ihrer Tasche, fand eine Möhre und streichelte das Pferd liebevoll zwischen den Ohren, während es die Karotte kaute. Hinten im Stall war eine Bewegung, und Beth zog sich schnell von dem Pferd zurück, weil sie befürchtete, Tracy würde auftauchen. Als sie aufblickte, sah sie jedoch nur Peter Russell, den Stallburschen, der sie angrinste.

»Hey, Kleine. Hilfst du mir, den Stall auszumisten?«

»Darf ich das?« fragte Beth begierig.

Peter blickte sie verwundert an. »Warum nicht?«

»Ich dachte...« Beth zögerte und faßte sich dann ein Herz. »Peter, habe ich mich irgendwie verändert, seit ich hier wohne?«

»Jesus, woher soll ich das wissen?« sagte Peter. »Warum fragst du nicht Peggy? Sie ist deine beste Freundin, oder?« Er reichte Beth eine Schaufel und wies auf einen großen Haufen in einer der leeren Boxen. Beth schnitt eine Grimasse, ging in die Box und schob vorsichtig die Schaufel unter den Misthaufen.

»Aber Peggy kommt nie hier rauf«, sagte Beth. Peggy Russell war Peters jüngere Schwester, und Beth und Peggy waren seit dem zweiten Schuljahr die besten Freundinnen. Beth balancierte die Schaufel mit dem Mist vorsichtig, ging nach draußen und schüttete den Mist auf den Haufen, der hinter dem Stall stetig größer wurde, bis jede Woche Montag nachmittag ein Lastwagen kam und den Mist abtransportierte. Als Beth in den Stall zurückkehrte, starrte Peter sie mit der Geringschätzung an, die er für gewöhnlich seiner kleinen Schwester vorbehielt.

»Weißt du, du kannst manchmal fast so doof wie Peggy sein. Sie kommt nicht hier rauf, weil ich hier arbeite. Mom sagt, wenn Peggy herkäme, würde es aussehen, als würde sie mich von meinem Job abhalten, und dann könnte mich Mr. Sturgess feuern.«

Beth starrte Peter an. »Das würde er nicht tun!«

»Sag das meiner Mom.«

»Das werde ich! Peggy ist meine Freundin. Onkel Phillip würde dich nicht feuern, nur weil mich deine Schwester besucht!«

»Onkel Phillip?« wiederholte Peter, und seine Stimme klang plötzlich spöttisch. »Seit wann ist er dein Onkel?«

Beth spürte, daß sie rot wurde, und sie wandte sich ab. »So soll ich ihn nennen«, murmelte sie.

»Und warum nennst du ihn nicht einfach Dad?« fragte Peter.

Beth wandte sich ihm ruckartig wieder zu, und bei

seinen stichelnden Worten füllten sich ihre Augen mit Tränen. »Er ist nicht mein Vater! Und warum bist du so gemein? Ich dachte, du wärst mein Freund!«

Peter starrte die Freundin seiner Schwester an und fragte sich, weshalb sie so wütend war. Hatte sie jetzt nicht alles, was das Herz begehrt? Sie lebte in einer herrschaftlichen Villa und hatte Diener, einen Tennisplatz und Pferde. Sie hatte ein Leben, von dem alle anderen Kinder in Westover nur träumten.

»Wir sind keine Freunde«, sagte er schließlich. »Du bist das Kind, das jetzt in der Villa wohnt, vergiß das nicht. Seit wann waren solche wie du jemals Freunde von uns? Wenn du jetzt helfen willst, dann tu das. Wenn nicht, hau ab. Okay? Ich muß arbeiten.«

Beth ließ die Schaufel fallen und rannte davon, überzeugt davon, daß sie die Tränen nicht zurückhalten konnte. Bevor sie beim Stalltor war, wieherte das große, schwarzweiße Pferd in der ersten Box von neuem und reckte den Hals aus der Box, um Beth zu beschnuppern.

Bet blieb stehen und streichelte automatisch das Pferd. Plötzlich wußte sie, was sie tun sollte. Wenn Peter sie behandelte, als wäre sie Tracy Sturgess, dann würde sie sich auch wie Tracy benehmen.

»Peter«, rief sie, und als sie keine Antwort erhielt, rief sie lauter. »Peter!« Der Stallbursche streckte den Kopf aus einer der Boxen hinten im Stall. »Was willst du?«

»Sattel Patches«, verlangte Beth. »Ich will ausreiten.«

Peter starrte sie an. »Bist du verrückt? Du kannst doch gar nicht reiten.«

»Tu es!« forderte Beth, und sie hoffte, daß nichts die Angst verriet, die plötzlich in ihr aufstieg. »Führe Patches hinaus auf den Sattelplatz und sattle ihn!«

Peter grinste Beth nur an und schüttelte den Kopf.

»Dann werde ich es selbst tun!« sagte Beth. Sie öffnete das Stalltor und ging in die Box. Das Pferd wich zurück, scheute und schnaubte.

Beth huschte durch die Box, öffnete die Tür auf der anderen Seite, und das Pferd lief sofort auf den Sattelplatz jenseits der Box. Beth folgte dem Tier.

Draußen nahm sie langsam das Zaumzeug vom Haken. Dann ging sie mit dem Halfter auf das Pferd zu und versuchte sich zu erinnern, was Tracy tat, wenn sie ein Pferd zäumte und sattelte.

Patches beobachtete Beths Nahen, stampfte auf und wieherte leise. Als sie nur noch ein paar Schritte entfernt war, stieg das Pferd auf die Hinterhand, keilte mit der Vorderhand aus, setzte wieder auf und galoppierte zum anderen Ende des Sattelplatzes.

Peter lachte im Stall. Beth wirbelte zu ihm herum und schaute ihn ärgerlich an.

»Steh nicht da herum! Hilf mir!«

»*Du* hast Patches herausgelassen – das ist dein Problem!«

Beth blickte von Peter zurück zu dem Pferd und spürte, wie plötzlich Panik in ihr aufstieg. Das Pferd, das im Stall so gutmütig wirkte, sah auf einmal viel größer und irgendwie bedrohlich aus. Aber sie mußte mit dem Pferd zurechtkommen. Das mußte sie einfach schaffen!

Beth näherte sich dem Pferd von neuem, langsam und behutsam, und das Herz klopfte ihr bis zum Hals. Patches hatte offensichtlich das Interesse an ihr verloren. Das Pferd knabberte an einem Grasbüschel. Als Beth näherkam, scheute es jedoch, schnaubte und trottete wieder fort.

Plötzlich wurde Beth das Halfter aus der Hand gerissen, und sie hörte Tracys Stimme.

»Was treibst du da, du dumme Gans? Gib mir das!« Dann ging Tracy zu dem Pferd hinüber, und legte ihm das Halfter an, als das Tier gerade zurückweichen wollte. Sie riß hart an dem Halfter, und Patches schnaubte leise und blieb stehen.

»Du Idiotin!« schrie Tracy Beth an, während sie das

Pferd in den Stall zurückführte. »Was hast du dir dabei gedacht?«

»Ich... ich wollte nur mit ihm reiten. Peter wollte ihn nicht satteln, und so habe ich es selbst versucht.«

»Dazu bist du zu blöde«, fuhr Tracy sie an. »Du verstehst überhaupt nichts von Pferden.«

»Doch, ich...«

»Du hast soeben von Patches und *ihm* gesprochen, nicht wahr? Nun, zufällig ist Patches eine Stute. Wenn du nicht mal soviel weißt, dann solltest du aus dem Stall wegbleiben. Und außerdem ist Patches *mein* Pferd!«

»Na, mal sachte, Tracy«, begann Peter Russell, doch Tracy fuhr zu ihm herum und starrte ihn wütend an.

»Du hältst dich da heraus, oder ich lasse dich von Vater feuern. Und laß sie nur ja nicht noch einmal in den Stall!«

Peter preßte die Lippen aufeinander, sagte jedoch nichts. Als Tracy das Pferd in die Box geführt und die Tür geschlossen hatte, lief Beth zu dem Jungen.

»Peter, es tut mir leid. Ich wollte nicht, daß du in Schwierigkeiten...«

»Hast du nicht gehört, was sie gesagt hat?« Peter ließ seine Wut auf Tracy jetzt an Beth aus. »Bleib hier weg, verstanden?« Dann wandte er sich ab und verschwand ebenfalls im Stall.

Beth konnte die Tränen, gegen die sie angekämpft hatte, nicht mehr zurückhalten. Sie kletterte über den Zaun des Sattelplatzes und lief über den Pfad zurück in Richtung Rosengarten. Dann bog sie nach rechts ab, ging um die Ecke des Hauses herum und überquerte den vorderen Rasen. Jenseits davon flankierten zwei gewaltige steinerne Löwen den Fuß des Pfads, der zum Mausoleum hinaufführte. Mit den Tränen in den Augen nahm Beth gar nichts wahr, als sie zwischen den steinernen Löwen den Pfad hinauflief.

Phillip Sturgess und Alan Rogers standen auf der Prospect Street und ließen den Blick über die finstere Fassade der lange verlassenen Fabrik schweifen. Die Fenster, die ihrer Scheiben beraubt waren, hatte man mit Brettern vernagelt, und die einst roten Ziegel waren mit einer dicken Schmutz- und Rußschicht bedeckt und fast schwarz. Oben waren einige der Zinnen eingestürzt, die einst das einzige architektonisch Interessante an dem Gebäude gewesen waren. Die verlassene Fabrik wirkte wie eine Ruine.

Die beiden Männer standen lange Zeit schweigend da. Schließlch seufzte Alan und schüttelte den Kopf.

»Ich weiß es nicht. Auf dem Papier sieht alles großartig aus, aber wenn man sich die Wirklichkeit ansieht – nun, ich weiß nicht. Vielleicht ist es besser, alles abzureißen und neu zu bauen.«

Phillip nickte. »Das wäre auch billiger. Aber wir würden etwas verlieren. In diesem Bau steckt Geschichte, Alan. Fast die gesamte Geschichte von Westover ist mit dieser Fabrik verbunden.«

»Meinst du nicht eher die Geschichte der Sturgess'?« fragte Alan.

»Ich bin mir nicht sicher, ob es da einen Unterschied gibt.« Dann sah Phillip Alans Grinsen und lachte. »Also gut, das hört sich nach meinen Eltern an. Aber bei einer Renovierung wird die Fabrik die Geschichte bewahren, und so haben wir im Grunde keine Wahl, oder? Das Fundament ist stabil, ob du es glaubst oder nicht. Ich ließ das vor ein paar Monaten von einem Sanierungsexperten überprüfen.«

Alan betrachtete Phillip skeptisch. »Wußte dein Vater davon?«

»Du weißt, wie mein Vater über die Fabrik dachte.«

»Und nach dem, was mit deinem Bruder passierte, hatte dein Vater das Recht, so zu denken.«

Es folgte Stille. Dann brach Phillip das Schweigen, und

seine Stimme klang sanfter. »Was Conrad junior passierte, war ein Unfall, ganz gleich was Vater glaubte.« Als Alan nichts darauf erwiderte, schaute Phillip ihm in die Augen. »Alan, du glaubst doch nicht all diese Geschichten, oder?«

»Die Geistergeschichten? Natürlich nicht. Aber offenbar glaubte dein Vater daran.«

Phillips Miene nahm einen härteren Zug an. »Er ist jetzt tot.«

»Ja.« Alan legte eine Pause ein und wählte dann seine Worte sorgfältig. »Was ist mit Carolyn? Wie denkt sie über all dies?«

Phillip musterte Alan scharf. »Aus der Tatsache, daß du die Frage stellst, schließe ich, daß du die Antwort weißt.«

»Ich habe nur laut gedacht«, erwiderte Alan und zuckte mit den Schultern. »Sie haßte stets diese Fabrik, das ist alles.« Dann hielt er Phillips Blick stand und sprach weiter. »Viele Leute in Westover hassen diese Fabrik, Phillip. Sie betrachten sie als ein Symbol, und die Erinnerungen, die dieses Symbol wachruft, sind keine angenehmen. Viele Kinder von Westover starben in diesem Bau...«

»Das war vor langer Zeit, Alan«, unterbrach Phillip. »Und wenn ich auch nicht behaupte, daß es rechtens war, so gab es Kinderarbeit damals in ganz Neuengland. Nicht nur hier, und nicht nur bei den Sturgess'.«

»Das habe ich auch nicht gesagt«, stimmte Alan zu. »Ich sage nur, daß sich viele Leute hier beim Anblick der Fabrik erinnern, was darin los war.«

»Keiner der Leute erinnert sich wirklich«, wandte Phillip ein. »Vergessen wir nicht, daß die Fabrik vor einem Jahrhundert geschlossen wurde und daß Geschichten übertrieben werden. Wenn Vater schlau gewesen wäre, dann hätte er schon vor Jahren etwas mit dem Besitz unternommen.« Plötzlich neigte Phillip den Kopf und musterte Alan mißtrauisch. »Alan, gibt es etwas, daß du mir verschweigst? Ist es möglich, daß der Stadtrat wegen der Geschichte des Gebäudes keine Baugenehmigung erteilt?«

Alan schüttelte den Kopf. »Nein. Die Genehmigungen werden ohne Schwierigkeiten erteilt werden. Geschichte ist für den Stadtrat Geschichte. Wenn diese alte Ruine in eine Ladenstraße mit hübschen, kleinen Läden umgewandelt wird, werden die Leute in Westover Geld verdienen, und der ganze Stadtrat ist dafür.«

»Aber du bezweifelst, daß das Projekt ein Erfolg wird«, stellte Phillip fest.

»So ist es«, stimmte Alan zu und lächelte dann reuevoll. »Allerdings bin ich nicht besonders phantasiebegabt, wie dir deine Frau bestätigen wird, und ich bin immer ein wenig pessimistisch. Wir sollten mal in den Bau reingehen und uns umsehen, und dann kann ich dir sagen, warum die Bruchbude einstürzen wird, wenn wir mit der Arbeit daran beginnen.«

Phillip lachte. »Ich erwarte, daß du mir einen ausgibst, wenn überhaupt nichts einstürzt.«

Sie überquerten die Prospect Street und gingen nach links über den von Unkraut überwucherten Pfad, der parallel zur langen Nordwand des Gebäudes verlief. In Höhe der Wandmitte gelangten sie an eine Eisentür, deren Farbe stark abgeblättert war. Als Phillip einen Schlüssel in das Vorhängeschloß schob, ließ sich die Tür jedoch leicht öffnen.

»Vater ließ das Schloß jeden Monat überprüfen, seit Conrad junior starb. Manchmal überprüfte er es sogar persönlich. Als ich ein Junge war, flehte ich ihn an, mich einmal mitzunehmen und mir das Innere der Fabrik zu zeigen, doch das tat er niemals. Ich nehme an – nun, er kam wohl nie über den Tod meines Bruders hinweg.«

»Er ließ dich tatsächlich niemals in die Fabrik schauen?« fragte Alan.

»Stimmt. Es machte mich verrückt. Manchmal lag ich nachts wach und schaute aus meinem Fenster zur Fabrik hinab und schmiedete Pläne, wie ich mich heimlich hineinschleichen könnte. Aber dann dachte ich daran, was Vater mit mir machen würde, wenn er mich dabei erwischte, und ich versuchte es nie.« Phillip grinste beschämt. »Weißt du, selbst als ich mit dem Ingenieur hier war, schaffte ich es fast nicht, in das Gebäude zu gehen. Ich stellte mir vor, daß Vater mich von Hilltop aus beobachtete und mich übers Knie legen würde, wenn ich heimkäme. 43 Jahre alt, und immer noch Angst vor meinem Vater. Ein schöner Tycoon bin ich, was?«

Alan lachte und klopfte seinem Freund auf den Rücken. »Ich befürchte, daß du die Rolle des Tycoon überhaupt nicht sehr gut spielst, Phillip, und das ist die Wahrheit. Bist du sicher, daß du ein echter Sturgess bist?«

»Ich betrachte diese kleine abfällige Bemerkung als ein Kompliment und bedanke mich sehr«, erwiderte Phillip. Dann zog er die Tür auf und trat zurück. »Nach dir, Alan.«

Alan trat ein und schaute sich neugierig um. Es war fast stockdunkel im Innern, denn durch die mit Brettern vernagelten Fenster fiel nur wenig Licht. Hoch oben stützte ein Gitterwerk von Eisenstreben die Decke.

»Zu seiner Zeit wurde dieses Dach als eine technische Leistung betrachtet«, sagte Phillip. »Es gab nicht viele Gebäude dieser Größe ohne Stützpfeiler für das Dach. Es hat fast die Größe eines Footballfelds.«

Alan stampfte auf dem Boden auf und stellte überrascht fest, daß er nicht nachgab.

»Der Boden ist aus Eiche. Solide Eiche, drei Zoll dick. Darunter sind überall Balken und Pfeiler. Der Sanierungsexperte sagte, daß er so etwas noch nie in dieser Form gesehen hat.«

Sie schlenderten durch das Gebäude, aber Alan erkannte schnell, daß es wenig zu sehen gab. Es war einfach eine gewaltige Hülle mit nur wenigen Überbleibseln von noch vorhandenen Trennwänden hinten im Gebäude, wo einst die Büros gewesen waren. Obwohl das Gelände stark verfallen war, wirkte das Fundament tatsächlich stabil. Nachdem sie das Erdgeschoß besichtigt hatten, gingen sie zu einer Treppe, die ins Kellergeschoß führte.

Phillip knipste eine Taschenlampe an, und sie stiegen die Stufen hinab. Am Fuß der Treppe blieb Phillip plötzlich stehen.

»Hier fand man Conrad junior«, sagte er leise. »Anscheinend stolperte er und stürzte auf irgendein Werkzeug.«

Alan runzelte die Stirn, nahm die Taschenlampe von Phillip entgegen und ließ den Lichtstrahl durch das weite Kellergeschoß schweifen. Überall waren Schatten der dicht stehenden Pfeiler, und schließlich schien sich der Lichtschein in der Ferne zu verlieren. Aber abgesehen vom Wald der Stützpfeiler schien das Kellergeschoß wie das Erdgeschoß leer zu sein.

»Was machte denn ein Werkzeug hier unten? Es sieht doch so aus, als wäre hier vor hundert Jahren alles ausgeräumt worden.«

»Keine Ahnung«, erwiderte Phillip. »Als es passierte, war ich noch nicht mal geboren.« Seine Stimme nahm einen melancholischen Klang an, den Alan nie zuvor bei ihm gehört hatte. »Ich glaube, ich war das Ersatzkind. Mutter wollte vermutlich nur ein Kind haben, aber als Conrad junior starb, entschlossen sie sich, mich in die Welt zu setzen.«

»Das haben sie gar nicht so schlecht hingekriegt«, sagte Alan und gab sich absichtlich heiter. »Ich weiß nicht, wie dein Bruder war, aber...«

»Aber er war der Sohn, den mein Vater liebte«, fiel Phillip ihm ins Wort, und seine Stimme verriet plötzlich Bitterkeit. »Vater versäumte nie, mich wissen zu lassen, daß ich kein vollwertiger Ersatz für meinen Bruder war«, fügte er hinzu. Nach diesem Bekenntnis war Phillip verlegen. Er räusperte sich und ergriff Alan am Arm. »Komm, laß uns von hier verschwinden.«

Obwohl Alan sich gern die massiven Holzbalken genauer angesehen hätte, die das Erdgeschoß stützten, und gern das Fundament näher untersucht hätte, folgte er Phillip die Treppe hinauf und durch das leere Gebäude.

Ihre Schritte hallten laut in der Stille, und keiner der Männer sprach, bis sie wieder im strahlenden Sonnenschein des Sommermorgens standen.

»Nun, was denkst du?« fragte Phillip.

Alan betrachtete das Gebäude von neuem nachdenklich, bevor er antwortete. Schließlich nickte er.

»Es wäre zu machen. Und es würde auch nicht allzuviel Zeit kosten. Wenn wir gleich loslegten, könnten wir die Fabrik an Labor Day wiedereröffnen.«

Die beiden Männer starrten sich an, und jeder erkannte gleichzeitig die Ironie.

»Am Tag der Arbeit«, wiederholte Phillip leise. »Wenn man die Geschichte dieses Gebäudes bedenkt, ist das irgendwie passend, nicht wahr?«

»Vermutlich«, stimmte Alan zu. »Und auch ein bißchen makaber, wenn man darüber nachdenkt.«

Phillip schloß die Eisentür ab, und sie gingen über den Pfad zurück zur Prospect Street. Als sie von neuem vor der Frontseite der alten Fabrik standen, brach Phillip das Schweigen.

»Alan, als wir unten im Kellergeschoß waren, hast du da irgend etwas gerochen?«

Alan furchte nachdenklich die Stirn. Dann schüttelte er den Kopf.

»Es war vermutlich nur Einbildung«, fuhr Phillip fort. »Aber einen Augenblick lang, während wir uns unterhielten, glaubte ich, Rauch zu riechen.«

## 5

»Hannah?«

Die alte Haushälterin blickte von der Schüssel voller Erbsenschoten in ihrem Schoß auf. Dann stemmte sie sich von dem verschrammten Lehnsessel hoch, den sie vor langer Zeit aus ihrem Zimmer in die riesige Küche gebracht hatte.

»Bleiben Sie nur sitzen«, sagte Carolyn. »Ich will nur fragen, ob Sie Beth gesehen haben.«

»Sie war bis nach dem Frühstück hier«, erwiderte Hannah und ließ sich dankbar auf den Lehnsessel zurücksinken. »Sie half mir beim Abwasch.« Hannah blickte über die Ränder ihrer Brille hinweg zu Carolyn auf. »Ihre Tochter ist ein mächtig nettes Mädchen.«

Carolyn nickte geistesabwesend, und Hannah musterte sie forschend. »Ist etwas nicht in Ordnung, Miß Carolyn? Habe ich etwas getan, das Ihnen mißfällt?«

»Natürlich nicht«, erwiderte Carolyn. »Sie sind wundervoll, Hannah, und ich wüßte nicht, was ich ohne Sie tun würde.« Carolyn zögerte.

Sie wußte, daß sie Hannah in ihrer Domäne allein lassen sollte. Dann ließ sie sich jedoch auf einen der harten Holzstühle am Küchentisch nieder. Sie drehte nervös einen Knopf an ihrer Bluse.

»Ich ... ich bin mir nicht ganz sicher«, fuhr Carolyn fort. »Es ist nur ...« Sie verstummte, weil sie befürchtete, daß alles, was sie sagen würde, irgendwie unloyal gegenüber ihrem Mann klingen könnte.

Aber Hannah, deren Miene gleichgültig blieb, nickte verständnisvoll und beendete den Satz für sie. »Es ist nur, daß die Dinge hier oben nicht so sind, wie Sie gedacht haben, und daß es nicht so leicht ist, wie es den Anschein hatte?«

Woher weiß sie das? fragte sich Carolyn verwundert. Ist das alles so offensichtlich? Unbewußt und ohne überhaupt darüber nachzudenken, nahm sie eine Handvoll Erbsenschoten und begann sie zu enthülsen.

»Das brauchen Sie nicht zu tun, Miß Carolyn«, sagte Hannah hastig, aber etwas an ihrem Tonfall ließ Carolyn aufblicken. Wie sie vermutet hatte, war Hannahs Blick auf sie gerichtet, wie um sie aufzufordern, ihre Gedanken offen auszusprechen. Sie würde mich jedoch nie etwas fragen, erkannte Carolyn plötzlich. Wenn ich das Bedürfnis habe, mich auszusprechen, kann ich das, aber Hannah würde nie die Unterhaltung beginnen.

»Doch, das brauche ich«, erwiderte Carolyn und traf ihre Entscheidung. »Ich muß etwas zu tun haben. Ich bin es einfach nicht gewöhnt, den ganzen Tag ohne Arbeit herumzusitzen. Und ich befürchte, ich bin auch nicht gut bei Einladungen zum Lunch«, fügte sie hinzu und erinnerte sich an die wenigen Male, als sie bei den Frauen von Freunden Phillips eingeladen gewesen war. Es waren quälende Stunden gewesen, in denen sie zugehört hatte, wenn die Frauen über Leute getratscht hatten, die sie nicht gekannt hatte, und über Orte geplaudert hatten, an denen sie nie gewesen war.

»Ich bin gut zum Zubereiten von Essen«, sagte Hannah sanft. »Aber ich halte wohl das gleiche wie Sie von diesen albernen Lunch-Partys. Ich kann dieses dumme Gequassel einfach nicht ertragen.«

»Beth konnte es heute morgen nicht ertragen, mit der Familie zu frühstücken, nicht wahr?« fragte Carolyn.

Hannah runzelte die Stirn, und Carolyn befürchtete, die alte Haushälterin aufgefordert zu haben, eine unsichtbare Grenzlinie zu übertreten.

»Sie wird sich an die Dinge hier gewöhnen«, sagte Hannah schließlich. »Ihr gefällt es, daß sie sich hier so frei bewegen kann.« Hannah blickte wieder auf, und in ihren Augen war ein leichtes, verschmitztes Funkeln. »Sie erzählte mir, als sie noch in der Cherry Street wohnte, hätte die Familie praktisch in der Küche gelebt.«

»In welcher Familie ist das anders?« erwiderte Carolyn. Dann erkannte sie, wie lächerlich die Frage war. »Vergessen Sie's. Es war dumm, das zu sagen.«

»Nein, so dumm ist es nicht. Mr. Phillip verbrachte hier viel Zeit, als er ein Junge war. Manchmal habe ich sogar das Gefühl, daß *ich* ihn aufgezogen habe. Jedenfalls entwickelte er sich so, wie ich es von einem Sohn gewünscht hätte, wenn ich einen gehabt hätte. Und ich muß sagen, es ist schön, wieder ein Kind in meiner Küche zu haben. Besonders eines, das bereits weiß, wie man den Abwasch erledigt und den Abfall in die Mülltonne hinausbringt.«

Sie schwieg, und Carolyn fragte sich, was genau ihr die alte Frau damit sagen wollte.

»Was ist mit Tracy?« fragte Carolyn. »Kommt sie niemals her?«

»Tracy braucht mich nur, wenn sie etwas will«, erwiderte Hannah, und obwohl nichts Verurteilendes in ihrem Tonfall war, bemerkte Carolyn, daß die alte Frau den Blick auf die Schüssel mit Erbsen gerichtet hielt, während sie sprach. »Tracy ist vom Typ her ein anderes Kind. Sie kommt auf ihre Großmutter, wenn Sie verstehen, was ich meine.«

»Ich verstehe leider nur zu gut«, murmelte Carolyn. »Tracy ist anscheinend entschlossen, Beth das Gefühl zu geben, daß sie nicht hierher gehört.«

Hannah setzte zu einer Erwiderung an, besann sich dann jedoch anders. Ihr Blick wurde verschlossen, und Carolyn wußte, daß sie jetzt zu weit gegangen war.

»Davon weiß ich nichts«, sagte Hannah schließlich. »Aber was Ihr kleines Mädchen anbetrifft, so habe ich eine Ahnung, wo es stecken könnte.« Ihr Blick schweifte zum Fenster.

Carolyn folgte Hannahs Blick aus dem Fenster. Kaum sichtbar zwischen den Baumwipfeln konnte sie den marmornen Ring sehen, der das Mausoleum krönte.

»Das Mausoleum? Warum sollte sie dort hinaufgegangen sein?«

Hannah zuckte die Achseln. »Vielleicht ist sie auch nicht dort. Doch vor einer Weile gab es einen kleinen Krach unten beim Stall, und ich habe schon öfter beobachtet, daß Leute, die auf Hilltop allein sein wollen, zum Mausoleum hinaufgehen.« Ihr Blick begegnete wieder dem Carolyns. »Wenn Beth Ihnen erzählen will, was los ist, dann wird sie das tun. Aber bedrängen Sie das Mädchen nicht, Miß Carolyn. Beth tut ihr Bestes, um sich anzupassen. Lassen Sie Beth einfach gewähren, damit sie es auf ihre Weise schaffen kann.«

Als Carolyn aus der Küche eilte, wandte sich Hannah wieder den Erbsen zu. Während sie arbeitete, fragte sie sich, ob man auf Hilltop jemals zulassen würde, daß Beth und Carolyn sich hier heimisch fühlten. Hannah wußte, daß es niemals der Fall sein würde, wenn es nach Tracys Willen ging.

Eher würde Tracy sterben.

Beth saß allein in der Kühle, die das Mausoleum trotz der zunehmenden Wärme des Morgens erfüllte. Ihre Tränen waren längst getrocknet, und sie hatte ein paar Minuten damit verbracht, die Inschriften auf den Rückseiten der steinernen Stühle zu lesen, die den Marmortisch umgaben. Jetzt hockte sie auf der Kante von Samuel Pruett Sturgess' Marmorstuhl und schaute zu dem Ort hinab, in dem sie aufgewachsen war.

Von hier aus wirkte Westover wie ein Miniatur-Dorf – wie eine Spielzeugstadt der Anlage einer Modelleisenbahn, die ihr der Vater im vergangenen Jahr in Boston gezeigt hatte. Sie sah die Schienen, die um den Hügelhang herumführten, sich über den Fluß spannten, hinter der Fabrik verschwanden, wieder sichtbar wurden, in einer weiteren Kurve um den Ort herumführten und schließlich in den fernen Hügeln verschwanden.

Es war jedoch die Fabrik, die Beth am meisten interessierte. Von ihrem Platz aus wurde das alte Gebäude genau von zweien der Marmorpfeiler eingerahmt. Die kleine Stadt selbst befand sich überwiegend links der Fabrik, doch von diesem Aussichtspunkt war die Fabrik genau in der Mitte unterhalb von ihr.

Wenn der siebte Pfeiler – der Marmorpfeiler, der einst gegenüber von Samuel Pruett Sturgess' Stuhl gestanden hatte – nicht zerstört gewesen wäre, hätte man von dieser Stelle aus von der Fabrik überhaupt nichts sehen können.

Eine Zeitlang saß Beth da und überlegte, ob das Mausoleum absichtlich so errichtet worden war, oder ob erst lange nach der Fertigstellung jemand bemerkt hatte, daß einer der Marmorpfeiler herausgebrochen war und somit der alte Mr. Sturgess von seinem Platz aus stets auf seine Fabrik hinabschauen konnte.

Denn so kam es Beth vor.

Es war fast, als diene der Tisch als Versammlungsort für alle toten Sturgess', als lebten sie noch und hätten über Geschäfte zu diskutieren, und der älteste von ihnen – Samuel Pruett Sturgess – säße dort, wo er die ganze Stadt und besonders seine Fabrik überblicken konnte.

Beth stellte sich vor, der alte Mr. Sturgess zu sein, und da sah sie es.

Es war ein Blitzen, wie eine Art Explosion. Plötzlich hatte es den Anschein, als stünde die Fabrik in Flammen.

Zuerst dachte Beth, es wäre der Sonnenschein, der von den Fenstern des alten Gebäudes reflektiert wurde.

Doch dann erinnerte sie sich daran, daß alle Fenster mit Brettern vernagelt waren und keine Scheiben mehr hatten.

Beth starrte auf das alte Gebäude und wartete darauf, ob es wieder passierte.

»Beth?«

Sie zuckte erschrocken zusammen und fuhr herum.

Ihre Mutter kam die Treppe vom Pfad herauf. Schnell huschte Beth von dem Marmorstuhl fort.

»Liebes? Ist alles in Ordnung?«

Beth war plötzlich verlegen. Wußte ihre Mutter, was unten beim Stall passiert war? Hatte sie es von Tracy erfahren? Aber sie, Beth, hatte eigentlich nichts angestellt. Sie hatte nur Patches auf den Sattelplatz hinausgelassen.

»Ja... ja... alles in Ordnung«, sagte Beth.

Carolyn musterte das kleine Mädchen aufmerksam. Sie sah an den leicht geröteten Augen, daß Beth geweint hatte, aber anscheinend war das Mädchen jetzt darüber hinweg. Ein wenig atemlos ließ sich Carolyn auf den marmornen Stuhl neben den sinken, auf dem Beth zuvor gesessen hatte, und seufzte, als die Kühle einer leichten Brise über ihre Stirn strich.

»Setz dich nur wieder«, sagte Carolyn. Dann senkte sie die Stimme und schaute sich um, wie um sich zu vergewissern, daß sie nicht beobachtet wurden. »Ehrlich gesagt, ich habe mir brennend gewünscht, auf diesen Plätzen zu sitzen, seit Phillip mir sagte, daß niemand sich darauf setzen darf.

Beth sah ihre Mutter mit großen Augen an. »Was? Ich wußte nicht, daß es verboten ist! Ich wollte nicht...«

»Natürlich wolltest du nichts Falsches tun. Und das hast du auch nicht, also mach dir keine Sorgen. Ich dagegen weiß genau, daß ich nicht auf diesem Stuhl sitzen sollte, aber ich genieße es sehr, gegen das Verbot zu verstoßen. Wessen Stuhl ist das übrigens?«

Beth zögerte mit der Antwort und kicherte dann leise. »Der seiner Frau«, erklärte sie feierlich.

Carolyn hob die Brauen. »Was?«

»Soll das heißen, du hast es nicht gelesen?« Beth lachte jetzt laut auf. »Schau es dir mal an. Es wird dir nicht gefallen.« Als Carolyn aufstand, um hinter den Marmorstuhl zu gehen, hielt Beth sie zurück. »Du mußt zuerst die Inschrift auf seinem Stuhl lesen.«

Verwirrt musterte Carolyn die Rückseite des Marmorstuhls, der die Asche von Samuel Pruett Sturgess enthielt. Außer den Daten von Geburt und Tod waren auch die Stationen seines Lebens eingemeißelt, die für ihn offenbar von Bedeutung waren. Die Inschrift verkündete, daß er ein Mitglied von Sigma Alpha Gamma, ein Freimaurer, Mitglied einer Episkopalkirche, Republikaner und Vater von vier Kindern gewesen war.

Nachdem Carolyn alles gelesen hatte, richtete sie den Blick auf den Stuhl, auf dem sie zuvor gesessen hatte.

Die Inschrift auf der Rückseite des Marmorstuhls war kurz:

*Seine Frau*

»Stell dir vor«, Beth kicherte. »Nicht einmal ihr Name steht da!«

Obwohl sich Carolyn bemühte, konnte sie ein Lachen nicht unterdrücken. »Soviel zur Gleichberechtigung der Frau, was? Ich frage mich, wie das Leben der Armen gewesen sein muß.«

»Ich wette, er ließ sie stets drei Schritte hinter sich gehen«, sagte Beth. »Kannst du dir vorstellen, daß Daddy so etwas auf deinen Grabstein schreiben würde?« Dann erinnerte sie sich an die Scheidung und wurde rot.

»Schon gut«, sagte Carolyn besänftigend. »Und du hast recht. Dein Vater würde es nicht wagen, so etwas auf meinen Grabstein meißeln zu lassen. Und ebensowenig würde Phillip das tun.«

Der heitere Glanz verschwand aus Beths Augen, und Carolyn wünschte, sie hätte nicht Phillips Namen erwähnt. Doch nun war es zu spät.

»Phillip liebt dich sehr, weißt du«, sagte sie.

Beth nickte. »Ich weiß. Es ist nur...« Sie verstummte plötzlich. »Ach, egal. Es macht mir nichts aus. Können wir nicht über etwas anderes reden?«

Carolyn wußte, daß es Beth doch etwas ausmachte, was auch immer geschehen sein mochte. Beths Augen waren feucht, und es war ihr anzusehen, daß sie wieder einmal unglücklich war und dagegen ankämpfte. Aber dann erinnerte sich Carolyn an Hannahs Worte, und sie nickte widerstrebend. »In Ordnung. Worüber wollen wir uns unterhalten?«

Beth dachte eine Weile nach und grinste dann schief. »Laß uns überhaupt nichts reden. Laß uns wandern!«

»Wandern?« wiederholte Carolyn. »Wohin?«

»Den Hügel runter. Da ist ein kleiner Weg dort drüben. Siehst du ihn?« Beth wies auf einen Punkt jenseits der zerbrochenen Säule.

Carolyn blickte in die Richtung, in die ihre Tochter zeigte. Da war ein Pfad, der offensichtlich einst den Hügel hinabgeführt hatte, jetzt jedoch von Unkraut überwuchert und mit Büschen fast zugewachsen war.

»Allmächtiger!« stöhnte sie. »Kommen wir da überhaupt durch? Wohin geht es da?«

»Ich wette, der Pfad führt zum Fluß hinunter! Laß uns dort runtergehen, Mom! Bitte! Dann wird es wieder wie früher für uns sein.«

Carolyn musterte den Pfad sorgfältig. Er wirkte steil und kaum passierbar. Dann wandte sie sich wieder zu Beth um und sah das sehnsüchtige Leuchten in den Augen des kleinen Mädchens. Das gab den Ausschlag für Carolyns Entscheidung.

»Dann mal los, Tarzan. Ich folge dir auf dem Fuße.«

Als Beth, bekleidet mit Jeans und einem weißen Hemd, das einst Alan gehört hatte, durch das Gebüsch stürmte, stieg eine flüchtige Erinnerung in Carolyn auf. Es hatte schon solche Tage gegeben – Tage, an denen sie und Alan und Beth gemeinsam durch die Hügel gewandert und einfach den Pfaden gefolgt waren. Selbst dann war die Spannung zwischen ihr und Alan nicht gewichen und hatte dicht unter der Oberfläche geschwelt. Jetzt wanderte sie wieder, und von neuem brodelte etwas dicht unter der Oberfläche.

Doch diesmal war es Beth, die davon befallen worden war.

Carolyn nahm sich fest vor, von jetzt an mehr Zeit mit ihrer Tochter zu verbringen. Beth brauchte sie jetzt sehr.

Abigail klopfte kurz an Tracys geschlossene Schlafzimmertür, öffnete sie dann und trat ein. Tracy saß im Bett und hatte die Arme vor der Brust verschränkt. Von der Blasiertheit, die sie manchmal älter wirken ließ, war im Augenblick nichts zu sehen. Jetzt sah sie genau wie die zornige Dreizehnjährige aus, die sie war.

»Ich hasse sie«, stieß sie hervor. »Ich hasse sie, hasse sie, hasse sie! Ich hasse Beth, und ich hasse auch Carolyn!«

Abigail setzte sich auf die Bettkante und ergriff Tracys Hand. »Haß ist ein sehr unschönes Gefühl, das wir aus unseren Herzen verbannen sollten.«

»Interessiert mich nicht«, sagte Tracy trotzig. »Sie hassen mich ebenfalls!«

»Nein, das glaube ich nicht«, sagte Abigail weiterhin in besänftigendem Tonfall. »Jedenfalls Carolyn haßt dich nicht. Sie versteht dich einfach nicht, das ist alles. Du darfst nicht vergessen, wo sie herkommt, Tracy. Sie kennt nichts von unserer Welt, und wir sollten sie bedauern und nicht hassen. Natürlich bedeutet Mitleid auch nicht, ihr nachzugeben.«

Tracy blickte auf, und ein Hoffnungsschimmer war in ihren Augen. »Aber Daddy sagte ...«

»Ich weiß, was dein Vater sagte. Wenn ich auch 83 Jahre alt bin, so bin ich weder taub noch blind. Ich habe gehört, was dein Vater gesagt hat, und ich sehe es tagtäglich mit an, wie diese Frau ihn behandelt.«

»Ich wünschte, sie würde verschwinden.«

»Das wird sie eines Tages«, versprach Abigail. »Merk

dir meine Worte, eines Tages wird dein Vater den Fehler erkennen, den er gemacht hat, und begreifen, daß er eine Frau aus seinem eigenen Milieu braucht. Doch bis dahin können wir nur versuchen, sie zu ignorieren und ebenso das Kind.«

»Sie hat Patches gejagt«, stieß Tracy wütend hervor. »Sie hat sie brutal aus dem Stall getrieben und erschreckt.«

Abigail, die den Zwischenfall beim Stall vom Wohnzimmerfenster aus beobachtet hatte, sagte nichts.

»Und was ist mit meiner Party?« fuhr Tracy fort. »Wenn Beth dabei ist, zerstört sie alles! Meine Freunde werden denken, ich *mag* sie.«

»Nicht, wenn sie fort ist«, sagte Abigail. »Mir scheint, du brauchst nur einen anderen Tag für die Party zu wählen. Beth verbringt die Samstage stets mit ihrem Vater, und so brauchen wir deine Party nur von Sonntag auf Samstag zu verlegen. Du sagst das Hannah, und ich werde es Carolyn mitteilen.« Ihre Lippen verzogen sich zu einem Lächeln. »Ich bin eine alte Frau, und es kann natürlich sein, daß ich es einfach vergesse, mit ihr zu sprechen.«

Tracy umarmte ihre Großmutter. »Wirst du das tun? Wirst du das wirklich für mich tun?«

»Natürlich. Wozu sind Großmütter denn da?« Abigail löste sich aus Tracys Umarmung und erhob sich. »Jetzt will ich, daß du hinuntergehst und mit Hannah redest. Und laß dir deine Freude nicht anmerken. Ich zweifle zwar nicht an Hannahs Loyalität, aber manchmal denke ich, daß sie dazu neigt, zuviel mit der Frau deines Vaters zu reden.«

Kichernd stand Tracy vom Bett auf und verließ das Schlafzimmer. Abigail folgte ihr langsam und schaute dem Mädchen nach, als es die Treppe hinabeilte. Von hinten ähnelte sie selbst in ihrem Alter so sehr ihrer Mutter, daß sich bei dem Anblick Abigails Augen mit Tränen füllten. Lorraine Kilpatrick Sturgess war genau die richtige Frau für Phillip gewesen, und Abigail hatte sich nie ganz mit Lorraines Tod abgefunden. Tracy wirkte manchmal fast wie eine Wiederverkörperung der Frau, die bei Tracys Geburt gestorben war. Tracys Augenfarbe war die ihres Vaters, der seinerseits das klare Blau von Abigail geerbt hatte. Doch der Rest von Tracy war völlig Lorraine.

Und die gute Lorraine hatte nie irgend etwas mit einer Frau wie Carolyn zu tun haben wollen. Ebensowenig hätte sie zugelassen, daß sich Tracy mit einem Kind wie Beth abgab. Abigail war entschlossen, dafür zu sorgen, daß Tracy niemals anders empfinden würde als ihre verstorbene Mutter.

Als Tracy die Treppe hinunter verschwunden war, zog sich Abigail in ihre Suite zurück. Hier, in diesen Zimmern, in denen sich nichts verändert hatte, seit sie als Braut hergekommen war, fand sie das Leben, wie es hätte sein sollen. Hier änderte sich niemals etwas. Was draußen in der Welt geschah, hatte hier keine Bedeutung mehr, denn in diesen Zimmern lebte sie mit den Porträts ihrer Familie und von Conrad und den Erinnerungen an vergangene Zeiten, als die Sturgess' über Westover geherrscht hatten.

Wenn die Fabrik wiedereröffnet war, würden die Sturgess' von neuem den Platz einnehmen, der ihnen gebührte. Vielleicht würden die Leute nicht direkt für ihre Familie arbeiten, aber sie würden wenigstens Miete zahlen.

Abigail schaute fast gegen ihren Willen auf zum Porträt ihres Mannes, und von neuem glaubte sie die Worte zu hören, die er so oft in den Jahren vor seinem Tod gesagt hatte.

*»Es ist eine Stätte des Teufels, aber sie darf nie abgerissen werden. Sie muß stehenbleiben, wie sie ist, eine ständige Mahnung für uns alle. Es ist eine Stätte des Teufels, Abigail, aber sie ist unser Gewissen. Wir dürfen sie nie verlieren und nie verändern.«*

Abigail hatte ihm zugehört und ihn bemitleidet, doch

schließlich hatte sie erkannt, daß ihr Mann einfach den Verstand verloren hatte.

Und sie wußte genau, wann es angefangen hatte.

Es hatte an dem Tag begonnen, an dem Conrad junior gestorben war und sein Vater sich geweigert hatte, das Unglück als Unfall zu akzeptieren, der es gewesen war.

Statt dessen hatte er die Fabrik verantwortlich gemacht und darauf beharrt, daß sie irgendwie das Leben seines Sohnes gefordert hatte.

Dann, in den letzten paar Jahren seines Lebens, als sein Verstand so schnell verfallen war wie sein Körper, war er besessen gewesen von einer Kassette mit alten Aufzeichnungen über die letzten Tage der Geschäftsabläufe in der Fabrik.

Er hatte die Aufzeichnungen in einer eisernen Kassette im Schrank aufbewahrt, und je näher sein Todestag herangerückt war, desto mehr Zeit hatte er über den Aufzeichnungen gebrütet und vom Teufel in der Fabrik phantasiert.

Abigail nahm jetzt die Kassette aus dem Fach des Schranks und setzte sich in ihren Lieblingssessel beim Fenster. Sie öffnete das Metallkästchen und nahm behutsam die alten Journale heraus, mit denen es gefüllt war. Die Seiten waren vergilbt und drohten ihr fast zwischen den Fingern zu zerbröckeln. Langsam begann sie zu lesen.

Seltsame Aufzeichnungen von merkwürdigen Dingen, die in der Fabrik passiert waren.

Schreckliche Dinge, die an einem hellen, sonnigen Morgen wie heute viel zu entsetzlich waren, um sie zu glauben.

Und Abigail glaubte sie nicht, trotz der aufgewühlten Reden ihres Mannes. Sie blätterte eine Seite nach der anderen um und schüttelte traurig den Kopf bei dem Gedanken daran, wie Conrad sein Leben wegen ein paar Zeilen in einem alten Journal vergeudet hatte.

Selbst an seinem Todestag hatte Conrad verlangt, daß sie ihm die Kassette brachte. Dann hatte er sich auf dem Bett aufgesetzt und ein letztes Mal über den Journalen gebrütet, mit zitternden Händen die Seiten umgeblättert und vor sich hingemurmelt, während er noch einmal die Worte entziffert hatte. Abigail hatte ihn beobachtet und gewußt, daß er nicht mehr bei Sinnen war, daß er sich in eine andere Zeit versetzt hatte. Schließlich hatte sich am späten Nachmittag sein Atem verändert, und die dumpfen, rasselnden Atemzüge hatten den Tod angekündigt, während sein erschöpftes Herz nur noch ein paar letzte krampfhafte Schläge geschafft hatte.

Abigail hatte ihm die Journale aus den Händen gewunden, doch selbst als sie die Aufzeichnungen in das Kästchen zurückgelegt hatte und damit zum Schrank gegangen war, hatte Conrad die zitternde Hand nach der Kassette ausgestreckt, als könne er den Tod abwenden, indem er ein letztes Mal die Vergangenheit ergriff.

Als Abigail die Kassette in den Schrank gestellt hatte und zum Bett zurückgekehrt war, hatte Conrad mit letzter Kraft gesprochen, und seine Worte waren kaum hörbar gewesen.

»Sie... ist dort«, hatte er zum Schluß gekeucht, während sich an seinem Mund Blasen von der Flüssigkeit gebildet hatten, die sich in seiner Lunge angesammelt hatte. »Sie ist noch dort, und sie haßt uns alle... Halte sie dort fest, Abigail... Halte sie dort fest... für mich...«

Und dann hatte sich seine Hand um die ihre verkrampft, und er war gestorben.

Seither hatte Abigail immer wieder über seine letzten Worte gegrübelt, aber selbst jetzt, als sie in den alten Dokumenten blätterte, sagte sie sich, daß diese Worte wohl nichts anderes waren als das bruchstückhafte wirre Reden eines sterbenden Menschen.

Jetzt legte Abigail die Aufzeichnungen zurück in die Kassette, verschloß sie und stellte sie wieder in den

Schrank. Dann ging sie zum Fenster und blickte den Hügel hinab nach Westover, wie sie es schon so oft getan hatte. Auf der anderen Seite der Stadt ragte häßlich und irgendwie unheilvoll die alte Ruine der lange aufgegebenen Fabrik auf.

Wenn sie und Phillip mit dem Projekt fertig sein würden, dann würde die Fabrik jedoch wieder das stolzeste Gebäude von Westover sein.

Nichts und niemand würde sie aufhalten

Weder Conrads wahnsinniger Aberglaube noch Carolyns albernes Geschwätz würden sie jemals überzeugen können, daß die Fabrik etwas anderes als ein gewöhnliches Gebäude war.

Und die Fabrik war dazu da – wozu sie immer dagewesen war –, um den Sturgess' Geld einzubringen.

Daran war gewiß nichts Schändliches oder Teuflisches.

Hannah musterte Tracy mißtrauisch.

»Ist es nicht ein bißchen spät, um die Party zu verlegen?«

Tracy seufzte theatralisch und tat ihr Bestes, um den Eindruck zu erwecken, als rege sie die ganze Sache so auf, wie es anscheinend bei Hannah der Fall war.

»Natürlich ist es das«, sagte Tracy. »Aber ich *kann* die Party einfach nicht ohne Alison Babcock geben, und sie könnte am Sonntag nicht kommen! So müssen wir schon am Samstag feiern.«

»Und was ist mit den anderen Kindern? Was ist, wenn sie am Samstag nicht kommen können?«

»Sie können«, log Tracy glatt. »Ich habe bereits mit ihnen gesprochen, und alle können am Samstag kommen. Ich verstehe nicht, weshalb du eine so große Schau machst.«

Hannah zog zweifelnd die Augenbrauen hoch. »Und wann hast du mit Miß Alison gesprochen? Das Telefon hat den ganzen Morgen nicht geklingelt.«

In Tracys Augen glitzerte Zorn. Für wen hielt sich Hannah? Wußte sie nicht, daß sie nur eine Bedienstete war? »Ich habe sie angerufen. Wir sprachen über etwas anderes, und da fiel ihr ein, daß sie am Sonntag nicht kommen kann. So habe ich anschließend alle anderen angerufen. Okay?«

Hannahs Blick schweifte zum Telefon-Nebenanschluß mit den beiden Knöpfen, von denen einer leuchtete, wenn über eine der beiden Leitungen gesprochen wurde. Dann sah sie Tracy an, daß das Mädchen trotzig darauf lauerte, ob sie es wagte, ihre Worte anzuzweifeln.

»Ich werde mit Miß Carolyn darüber reden«, sagte Hannah und verzichtete darauf, Tracy der Lüge zu bezichtigen. Das Mädchen wußte bereits, daß es ertappt worden war, und es machte ihm nichts aus.

»Das wird nicht nötig sein«, sagte Tracy verdrießlich, obwohl ihre Augen bei dem scheinbaren Sieg triumphierend funkelten. »Großmutter wird mit Carolyn reden. Und wenn Großmutter sagt, daß es in Ordnung ist, die Party auf Samstag zu verlegen, dann hat es sich. Also richte dich gefälligst danach.«

»Nun hör mal...« begann Hannah, aber sie verstummte unvermittelt, als plötzlich ein Schrei von draußen hereinklang.

Hannah wandte sich von Tracy ab und spähte durch das Fenster in den Sonnenschein des Morgens.

Beth rannte über den Rasen. Ihr Gesicht war bleich, und ihr Haar flatterte im Wind.

»Hannah!« rief das kleine Mädchen. »Hannah! Mr. Smithers! Kommen Sie schnell. Es geht um Mom! Etwas ist mit meiner Mutter passiert!«

# 6

Carolyn öffnete die Augen, und einen Augenblick lang dachte sie, sie wäre in ihrem Zimmer in dem kleinen Haus an der Cherry Street. Aber das war unmöglich. Sie war auf einem Pfad unterhalb von Hilltop gewesen. Sie war mit Beth gewandert, und dann...

Was dann?

Sie kramte in der Erinnerung nach Einzelheiten, und während sie überlegte, heftete sie den Blick auf die Decke des kleinen Zimmers.

Ein Krankenzimmer, das im gleichen blaßgrünen Farbton angestrichen war, wie es ihr Zimmer in der Wohnung an der Cherry Street gewesen war.

Krankenhausgrün, hatte Beth stets den Farbton bezeichnet, und jetzt mußte Carolyn zugeben, daß das Mädchen recht gehabt hatte.

Irgend etwas in ihrer Erinnerung nahm Gestalt an.

Sie war ohnmächtig geworden.

Sie waren auf dem Pfad gewesen, der vom Mausoleum aus hinabführte, und dann waren sie nach links abgebogen und über einen steilen Seitenpfad gewandert.

Schließlich waren sie auf eine kleine Lichtung gelangt, und während Beth herauszufinden versuchte, wo es weiterging, hatte Carolyn sich hingesetzt, um auszuruhen.

Sie hatte über die kleine Stadt hinweggeblickt und die Aussicht genossen, und dann hatte sie allmählich etwas auf der fernen Seite der Stadt wahrgenommen. Es war ihr vorgekommen, als wäre es langsam in ihr Bewußtsein gedrungen, und dann, als sie es richtig wahrgenommen hatte, war ihr klargeworden, daß sie auf die Fabrik starrte.

Die Fabrik brannte.

Rauchwolken quollen daraus hervor, und Flammen züngelten aus den Fenstern.

Und obwohl die gesamte Stadt zwischen ihr und der Fabrik lag, konnte Carolyn Schreie hören, als ob Leute in der brennenden Fabrik eingeschlossen waren...

Die Erinnerung verblaßte, und Carolyn kämpfte, um das Bild wieder schärfer sehen zu können.

Kämpfen.

Das war es.

Sie hatte sich mühsam hochgekämpft und nach Beth gerufen, und dann war der ganze Himmel schwarz geworden, als wäre er von Rauch verhüllt gewesen.

Und sie hatte sich benommen gefühlt.

Danach erinnerte sie sich nur noch an Bruchstücke.

Beth, die sie rief und sie anflehte, aufzuwachen.

Dann Hannahs Gesicht, eine Maske der Besorgnis, über ihr.

Wie war Hannah dorthin gekommen?

Anschließend Hände, die sie anhoben und forttrugen.

Und jetzt war sie im Krankenhaus.

Zum erstenmal nach dem Erwachen versuchte Carolyn, sich zu bewegen, und sofort spürte sie einen warmen Druck auf ihrer Hand.

»Nicht, Liebling.«

Als die Stimme überraschend ertönte, verschwanden die Erinnerungen.

Phillips Stimme. Warm hatte sie nicht bemerkt, daß er hier war? Hatte er die ganze Zeit ihre Hand gehalten? Carolyn wandte langsam den Kopf und sah ihren Mann an. Phillip saß neben ihrem Bett, und seine blauen Augen spiegelten tiefe Besorgnis wider.

»Phillip? Wie... wie bin ich hierher gekommen? Was ist passiert?«

»Du bist ohnmächtig geworden. Hannah und Ben brachten dich ins Haus zurück, und dann ließen sie dich mit dem Wagen ins Krankenhaus bringen.«

»Hannah und Ben?« wiederholte Carolyn. »Wie haben sie...«

»Du hast sie unterstützt. Du warst halb bewußtlos, und du sprachst immer wieder von einem Feuer. Sie sagten, du hast anscheinend gedacht, da wäre ein Waldbrand oder so etwas.«

Carolyn überlegte. »Nein... nein, es war etwas anderes.« Sie umklammerte plötzlich Phillips Hand. »Es war die Fabrik. Ich sah, daß die Fabrik brannte!«

»Die Fabrik? Himmel, wovon sprichst du?«

Carolyn zögerte mit der Antwort. Wenn sie jetzt darüber nachdachte, kam ihr das Ganze mehr als die Erinnerung aus einem Traum vor als etwas, das tatsächlich passiert war. »Ich... ich weiß nicht. Es war alles so sonderbar...« Sie verstummte und blickte sich im Zimmer um. »Wo ist Beth?«

»Sie wartet schon draußen«, erwiderte Phillip. »Ich hole sie.«

Einen Augenblick später tauchte Carolyns Tochter neben dem Bett auf und blickte sie mit großen Augen besorgt an. »Mom? Alles in Ordnung? Ich... ich hatte Angst, du würdest...«

»Sterben?« Carolyn lachte und schaffte es, ihrer Stimme eine Kraft zu geben, die sie nicht empfand. »Noch nicht, mein Schatz. Deine alte Mutter hat noch ein paar Jährchen.« Sie lächelte und richtete sich etwas mehr auf dem Krankenbett auf. »Aber eines will ich dir sagen, wenn das deine Vorstellung von einer lustigen kleinen Wanderung ist, dann kannst du dir beim nächsten Mal jemand anders als Begleitung aussuchen.«

Phillip hob die Brauen, und dann zwinkerte er Beth zu. »Sie fühlt sich offensichtlich besser. Auf einmal ist alles deine Schuld.«

Carolyn verzog das Gesicht zu einer Grimasse gespielter Empörung. »Nun, du erwartest doch nicht, daß *ich* die Schuld auf mich nehme, oder? Ich bin diejenige, die im Krankenhaus gelandet ist. Ihr beiden könnt mich wenigstens bemitleiden und mir sagen, daß es nicht meine

Schuld war. Richtig?« fügte sie hinzu und blickte ihre Tochter an.

»Völlig richtig«, erwiderte Beth und nickte ernst. »Du standest da und schriest mich an und zeigtest auf etwas, und da dachte ich mir, wäre es nicht lustig, Mutter ohnmächtig zu sehen? Und schon fielst du um.«

»Siehst du?« sagte Carolyn zu Phillip. »Das ist die Art Kind, von der jede Mutter träumt.« Dann wurde sie ernst. »Beth, hast du irgend etwas gesehen? Hast du gesehen, daß irgend etwas in der Stadt passierte, bevor ich ohnmächtig wurde?«

Beth überlegte unsicher. »Was zum Beispiel?«

»Nun, es war merkwürdig«, sagte Carolyn. »Ich hätte schwören können, daß ich die Fabrik brennen sah. Irgendso etwas hast du nicht gesehen?«

Beth schüttelte den Kopf, und dann erinnerte sie sich plötzlich an das, was oben beim Mausoleum geschehen war, bevor ihre Mutter eingetroffen war. Sie hatte einen Augenblick lang so etwas gesehen, während sie auf dem Marmorstuhl gesessen hatte. Bevor sie jedoch etwas davon erzählen konnte, wurde die Tür geöffnet, und ein Doktor betrat das Krankenzimmer.

Phillip stand sofort auf, doch der Arzt forderte ihn mit einer Geste auf, sitzenzubleiben. Dann wandte er sich Carolyn zu, und ein leichtes Lächeln spielte um seine Mundwinkel. »Mrs. Sturgess«, fragte er. »Sie und Ihre Tochter haben heute morgen nicht zufällig den Klapperstorch gesucht, oder?«

Carolyn blinzelte. Den Klapperstorch gesucht? Wovon redete er?

»Denn wenn Sie ihn gesucht haben, war Ihre Suche erfolgreich. Oder, wenn noch nicht, dann garantiere ich Ihnen, daß er bald erfolgreich sein wird.«

Carolyn starrte den Arzt an, und langsam dämmerte ihr, was seine Worte bedeuteten. »Sie meinen – ich bin – schwanger?«

»Meinen herzlichen Glückwunsch. Und Ihnen auch, Mr. Sturgess.«

Phillip starrte den Arzt an und schaute dann langsam zu seiner Frau. »Ein Baby?« fragte er. »Wir bekommen ein Baby?«

Carolyn nickte und fühlte sich plötzlich unglaublich glücklich. »Eigentlich bekomme *ich* es«, sagte sie und lächelte. Phillip wirkte immer noch fassungslos, und Carolyns Glückseligkeit wurde von plötzlicher Furcht verdrängt. Was war, wenn Phillip sich kein Baby wünschte?

Doch da nahm er sie in die Arme und drückte sie liebevoll an sich. »Wer hätte das gedacht – ich meine, ich dachte einfach nicht daran – wir haben nicht mal darüber gesprochen!« Plötzlich zog er sich zurück und musterte sie besorgt. »Liebling, bist du damit einverstanden?«

Carolyn drückte ihn fest an sich. »Natürlich bin ich damit einverstanden. Ich kann mir nicht vorstellen, was ich mir mehr wünsche.«

Während sich Carolyn und Phillip glücklich anschauten, bemerkte keiner von beiden, daß sich Beth leise aus dem Zimmer stahl.

Ein Baby.

Der Gedanke, daß ihre Mutter und Onkel Phillip ein Baby haben könnten, war ihr zuvor nie gekommen, und als Beth das kleine Krankenhaus von Westover verließ und langsam über die Prospect Street ging, war sie sich nicht sicher, was sie von der Sache halten sollte.

Es war schon schlimm genug, auf Hilltop zu leben. Was würde passieren, wenn dort auch noch ein Baby war?

Ihre Mutter würde alle Zeit mit dem Baby verbringen und keine Zeit mehr für sie haben.

Das war nicht fair.

Als Beth jetzt darüber nachdachte, wurde ihr klar, daß sie sich eigentlich immer einen kleinen Bruder gewünscht hatte. Oder ein Schwesterchen – es hätte keine Rolle gespielt. Doch nach der Scheidung ihrer Eltern hatte sie den Gedanken aufgegeben.

Als Carolyn dann Phillip Sturgess geheiratet hatte, war Beth einfach niemals mehr in den Sinn gekommen, daß ihre Mutter noch einmal ein Baby bekommen könnte.

Es war dumm, nicht daran zu denken, sagte sich Beth. Schließlich haben viele Kinder in Westover Halbbrüder und Halbschwestern. Warum sollte es bei mir anders sein?

Je mehr sie darüber nachdachte, desto besser gefiel ihr die ganze Sache.

Plötzlich fühlte sie sich besser, und sie blickte vom Bürgersteig auf und sah, daß sie fast vier Straßen weit in Gedanken versunken spaziert war. An der nächsten Kreuzung stand die Fabrik, und sie wirkte sogar in der Mittagssonne dunkel und irgendwie bedrohlich.

Beth schaute eine Weile darauf und fragte sich, was an diesem großen, alten Gebäude dran war, daß ihre Freunde, besonders die Jungs, ständig darüber redeten, was da drinnen vorgehen mochte und was in Wirklichkeit mit dem Jungen passiert war – mit Onkel Phillips Bruder –, der dort gestorben war, lange bevor sie und die anderen überhaupt geboren waren.

Für Beth war es einfach ein häßliches Gebäude gewesen.

Sie ging weiter und näherte sich der Fabrik. Dabei versuchte Beth sich vorzustellen, was den Sonnenschein reflektiert haben mochte. Da gab es jedoch nichts. Die Fenster waren mit Brettern vernagelt, und auch die massiven Türen in der Fassade des Gebäudes oberhalb einer kurzen Treppe konnten nichts widerspiegeln.

Sie *hatte* jedoch etwas an diesem Morgen gesehen, genauso wie ihre Mutter.

Ihre Mutter hatte gesagt, es hätte ausgesehen, als stünde die Fabrik in Flammen.

Beth trat zurück und blickte zum Dach empor. Während sie zurückwich, um hochspähen zu können, geriet sie an die Bordsteinkante und prallte gegen einen parkenden Wagen.

Der Wagen ihres Vaters.

Aber das Büro ihres Vaters war mehrere Straßen weit entfernt. Warum stand sein Auto hier? Beth suchte die Straße ab, sah jedoch nichts von ihrem Vater.

Verwirrt setzte sie den Weg fort.

War es möglich, daß ihr Vater in der alten Fabrik war?

Beth stieg die Treppe hinauf und untersuchte sorgfältig die Bretter, mit denen die Vordertür vernagelt war. Alle Bretter waren festgenagelt, und es gab anscheinend keine Möglichkeit, in das Gebäude zu gelangen.

Trotzdem spürte sie, daß jemand in der Fabrik war.

Ihr Vater *mußte* darin sein.

Beth ging die Treppe hinunter und wandte sich zur River Road. Auf dieser Seite des Gebäudes gab es eine weitere Tür, wie Beth wußte – eine große Eisentür mit einem Vorhängeschloß. Seit sie sechs Jahre alt gewesen war, hatte mindestens jede Woche einmal eines der Kinder, die sie gekannt hatte, das Vorhängeschloß untersucht und gehofft, daß vielleicht diesmal jemand das Schloß unverschlossen gelassen hatte.

Beth gelangte an die Ecke des Gebäudes und blickte an der langen Wand entlang.

Auf halbem Weg zu den Bahngleisen stand die Tür offen.

Beth lief los, und einen Augenblick später stand sie auf der Türschwelle und spähte in die düstere, verlassene Fabrik hinein.

Die Totenstille im Gebäude hüllte sie ein, und langsam stieg Furcht in Beth auf.

Und dann spürte sie noch etwas anderes.

Von neuem spürte sie mit sonderbarer Gewißheit, daß die Fabrik nicht leer und verlassen war.

»Daddy?« rief Beth leise und trat über die Türschwelle in die finstere Fabrik. »Bist du hier?«

Sie hatte das Gefühl, eine kalte Hand tastete über ihre Wirbelsäule und plötzlich begannen ihre Knie zu zittern.

Sie lauschte angespannt in die Stille, und dann hörte sie etwas.

Ein Rascheln von oben.

Beth erstarrte, und das Herz klopfte ihr bis zum Hals.

Und dann nahm sie von neuem etwas wahr.

Sie blickte auf.

Plötzlich flatterte eine Taube von einer der Dachstreben auf, flog im Kreis und schoß dann durch eine Lücke zwischen den Brettern an einem der Fenster.

Beth stand starr da und wartete darauf, daß ihr Herz wieder langsamer schlug. Schließlich schaute sie in die Runde, und ihr Blick fiel auf den oberen Absatz einer Treppe an der fernen Rückwand des Gebäudes.

Ihr Vater war dort unten. Deshalb hatte er sie nicht gehört. Er war unten im Kellergeschoß.

Entschlossen durchquerte Beth das große, leere Gebäude. Auf halbem Weg zur Treppe fühlte sich Beth plötzlich ungeschützt und ausgeliefert, und alles drängte sie, zu rennen.

Doch da war nichts, vor dem sie Angst haben mußte. Da gab es nur die Fabrik und ein paar Tauben.

Und unten war ihr Vater.

Nach einer scheinbaren Ewigkeit gelangte sie an die Treppe und spähte unsicher hinab in die Dunkelheit.

Ihr Schatten fiel vor ihr die steile Treppe hinab, und nur schwaches Licht erreichte die Treppe und den näheren Teil des weiten Kellergeschosses.

»Daddy?« wisperte Beth so leise, daß selbst sie es kaum hören konnte.

Und dann war da etwas, das gleich nach ihrem leisen Ruf folgte.

Ein anderes Geräusch, noch schwacher als ihr Ruf, das von unten kam.

Etwas bewegte sich in der Dunkelheit.

Von neuem begann Beths Puls zu rasen, doch sie blieb, wo sie war, und kämpfte die Panik nieder, die sie zu übermannen drohte.

Schließlich hörte sie nichts mehr. Sie stieg langsam die Treppe hinunter bis zu deren Fuß.

Beth lauschte, und nach einer Weile nahm sie wieder das Geräusch in der Finsternis wahr.

Panik stieg in ihr auf. Eine innere Stimme mahnte sie, davonzurennen, die Treppe hinauf und ins Tageslicht zu flüchten. Sie wollte die Flucht ergreifen, doch die Beine versagten ihr den Dienst, und sie blieb wie gelähmt, wo sie war.

Von neuem ertönte das Geräusch. Obwohl es fast unhörbar war, glaubte Beth diesmal ein Wort zu erkennen.

»Beeetthh...«

Ihr Name.

Es war, als hätte jemand ihren Namen gerufen.

»D-daddy?« flüsterte sie erneut. »Daddy, bist du das?«

Abermals Stille, und Beth spähte wieder angestrengt in die Dunkelheit.

Sie glaubte in der Ferne das kaum sichtbare Flimmern von Licht zu sehen.

Und dann erstarrte sie und stieß einen erstickten Aufschrei aus, als das Geräusch wieder zu hören war wie ein Winterwind, der in den Bäumen seufzte.

»Aaaammmyyy...«

Beth starrte ein paar Sekunden lang voller Furcht in die Finsternis. Als sich das Geräusch nicht wiederholte, ließ Beths Panik nach. Schließlich fand sie die Sprache wieder, wenn auch ihre Stimme noch zitterte. »Ist – da jemand?«

In der Ferne flackerte wieder ein Lichtschein auf, und Beth nahm etwas anderes wahr.

Schritte, die sich aus der Dunkelheit näherten.

Die Sekunden schienen sich zu einer Ewigkeit zu dehnen, und der Lichtschimmer bewegte sich auf und ab und näherte sich.

Und von neuem hörte Beth die flüsternde, kaum wahrnehmbare Stimme.

»Aaammmyyy...«

»Da-daddy?« rief Beth wiederum, und ihre Furcht steigerte sich erneut zur Panik. »Daddy – bist du da?«

Das auf und ab tanzende Licht bewegte sich plötzlich nicht mehr, und einen Augenblick lang war Beth von Grauen erfüllt. Und wenn es nicht ihr Vater war? Wenn es jemand anders war?

Und dann, endlich, hörte sie es.

»Beth? Kleines? Was tust du hier?«

Beth rannte auf das Licht zu und warf sich ihrem Vater in die Arme.

»Daddy! Ich... ich dachte einen Augenblick, daß du es nicht bist!«

»Schätzchen! Was treibst du hier?« fragte Alan. Er löste sich aus der Umklammerung seiner Tochter und führte sie zur Treppe zurück.

»Ich wollte vom Krankenhaus aus nach Hause und sah deinen Wagen«, erklärte Beth, und ihre Stimme bebte immer noch. »Ich...«

Alan unterbrach sie. »Vom Krankenhaus aus? Was hast du denn im Krankenhaus gemacht?«

Beth überlegte schnell, was sie sagen sollte, doch bevor sie sich entschließen konnte, platzte sie mit der Wahrheit heraus.

»Mom ist im Krankenhaus. Wir machten eine Wanderung, und plötzlich wurde Mom ohnmächtig. Sie... sie bekommt ein Baby!«

Es folgte Stille, und dann sagte Alan mit ruhiger Stimme. »Na, das ist ein Ding. Dann ist dein Wunsch ja endlich in Erfüllung gegangen.«

Sie waren jetzt am Fuß der Treppe angelangt, und Alan schaltete die Taschenlampe aus. Im schwachen Licht, das die Treppe hinunterfiel, schaute Alan seiner Tochter ins Gesicht. Statt der erwarteten glücklichen Miene sah er jedoch etwas anderes. »Hey! Du hast dir immer ein Brüderchen oder Schwesterchen gewünscht. Bist du nicht glücklich darüber, daß deine Mama ein Kind bekommt?«

Beth zögerte mit der Antwort und wirkte in Gedanken versunken. Als sie antwortete, schaute sie ihren Vater nicht an, sondern blickte starr auf eine Stelle irgendwo in der Dunkelheit unterhalb der Treppe. »Ich ... ich glaube, ich freue mich«, sagte sie, aber Alan war davon überzeugt, daß sie an etwas ganz anderes dachte.

»Beth?« fragte er. »Schatz, was ist los? Stimmt etwas nicht?«

Beth schüttelte unsicher den Kopf. »Ich weiß es nicht. Ich ... ich glaube, etwas gehört zu haben ...«

»Hier unten?« Alan stieg die Treppe hinauf, und Beth folgte ihm fast widerstrebend.

»Ja. Es war wie ... wie eine Stimme. Nur nicht wirklich, weißt du?«

»Nein.« Alan lachte. »Ich weiß nicht. Es war vermutlich nur eine Maus oder sonstwas.«

Beth blieb stehen und schüttelte den Kopf. Dann wandte sie sich um und spähte von neuem in die Dunkelheit des Kellers.

Und dann konnte sie das kaum wahrnehmbare Geräusch wieder hören.

Sie erschauerte und lauschte gebannt. »Hörst du es nicht, Daddy?« fragte sie. »Hörst du denn überhaupt nichts?«

Alan verharrte und wandte sich um.

In der letzten Stunde hatte er allerlei Geräusche im Kellergeschoß der Fabrik gehört.

Ratten waren vor ihm davongehuscht, als er sich das Fundament des Gebäudes angesehen hatte, und einmal war eine Schlange über seine Hand geglitten. Anschließend hatte er deutlich seinen erstickten Angstschrei gehört.

Jetzt lauschte er wieder angespannt, aber da war nichts. »Tut mir leid, Schatz. Ich höre nichts.«

Beth spähte immer noch wie hypnotisiert in die Finsternis und lauschte angespannt.

Es war dagewesen. Sie wußte es.

Es war eine Stimme gewesen, und sie hatte nach ihr gerufen.

Warum konnte ihr Vater die Stimme nicht hören?

Und dann, ganz langsam, erkannte sie die Antwort darauf.

Ihr Vater konnte die Stimme nicht hören, weil der Ruf nicht ihm galt.

Die Stimme rief nur sie.

Beth erschauerte. Etwas Eisiges schien über ihre Haut zu kriechen.

Beth wußte, daß dieses Gefühl nicht trog.

In der Finsternis des Kellergeschosses hatte etwas nach ihr gegriffen und sie berührt.

Etwas im Dunkel wollte sie haben.

Sie hatte keine Ahnung, was in dem Kellergeschoß war, und zum Teil hoffte sie, es niemals herauszufinden. Doch ein anderer Teil von ihr war von Neugier erfüllt und wünschte sich, in die Finsternis zurückzukehren und zu entdecken, was dort war.

Sie rang mit sich, kämpfte gegen diese innere Stimme an, die sich wünschte, ins Dunkel zurückzugehen. Dann war der Augenblick vorbei. Ihr Vater hatte sich bereits abgewandt und stieg weiter die Treppe hinauf.

Beth folgte ihm langsam, und die Erinnerung an das, was geschehen war, beschäftigte ihre Gedanken.

Dort unten war etwas, irgend etwas, und es wollte sie haben. Etwas, das sie bis in die Tiefen ihrer Seele erschauern ließ.

Beth eilte hinter ihrem Vater her und holte ihn mitten im Erdgeschoß des großen, leeren Gebäudes ein.

»Sieh dir alles noch einmal gut an«, sagte Beths Vater, bevor sie in den Sonnenschein hinaustraten. »Es wird nicht mehr sehr lange so aussehen.«

Beth blickte zu ihrem Vater auf. »Nicht? Wieso?«

Alan grinste vergnügt. »Heißt das, deine Mutter hat dir nichts davon erzählt?«

Beth runzelte die Stirn. »Was erzählt?«

»Wir werden die Fabrik wiedereröffnen. Morgen fangen die Arbeiten an. Ich werde Trennwände einziehen lassen, Oberlichter werden eingebaut, und im Herbst wird der Bau wiedereröffnet und den Betrieb aufnehmen. Wir machen aus der ehemaligen Fabrik eine schöne Ladenstraße.«

Beth wandte sich um und starrte zurück in die finsteren Tiefen des Gebäudes.

Sie versuchte, sich die dunkle, leere Fabrikhalle vorzustellen, wie sie nach der Beschreibung ihres Vaters bald aussehen sollte, aber es gelang ihr nicht.

Statt dessen dachte sie an die Stimme, die sie im Kellergeschoß gehört hatte, und tief in ihrem Innern war ein schreckliches Wissen, das sie sich nicht erklären konnte und das an die Oberfläche drängen wollte. In diesem Augenblick wußte Beth, daß es nicht richtig war, was ihr Vater gesagt hatte.

Die Fabrik durfte nicht verändert werden. Niemals.

Aus irgendeinem Grund, den sie noch nicht verstand, mußte die Fabrik bleiben, wie sie war.

Verlassen und leer.

Aber sie war nicht leer, nicht wirklich.

Im Kellergeschoß, irgendwo unterhalb der Treppe, lebte etwas.

## 7

»Mir geht es prima«, beharrte Carolyn Sturgess und blickte ihren Mann liebevoll, jedoch auch mit einer Spur Unmut an. »Dies ist alles ein bißchen lächerlich.«

Phillip beugte sich über sie, um eines der Kissen zu richten, und küßte zärtlich Carolyns Stirn. »Es ist nicht lächerlich. Du hast gehört, was Dr. Blanchard gesagt hat.«

»Natürlich habe ich das«, murmelte Carolyn. »Er sagte, ich soll mich schonen, was ich auch beherzigen werde. Und ich bin bereit, zuzugeben, daß ich in meinem Zustand nicht querfeldein durch die Büsche streifen sollte. Aber zu diesem Zeitpunkt hatte ich ja keine Ahnung, daß ich schwanger bin, nicht wahr?«

»Nein«, stimmte Phillip zu. »Aber jetzt weißt du es, und ich werde dafür sorgen, daß du dich strikt an die Anweisungen des Doktors hältst.«

Carolyn schaute sich in dem großen Schlafzimmer um und fragte sich flüchtig, ob Phillip wirklich die Absicht hatte, sie die nächsten sieben Monate hier liegenzulassen und Hannah dazu zu zwingen, ihr dreimal am Tag die Mahlzeiten hinaufzubringen. Nein, sagte sie sich, das wird er natürlich nicht.

Er wird mir die Mahlzeiten selbst bringen.

Phillip hatte darauf bestanden, daß sie vom Hospital aus mit einem Krankenwagen nach Hause gebracht worden war. Das war ebenfalls typisch Phillip.

Sie hätte leicht aus dem Krankenhaus spazieren, in den Wagen steigen und selbst heimfahren können, aber Phillip hatte auf Rollstuhl und Krankenwagen beharrt, und es war einfacher gewesen, nachzugeben, als mit Phillip zu streiten, denn er hätte sich ohnehin nicht umstimmen lassen.

Als sie auf Hilltop eingetroffen waren, hatte sich Carolyn jedoch gewünscht, sie *hätte* sich widersetzt, denn da war Alan gewesen, der gerade aus dem Haus gekommen war, nachdem er Beth heimgefahren hatte. Seine besorgte Miene bei ihrem Anblick war schnell zu einer amüsierten geworden, und sie hatte erwartet, daß er irgendeine spöttische Anspielung machen würde. Als er sich darauf beschränkt hatte, die Augenbrauen zu heben, war sie sich nicht weniger lächerlich vorgekommen.

Jetzt schaute sie zu Phillip auf und schüttelte den Kopf. »Ich bleibe nicht hier im Bett«, sagte sie entschieden. »Du kannst mich nicht während der gesamten Schwangerschaft bewachen, und sobald du nicht da bist, werde ich aufstehen und meinen Beschäftigungen nachgehen. Ich bin nur ohnmächtig geworden. Das war alles. Selbst Dr. Blanchard sagte, es bestand keinerlei Gefahr, daß ich das Baby verliere.«

»Wir werden keinerlei Risiko eingehen und ...« begann Phillip, doch Carolyn ließ ihn nicht aussprechen.

»Ich habe nicht vor, irgendwelche Risiken einzugehen. Wenn ich gewußt hätte, daß ich schwanger bin, wäre ich nicht mit Beth gewandert.« Dann musterte sie Phillip mißtrauisch. »Oder willst du mir indirekt sagen, daß ich zu alt bin, um ein Baby zu bekommen?«

Phillips Wangen wurden eine Spur dunkler. »Ich wollte wirklich nicht ...«

»Natürlich nicht«, fiel ihm Carolyn ins Wort und konnte ein Lachen nicht mehr unterdrücken. »Es ist einfach alles zu albern, Liebling. Ich fühle mich allmählich wie in einem Film oder so. Ich erwarte schon fast, daß du Phrasen benutzt wie ›sie ist guter Hoffnung‹ oder ›gesegneten Leibes‹ anstatt einfach zu sagen, ›sie kriegt ein Kind‹.«

»Wir hätten damit rechnen sollen, daß du so darüber denkst«, ertönte eine andere Stimme, und Carolyn blickte auf und sah Abigail auf der Türschwelle. »Aber nach dem, was mit unserer lieben Lorraine geschah, kannst du Phillip nicht verdenken, daß er besorgt ist, oder?«

Carolyn preßte die Lippen zusammen, und Zorn stieg in ihr auf, als sie Phillips schmerzliche Miene sah. Impulsiv ergriff sie Phillips Hand. »Ich weiß, daß du dir Sorgen um mich machst, Abigail«, sagte Carolyn sanft. »Aber ich habe nicht vor, das Baby zu verlieren oder bei der Geburt zu sterben.«

»Natürlich nicht«, stimmte Abigail zu, und ihre dünnen Lippen verzogen sich zu einem kalten Lächeln. »Und du brauchst dir über nichts Sorgen zu machen. Ich werde dafür sorgen, daß im Haus alles so läuft, wie es sollte.«

Einen Moment lang schauten sich die beiden Frauen in die Augen, und dann seufzte Carolyn und ließ sich auf die Kissen zurücksinken. »Dessen bin ich mir sicher, Abigail«, sagte sie mit ruhiger Stimme. »Gewiß wirst du dafür sorgen, daß alles genau so ist, wie Lorraine es gewünscht hätte.« Unter halb gesenkten Lidern hervor sah sie, daß die alte Frau sie musterte, und sie fühlte sich einen Augenblick lang wie eine Maus, die von einer zusammengerollten Kobra fixiert wird. Abigail hatte jedoch im Augenblick keinen Appetit. Sie wandte sich um und verließ steif das Zimmer. Erst als Carolyn sicher war, daß Abigail außer Hörweite war, sprach sie wieder.

»Es tut mir leid, Phillip. Ich hätte Lorraine nicht erwähnen sollen.«

Phillip sah sie mit einem liebevollen Lächeln an. »Mutter war es, die Lorraine zur Sprache brachte, nicht du. Und nun ruh dich etwas aus und mach dir keine Sorgen. Versprochen?«

»Versprochen. Und du mußt mir versprechen, mich nicht zu bemuttern. Hannah tut das schon zur Genüge.«

Wie als Beweis stieß die alte Haushälterin mit dem Ellbogen die Tür auf und betrat das Zimmer mit einer Kanne Tee auf einem Tablett. »Siehst du?« fragte Carolyn und setzte sich auf, während Hannah das Tablett auf ihren Beinen abstellte. »Danke, Hannah. Aber bitte behandele mich nicht, als wäre ich krank.«

»Wer sagt etwas von krank?« entgegnete Hannah. »Schwanger und krank sind zwei verschiedene Dinge – ganz gleich was einige Leute denken. Doch ein guter Tee hat noch keinem geschadet.« Sie schenkte Tee in zwei Tassen ein und reichte eine Tasse Phillip. »Und was Miß Tracys Party anbetrifft, so brauchen Sie sich keine Sorgen zu machen. Ich kann mich um alles kümmern. Obwohl ich sagen muß«, fügte sie hinzu und bemühte sich nicht, ihren Groll zu verbergen, »daß mir die Änderung des Termins von Sonntag auf Samstag das Leben nicht gerade leichter macht.«

»Änderung des Termins?« fragte Carolyn. »Hannah, was soll das heißen?«

Hannah musterte Carolyn kurz. Dann kniff sie leicht die Augen zusammen. »Hat Mrs. Sturgess nicht mit Ihnen darüber gesprochen?«

»Sie hat mit mir über gar nichts gesprochen.«

»Aber Miß Tracy sagte ...« Hannah verstummte unvermittelt und preßte die Lippen aufeinander.

»Was sagte sie, Hannah?« drängte Phillip. »Es ist schon in Ordnung. Was sagte Tracy?«

»Ich möchte nicht petzen«, murmelte Hannah. Sie glättete die bereits perfekt glattgestrichene Bettdecke.

Phillip wollte etwas sagen, doch Carolyn hielt ihn mit einer Geste davon ab. »Hannah, wenn Sie uns eine Änderung von Tracys Plänen für die Geburtstagsparty mitteilen, so ist das gewiß kein Petzen. Nun, was hat es mit der Änderung des Termins von Sonntag auf Samstag auf sich?«

Hannah zögerte und wiederholte dann, was ihr Tracy an diesem Morgen in der Küche gesagt hatte. »Miß Tracy erklärte mir gegenüber, Mrs. Sturgess würde mit Ihnen reden«, endete Hannah. »Es muß bei all der Aufregung vergessen worden sein. Wenn Sie mich jetzt nicht mehr brauchen, sollte ich in meine Küche zurückgehen.«

Hannah verließ eilig das Schlafzimmer. Weder Carolyn noch Phillip sagten ein Wort. Schließlich brach Phillip das Schweigen.

»Hat Mutter mit dir über eine Verlegung der Party gesprochen?«

»Nein«, antwortete Carolyn. »Das hat sie nicht.«

»Nun, ich bin sicher, daß es einen Grund für die Terminänderung gab...« begann Phillip, doch er verstummte, als Carolyn das Tablett zum Fuß des Betts schob und die Bettdecke zurückwarf.

»Es gab einen Grund«, stimmte Carolyn zu, schwang die Beine aus dem Bett und stand ein wenig schwankend auf. »Und ich werde auf der Stelle damit Schluß machen.«

Phillip stellte seine Teetasse auf dem Nachttisch ab und erhob sich, um seine Frau zu stützen. »Hey, reg dich nicht auf. Was immer es ist, es kann warten. Laß mich die Sache erledigen.«

»Es kann nicht warten«, beharrte Carolyn. »Und ich muß es selbst erledigen.« Sie zog ihren Morgenmantel an und sah dann ihrem Mann in die Augen. »Verstehst du denn nicht? Es gibt einen sehr simplen Grund, warum sie die Party vorverlegt haben und warum Abigail mir nichts davon gesagt hat. Oh, ich bin sicher, daß sie mich informiert hätte – am Samstagmorgen, wenn Beth weggewesen wäre, um den Tag mit Alan zu verbringen!« In ihren Augen funkelte Zorn, und ihr Mund verzog sich in einer Parodie von Abigails hochmütigem Lächeln. »Ich kann sie förmlich hören: ›Oh, Carolyn, meine Liebe, habe ich dir das nicht gesagt? Tracys Party findet heute statt. Wie schade, daß Beth sie versäumen wird.‹ Nur werde ich ihr einen Strich durch die Rechnung machen!«

»Du denkst doch nicht...«

»Natürlich denke ich das, Phillip. Und wenn du zwei und zwei zusammenzählst, dann wirst du wissen, daß ich recht habe. Tracy will nicht, daß Beth an der Party teilnimmt, und Abigail hat sich eine Möglichkeit ausgedacht, Tracy ihren Willen zu lassen.«

Jetzt spiegelten Phillips Augen Zorn wider. »Ich werde das mit Mutter erledigen. Genauer gesagt, mit beiden. Jetzt reicht es mir!« Er wandte sich um und wollte das Schlafzimmer verlassen, doch Carolyn hielt ihn zurück.

»Nein, Phillip. Ich muß das selbst klären. Was in diesem Haus passiert, betrifft Abigail und mich, und ich kann mich nicht hinter dir verstecken. Abigail würde das nur als Schwäche auslegen und mich noch mehr hassen, als es schon der Fall ist.«

»Und was ist mit Tracy? Spielt sie nicht auch eine Rolle dabei?«

»Tracy folgt dem Beispiel deiner Mutter. Ich werde bei Tracy kein Wort über die Sache verlieren. Das werde ich Abigail überlassen.«

Phillip lächelte. »Es wird das erste Mal seit Jahren sein, daß Mutter ein Versprechen zurücknehmen muß, das sie Tracy gegeben hat. Vielleicht wird das gut für beide sein. Aber soll ich mich nicht doch besser darum kümmern?« fügte er besorgt hinzu. »Du solltest im Bett bleiben.«

»Mir geht es gut, keine Sorge«, sagte Carolyn. Sie band den Gürtel ihres Morgenmantels fest und ließ Phillip allein im Schlafzimmer zurück.

Carolyn fand Abigail in der Bibliothek. Abigail saß entspannt in einem Sessel beim Fenster, und ein Buch lag aufgeschlagen auf ihrem Schoß. Die alte Frau blickte auf, klappte überrascht das Buch zu und legte es beiseite.

»Aber Carolyn«, sagte sie. »Solltest du nicht im Bett sein?«

»Vielleicht sollte ich das«, erwiderte Carolyn. »Aber im Augenblick befürchte ich, daß wir beide miteinander reden müssen, Abigail.« Zum erstenmal, so weit sie sich erinnern konnte, sah sie Unsicherheit in den Augen der alten Frau flackern.

»Was auch immer es sein mag, ich bin sicher, daß es warten kann«, sagte Abigail.

»Nein, das kann es nicht«, sagte Carolyn sanft. Sie schloß die Tür hinter sich, durchquerte die Bibliothek und setzte sich in den Sessel, der gegenüber von ihrer Schwiegermutter stand. »Wir werden *jetzt* miteinander reden.«

»Nun gut«, sagte Abigail. Ihre Stimme klang kühl, doch ihr Blick schweifte nervös zu der geschlossenen Tür. »Und worüber möchtest du plaudern? Über das Wetter? Es scheint ein schöner Nachmittag zu werden...«

»Schön genug für eine Geburtstagsparty«, unterbrach Carolyn und imitierte das Lächeln der alten Frau. »Ich hoffe, das Wetter bleibt so bis Sonntag. Hoffst du das nicht auch?«

Abigail zuckte kaum merklich zusammen, doch dann hatte sie sich wieder unter Kontrolle. »Ich wollte mit dir darüber reden«, sagte sie. »Aber nach allem, was passierte, wollte ich dich natürlich nicht mit etwas so Belanglosem belasten.«

»›Belanglos‹ scheint mir nicht das richtige Wort zu sein«, sagte Carolyn und ließ ihren Blick durch die Bibliothek schweifen. Carolyn wußte, daß Abigail diesmal in der Defensive war.

»Ich weiß nicht, wovon du redest«, entgegnete Abigail, doch ihre Nervosität strafte sie Lügen.

»Natürlich weißt du das.« Carolyn heftete jetzt den Blick auf die alte Frau. Abigail saß steif aufgerichtet auf dem Lehnsessel. »Abigail, all dies muß aufhören. Ich weiß, was du von mir hältst, und ich weiß, was du über Beth denkst. Aber ich bin mit Phillip verheiratet, und das wird sich nicht ändern. Ich bin außerdem Tracys Stiefmutter, und ich möchte, daß wir ein gutes Verhältnis zueinander bekommen. Ich wüßte es zu schätzen, wenn du aufhören würdest, dich einzumischen und die Beziehung zu stören.«

Abigail täuschte gekommt Verwirrung vor. »Carolyn, ich weiß nicht, was das alles zu bedeuten hat, und ich wünschte, du würdest es mir erklären. Was auch immer geschehen sein mag, ich bin sicher, daß wir es in Ordnung bringen können. Warum fängst du nicht einfach von vorne an und erklärst mir...«

»Nein, Abigail. Ich habe die Sache bereits erledigt. Ich war soeben in der Küche und habe Hannah gesagt, daß Tracys Party am Sonntagnachmittag stattfinden wird wie geplant. Ich hoffe, es macht Tracy keine Unannehmlichkeiten, daß sie all ihre Freunde von neuem anrufen muß.« Jetzt sah Carolyn den kalten Zorn in den Augen der alten Frau, den Abigail nicht mehr zu verbergen versuchte.

»Tracy wird sie nicht von neuem anrufen«, stieß Abigail hervor. »Daß ich dir gegenüber die Terminänderung zu erwähnen vergaß, ist meine Schuld. Es gibt keinen Grund, weshalb Tracy darunter leiden sollte. Alle Pläne sind gemacht, und Hannah hat alles im Griff. Ich sehe da wirklich kein Problem.«

»Das Problem ist, daß Beth am Samstagnachmittag wie immer bei ihrem Vater sein wird. Eine Tatsache, die du und Tracy nur zu gut wißt.«

»So?« erwiderte Abigail, und ihre Stimme nahm einen gehässigen Klang an. »Ich finde, du hältst die Aktivitäten deiner Tochter für wichtiger, als sie es sind, meine Liebe.«

Carolyn lächelte milde und verriet nichts von ihrem Zorn. »Das gleiche könnte ich von deinem Verhalten gegenüber Tracy sagen, Abigail. Wie dem auch sei, das ist nicht das Problem. Der Kern der Sache ist einfach folgender: Tracys Party wird am Sonntagnachmittag stattfinden oder überhaupt nicht.«

In Abigails Augen funkelte jetzt purer Haß. »Wenn du und Phillip das entschieden habt, kann ich gewiß nichts daran ändern«, sagte sie. »Vielleicht solltest du Tracy über die Änderung der Pläne informieren. Ich glaube, sie ist auf dem Tennisplatz.«

»Ich werde es ihr sagen«, erwiderte Carolyn. »Ich werde darauf achten, es ihr genauso zu sagen, wie du es mir gesagt hast.«

»Ich hatte vor, dich zu informieren!« Abigail kochte vor Zorn.

»Also gut.« Carolyn seufzte. »Versuch deinen Willen durchzusetzen, wenn es so wichtig für dich ist. Aber du verschwendest nur deine Zeit und machst uns allen das Leben schwerer.«

»So?« Abigails Stimme klang eisig. Sie erhob sich, nahm ihren Stock und wandte sich zur Tür. »Vielleicht tue ich das. Vielleicht aber auch nicht. Ich weiß nicht, warum Phillip dich geheiratet hat, Carolyn, aber ich weiß, daß er immer noch mein Sohn und ein Sturgess ist. Mit der Zeit wird er zur Vernunft kommen. Was die Party anbetrifft, so werde ich Tracy die Dinge selbst erklären, und wir werden mit der Situation fertig werden. Und danach werde ich mein Bestes tun, um Tracy zu schützen und sie in einer Art aufzuziehen, die Lorraine gutheißen würde.« Damit rauschte Abigail königlich aus der Bibliothek.

*Aber Lorraine ist tot!* wollte Carolyn schreien. *Begreifst du denn nicht, daß Lorraine tot ist?* Aber es ging natürlich überhaupt nicht um Lorraine. Es lag an Abigail selbst, die sich verzweifelt an eine Lebensweise klammerte, die es nicht mehr gab. Carolyn seufzte von neuem und fühlte sich plötzlich erschöpft. Sie ließ sich tiefer in den Sessel sinken.

Wie so viele Möbel in dem alten Haus, mußte der Lehnsessel neu bezogen werden. Hier war seit Jahren nichts repariert oder neu möbliert worden, denn Abigail weigerte sich, zur Kenntnis zu nehmen, wie abgenutzt alles geworden war. Die alte Frau sah nur den Glanz ihrer Jugend, als auf Hilltop ein Butler, fünf Mädchen, ein Koch und ein paar Gärtner angestellt gewesen waren.

Jetzt waren nur noch Hannah und Ben Smithers vom Personal übriggeblieben, und die beiden taten ihr Bestes, um all die Arbeit zu bewältigen, die erledigt werden mußte. Nur gelegentlich hatten sie Unterstützung von wenigen Aushilfskräften, die für ein paar Stunden kamen, wenn sich die Arbeiten nicht länger aufschieben ließen.

Aber Abigail wollte das alles nicht sehen. Manchmal dachte Carolyn, wenn sie sich von dem ständigen Kampf entmutigt fühlte wie jetzt, daß sich nichts auf Hilltop ändern würde, bis Abigail endlich sterben würde.

Und manchmal war Carolyn überzeugt, daß Abigail ewig leben würde.

Abigail öffnete die Terrassentür, trat auf die Terrasse hinaus und blickte auf den Tennisplatz, auf dem Tracy in makellos weißem Tennisdreß mit Alison Babcock Tennis spielte. Abigail schaute ein paar Minuten lang zu und dachte an die alten Zeiten, als die jungen Ladies und Gentlemen ihrer Generation hier artig auf einem Rasenplatz Tennis gespielt hatten – Zeiten, die Abigail immer noch bitterlich vermißte. Wieviel zivilisierter war damals das Leben gewesen. Das Leben geht weiter, aber einige Dinge ändern sich niemals, dachte sie. Das war etwas, das Carolyn nie verstehen würde. Sie würde nie begreifen, daß eine Sturgess etwas Besonderes war, mit Rechten und Privilegien, die geschützt werden mußten. Für Carolyn waren die Sturgess' einfach Leute wie alle anderen.

Abigail wußte es besser und hatte es immer gewußt.

Und Tracy wußte es ebenfalls.

Das Spiel war zu Ende, und Tracy lief mit einem fröhlichen Lächeln zu ihr.

»Drei Sätze, Großmutter«, jubelte sie. »Ich habe glatt in drei Sätzen gewonnen!«

»Schön für dich«, erwiderte Abigail. »Wie wäre es, wenn wir uns von Hannah Limonade bringen ließen und uns eine Weile zusammensetzten?«

Tracys Lächeln verschwand sofort. »Aber Alison und ich wollten zum Club fahren. Ihre Mutter holt uns ab.«

»Nun, ein paar Minuten werden bestimmt nichts ausmachen, und ich muß mit dir über etwas reden.«

»Über was?« fragte Tracy. »Warum können wir nicht später darüber reden?«

»Weil ich es für besser halte, es jetzt zu klären«, erwiderte Abigail in einem Tonfall, der Tracy warnte, es nicht zu weit zu treiben. Widerwillig begleitete das Mädchen die Großmutter zu einem kleinen schmiedeeisernen Tisch auf der Terrasse, der von vier Stühlen umgeben war, und setzte sich hin.

»Ich befürchte, unser kleiner Plan klappt nicht ganz so, wie wir uns das dachten«, begann Abigail. »Carolyn hat deine Party wieder auf den Sonntag verschoben.«

In Tracys Augen glomm es gefährlich auf. »Aber das kann sie nicht tun! Ich habe bereits alle für Samstag eingeladen!«

»Ich weiß, und es tut mir leid«, sagte Abigail. »Aber wir können es nicht ändern. Beth wird hier sein. Und –«, fügte sie mit einem angespannten Lächeln hinzu, »– ich erwarte, daß du und deine Freundinnen und Freunde sie genauso behandeln, wie ich selbst es tun würde.«

Tracys Augen wurden eine Spur dunkler vor Zorn, doch dann verstand sie, und ein Lächeln breitete sich auf ihrem Gesicht aus. »Das werden wir tun, Großmutter«, erwiderte sie. Eine Hupe ertönte auf dem Zufahrtsweg vor dem Haus, und Tracy sprang auf. »Kann ich jetzt gehen, Großmutter?«

»Natürlich«, sagte Abigail. Tracy neigte sich zu ihr, und die alte Frau gab ihr einen leichten Kuß auf die Wange. »Viel Spaß, und mach dir keine Sorgen wegen der Party. Ich bin sicher, daß du genau weißt, was du zu tun hast.«

Als Tracy fort war, hatte Abigail plötzlich das Gefühl, beobachtet zu werden. Sie wandte sich um.

An der Terrassentür stand Carolyn mit nachdenklicher Miene.

Es macht nichts, sagte sich Abigail. Selbst wenn sie es gehört hat, wird sie nicht wissen, was ich dem Kind gesagt habe. Die Frau spricht einfach nicht unsere Sprache.

Beth zog sich an diesem Abend nach dem Abendessen auf ihr Zimmer zurück. Die Zeit beim Abendessen war schrecklich gewesen. Ihre Mutter hatte sich überhaupt nicht blicken lassen, und Beth hatte am Tisch sitzen und Tracys boshafte Blicke über sich ergehen lassen müssen, während die alte Mrs. Sturgess sie wieder völlig ignoriert hatte. Onkel Phillip war freundlich zu ihr gewesen, doch jedesmal wenn er mit ihr hatte reden wollen, war er von Tracy unterbrochen worden. Schließlich hatte Beth vorgetäuscht, daß sie sich nicht gut fühle, und gebeten, sie zu entschuldigen.

Jetzt lag sie auf ihrem Bett und versuchte sich auf die Lektüre eines Buchs zu konzentrieren, während das Radio leise im Hintergrund spielte. Plötzlich klopfte es an der Tür, und Beth rollte sich schuldbewußt auf die Seite und schaltete das Radio aus. Einen Augenblick später wurde die Tür geöffnet. Mit Erleichterung sah Beth, daß diesmal nicht Tracy eintrat.

Phillip steckte den Kopf ins Zimmer. »Darf ich reinkommen?«

Beth nickte. »Es tut mir leid, wenn das Radio zu laut war. Ich dachte, keiner könnte es hören.«

Phillip runzelte die Stirn. »Es ist ja nicht mal an.«

»Ich habe es ausgeschaltet. Ich hatte Angst, daß Tracy...« Sie verstummte plötzlich verlegen.

»Tracy ist unten und hört Stereomusik im Musikzimmer«, sagte Phillip. »Wenn du Radio hören willst, schalte es nur an.«

»Ich möchte keinen stören.«

Phillip zögerte. Dann durchquerte er das Zimmer und setzte sich auf die Bettkante. »Wie kommt es, daß du keinen stören willst, es aber anscheinend für richtig hältst, daß jeder dich stören darf?«

Beth musterte ihren Stiefvater mit scheuem Blick. »Aber es ist Tracys Haus.«

»Es ist auch dein Haus, Beth«, sagte Phillip. »Und ich finde, du solltest dich ein bißchen mehr durchsetzen. Deine Mutter kann nicht immer für dich kämpfen.«

Beth blickte fort. Im nächsten Augenblick spürte sie Phillips Hand auf ihrer Schulter. Sie wollte sich losreißen, konnte es jedoch nicht. Schließlich wandte sie ihm wieder das Gesicht zu. »Ich... ich weiß einfach nicht, was ich machen soll«, sagte sie. »Ich will das Richtige tun, aber immer vermassele ich alles. Wie heute morgen unten beim Stall.«

»Dieser kleine Zwischenfall geschah nur aus Unkenntnis und ohne Absicht. Was immer Tracy auch gesagt haben mag, es ist doch gar nichts passiert. Ich wette, daß Patches froh war, mal aus der Box herauszukommen, und wenn es auch nur für ein paar Minuten war. Meistens steht sie doch nur in der Box herum.« Phillip lächelte beruhigend. »Möchtest du gern auf ihr das Reiten lernen?«

Beth blickte ihn mit großen Augen an. »Darf ich das?«

»Warum nicht? Wenn du willst, dann können wir morgen früh mit dem Lernen anfangen. Wir können beide früh aufstehen, mit Hannah frühstücken und zurückkehren, bevor überhaupt jemand bemerkt, daß wir weg waren. Was hältst du davon?«

»Das wäre prima!«

»Dann ist das abgemacht«, sagte Phillip. Er stand auf und ging zur Tür. »Und schalte um Himmels willen das Radio wieder an. Dieses Haus ist zu groß und zu still.« Dann verließ er das Zimmer, und Beth war wieder allein.

Sie schaltete das Radio ein, wälzte sich auf den Rücken und starrte zur Decke. Plötzlich fühlte sie sich zum erstenmal seit Tracys Heimkehr nach Hilltop ein bißchen besser. Vielleicht, wenn Onkel Phillip ihr tatsächlich das Reiten beibringen würde...

Bei der leisen Musik aus dem Radio döste sie ein.

Als Beth erwachte, erinnerte sie sich deutlich an den Traum.

Sie blieb still liegen, dachte darüber nach und erlebte ihn von neuem. Dann rollte sie sich auf die Seite, um das Radio auszuschalten, das immer noch leise auf dem Nachttisch spielte.

Sie war wieder in der Fabrik gewesen, doch es war überhaupt nicht so gewesen, wie sie es von diesem Nachmittag her in Erinnerung hatte.

Statt dessen war die Fabrik voller Leute gewesen, die an allen möglichen Maschinen gearbeitet hatten, die sie nie zuvor gesehen hatte. Doch die Leute hatten sie anscheinend nicht sehen können, und sie war lange Zeit herumgewandert und hatte sie bei der Arbeit beobachtet.

Und dann hatte jemand sie gerufen. Die Stimme war zuerst gedämpft gewesen, und sie hatte sie kaum hören können. Als sie sich jedoch dem hinteren Teil der Fabrik genähert hatte, war die Stimme lauter geworden. Beth hatte plötzlich erkannt, daß die Laute aus dem Kellergeschoß herausdrangen.

Sie war zur Treppe gegangen und hatte gelauscht. Schwach, jedoch deutlich hatte sie die Stimme gehört, die sie wieder gerufen hatte.

Als Beth sich dann in Bewegung gesetzt hatte, um die Treppe hinunterzugehen, war eine Hand auf ihre Schulter gefallen.

»Du kannst nicht dort hinuntergehen«, hatte eine Männerstimme gesagt.

Sie hatte aufgeblickt und in das Gesicht eines Mannes gesehen, das ihr sonderbar vertraut vorgekommen war. Sein Haar war eisengrau gewesen, und in seinen Augen hatte sie eine Härte gesehen, die ihr Angst eingeflößt hatte.

»Aber ich muß hinunter«, hatte sie schwach eingewandt. »Jemand ruft mich.«

»Du kannst nicht dort hinuntergehen«, hatte der Mann wiederholt.

Dann war Beth abermals von der Stimme gerufen worden, und sie hatte versucht, sich aus dem Griff des Mannes zu winden und sich loszureißen. Es hatte nichts genutzt. Der Mann hatte sie nur noch fester gepackt und von der Treppe fortgezogen.

Und dann, als noch die Stimme aus dem Kellergeschoß in ihren Ohren gehallt hatte, war Beth erwacht.

Jetzt, in der Stille des Zimmers, eingehüllt vom Dunkel der Nacht, konnte sie die Stimme fast wieder hören. Die Stimme rief Beth immer noch, obwohl sie wach war.

Sie stand vom Bett auf, ging zum Fenster und spähte in die Nacht hinaus.

Der Vollmond stand am Himmel, und der Ort mit seinen funkelnden Lichtern erstreckte sich unterhalb des Hügels. In der Ferne verschmolz der dunkle Umriß der Fabrik fast mit der Dunkelheit.

Beth wartete und rechnete fast damit, das seltsame Licht aus der Fabrik glühen zu sehen, das sie an diesem Morgen vom Mausoleum aus wahrgenommen hatte, aber heute nacht war da nichts.

Sie blieb noch ein paar Minuten lang am Fenster stehen. Schließlich wandte sie sich ab und begann sich auszuziehen. Als sie dann unter die Decken schlüpfte und die Augen schloß, kam die Erinnerung an den Traum von neuem zurück. Wieder hörte sie die sonderbare Stimme, die sie erstickt und flehend rief.

»»Beeettthhh, Beeettthhh...«

Und in den Tiefen ihrer Erinnerung hallte dieselbe Stimme wider und rief das andere Wort, das sie an diesem Nachmittag in der Fabrik zu hören geglaubt hatte.

Aaaaammmyyy...

Amy.

Amy rief sie. Amy brauchte sie.

Aber wer war Amy?

Als Beth sich in ihrem Bett wälzte und einzuschlafen versuchte, wußte sie, daß sie irgendwie wieder zur Fabrik gehen mußte. Sie mußte herausfinden, wer Amy war.

# 8

Tracy Sturgess erwachte schon früh am Sonntagmorgen und blickte sofort zum offenen Fenster.

Der Tag war strahlend und sonnig und der Himmel wolkenlos. Das bedeutete, daß sie an diesem Nachmittag Tennis und Krocket spielen konnten, zwei Sportarten, in denen Tracy eine Expertin war und die Beth Rogers so gut wie überhaupt nicht spielen konnte.

Tracy lächelte bei diesem Gedanken vor sich hin. Sie sah vor ihrem geistigen Auge, wie Beth ungeschickt über den Tennisplatz lief und kaum einen Aufschlag zurückschlagen konnte, während die anderen zuschauten, mitleidig lächelten und ein Kichern unterdrückten.

Vielleicht würden sie sogar Doppel spielen, und Tracy würde Alison Babcock als Beths Partnerin einteilen. Alison war fast so gut im Tennis wie Tracy, und die beiden hatten bereits alles geplant. Alison würde so tun, als ob sie den Ball annehmen wollte, und dann im letzten Augenblick zur Seite treten, um angeblich Beth mehr Platz zu schaffen.

Und Beth, die nicht wissen würde, was los war, würde sich nur noch mehr bemühen und lächerlicher machen, und es würde immer lustiger werden. Und das beste von allem – selbst wenn Carolyn zuschaute, würde sie nicht das geringste dagegen tun können, denn es würde aussehen, als täten alle ihr Bestes, um Beth zu helfen, einen schönen Nachmittag zu verbringen.

Tracy reckte sich, stieg langsam aus dem Bett und schlenderte zum Fenster, um auf die Anlagen hinauszublicken. Auf dem Rasen steckte Ben die Krocketbahn ab. Er schlug dauernd in einem Buch nach und maß die Entfernungen mit einem Meßband ab. Tracy hatte auf einer englischen Krocketbahn bestanden, mit einem einzigen Pfosten in der Mitte und sechs Toren ringsum. Sie und Alison hatten das ebenfalls geplant, und das Spiel auf der ungewohnten Bahn mit Jeff Bailey und Kip Braithwaite geübt. Tracy konnte es kaum erwarten, Beths Miene zu sehen, besonders wenn Beth fragen mußte, wie die Spielregeln waren.

»Oh«, würde Tracy sagen und Überraschung vortäuschen. »Sagtest du nicht, du kennst dich aus...« Und dann würde sie so tun, als erinnere sie sich, und ihre beste mitfühlende Miene aufsetzen. »Du meintest die *amerikanische* Variation, nicht wahr? Keiner von uns spielt die.« Während Beth dann beschämt und verlegen und die anderen höflich gelangweilt sein würden, würde sie, Tracy, die Folge der Tore erklären und Beth gönnerhaft den ersten Schlag erlauben.

Und dann würden natürlich die anderen Beths Kugel fortprellen, um schnell den Zielpfosten zu erreichen.

Als Ben das letzte Tor in den Rasen steckte, schweifte Tracys Blick hinab zum Stall, und schlagartig verschwand ihre gute Laune. Ihr Vater und Beth waren auf dem Sattelplatz und sattelten Patches. Neben Patches und bereits gesattelt stand das Lieblingspferd ihres Vaters, ein großer schwarzer Araber namens Sheik.

Tracy bebte vor Zorn. Sie wandte sich ruckartig vom Fenster ab und zog eilig Jeans und eines der alten Hemden ihres Vaters an. Sie ignorierte ihr zerzaustes Haar, stürmte aus ihrem Zimmer und eilte zur Treppe.

»Tracy?« hörte sie ihre Großmutter vom anderen Ende des Flurs rufen. »Tracy, Darling, was um Himmels willen ist los? Wohin willst du?«

Tracy fuhr herum, und in ihren Augen glitzerte Wut. »Er tut es wieder. Er ist unten auf dem Sattelplatz mit ihr und läßt sie wieder mein Pferd reiten!«

Abigail, die auf der Türschwelle stand, furchte verwirrt die Stirn. »Peter? Aber ich dachte, du hast ihm gesagt, daß er Beth nicht mehr an den Stall heranlassen soll.«

»Das habe ich. Aber es ist nicht Peter – es ist Vater! Er ist dort unten und will sie reiten lassen. Wie vorgestern!«

Abigail hob die Brauen und ging auf Tracy zu, doch das Mädchen hatte sich bereits abgewandt. Als Abigail dann auf halbem Weg zur Treppe war, hörte sie einen dumpfen Aufprall und einen Schrei. Sie eilte zum Treppenabsatz und spähte das Geländer hinab.

Nahe dem Fuß der Treppe kauerte Carolyn zusammengekrümmt und mit schmerzverzerrtem Gesicht und preßte die Hände auf den Leib, während Tracy sie wild anstarrte.

»Was hast du hier zu suchen?« hörte Abigail Tracy fragen. »Hast du keine Augen im Kopf? Warum bist du mir nicht aus dem Weg gegangen?«

»Du hättest aufpassen können«, entgegnete Carolyn. »Wenn du nicht gerannt wärst, dann wäre das nicht passiert.«

»Ich renne, wann ich will«, sagte Tracy und starrte Carolyn boshaft an. »Und du kannst mich nicht aufhalten! Paß also besser auf, wo du hingehst!«

Carolyn stemmte sich mühsam auf, und gerade als sich das Mädchen abwenden wollte, packte sie es am Handgelenk. Carolyn sprach mit ruhiger Stimme, die jedoch einen scharfen Klang hatte, der bewirkte, daß sich Tracy zu ihr umwandte.

»Das reicht nicht, junge Lady. Wenn du heute auch 13 geworden bist, kann ich dich immer noch übers Knie legen und dir den Hintern versohlen. Ich habe von dir soviel hingenommen, daß es bis an die Grenze des Erträglichen geht, und ich rate dir, lange und genau nachzudenken, bevor du noch einmal so mit mir sprichst. Mit mir oder sonst jemandem. Und was das Rauf- und Runterrennen auf der Treppe anbetrifft, so ist es mir gleichgültig, solange du keine Leute über den Haufen rennst. Du hättest mich schlimm verletzen können, weißt du. Ich hätte dadurch sogar das Baby verlieren können.«

Tracys Lippen bebten, und sie riß sich plötzlich aus Carolyns Griff los. »Ich wünschte, ich *hätte* dich verletzt«, zischte sie. »Ich wünschte, ich hätte dich und auch dein Baby getötet!« Dann wirbelte sie herum. Sie stürmte durch die Halle zur Hintertür hinaus und rannte über den Rasen, um durch die Hecke an deren Ende zum Sattelplatz zu gelangen. Als sie dort eintraf, war es jedoch zu spät.

Der Sattelplatz war leer.

Carolyn sank schockiert über Tracys haßerfüllte Worte auf die Treppe zurück und schlug die Hände vors Gesicht.

Abigail blieb, wo sie war, und beobachtete stumm ihre Schwiegertochter. Erst nach fast einer Minute sprach Abigail.

»Carolyn? Carolyn, ist alles in Ordnung?«

Carolyn versteifte sich, und dann blickte sie auf und sah Abigail, die oben auf dem Treppenabsatz stand und auf sie herabblickte. Carolyn schaffte ein schwaches Lächeln und stemmte sich von neuem auf. »Alles in Ordnung, Abigail. Nur eine kleine Schwäche, das ist alles.«

Die alte Frau verzog mißbilligend die Lippen. »Ich glaubte, einen Schrei gehört zu haben. Du bist nicht gefallen, oder?«

Carolyn zögerte und schüttelte dann den Kopf. »Nein. Nein, es ist wirklich alles in Ordnung.«

»Vielleicht mutest du dir zuviel zu«, sagte Abigail, und ihre Stimme nahm den leicht säuselnden Klang an, den Carolyn seit langem als ein Anzeichen auf Gefahr kannte. »Warum bleibst du nicht den Rest des Tages in deinem Zimmer? Schließlich würdest du dir nie verzeihen können, wenn etwas mit dem Baby passiert, nicht wahr? Und ich mag gar nicht daran denken, wie Phillip sich fühlen würde.«

*Sie hat es gehört!* Carolyn wußte es plötzlich. *Sie hat jedes Wort gehört, das wir gesagt haben!* Und es ist ihr gleichgültig. Sie weiß, was passiert ist und was hätte geschehen können, und sie wird weder ein Wort zu Tracy noch zu Phillip darüber verlieren. Sie denkt genau wie Tracy. Sie hofft, daß ich mein Baby verliere.

Das Herz klopfte Carolyn jetzt bis zum Hals, und als sie sprach, hatte sie Mühe, ihrer Stimme einen festen Klang zu geben. »Aber meinem Baby wird nichts geschehen, Abigail. Es wird alles perfekt in Ordnung sein.«

Die beiden Frauen starrten einander einen Augenblick lang an. Dann wandte sich Abigail ab und ging langsam über den Flur davon zu ihrer Suite.

Erst als sie verschwunden war, betastete Carolyn vorsichtig von neuem ihren Leib und hoffte, eine Bewegung zu spüren, die ihr sagen würde, daß mit dem Baby alles in Ordnung war.

Aber es war zu früh, um irgendeine Bewegung von Leben in ihr zu spüren, und schließlich ging Carolyn langsam durch die große Eingangshalle zum Telefon und rief das Krankenhaus an. Trotz Tracys Party an diesem Nachmittag meldete sie sich für 14 Uhr bei Dr. Blanchard an.

Phillip und Beth saßen ab, und Beth band Patches Zügel sorgfältig an einen tiefen Ast an, bevor sie sich in das weiche Gras der kleinen Wiese sinken ließ. Dann setzte sie sich auf, schaute sich um und erinnerte sich, wann sie das letzte Mal hier gewesen war.

»Hier ist Mama ohnmächtig geworden, Onkel Phillip. Genau dort drüben bei dem Felsen.«

Phillip blickte in die Richtung, in die Beth wies, stand auf und schlenderte zu dem Felsen, auf dem Carolyn an jenem Morgen vor ein paar Tagen gesessen hatte. Einen Augenblick später war Beth an Phillips Seite. »Erinnerst du dich, was meine Mutter an jenem Morgen sagte? Daß es aussah, als stünde die Fabrik in Flammen?« fragte Beth.

Phillip blickte auf Beth hinab und nickte. »Und sie fragte dich, ob du das gleiche gesehen hattest.«

»Das habe ich«, sagte Beth mit plötzlich zaghafter Stimme. »Wenigstens glaube ich das.« Sie versuchte, sich genau zu erinnern, und erzählte Phillip langsam, was sie vom Mausoleum aus an jenem Tag gesehen hatte. »Zuerst dachte ich, es wäre eine optische Täuschung«, sagte sie, als sie geendet hatte. »Aber Mutter sah das gleiche.«

»Vielleicht war es bei euch beiden eine Sinnestäuschung«, sagte Phillip. »Von hier oben aus kann euch die Sonne einen Streich gespielt haben. Der Sonnenschein wird vom Dach eines Gebäudes reflektiert und erhellt ein anderes. Und manchmal, wenn der Sonnenschein genau im richtigen Winkel auf die Fenster fällt, sieht es aus, als stünde die ganze Stadt in Flammen.«

»Aber es war nicht die ganze Stadt«, wandte Beth ein. »Es war nur die Fabrik. Und sie kann keinen Sonnenschein reflektiert haben, weil alle Fenster mit Brettern vernagelt sind.«

Phillip nickte nachdenklich und blickte wieder zu dem alten Gebäude am fernen Ende der Stadt. Es hatte sich bereits verändert. Die Bretter waren inzwischen von den Fenstern entfernt und Gerüste waren um die Wände errichtet worden. Die Arbeit hatte bereits begonnen, und hier und da zeigten sich Flecke von hellem Rot unter der dicken Schmutz- und Rußschicht, die sich im Laufe der Jahrzehnte gebildet hatte. Vor seinem geistigen Auge sah Phillip die Fabrik, wie sie in ein paar Monaten sein würde, mit Läden vor den jetzt kahlen Reihen der Fenster, einer Toreinfahrt von der Straße bis zum Eingang und schmiedeeisernen Verzierungen an der Dachkante.

»Weshalb wurde die Fabrik geschlossen?« hörte er plötzlich Beth fragen. Er blickte sie an und sah, daß sie ihn ernst und neugierig musterte. »Aus finanziellen Gründen«, erwiderte er. »Sie brachte einfach kein Geld mehr ein.«

»Und was ist mit all den Geschichten?« drängte Beth.

»Welche Geschichten?« fragte Phillip, obwohl er genau wußte, was sie meinte.

»Über die Kinder, die dort arbeiteten. Ich dachte, es wäre irgend etwas passiert, was deine Familie zwang, die Fabrik zu schließen.«

»Nun, diese Geschichten sind bestimmt nichts Neues. Ich habe sie mein Leben lang gehört. Und ich nehme an, daß auch etwas Wahres daran ist.«

»Du meinst, es haben tatsächlich Kinder in der Fabrik gearbeitet?«

»Ganz bestimmt. Und nicht nur in dieser Fabrik. Im ganzen Nordosten gab es Fabriken und Betriebe, in denen Kinder arbeiteten. Und das war kein Spaß für sie. Die meisten Kinder in deinem Alter mußten zwölf Stunden am Tag und sechs Tage in der Woche arbeiten.«

»Das... das hat Mama mir erzählt«, stammelte Beth. »Und sie sagte, daß viele Kinder starben.«

Phillips Miene verfinsterte sich. »Ich nehme an, das stimmt ebenfalls. Aber das ist jetzt alles vorüber, nicht wahr? All das passierte vor über hundert Jahren.«

Beth schien ihm jedoch nicht zuzuhören. Statt dessen blickte sie wieder zur Stadt. Phillip wußte ohne hinzusehen, daß ihr Blick auf die Fabrik geheftet war.

»Onkel Phillip? Hat es in der Fabrik jemals gebrannt?«

»Gebrannt? Wie kommst du darauf?«

»Ich – ich weiß es nicht«, sagte Beth stockend. »Ich dachte nur an das, was Mama und ich neulich sahen, das ist alles.«

»Ich dachte, wir hätten uns darüber geeinigt, daß es eine optische Täuschung war«, sagte Phillip sanft.

»Und wenn es keine war?« fragte Beth. Ihre Augen glänzten, und ein Lächeln breitete sich auf ihrem Gesicht aus. »Wenn es eine Art Blick in die Vergangenheit war? Wenn es wirklich ein Feuer gab und man es manchmal immer noch sehen kann?«

Phillip lachte leise. »Na, das ist eine Geschichte, die ich noch nicht gehört habe. Wie um Himmels willen kommst du auf so was?«

»Aber wenn es stimmt?« drängte Beth und überging die Frage ihres Stiefvaters. »Kann so etwas passieren?«

Phillip zuckte die Achseln. »Kommt darauf an, wen du fragst. Wenn du mich fragst, würde ich nein sagen. Es gibt jedoch viele Leute, die behaupten, daß niemals verschwindet, was jemals in einem Gebäude passiert ist. Das ist im großen und ganzen der Grundgedanke von Geistergeschichten, nicht wahr? Daß Leute sterben, aber anstatt in den Himmel zu kommen, an dem Ort ihres Todes bleiben und den Leuten Schrecken einjagen.«

Beth schwieg und dachte über Phillips Worte nach. War es das, was ihr neulich widerfahren war? War es das, was sie in der Fabrik gehört hatte? Ein Geist?

Beth glaubte nicht an Geister.

Tatsache war jedoch, daß sie etwas in der Fabrik gehört und am selben Tag etwas vom Mausoleum aus gesehen hatte. Und da war auch noch der Traum ...

Beth wandte den Blick von der Stadt ab und schlenderte zurück zur Wiese. Patches wieherte leise und stampfte auf. Beth überquerte die Wiese, um zu der Statue zu gehen. Dann nahm Beth etwas aus den Augenwinkeln heraus wahr und blieb stehen.

Sie blickte sich um und runzelte die Stirn.

Ein paar Meter entfernt gab es eine kleine Vertiefung in der Lichtung, eine Mulde, die im Gegensatz zu der Wiese aus üppig wachsendem Gras fast kahl war. Im Schein der Morgensonne sah es fast so aus, als wäre das Gras an dieser Stelle weggebrannt.

Und von ihrem Platz aus sah die Stelle genau wie ein Grab aus. Plötzlich wurde Beth bewußt, daß ihr Stiefvater neben ihr stand.

»Beth? Was ist los?«

»Dort drüben«, sagte Beth und wies hin. »Was ist das?«

Phillip ließ seinen Blick über die Weise schweifen. Er konnte nichts Ungewöhnliches entdecken. Die Wiese sah genauso aus wie immer. »Was?« fragte er.

Beth setzte zu einer Antwort an, doch dann besann sie sich anders und schüttelte den Kopf. »Nichts«, erwiderte sie. Sie ging zu Patches, band das Pferd los und saß auf. »Ich dachte nur, ich hätte etwas gesehen, das ist alles.« Dann lächelte sie schief. »Es muß eine weitere optische Täuschung gewesen sein.«

»Entweder das«, meinte Phillip lachend, »oder du siehst Gespenter. Komm. Wir wollen nicht zu lange bleiben, sonst kommst du zu spät zu Tracys Party.« Er schwang sich geschmeidig auf den Rappen und ritt im kurzen Galopp von der Wiese auf den Pfad, der um den Hügelhang herum und zum Sattelplatz führte. Bevor Beth ihm folgte, schaute sie noch einmal zu der Wiese.

Die sonderbare Vertiefung war immer noch da, und je länger Beth hinschaute, desto überzeugter wurde sie, daß es tatsächlich ein Grab war.

Und eine innere Stimme schien ihr zu sagen, wessen Grab es war.

Amys Grab.

Als das Mittagessen begann, wünschte sich Beth, der Boden würde sich öffnen, und sie könnte darin versinken.

Sie hatte fast eine Stunde damit verbracht, um sich zu entscheiden, was sie zu der Party anziehen sollte. Schließlich hatte sie ein grünes Kleid gewählt, das sie vor fast einem Jahr in einem Secondhandshop entdeckt hatte. Jetzt natürlich konnte sie dort nicht mehr einkaufen, und das war schade, denn es war immer ein richtiges Abenteuer gewesen. Man wußte nie, was man dort fand, und Beth und ihre Mutter hatten oft Stunden herumgestöbert und nach Kleidungsstücken gesucht, die sie sich neu nicht hätten leisten können. Das grüne Kleid war eine ihrer besten Entdeckungen gewesen. Es war fast neu gewesen, und ihre Mutter hatte es gewaschen und gebügelt, und sie hatten es für besondere Anlässe weggehängt. Und heute, hatte sich Beth gesagt, war der besondere Anlaß.

Als sie jedoch die Treppe hinuntergegangen war, nachdem Tracys Freunde allesamt eingetroffen waren, hatte Beth ihren Fehler erkannt.

Alle anderen Kinder, einschließlich Tracy, trugen Jeans und Hemden von Lacoste.

Beth war vor Scham das Blut in die Wangen gestiegen, als Tracy das Kleid spöttisch betrachtet und gesagt hatte: »Ich hätte dir wohl sagen sollen, daß du dich zwanglos kleiden sollst, nicht wahr? Ich meine, wie hättest *du* das wissen können?« Beth war zusammengezuckt, als Tracy das Wort *du* abfällig betont hatte, aber sie hatte nichts gesagt.

Dann hatte Tracy sie miteinander bekannt gemacht, und Beth hatte sich erbärmlich gefühlt, als Tracys Freundinnen und Freunde ihr Fragen gestellt hatten, die eigentlich gar keine richtigen waren.

»Du gehst hier in Westover zur Schule? Wie kannst du das nur *ertragen?*«

»Wohin fährst du in den Sommerferien? Meine Familie ist immer in Maine, aber da oben ist es *sooo* langweilig, findest du nicht?«

»Heißt das, du warst noch *nie* in Maine? Ich dachte *jeder* fährt nach Maine.«

»Wie kommt es, daß man dich nie im Country Club sieht? Alles sonst ist hier so *ätzend!*«

Ein Junge namens Jeff Bailey hatte ihr dann den letzten Schlag versetzt. Er hatte Beth mit großen, blauen Augen und einem Lächeln angesehen. »Mir gefällt dein Kleid«, hatte er gesagt, und dann war aus seinem Lächeln ein boshaftes Grinsen geworden. »Es hat mir sogar schon gefallen, als meine Schwester es vor drei Jahren kaufte.«

Das war der Zeitpunkt gewesen, an dem Beth auf ihr Zimmer geflüchtet war und sich schnell umgezogen hatte. Sie hatte das grüne Kleid in eine Ecke des Schranks geworfen, wo sie es nie wieder zu sehen hoffte.

Schließlich hatte sie sich das Gesicht gewaschen und ihr

Haar neu gekämmt, und dann war sie wieder nach unten gegangen.

Tracy und ihre Freunde hatten Krocket gespielt, und als sie angeboten hatten, von neuem anzufangen, damit sie mitspielen konnte, hätte sie wissen sollen, was geschehen würde.

Statt dessen hatte sie gedacht, sie wären nett zu ihr.

Eine halbe Stunde später hatte sie noch immer nicht das erste Tor geschaft, und alle anderen waren fertig gewesen.

»Beim Krocket wirst du wohl niemals mithalten können«, hatte Tracy zu ihr gesagt, als alles vorüber war. Dann hatte Tracy die Stimme gesenkt und sich umgeschaut, um zu sehen, ob Carolyn in Hörweite war. »Aber woher solltest du das gelernt haben? Du kannst eben *gar nichts.*«

Als man sie gefragt hatte, ob sie beim Tennis mitspielen möchte, hatte Beth nur den Kopf geschüttelt.

Jetzt mußte sie nur noch das Essen und den anschließenden Videofilm überstehen, und dann würde die Qual vorüber sein.

Tracy zog die Vorhänge am Fenster der Bibliothek auf, wandte sich um und grinste Beth boshaft an. »Du hattest Angst, nicht wahr?«

»Nein, nein«, erwiderte Beth, was nicht ganz der Wahrheit entsprach. Obwohl sie sich immer wieder gesagt hatte, daß es nur ein Film war, *hatte* sie Angst gehabt. Horrorfilme jagten ihr immer Furcht ein, ganz gleich wie sehr sie sich sagte, daß sie nur erfunden und keine Realität waren.

»Das glaube ich dir nicht«, beharrte Tracy. »Du hattest Angst. Und wenn dich ein alberner alter Film so in Schrekken versetzt, dann verstehe ich nicht, wie du es ertragen kannst, in diesem Haus zu leben.«

Beth blickte sie verunsichert an. »Wovon redest du? Es

gibt doch nichts so Furchteinflößendes an diesem Haus.« Das entsprach in Wirklichkeit nicht ihrer Meinung, aber Beth wollte nicht zugeben, daß sie nach dem Einzug in Hilltop viele Nächte lang wachgelegen und auf die sonderbaren Geräusche gelauscht hatte, die aus allen Ecken des alten Hauses zu kommen schienen.

»Nichts Furchteinflößendes?« fragte Tracy. »Und was ist mit dem Geist?«

Beths gefurchte Stirn glättete sich, als sie erkannte, daß Tracy sie nur wieder lächerlich machen wollte. »Welcher Geist?« fragte sie und bemühte sich, ebenso spöttisch und verächtlich wie Tracy zu reden.

»Wir sind nicht ganz sicher.« Tracys Stimme nahm einen selbstgefälligen, wichtigtuerischen Tonfall an, und sie warf einen Blick zu Alison Babcock. »Aber wir denken, daß es ein freundlicher Geist ist. Es ist eine alte Lady, die in Schwarz gekleidet spät in der Nacht durchs Haus schleicht und etwas sucht.«

»Das ist deine Großmutter«, versuchte es Beth mit einem Scherz, aber niemand lachte, und Tracy schüttelte den Kopf.

»Nein«, entgegnete sie. Sie wandte sich an Jeff Bailey. »Es ist nicht Großmutter, oder?«

»So sah sie meiner Meinung nach nicht aus«, sagte Jeff und ging auf das Spiel ein. »Sie ist wirklich alt, und ihre Augen sind tief eingesunken, als wäre sie blind oder so was. Und sie trägt eine Kerze«, fügte er mit Grabesstimme hinzu.

»Wann hast du sie gesehen?« fragte Beth.

»Im vorigen Jahr«, behauptete Jeff. »Ein paar von uns waren hier das Wochenende über, und wir alle sahen sie. Stimmt's, Leute?«

Brett Kilpatrick nickte. »Ich sah sie zur gleichen Zeit wie Jeff. Sie war oben auf dem Treppenabsatz, und als wir mit ihr sprachen, verschwand sie.«

Beth blickte in die Runde der übrigen Gäste. Alle nickten zustimmend und wirkten ein bißchen verängstigt. Vielleicht war es doch wahr. Dann nahm langsam ein Gedanke für Beth Gestalt an. »Vielleicht... vielleicht suchte sie Amy«, sagte sie.

Tracy Sturgess blickte Beth verwundert an. »Amy?« wiederholte sie. »Wer ist Amy?«

»Der Geist, der in der Fabrik lebt«, erwiderte Beth, und ihr Selbstvertrauen wuchs. »Weißt du nichts über Amy?«

Tracy schüttelte langsam den Kopf und warf aus dem Augenwinkel einen Blick zu ihren Freundinnen und Freunden. »Erzähl uns von ihr.«

Beth zuckte mit den Schultern. »Sie ist ein kleines Mädchen«, improvisierte sie. »Und sie lebt praktisch schon ewig in der Fabrik.«

»Na klar«, spottete Jeff. »Hast du sie jemals gesehen?«

Beth spürte, wie sie rot wurde. »Nein«, gab sie zu. »Aber... ich habe sie gehört.«

»Wirklich?« fragte Tracy mit höhnischem Lächeln. »Was hat sie denn geagt?«

»Sie sagte...« Bevor Beth sich jedoch irgend etwas ausdenken konnte, was ein Geist vielleicht sagte, schauten sich Jeff und Brett an und brachen in schallendes Gelächter aus.

»Sie glaubt es!« krähte Brett. »Sie glaubt wirklich, daß ein Geist in der Fabrik ist!«

Als das Gelächter der Jungen die Bibliothek erfüllte, spürte Beth von neuem, daß sich ihre Wangen vor Demütigung röteten. »Nun, wenn hier ein Geist ist, warum kann dann keiner in der Fabrik sein?« fragte sie mit rotem Kopf und in verzweifeltem Tonfall, als Tracys andere Freunde und Freundinnen in das Gelächter einfielen.

»Weil es hier keinen Geist gibt!« sagte Tracy triumphierend. »Ich habe all das nur erfunden! Und du hast es geglaubt, genau wie ich mir das gedacht habe. Du bist wirklich blöde, was?«

Beth stand auf, und ihr Kinn bebte. »Nicht so blöde wie

du und deine dummen Freunde, Tracy! Es *ist* ein Geist in der Fabrik, und ich weiß, wer es ist! Und jetzt gehe ich!«

»Geh nur«, sagte Tracy höhnisch. »Hier will dich ohnehin niemand haben.«

Beth flüchtete aus der Bibliothek und wollte ihre Mutter suchen.

Und dann erinnerte sie sich.

Ihre Mutter hatte einen dringenden Termin bei Dr. Blanchard abgemacht. Weder sie noch Onkel Phillip waren zu Hause.

Ihr Vater.

Sie würde zu ihrem Vater gehen.

Tränen rannen aus ihren Augen, und sie eilte aus dem Haus und zum Zufahrtsweg.

Und dann, als sie zum Rasen gelangte, erinnerte sie sich an den Pfad, der den Hügel hinabführte.

Es war eine Abkürzung, auf der sie viel schneller zur Stadt gelangen konnte. Beth lief über den Rasen und durch das Gebüsch, bis sie an den Pfad gelangte, der vom Sattelplatz fort und den Hügel hinabführte.

Auf halbem Weg kam ihr der Gedanke.

Sie würde nicht zu ihrem Vater laufen. Statt dessen würde sie zur Fabrik gehen und eine Möglichkeit finden, hineinzugelangen.

Und in der Fabrik würde sie herausfinden, ob Amy wirklich dort war oder nicht.

Doch während sie den Weg fortsetzte, wußte sie, was sie in der Fabrik finden würde.

Amy würde dort sein – weil Beth wollte, daß sie dort war.

# 9

Jeff Bailey und Brett Kilpatrick bildeten einen seltsamen Kontrast, als sie über die River Road spazierten. Obwohl sie entfernte Cousins waren, hatte Jeff blondes Haar und war schlaksig, während Brett dunkles, krauses Haar hatte und stämmig war.

Sie näherten sich der Stelle, an der die River Road über die Bahngeleise führte und wo sie rechts abbiegen, über die Holzbrücke und nach Norden gehen mußten, um in der Nähe des Country Clubs nach Hause zu gelangen. Es war ein langer Weg von Hilltop aus, doch keiner der beiden Jungen hatte die Abkürzung nehmen wollen, die den Hügel hinab zum Fluß führte.

»Wie kommt es, daß sie überhaupt dort war?« fragte Jeff und kickte eine verbeulte Bierdose fort, die am Straßenrand lag. Die Dose flog hoch und fiel in den Straßengraben. »Tracy haßt sie.«

»Sie wohnt dort«, erwiderte Brett. »Tracy wollte die Party verlegen, aber ihre Stiefmutter fand es heraus. Beth ist 'ne fiese Ziege, findest du nicht?«

»Sie ist von hier – die sind alle so.« Jeff schaute zu, während Brett sorgfältig nach der Bierdose zielte, und er kicherte, als die Dose nur ein paar Schritte weit rollte. »Und du glaubst, du könntest im nächsten Jahr in der Fußballmannschaft mitspielen?« In der St. Francis Academy, in der beide neun Monate des Jahres verbrachten, war die Fußballmannschaft *das* Team, in dem man sein mußte.

Brett ignorierte den Spott. »Und das Kleid, das sie anhatte! Nicht zu fassen!« sagte er und brachte die Sprache wieder auf Beth Rogers. »Das stand ihr noch schrecklicher als deiner Schwester. Und als Tracy das Märchen von dem Geist erzählte, und Beth ihr *glaubte,* hätte ich mir fast vor Lachen in die Hose gemacht.«

Jeff schlitterte in den Straßengraben und trat die Bierdose mit einem sauberen Schuß wieder auf die Straße. Dann gelangten sie an die Bahngleise. Jeff schaute über die Straße, und sein Blick fiel auf die Wände der Fabrik, die mit Gerüsten bedeckt waren.

»Was hältst du von dem Geist, der dort leben soll, wie sie behauptet hat?« fragte Jeff.

»Oh, Mann!« stöhnte Brett auf. »Sie wollte sich einfach wichtig machen. Oder sie ist so doof, daß sie wirklich glaubt, in der Fabrik ist was.«

Jeff musterte seinen Freund, und ein Grinsen spielte um seine Mundwinkel. »Willst du reingehen und dich nach dem Geist umsehen?« fragte er herausfordernd.

Brett zögerte. Stets hatte er Geschichten über die Fabrik gehört, und er wußte wie jeder in Westover, daß Mr. Sturgess' älterer Bruder vor Jahren in dem Gebäude ums Leben gekommen war.

Laut Bretts Vater hatte niemand je genau herausgefunden, was Conrad Sturgess widerfahren war. Man nahm an, daß es ein Unfall mit Todesfolge war, aber jeder wußte, daß der alte Sturgess immer behauptet hatte, daß es kein Unfall gewesen war.

Dann sah Brett, daß Jeff ihn mit höhnischem Grinsen musterte, und trotz seiner leichten Furcht nickte er zustimmend. »Warum nicht?« Er trat zum letztenmal nach der verbeulten Bierdose und verfehlte sie völlig. Dann folgte er Jeff über das Bahngleis zur Rückseite der Fabrik. »Wie kommen wir da rein?«

Jeff ließ den Blick über das Gebäude schweifen und zuckte die Achseln. »Das dürfte leicht sein. Ich wette, sie haben den Bau nicht mal mehr abgeschlossen.«

Brett folgte Jeffs Blick, doch er fühlte sich nicht annähernd so zuversichtlich, wie Jeffs Worte klangen. »Und wenn uns jemand schnappt?«

»Na und? Wir schauen uns nur ein bißchen um. Was ist schon dabei? Außerdem arbeiten sie daran, richtig?«

Brett nickte.

»Jeder schnüffelt in Bauten herum, die renoviert werden. Wenn uns jemand erwischt, sagen wir einfach, wir wollten uns ansehen, wie die Arbeiten vorangehen. Komm, Brett.«

Sie folgten einem Pfad, der vom Hauptweg abbog und zu der lange verlassenen Laderampe an der Rückseite der Fabrik führte. Sie gingen um einen Abfallhaufen herum, der sich an der Laderampe angesammelt hatte, und kletterten auf die Rampe, um ihr Glück am Tor zu versuchen. Es war fest verschlossen wie die Tür des ehemaligen Versandbüros. Nachdem sie es bei zwei weiteren Türen versucht hatten, sprangen sie von der Laderampe herunter, gingen um die Ecke des Gebäudes und folgten dem Pfad, der an der Seite der Fabrik entlangführte. Auf halbem Weg zur Prospect Street gelangten sie an die Eisentür, die bisher stets mit einem Vorhängeschloß gesichert gewesen war.

Heute war das Vorhängeschloß nicht abgeschlossen und hing offen herunter.

»Siehst du?« sagte Jeff. »Was habe ich gesagt? Es ist noch nicht mal abgeschlossen. Wir können einfach hineinspazieren.« Er drehte den Türgriff.

Die Tür ließ sich leicht öffnen.

»Wie... wie kommt es, daß nicht abgeschlossen ist?« fragte Brett unsicher und senkte die Stimme zum Flüsterton. »Glaubst du, daß jemand drinnen ist?«

Jeff blickte ihn abfällig an. »Es ist nicht abgeschlossen, weil die Arbeiter zu blöde waren, abzuschließen«, sagte er, stieß die Tür auf und trat über die Schwelle. Brett blieb noch zurück. »Kommst du oder nicht?«

»Vielleicht sollten wir nicht reingehen«, murmelte Brett. Er warf einen Blick nach Westen, wo die Sonne tief am Horizont stand. »Ist es da nicht ziemlich dunkel?«

»Man kann prima sehen«, sagte Jeff. »Entweder kommst du rein oder bleibst draußen, aber ich werde mich umsehen.«

Brett kämpfte gegen seine Angst an, trat ebenfalls ein

und schloß die Tür hinter sich. Einen Augenblick lang konnte er nichts erkennen, doch dann gewöhnten sich seine Augen an das Halbdunkel, und er schaute sich um.

Irgendwie hatte er erwartet, daß die Fabrik leer war.

Das war jedoch nicht der Fall.

Das Erdgeschoß war bereits von einem skelettartigen, neu eingebauten Gerüst für die Trennwände abgeteilt, und verschiedene Öffnungen für Oberlichter waren ins Dach geschnitten worden. Jetzt, am späten Nachmittag, fiel nur wenig Licht durch die Öffnungen, und Brett kam es vor, als ob die Fabrikhalle dadurch nur noch gespenstischer wirkte.

Das Gerippe der noch nicht fertiggestellten Trennwände war fast wie ein Labyrinth. Fast überall konnte jemand versteckt sein.

In der Totenstille glaubte Brett das heftige Pochen seines Herzens zu hören.

»Hey!«

Bei dem plötzlichen Ruf zuckte Brett zusammen. Dann erkannte er, daß Jeff den Ruf ausgestoßen hatte. »Verdammt«, flüsterte er. »Mußt du mich so erschrecken?«

Jeff schaute seinen Freund angewidert an. »Überleg doch mal! Wenn jemand geantwortet hätte, dann hätten wir einfach sagen können, wir suchen jemand, und abhauen können. Keiner denkt, daß man irgendwo rumschnüffelt, wenn man Lärm macht.« Er rief noch einmal mit lauter Stimme »Ist hier jemand?« Ein paar Tauben flatterten erschreckt von ihren Nestern auf und schlugen mit den Schwingen.

Als wieder Stille herrschte, wies Jeff zur rückwärtigen Wand. »Wenn hier irgend etwas sein soll, dann wette ich, daß es dort hinten ist«, sagte er.

Brett spähte durch die zunehmende Dunkelheit im hinteren Teil des Gebäudes und sah, daß dort eine Treppe ins Kellergeschoß hinunterführte. Sein Vater hatte ihm erzählt, daß man Conrad Sturgess' Leiche im Kellergeschoß gefunden hatte. Bretts Herz schlug schneller, und er spürte, daß ihm der Schweiß ausbrach. »Ich wette, da gibt es überhaupt nichts«, sagte er. Seine Stimme zitterte leicht, obwohl er sich bemühte, ihr einen festen Klang zu geben. Jeff bemerkte es und grinste.

»Angst?«

»Hölle, nein«, log Brett. »Wovor sollte ich Angst haben?«

»Vor Geeeiiistern«, rief Jeff und kicherte dann. »Komm schon.«

Er ging auf die Treppe zu, und Brett folgte ihm widerstrebend. Schon nach ein paar Schritten spürte Brett, daß er eine Gänsehaut bekam.

Er hatte das Gefühl, von unsichtbaren Augen beobachtet zu werden.

Er versuchte, das Gefühl zu ignorieren und hielt den Blick auf Jeffs Rücken gerichtet, doch das Gefühl blieb.

Es wurde noch schlimmer.

Da war noch irgend etwas in der Fabrik – dessen war er sicher. Aber er wußte nicht, was und wo es war. Es schien überall rings um ihn zu sein und ihm zu folgen. Plötzlich konnte er es nicht länger ertragen, und er schaute zurück, was auch immer um ihn herumschleichen mochte.

Nichts.

Sein Blick schweifte über das Gewirr der Stützpfeiler und Balken, suchte nach einer Bewegung, doch nichts rührte sich dort. Jedenfalls nichts, das er sehen konnte.

Und dann richteten sich von neuem seine Nackenhaare auf, und er erschauerte.

Er spürte plötzlich eine Bewegung hinter sich. Etwas berührte seine Schulter!

Mit einem Aufschrei riß er sich los und fuhr erneut herum.

Jeff starrte ihn an und lachte. »Hab ich dich erwischt!«

»Oh, Mann! Du hast mir einen höllischen Schrecken eingejagt!«

Jeff musterte ihn mit wissendem Blick. »Du hattest bereits Angst, nicht wahr?«

»Ich... ich glaubte, etwas gehört zu haben«, log Brett.

»Nun, das hast du nicht, weil hier nichts ist«, sagte Jeff. »Sehen wir uns mal an, was dort unten ist.«

Ohne auf eine Antwort zu warten, setzte Jeff den Weg zur Treppe fort. Brett wollte nicht bleiben, wo er war, und auch nicht seine Angst eingestehen, indem er die Fabrik verließ, und so folgte er Jeff dichtauf. Als Jeff sich anschickte, die Treppe hinabzugehen, blieb Brett jedoch stehen und spähte furchtsam in das Dunkel hinab. »Ich werde nicht dort runtergehen.«

»Feigling«, höhnte Jeff.

Diesmal ignorierte Brett den Hohn. »Es ist dunkel dort unten, und man kann überhaupt nichts sehen.«

»Ich sehe alles bis zum Fuß der Treppe, und ich gehe runter, ob du nun mitkommst oder nicht.«

Brett erwiderte nichts und zuckte nur die Achseln. Er blieb, wo er war.

Jeff ging die Stufen hinab, doch mit jedem Schritt verlor er etwas mehr von seinem Selbstvertrauen.

Er begann sich zu fragen, was wirklich dort unten in der Finsternis wartete.

Laut Beth Rogers sollte hier ein Geist sein.

Aber das war lächerlich. Er glaubte nicht an Geister. Er rief sich in Erinnerung, wie lustig die Gespenstergeschichte vor ein paar Stunden gewesen war, als sie alle in Tracys Bibliothek gehockt hatten.

Jetzt kam ihm das in der Dunkelheit des alten Gebäudes nicht mehr so lustig vor.

Wenn er jetzt darüber nachdachte, war schon die Finsternis allein fast wie etwas Lebendes, das nach ihm zu greifen schien.

Jeff verharrte auf den letzten Treppenstufen und versuchte, das Geühl abzuschütteln.

Er hatte keine Angst vor der Dunkelheit. Er hatte sich

nie im Dunkeln gefürchtet, wenigstens nicht mehr, seit er ein Baby gewesen war.

Aber jetzt fand er, daß die modrige Schwärze unterhalb von ihm sehr wohl etwas zum Fürchten war.

Hier wußte er nicht, was die Dunkelheit verbarg. Es war überhaupt nicht wie die Dunkelheit zu Hause, wo man alles kannte, was einen im Zimmer umgab, und jedes Geräusch identifizieren konnte, das man hörte.

Hier schien die Finsternis ewig zu sein, und die Geräusche – die leisen, raschelnden Laute, die er jetzt wahrnahm – konnten von allem möglichen stammen.

Mäuse. Es konnten Mäuse sein oder sogar Ratten.

Oder sonst etwas.

Etwas, das man nicht berühren, das einen selbst jedoch packen konnte.

Jeff wollte zurückgehen, aber es war zu spät. Brett wartete oben, und er hatte Brett ausgelacht. Wenn er jetzt umkehrte und damit zugab, daß er sich nicht weiterwagte, würde Brett ihm das immer wieder vorhalten.

Jeff hielt den Atem an und ging eine weitere Stufe hinab.

Er lauschte auf die Geräusche und begann sich einzubilden, daß es Stimmen waren.

Stimmen, die so leise flüsterten, daß er sie kaum hören konnte.

Er stieg die letzte Stufe hinab zum Boden des Kellergeschosses, nahm all seinen Mut zusammen und trat weiter in die schreckliche Schwärze hinein, die ihn einhüllte.

Und dann spürte er, daß aus dem tiefen Dunkel etwas auf ihn zukam.

Er öffnete den Mund zum Schrei, doch seine Kehle war vor Furcht wie zugeschnürt, und er brachte keinen Laut hervor. Er spürte, daß er von hinten geschoben wurde. Er taumelte in die Finsternis und streckte haltsuchend die Arme aus, um sich an irgend etwas festzuklammern.

Da war nichts.

Jetzt erkannte er, was ihm widerfuhr, und ein Schrei brach aus seiner Kehle – und verstummte einen Augenblick später wie abgeschnitten, als er vorwärtsstürzte und fiel.

Blitzartig erinnerte er sich an die Geschichte, wie Tracys Onkel ums Leben gekommen war, lange bevor er, Jeff, überhaupt geboren worden war. Es passiert wieder, durchfuhr es ihn. Genau wie schon einmal.

In einem Augenblick, der ewig zu währen schien, preßte sich etwas Hartes und Scharfes gegen seine Brust und schien eisig sein Hemd und dann die Haut zu durchdringen.

Während er fiel, stieß er mit seinem Gewicht das Objekt in sein Herz, und er hörte sein letztes Keuchen, spürte den letzten rasenden Schmerz und nahm wahr, wie sein Blut in die Lunge drang.

Im Sterben spürte er einen kalten Luftzug um sich herum, und dann nahm er einen vertrauten Geruch wahr.

Rauch.

Für Jeff Bailey roch der Tod wie Rauch...

Brett hörte einen leisen, dumpfen Aufprall, und dann hüllte ihn wieder Stille ein. »Jeff?«

Keine Antwort. Er rief von neuem, lauter, und er war überzeugt, daß sein Feund ihm wieder einen Schrecken einjagen wollte. »Komm schon, Jeff! Hör mit dem Blödsinn auf!«

Immer noch keine Antwort, und Brett ging zögernd eine Stufe der Treppe hinab.

Und dann erschauerte er, und plötzlich war er sich sicher, daß Jeff sich keinen Spaß mit ihm machte. Brett warf sich herum, hetzte von der Treppe fort durch das dunkle Gebäude zur Tür, riß sie auf und stürzte in die Dämmerung hinaus.

»Hilfe!« schrie er. »Hilfe!« In Panik rannte er auf die Straße zu.

»Nun mal ruhig, Sohn«, sagte Sergeant Peter Cosgrove fünf Minuten später. »Reg dich ab und sag mir, wo dein Freund ist.«

»Da . . . da unten«, stammelte Brett. Er wies zur Treppe, die jetzt hell von Lampen beleuchtet war, die von den Arbeitern im gesamten Gebäude aufgehängt worden waren. »Es ist ihm was passiert. Ich . . . ich weiß nicht, was.«

Cosgroves Kollege, Barney Jeffers, stieg mit einer Taschenlampe in der Hand die Treppe hinab. Das Licht der Taschenlampe schweifte durch das Kellergeschoß, und dann fluchte Jeffers. In diesem Augenblick kreischten draußen Bremsen. Sekunden später eilten Sanitäter mit einer Bahre durch die Tür. »Hierher«, rief Cosgrove. Er wandte sich wieder an Brett. »Du bleibst hier stehen. Ich suche den Lichtschalter für das Kellergeschoß. Okay?«

Brett nickte stumm, und sein Blick war auf die Treppe gerichtet. Eine scheinbare Ewigkeit später ging im Kellergeschoß das Licht an, und Brett sah Jeff auf dem Boden liegen. Blut, vermischt mit Staub und Dreck, tränkte Jeffs Hemd, und die Stille des Todes hüllte ihn ein. Brett wurde es übel, und er wandte sich ab.

»Was denkst du?« fragte Cosgrove seinen Kollegen Jeffers eine halbe Stunde später. Der Krankenwagen war fort gefahren, und die beiden Polizisten standen oben auf dem Treppenabsatz, während unten eine Mannschaft arbeitete. Es wurde fotografiert und nach Spuren gesucht. Cosgrove war zu 99 Prozent davon überzeugt, daß die Männer nichts finden würden.

»Das gleiche wie du«, erwiderte Jeffers. »Ich nehme an, daß der Kilpatrick-Junge die Wahrheit gesagt hat. Es sieht aus, als wäre der Junge hinuntergegangen, um sich umzuschauen. Er konnte in der Dunkelheit nichts erkennen und stolperte. Woanders hätte er sich vielleicht nur das Knie aufgeschlagen. Hier ist er anscheinend auf dieser Spitzhacke gelandet.«

»Warum zur Hölle lag die Hacke dort?« murmelte Cosgrove.

»Willst du jemand fahrlässige Tötung anhängen?« fragte Jeffers.

»Das würde ich liebend gerne«, gab Cosgrove mit angespannter Stimme zurück. »Aber wen soll ich anklagen? Ich könnte genausogut den Bailey-Jungen beschuldigen. Wenn er die Fabrik nicht unbefugt betreten hätte ...«

»Es war ein Unfall«, fiel ihm Jeffers ins Wort. »Manchmal passieren solche Dinge, Pete. Wir können nichts daran ändern.«

Cosgrove seufzte, und seine Anspannung ließ nach. »Ich weiß«, stimmte er zu. »Aber es ist doch unheimlich, findest du nicht?«

»Unheimlich?«

Cosgroves Blick schweifte durch die Fabrik. »Ja«, sagte er. »Unheimlich. Mein Leben lang habe ich Geschichten über diese Fabrik gehört, und wie gefährlich sie ist. Blöde Geschichten. Jetzt wird die Fabrik renoviert, und was passiert? Die Arbeiten sind noch nicht mal beendet, und wir haben bereits einen Toten. Das nenne ich unheimlich.«

Jeffers blickte seinen Kollegen neugierig an. »Du willst damit doch nicht sagen, was ich annehme, oder?«

Cosgrove zuckte mit den Schultern. »Ich weiß es nicht«, sagte er leise. »Du bist nicht hier aufgewachsen wie ich. So etwas ist hier schon mal geschehen. Das muß vor über 40 Jahren gewesen sein. Damals war es Phillip Sturgess' Bruder. Conrad junior.«

Barney Jeffers runzelte die Stirn. »Du meinst, er kam ums Leben? Hier in der Fabrik?«

»Nicht nur in der Fabrik, Barney«, sagte Cosgrove düster. »Genau hier. Am Fuß der Treppe.«

Jeffers stieß einen leisen Pfiff aus. »Jesus! Was geschah damals?«

»Das ist ja der springende Punkt«, sagte Cosgrove.

»Keiner hat es je herausgefunden. Niemand weiß, ob es ein Unfall oder Mord oder sonstwas war. Aber es war genauso wie diesmal.« Er schwieg einen Augenblick lang und schüttelte dann den Kopf. »Unheimlich«, murmelte er. »Es ist einfach unheimlich.«

Dann ging er mit grimmiger Miene zum Streifenwagen und machte sich auf das gefaßt, was vor ihm lag. Er mußte Jeff Baileys Eltern anrufen und ihnen sagen, daß ihr Sohn mit einer Spitzhacke im Herzen in der alten Fabrik gestorben war.

## 10

Hannah servierte gerade das Dessert, als das Telefon klingelte. Carolyn schob ihren Stuhl zurück und wollte aufstehen, doch Abigail hielt sie leise, aber bestimmt davon ab. »Hannah wird zum Telefon gehen.«

Hannah stellte das Tablett ab und verließ das Zimmer. Bald darauf kehrte sie zurück.

»Der Anruf ist für Mr. Phillip. Es ist die Polizei, und der Beamte sagte, es wäre dringend. Ich erklärte ihm, daß wir beim Abendessen sind, aber er bestand darauf...«

»Schon gut, Hannah«, sagte Phillip. »Es ist bestimmt etwas Wichtiges.« Er wandte sich an seine Mutter. »Entschuldigst du mich bitte?«

Abigail sah ihren Sohn ärgerlich an. »Phillip, es ist wirklich unhöflich, dich anzurufen. Ich verstehe einfach nicht...«

»Warten wir es ab, bis ich mit dem Beamten gesprochen habe«, unterbrach Phillip. »Macht nur weiter mit dem Dessert.«

Als Phillip fort war, wandte sich Abigail an Carolyn. »Du mußt einfach einige grundsätzliche Dinge lernen,

Carolyn: Zunächst einmal ist es sehr unhöflich, Leute während der Zeit des Abendessens anzurufen. Wir können jedoch wenig tun, um *diese* Unart zu unterbinden. Anscheinend hat *keiner* mehr Manieren. Aber wenn das Telefon klingelt, während wir beim Dinner sitzen, wird Hannah den Anruf entgegennehmen.«

Carolyn sah aus dem Augenwinkel, daß Tracy hämisch lächelte, doch sie ignorierte es. Beth starrte auf ihren Teller, als hätte sie dort plötzlich etwas Faszinierendes entdeckt. Carolyn lächelte gezwungen und tätschelte Abigails Hand. »Ich werde versuchen, daran zu denken, Abigail«, versprach sie, während die alte Frau ihre Hand zurückriß, als hätte sie sich verbrannt. »Aber mal angenommen, Hannah ist nicht hier, wenn das Telefon klingelt. Angenommen, sie hat ihren freien Tag?«

»Dann wird eines der anderen Dienstmädchen...« begann Abigail und verstummte unvermittelt, als ihr einfiel, daß es keine anderen Bediensteten mehr gab. »In diesem Fall«, gab sie schließlich steif zu, »muß leider jemand von uns zum Telefon gehen.«

Ein Punkt für uns, dachte Carolyn, als Tracys hämisches Lächeln verschwand und die Andeutung eines Lächelns um Beths Mund spielte. Schweigend aßen die vier den Obstsalat, den es zum Dessert gab. Nach vier oder fünf Minuten, die Carolyn wie eine Ewigkeit vorkamen, kehrte Phillip mit ernster Miene zurück.

»Ich muß in die Stadt runter«, erklärte er.

»Jetzt?« fragte Abigail. »Was immer es ist, es kann gewiß warten, bis wir das Dinner beendet haben.«

»Was ist passiert?« fragte Carolyn. Phillips Miene verriet ihr, daß etwas Schlimmes geschehen sein mußte.

»Ein Unfall«, antwortete er. »Zwei Jungen gingen heute nachmittag nach der Party in die Fabrik.«

Beth hielt im Essen inne, und ihre Augen weiteten sich. Dann begann die Hand mit dem Löffel zu zittern, und sie legte ihn behutsam auf den Teller zurück.

»Und was ist passiert?« fragte Abigail Sturgess. Ihre Stimme, die für gewöhnlich fest und gebieterisch war, klang plötzlich dumpf. Als Carolyn zu der alten Frau blickte, sah sie, daß Abigail bleich geworden war und daß eine Besorgnis in ihren Augen war, die Carolyn nie zuvor bei ihr gesehen hatte. »Sag es mir, Phillip«, drängte Abigail. »Was ist passiert?«

Phillip zögerte kurz. »Jeff Bailey«, sagte er schließlich. »Er ist – nun, ich befürchte, er ist tot.«

Plötzlich herrschte schockiertes Schweigen. Jeff Bailey war kein Fremder – nicht mal jemand, den sie nur flüchtig gekannt hatten. Es war ein Junge, den sie alle gut gekannt hatten und der noch an diesem Nachmittag bei ihnen zu Gast gewesen war.

»Jeff?« wiederholte Tracy. »Jeff ist tot?«

»Aber – wie?« fragte Carolyn. »Was ist geschehen?«

Phillip zuckte die Achseln. »Ich weiß noch nichts Genaues. Ich muß sofort zur Polizei.«

Abigail erhob sich. Jetzt war sie leichenblaß und schwankte, als würde sie jeden Augenblick ohnmächtig werden. »Mein Gott«, wisperte sie. »Es ist wie bei deinem Bruder. Er war im gleichen Alter wie Jeff, als er – als er ...« Sie konnte nicht mehr weitersprechen.

Phillip starrte seine Mutter an. »Wie Conrad? Mutter, was um Himmels willen redest du da? Wir wissen noch nicht einmal genau, was passiert ist ...«

Abigail schüttelte den Kopf, und ihre Augen hatten einen seltsam leeren Ausdruck, als sehe sie etwas in weiter Ferne. »Dein Vater«, flüsterte sie. »Er hat stets gesagt, daß so etwas passieren würde. Er hatte immer Angst ...«

»Mutter, bitte!« sagte Phillip, nahm sie am Arm und führt sie zu ihrem Stuhl zurück. »Wir wissen noch gar nicht, was passiert ist«, wiederholte er.

»Was haben sie gesagt?« fragte Abigail. »Phillip, was haben sie über Jeffrey gesagt?«

Phillip schluckte und warf einen Blick zu Tracy und Beth. Es widerstrebte ihm, vor den Mädchen zu erzählen, was er am Telefon erfahren hatte. Aber beide Mädchen starrten ihn an, Tracy mit sonderbar glitzernden Augen und Beth mit großen Augen und furchtsamem Blick. »Offenbar ist er gestolpert«, sagte Phillip leise. »Da lag eine Hacke auf dem Boden. Er fiel darauf.«

»O Gott!« stöhnte Carolyn.

Abigail sank schlaff auf ihren Stuhl. »Wie bei Conrad«, flüsterte sie. »Genauso war es bei Conrad.« Ihr Blick schien wieder klarer zu werden, und sie richtete ihn auf ihren Sohn. »Phillip, vielleicht hatte dein Vater recht mit der Fabrik. Möglicherweise haben wir einen Fehler gemacht. Vielleicht sollten wir sie einfach wieder mit Brettern vernageln.«

Phillip schüttelte den Kopf, und sein Gesicht nahm einen grimmigen Ausdruck an. »Um Himmels willen, Mutter. Es war ein Unfall. Niemand hat schuld daran. Jeff hätte nicht dorthin gehen sollen. Er war ...« Und dann verstummte er, denn er sah am Ausdruck von Abigails Augen, daß sie ihm nicht zuhörte. Von neuem schien sie in eine andere Welt zu blicken. »Ich werde so schnell wie möglich zurückkommen«, sagte er zu Carolyn. Er gab ihr einen Kuß auf die Wange und eilte aus dem Eßzimmer.

»Ich muß Maggie Bailey anrufen«, sagte Abigail unvermittelt. »Ich muß versuchen, mich bei ihr für das zu entschuldigen, was wir getan haben –« Sie erhob sich und wollte zum Telefon gehen, doch bevor sie an der Tür war, blockierte ihr Carolyn den Weg.

»Nein«, sagte Carolyn. »Wenn du Maggie Bailey anrufst, dann nur, um ihr zu kondulieren. Aber du wirst ihr kein abergläubisches Zeug über die Fabrik einreden.«

Langsam wandte sich Abigail Carolyn zu. »Abergläubisches Zeug?« Dann lächelte sie bitter. »Nun, ich nehme an, das kannst du leicht sagen. Aber du weißt ja nicht, was beim letzten Mal geschah. Natürlich nicht – du warst ja damals noch gar nicht geboren. Es war ein Abend wie dieser. Das Telefon klingelte, und die Polizei sagte uns, daß Conrad junior in der Fabrik gefunden worden war. Er war gestürzt, sagten sie, gestolpert und auf ein altes Werkzeug gefallen.« Sie senkte die Stimme zum Flüsterton. »Es war die gleiche Sache, Carolyn. Mein Mann sagte stets, daß es kein Unfall war, was unserem Sohn widerfuhr, doch ich glaubte ihm nie. Aber jetzt? Was soll ich deiner Meinung nach denken? Es ist wieder geschehen, genau wie es mein lieber Mann befürchtete.«

Unwillkürlich empfand Carolyn eine Spur von Mitgefühl mit der alten Frau. »Abigail, was du sagst, ergibt einfach keinen Sinn. In der alten Fabrik gibt es Gefahren – wir alle wissen das. Und sie war korrekt abgeschlossen, um zu verhindern, daß Unfälle geschehen, wie sie deinem Sohn und Jeff Bailey passiert sind.«

»Und wenn es kein Unfall war?« fragte Tracy unvermittelt. »Wenn noch jemand dort in der Fabrik war?«

Carolyn warf einen Blick zu Tracy, und ein unbehagliches Gefühl stieg in ihr auf, als sie sah, daß Tracy den Blick auf Beth gerichtet hielt, obwohl die Frage ihr, Carolyn, gegolten hatte.

»Was willst du damit sagen, Tracy?« fragte Carolyn mit kühler Stimme.

»Nichts«, erwiderte Tracy mit übertriebener Unschuldsmiene. »Das war nur eine Frage.«

Bevor Carolyn etwas entgegnen konnte, ergriff Abigail wieder das Wort. »Conrads letzte Worte«, sagte sie so leise, daß Carolyn nicht sicher war, ob sie zu ihnen sprach oder mit sich selbst. »Er sagte: ›Sie ist noch dort. Sie ist dort, und sie haßt uns‹...«

Tracys Augen glitzerten. »Wer, Großmutter? Wer haßt uns?«

»Ich weiß es nicht«, flüsterte Abigail. »Es waren die letzten Worte, die er sagte. Ich... ich dachte nicht, daß sie etwas bedeuten. Aber jetzt...«

»Und du hattest recht«, fiel ihr Carolyn ins Wort. »Sie bedeuteten nichts. Zufällig stimme ich mit deinem Mann in punkto Fabrik überein – ich bin der Meinung, sie sollte nicht wiedereröffnet werden. Es ist eine üble Stätte, an der Leute ausgebeutet wurden, wo sie schufteten, bis sie umfielen, und ich finde, die Fabrik sollte abgerissen und vergessen werden. Aber fangen wir nicht an, Geistergeschichten zu erfinden. In Ordnung?«

Abigail überlegte kurz und schüttelte dann den Kopf. »Und wenn du dich irrst?« fragte sie. »Wenn mein Mann recht hatte? Wenn in der Fabrik doch irgend etwas *ist* und wir nur davor geschützt sind, wenn wir sie verschlossen halten?«

»Um Himmels willen, setz den Kindern keinen Blödsinn in den Kopf.«

»Aber ich *will* es hören«, wandte Tracy ein.

»Und ich will *nichts* davon hören«, sagte Carolyn fest. »Ebensowenig Beth. Die Fabrik ist nur ein alter Bau, der seit fast hundert Jahren ein Schandfleck für die Stadt ist. Ehrlich gesagt, ich kann nicht verstehen, weshalb sie nicht schon längst abgerissen wurde.« Sie richtete den Blick auf Abigail. »Abigail, ich frage mich, warum dein Mann die Fabrik nicht abreißen ließ, nachdem euer Sohn darin starb.«

Abigails Kraft schien zurückzukehren, und sie schaute Carolyn gebieterisch an. »Er ließ sie nicht abreißen, weil er stets sagte, daß sie nicht abgerissen werden *darf*. Er sagte immer, daß sie als Erinnerung für uns stehenbleiben muß.«

»Als Erinnerung?« Plötzlich reichte es Carolyn, und sie verbarg nicht mehr ihren Zorn, als sie die alte Frau anstarrte. »Eine Erinnerung daran, welch großen Profit deine Familie einst in dem Bau machte? Eine Erinnerung an all die Kinder, die ihr Leben in dem Bau verbrachten und zwölf Stunden pro Tag für ein lächerliches Trinkgeld darin schufteten, damit deine Familie diesen Protzkasten hier bauen und ihn mit dem wenigen Personal besetzen konnte, das nicht in eurer Fabrik arbeitete? War es das, Abigail? Wollte er, daß die Fabrik ewig dort steht, um uns alle an die guten alten Zeiten zu erinnern? Nun, für meine Familie waren diese alten Zeiten nicht gut, obwohl ich sicher bin, daß du dir dessen nicht bewußt bist!«

Abigail schwieg lange. Schließlich sagte sie: »Du weißt nicht, was Conrad am Ende dachte, Carolyn. Aber ich weiß, daß er entsetzliche Angst vor der Fabrik hatte. Bis heute abend schenkte ich dieser Tatsache keine Beachtung. Aber jetzt finde ich, daß wir alle die Sache überdenken sollten.« Sie ging steif aufgerichtet und mit stolz erhobenem Kopf aus dem Eßzimmer.

Einen Augenblick später folgte Tracy ihrer Großmutter und ließ Carolyn und Beth allein im Eßzimmer zurück. Es herrschte lange Stille, und schließlich brach Beth das Schweigen.

»Mom? Was ist... wenn sie recht hat? Wenn da irgend etwas in der Fabrik ist? Was würde das bedeuten?«

Carolyn seufzte und schüttelte den Kopf. »Es würde nichts bedeuten, Liebling, denn es ist nicht möglich. Ganz gleich, was der alte Mr. Sturgess glaubte oder was Abigail jetzt denkt. Es ist nichts in der Fabrik.« Doch noch während Carolyn die Worte sagte, stieg eine Erinnerung in ihr auf – eine Erinnerung an den Morgen am Tag nach der Beerdigung, als sie mit Beth gewandert war.

Kurz bevor sie ohnmächtig geworden war, hatte es einen Moment lang ausgesehen, als stünde die Fabrik in Flammen.

Aber das war lächerlich. Die Fabrik hatte nicht gebrannt, und in Wirklichkeit hatte sie, Carolyn, gar nichts gesehen. Es war einfach eine Sinnestäuschung gewesen, die durch die Ohnmacht ausgelöst worden war.

Carolyn verbannte die Erinnerung und half Beth und der schweigsamen Hannah, den Tisch abzuräumen. Gewiß gab es eine vernünftige Erklärung für das, was heute in der Fabrik geschehen war. Wenn Phillip heimkehrte, würden sie erfahren, was los gewesen war.

Phillip Sturgess saß Norm Adcock, dem Polizeichef von Westover, in dessen Büro am Schreibtisch gegenüber. Auf dem Stuhl neben ihm saß Alan Rogers, der mit finsterer Miene wartete, während Phillip das Protokoll zu Ende las, das Cosgrove und Jeffers geschrieben hatten. Sie hatten sich bereits Brett Kilpatricks Geschichte angehört.

Für Phillip war die ganze Sache wie aus einem Traum, als würde sich etwas aus der Vergangenheit wiederholen. Und das war es natürlich – die Ereignisse dieses Nachmittags waren eine unheimliche Wiederholung dessen, was er über den Tag gehört hatte, an dem sein Bruder gestorben war.

Es wurde Phillip klar, daß die Polizei viel mehr an den Einzelheiten des Geschehens als an Jeff Baileys Tod selbst interessiert war. Natürlich wußte er, weshalb das so war. Jeff Bailey war wie auch Phillip für Norm Adcock einer von ›denen‹. Einer der Reichen – einer von denjenigen, die zwar in Westover lebten, jedoch selten in der Stadt gesehen wurden. Für Norm Adcock kein wirklicher Bürger der Stadt. War es auch so gewesen, als sein Bruder ums Leben gekommen war?

Zweifellos war es so gewesen.

Phillip las das Protokoll zu Ende und legte es auf den Schreibtisch des Polizeichefs zurück. »Aber die Tür *muß* verschlossen gewesen sein«, sagte er jetzt als Antwort auf die Frage, die Adcock zuvor Alan Rogers gestellt hatte. »Ich kann nicht glauben, daß keiner sie überprüft hat, bevor die Arbeiter am Freitag Feierabend machten.«

Er blickte Alan an, der den Kopf schüttelte. »Es tut mir leid, Phillip. Ich bin mir fast sicher, daß ich persönlich das Schloß überprüft habe, aber ich kann es nicht mit letzter Gewißheit behaupten. Jedenfalls tut das jetzt auch nichts mehr zur Sache. Das Schloß war auf, und es gibt keinerlei

Anzeichen darauf, daß es gewaltsam geöffnet wurde. So fällt ein Teil der Verantwortung für das, was passiert ist, auf mich.«

Adcock zuckte die Achseln. »Oder vielleicht hatte einer der Jungen einen Schlüssel, der paßte. Das ist unwahrscheinlich, aber möglich.«

»Wird es irgendwelche Anklagen geben?« fragte Phillip.

Adcocks Miene war nichtssagend. »Das liegt nicht an mir, Mr. Sturgess. Das entscheidet der Staatsanwalt. Vielleicht wird er die Fabrik als Gefahrenquelle bezeichnen und vielleicht noch ein paar andere Punkte anführen.« Adcock lehnte sich zurück und spielte mit dem Kugelschreiber, den er vom Schreibtisch genommen hatte. »Und wahrscheinlich müssen Sie damit rechnen, von den Eltern des Jungen verklagt zu werden.«

»Eine Sache zwischen ihren Anwälten und meinen«, sagte Phillip angespannt. Dann wurde ihm bewußt, wie kalt seine Wort klangen, und er versuchte, sie abzuschwächen. »Ich könnte mich nicht schlimmer fühlen, wenn Jeff mein eigener Sohn gewesen wäre.«

Adcock nickte, obwohl der angewiderte Ausdruck in seinen Augen blieb. Er legte den Kugelschreiber auf den Schreibtisch zurück. »Dann werden Sie wohl nichts dagegen haben, die Baustelle mit einem Zaun zu sichern, oder?« fragte er und bemühte sich nicht, zu verbergen, daß seine Worte keine Frage, sondern ein Befehl waren.

»Das brauchen Sie nicht mal zu erwähnen«, erwiderte Phillip. »Alan, kannst du morgen mit der Arbeit am Zaun anfangen?«

»Natürlich.«

»Ich werde einen Wachmann in der Fabrik postieren, bis der Zaun fertig ist«, fügte Phillip hinzu.

»Ich habe für heute nacht bereits einen Mann dorthin abkommandiert«, sagte Adcock. »Ich weiß, daß es so ähnlich ist, als würde man das Stalltor schließen, nachdem das Pferd weggelaufen ist, aber solche Dinge haben es an sich, einem aus der Hand zu geraten. Wenn mich nicht alles täuscht, dann planen bereits ein paar Jungs aus der Stadt, sich heute nacht in die Fabrik einzuschleichen.«

Phillip nickte. »Stellen Sie uns in Rechnung, was die Arbeitszeit des Mannes kostet. Ich bin für die Fabrik verantwortlich, nicht Sie.«

»Ich hatte nichts anderes vor«, bemerkte Adcock kühl. Er stand auf. »Nun, ich nehme an, für heute können wir nicht viel sonst tun. Ich fahre besser heim, bevor Millie nach mir sucht.« Er schüttelte den Kopf, während er die Wagenschlüssel aus seiner Tasche zog. »Höllische Sache«, sagte er. Und noch einmal: »Höllische Sache!«

Die drei Männer gingen zusammen durch das kleine Polizeirevier, und Adcock grüßte jeden seiner Männer mit dem Vornamen.

Alle Beamten erwiderten den Gruß ihres Chefs, und alle grüßten Alan Rogers.

Für Phillip Sturgess gab es keinen Gruß und nicht einmal ein Nicken.

Dann waren sie draußen, und der Polizeichef ging davon. Alan und Phillip blieben einen Augenblick lang neben Alans Wagen stehen. Stille herrschte zwischen ihnen, bis Alan schließlich die Hand auf Phillips Schulter legte.

»Ich weiß wirklich nicht, was ich sagen soll, Phillip.«

»Da gibt es nicht viel zu sagen, oder?«

»Wenn du mich feuern willst, verstehe ich das. Offen gesagt, ich habe bereits einen Brief geschrieben, in dem ich von dem Vertrag zurücktrete.«

Phillip schwieg einen Moment und schüttelte dann den Kopf. »Nein. Darin sehe ich nicht die geringste Lösung. Das würde Jeff Bailey nicht lebendig machen, und die Arbeit müßte immer noch erledigt werden.«

Alan nickte, schloß seinen Wgen auf und stieg ein.

»Darf ich dir einen ausgeben? Ich könnte jetzt was zu trinken vertragen.«

Phillip schüttelte den Kopf. »Danke, aber nicht heute abend. Ich muß heimfahren und mich um einige Dinge kümmern.«

»Okay.« Alan drehte den Schlüssel im Zündschloß. Der Motor des alten Fiat stotterte, bevor er ansprang. »Was heute passierte, war ein Unfall, nicht mehr. Aber die Leute werden reden – es ähnelt zu sehr dem, was mit deinem Bruder geschah. Ich kann dir nur raten, nicht auf die Leute zu hören. Laß sie reden und kümmere dich nicht darum.« Bevor Phillip etwas erwidern konnte, fuhr Alan davon und ließ Phillip Sturgess auf dem Bürgersteig zurück.

Phillip parkte seinen Wagen auf der Prospect Street. Er blieb ein paar Minuten lang sitzen, starrte auf die Fabrik und fragte sich, was sein Vater in all diesen Jahren gemeint hatte, als er darauf bestanden hatte, daß es eine Stätte des Teufels sei. Phillip hatte ihn zu einer Erklärung gedrängt, doch Conrad Sturgess hatte nur seine unheilvollen Worte wiederholt, als reiche die Feststellung aus, und er hatte nur hinzugefügt, daß er, Phillip, sie eines Tages verstehen würde.

Es war alles Unsinn. Es gab nichts Teuflisches in einem Gebäude, nicht einmal in einem so häßlichen wie der Fabrik mit ihrer kahlen Fassade und den schmucklosen, rein zweckmäßigen Linien.

Phillip schaltete die Zündung aus und nahm die Taschenlampe aus dem Handschuhfach, die er stets darin aufbewahrte. Er schloß den Wagen ab, überquerte die Prospect Street und ging zur Eisentür in der Seitenwand des Gebäudes.

»Stop, Mister!« ertönte eine Stimme hinter ihm. »Wohin wollen Sie?«

Phillip wandte sich um und wurde sofort vom gleißenden Licht einer Halogenlampe geblendet. Zwei Sekunden später erlosch das Licht. »Verzeihung, Mr. Sturgess«, erklärte wieder die Stimme aus der Dunkelheit. »Ich hatte Sie nicht erkannt.« Ein Mann trat vor. Phillip sah die Polizeiuniform, konnte das Gesicht jedoch nicht erkennen.

»Schon gut. Ich war auf dem Heimweg und wollte mich nur kurz hier umschauen.«

Der Beamte zögerte und nickte dann widerstrebend. »Nun, ich nehme an, Sie dürfen da rein. Es ist ja Ihr Bau.« Wieder ein Zögern, und dann mit noch größerem Widerstreben: »Möchten Sie, daß ich Sie begleite?«

»Nein, danke«, sagte Phillip sofort. »Es wird nur ein paar Minuten dauern.« Während der Beamte ihn immer noch beobachtete, schloß Phillip die Tür auf, öffnete sie und betrat die dunkle Fabrik. Er blieb stehen, lauschte und tastete dann zum Lichtschalter. Die großen Lampen, die für die Beleuchtung während der Arbeiten aufgehängt worden waren, flammten auf.

Phillip schaute sich um und ging dann zur Treppe, die ins Kellergeschoß hinabführte.

Er verharrte auf dem oberen Treppenabsatz, spähte in die Finsternis hinab und fragte sich, ob er nicht besser umkehren sollte.

Aber das konnte er nicht.

Hier war der Junge gestorben, und es war dort unten geschehen, in der Dunkelheit des Kellergeschosses.

Aus irgendeinem Grund – er war sich nicht sicher, aus welchem – mußte er die Stelle sehen, an der Jeff Bailey gestorben war.

Er schaltete die Taschenlampe ein und ging die Treppe hinab. Am Fuß der Treppe blieb er wieder stehen und ließ den Lichtstrahl der Taschenlampe durch das Kellergeschoß schweifen.

Nichts.

Soweit der Lichtschein reichte, war nichts außer einem

abgenutzten Holzboden zu sehen, der mit Dreck und verstreuten Werkzeugen bedeckt war.

Phillip richtete den Lichtstrahl auf die Stelle unterhalb der Treppe.

Dort war der Staub von vielen Füßen aufgewühlt worden. In der Mitte der Fußabdrücke sah Phillip einen bräunlichen Fleck.

Jeff Baileys Blut.

Phillip schluckte hart und wandte sich ab. Er schaltete die Taschenlampe aus und stieg die Treppe hinauf.

Auf halbem Weg verharrte er.

Er war überzeugt, aus der Dunkelheit unterhalb der Treppe etwas gehört zu haben.

Phillip lauschte und wartete darauf, es von neuem zu hören.

Er nahm nur seinen Herzschlag wahr.

Phillip stieg weiter die Treppe hinauf.

Und er hörte es abermals.

Es war schwach, fast unhörbar, doch er war fast sicher, daß es da war.

Es war ein prasselndes Geräusch, fast als brenne irgend etwas.

Er erstarrte wiederum, lauschte angespannt, um das Geräusch abermals und deutlicher zu hören.

Es ertönte nicht mehr.

Minuten vergingen, und langsam normalisierte sich sein Puls. In der Fabrik herrschte nur Stille. Schließlich stieg Phillip die Treppe hinauf und ging langsam auf die Tür zu. Er verharrte ein letztes Mal mit der Hand auf dem Lichtschalter und schaute sich um.

Alles war, wie es sein sollte.

Er schaltete das Licht aus, und das Gebäude war wieder in Dunkelheit getaucht. Dann verschloß er sorgfältig die Tür. Ein paar Schritte entfernt sagte der Polizist: »Alles in Ordnung, Mr. Sturgess?«

Phillip nickte und machte sich auf den Weg zu seinem

Wagen. Dann blieb er stehen und wandte sich noch einmal zu dem Polizisten um. »Haben Sie irgend etwas gehört, während ich in der Fabrik war?«

Der Polizist furchte die Stirn. »Etwas gehört, Mr. Sturgess? Nein, ich glaube nicht.«

Phillip überlegte kurz und nickte dann. »In Ordnung«, sagte er. »Danke.«

Er ging schnell zu seinem Wagen, schloß auf und stieg ein. Dann legte er die Taschenlampe ins Handschuhfach, startete und schaltete in den ersten Gang.

Phillip blickte noch einmal zur Fabrik.

Er sagte sich, daß er nichts gehört hatte. Es war offenbar Einbildung gewesen, die auf den Streß des Tages zurückzuführen war.

Phillip Sturgess fuhr in die Nacht davon.

Beth wachte kurz nach Mitternacht auf und schrie.

Der Traum war noch lebhaft in ihrer Erinnerung, und ihr Pyjama war mit Schweiß getränkt. Beths Herz hämmerte, während ihr Schrei verklang.

Die Tür des Schlafzimmers flog auf, und das Licht wurde eingeschaltet.

»Beth?« fragte Carolyn. »Beth, was ist los? Alles in Ordnung?«

Beth schüttelte den Kopf, als könne sie damit die grauenhaften Bilder aus der Erinnerung verbannen. »Ich habe es gesehen«, sagte sie atemlos. »Ich habe alles gesehen!«

»Was?« fragte Carolyn, durchquerte das Schlafzimmer, setzte sich aufs Bett und zog Beth in die Arme. »Was hast du gesehen, mein Schatz?«

»Jeff«, schluchzte Beth. »Ich sah, was mit ihm passierte!«

»Das war ein Alptraum, Liebling.« Carolyn strich ihrer Tochter sanft über die Stirn. »Es war nur ein Traum.«

»Aber ich *sah* es«, beharrte Beth. »Ich ... ich war in der Fabrik, unten im Keller, und da war noch jemand. Und dann war da ein Geräusch, und ich konnte Jeffs Stimme hören.«

Sie verstummte schluchzend, und Carolyn drückte sie an sich. »Nein«, flüsterte sie. »Es war ein Traum. Nur ein Traum.«

Beth nahm die Worte anscheinend gar nicht wahr. »Und dann schob sich die Wand zur Seite, und plötzlich konnte ich Jeff sehen. Und dann – dann gab ihm jemand einen Stoß!«

»Einen Stoß?« fragte Carolyn. »Was meinst du damit, Schatz?«

»Ich... ich weiß es nicht«, stammelte Beth. »Aber jemand stieß Jeff an, und er fiel auf die Hacke. Er stolperte nicht, Mama! Sie gab ihm einen Stoß. Sie tötete ihn!«

»Nein, Liebling«, beharrte Carolyn. »Du hattest nur einen schlimmen Traum. Und was mit Jeff Bailey passierte, war ein Unfall.«

Beth blickte verstört zu ihrer Mutter auf. Carolyn strich dem Mädchen liebevoll eine Haarsträhne aus der Stirn. »Ein Traum?« fragte Beth. »Aber... aber es war in Wirklichkeit...«

»Ich weiß«, pflichtete Carolyn ihr bei. »Deshalb sind Alpträume so unheimlich, Kleines. Sie wirken so real, daß man selbst beim Aufwachen manchmal glaubt, sie wären tatsächlich passiert. War es so bei dir?«

Beth nickte. »Ich wachte auf, und es war dunkel, und es war, als wäre ich immer noch in der Fabrik. Und ich konnte es immer noch sehen und... und...«

»Und jetzt ist alles vorüber«, sagte Carolyn. »Jetzt bist du hellwach und weißt, daß es nur ein Traum war, und du kannst das alles vergessen.« Sie legte Beth behutsam aufs Bett und deckte sie sorgfältig zu. »Möchtest du, daß ich das Licht anlasse?«

Beth nickte nach kurzem Zögern.

»Okay. Und jetzt versuche wieder zu schlafen. Ich werde später das Licht ausschalten. In Ordnung?«

»Können wir es nicht die ganze Nacht anlassen?« fragte Beth.

Carolyn zögerte mit der Antwort. Sie dachte an die Alpträume, die Beth in den Monaten nach der Scheidung gequält hatten. Schließlich hatten sie nachts das Licht angelassen und das Problem auf diese Weise gelöst. Es hatte fast ein Jahr gedauert, bis Beth wieder in der Lage gewesen war, im Dunkeln zu schlafen. Sollte das alles von vorne anfangen? »Also gut«, sagte Carolyn. »Heute nacht lassen wir das Licht an. Aber nur heute nacht, verstanden?«

Beth nickte. Carolyn neigte sich hinab und küßte sie auf die Wange. »Und jetzt schlaf wieder, Schatz, und wenn du wieder schlecht träumst, dann ruf mich.«

Beth drehte sich wortlos auf die Seite und zog die Decken fester um sich. Carolyn richtete sich auf, blickte einen Moment auf ihre Tochter hinab und wünschte, sie könnte Beth einfach zu sich und Phillip ins Bett nehmen. Das durfte jedoch nicht sein. Beth hatte sich stets geweigert, ihr eigenes Bett zu verlassen und bei ihrer Mutter im Bett Schutz und Sicherheit zu suchen. Das wäre einem Nachgeben ihrer Ängste gleichgekommen, und Beth würde das niemals tun.

Carolyn lächelte das kleine Mädchen beruhigend an, küßte es von neuem, verließ leise das Zimmer und schloß die Tür hinter sich.

Als Beth allein war, rollte sie sich auf den Rücken und starrte im sanften Schein der Nachttischlampe an die Decke.

Beth wußte jetzt, was geschehen war; was während der Zeit passiert war, an die ihr die Erinnerung gefehlt hatte.

Sie war auf dem Weg zu ihrem Vater gewesen, nachdem sie von der Party weggelaufen war – der schrecklichen Party, bei der alles so schiefgegangen war –, und sie hatte bei der Fabrik Halt gemacht.

Sie hatte sich nur einen Augenblick lang dort aufgehalten und gehofft, herauszufinden, ob Amy tatsächlich dort war oder nicht.

Und dann hatte sie den Weg fortgesetzt, aber etwas war anders gewesen. Das Licht hatte sich verändert, und die Sonne war tief über dem Horizont gewesen.

Es war plötzlich viel später gewesen, als sie gedacht hatte.

Anstatt ihren Vater zu besuchen, war Beth über den Pfad den Hügel hinauf und nach Hause gegangen. Keiner hatte sie auch nur vermißt; niemand hatte gewußt, daß sie überhaupt fort gewesen war.

Aber jetzt, nach dem Traum, wußte sie genau, was sie getan hatte.

Sie hatte Amy gefunden und ihr erzählt, was auf der Party passiert war; sie hatte Amy gesagt, wie gemein Jeff Bailey zu ihr gewesen war.

Und Amy hatte sie gerächt.

Sie war es gewesen, die Jeff getötet hatte, dessen war sich Beth sicher.

Wenn sie, Beth, ihn umgebracht hätte, dann würde sie sich daran erinnern.

Amy mußte ihn also getötet haben.

Beth schaltete die Nachttischlampe aus.

Sie fürchtete sich nicht mehr im Dunkeln, denn jetzt hatte sie eine Freundin. Eine Freundin namens Amy, die in der Dunkelheit lebte.

Von jetzt an würde Beth nicht mehr allein sein. Sie würde jemand haben, mit dem sie reden und dem sie sich anvertrauen konnte.

Jemand, der sie verstand.

## 11

Der Morgen war sonnig und kühl, und als Beth langsam erwachte, war in ihr ein sonderbares Gefühl des Friedens. Ihr Alptraum von ein paar Stunden zuvor war fast vergessen, und sie lag behaglich im Bett, hielt die Augen geschlossen und dachte an Pläne für den Tag. Vielleicht sollte sie mit Peggy Russell...

Und dann, wie immer wenn sie glücklich und entspannt aufwachte, verschwand das Gefühl der Zufriedenheit.

Sie erinnerte sich, wo sie war.

Sie war nicht daheim in ihrem Schlafzimmer im Haus an der Cherry Street. Sie war auf Hilltop.

Sie war immer noch auf Hilltop, und sie hatte in der Nacht einen schlimmen Traum gehabt, in dem sie gesehen hatte, wie Jeff Bailey gestorben war.

Plötzlich fiel ein Schatten auf sie, und Beth riß die Augen auf.

Ein paar Schritte entfernt, zwischen ihr und dem Fenster, stand Tracy Sturgess.

»Ich weiß, was du getan hast«, sagte Tracy so leise, daß Beth sich einen Augenblick lang nicht sicher war, ob Tracy überhaupt gesprochen hatte.

Beth setzte sich im Bett auf und zog unbewußt die Decken bis zum Hals hoch.

Tracy starrte sie ärgerlich an, doch da war etwas an dem leichten Lächeln um Tracys Lippen, das Beth noch furchteinflößender fand als die Worte, die ihre Stiefschwester gesagt hatte.

»Wa-was getan?« stammelte Beth. Mit einem Blick zur Uhr auf dem Nachttisch stellte Beth fest, daß es erst sieben war. »Was machst du hier?«

»Ich weiß, was du getan hast«, wiederholte Tracy, diesmal lauter. Jetzt verstärkte sich die Andeutung des Lächelns zu einem boshaften Grinsen. »Du hast Jeff umgebracht, nicht wahr? Du hast dich gestern in die Fabrik geschlichen, und als er die Treppe herunterkam, hast du ihn getötet.«

Beth starrte Tracy entsetzt an. »Nein... ich...«

»Ich habe dich gehört«, fiel ihr Tracy ins Wort. »Heute nacht, als du mit deiner Mutter sprachst. Ich war draußen auf dem Flur. Und ich habe jedes Wort von dir gehört!« Tracys Stimme klang höhnisch und zugleich drohend. Beth wich unwillkürlich im Bett zurück und zog die Dekken noch fester um sich.

»Aber ich habe nichts getan!« widersprach sie. »Es war nur ein Traum.«

Tracy kniff die Augen zu Schlitzen zusammen. »Es war kein Traum. Das hast du nur deiner Mutter weisgemacht. Und sie ist blöde genug, um dir zu glauben. Aber ich bin das nicht. Warte, bis ich alles meinem Vater erzähle!«

»Was – willst du ihm erzählen?«

»Daß du wahnsinnig bist und Jeff Bailey ermordet hast, nur weil er dich auf meiner Party veralbert hat.«

»Aber ich habe nichts getan«, sagte Beth und ihr klopfte plötzlich das Herz bis zum Hals. »Es... es war Amy, die ihn getötet hat.«

Tracys Lippen verzogen sich höhnisch. »Amy? Du meinst den Geist in der Fabrik, von dem du geschwafelt hast?«

Beth nickte stumm.

»Es gibt keine Geister«, sagte Tracy. »Du hast nur ein Lügenmärchen erfunden. Aber keiner wird dir glauben!«

»Aber es stimmt«, begehrte Beth auf. »Amy gibt es wirklich, und sie ist meine Freundin, und sie hat nur versucht, mir zu helfen. Und wenn du nicht aufpaßt, dann wird sie dich vielleicht ebenfalls töten!«

Das höhnische Grinsen verschwand aus Tracys Gesicht. »Sag so was nicht«, zischte sie. »Sag niemals mehr so was zu mir!«

»Ich kann sagen, was ich will«, entgegnete Beth. Ihre

Angst war jetzt in Zorn übergegangen. »Verschwinde aus meinem Zimmer!«

»Es ist nicht dein Zimmer«, erwiderte Tracy. »Dies ist mein Haus, und wenn ich es will, kann ich dich aus diesem Zimmer jagen. Du solltest ohnehin nicht auf dieser Etage wohnen – du solltest oben wohnen, wo die Diener zu hausen pflegten, denn mehr steht dir nicht zu.«

»Nimm das zurück!« rief Beth. Sie sprang aus dem Bett auf und ballte die Hände zu Fäusten.

»Ich nehme gar nichts zurück!« stieß Tracy hervor. »Ich hasse dich, und ich hasse deine Mutter, und ich wünsche euch beiden den Tod!« Plötzlich stürzte sie sich auf Beth und griff nach ihren Haaren.

Beth duckte sich und versuchte, ihr zu entkommen, doch es war zu spät. Tracy prallte gegen sie, stieß sie zu Boden und fiel auf sie. Dann packte Tracy Beths Haar und zerrte daran. Mit einem heftigen Ruck riß sich Beth los. Sie schaffte es, sich zur Seite zu rollen, und hielt schützend die Arme vors Gesicht.

»Ich bringe dich um!« schrie Tracy.

Und dann, als sich Tracy von neuem auf sie stürzte, hörte Beth eine andere Stimme.

»Beth? Beth, ist alles in Ordnung... mein Gott, was ist hier los?« Im nächsten Augenblick spürte Beth, wie Tracy von ihr weggezerrt wurde, und Beth öffnete die Augen und sah, daß ihre Mutter auf sie herabstarrte.

Und hinter ihrer Mutter sah sie ihren Stiefvater, der Tracy am Arm festhielt. Beth wischte sich mit der Hand übers Gesicht und rappelte sich auf.

»Was um Himmels willen war hier los?« hörte Beth ihre Mutter fragen.

Beth warf aus den Augenwinkeln heraus einen Blick zu Tracy und sagte: »Nichts. Sie... sie wollte nur mein Radio ausschalten, und das wollte ich nicht zulassen.«

Carolyn wandte sich an Tracy. »Nun? Ist das wahr?«

Tracy stieß trotzig das Kinn vor und blickte Carolyn

böse an. »Darauf brauche ich dir nicht zu antworten! Du bist nicht meine Mutter!« Dann zuckte Tracy zusammen, als ihr Vater den Griff um ihren Arm verstärkte.

»Du wirst Carolyn antworten«, sagte Phillip mit ruhiger, jedoch fester Stimme. »Sie ist zwar nicht deine Mutter, aber meine Frau, und das wirst du respektieren. Also, stimmt es, was Beth gesagt hat?«

Tracy schwieg ein paar Sekunden lang und blickte Beth voller Haß an. »Nein!« sagte sie schließlich. »Sie hatte ihr blödes Radio nicht mal angestellt. Sie drohte mir, mich zu töten, genau wie sie bereits Jeff Bailey umgebracht hat!«

Beths Mund klaffte auf, und sie wurde bleich. Einen Augenblick lang herrschte Totenstille. Phillip und Carolyn starrten Tracy schockiert und entsetzt an.

Phillip brach schließlich sein Schweigen. »Die einzige Drohung, die ich hörte, war deine. Und jetzt gehst du auf dein Zimmer und bleibst dort, bis Carolyn oder ich dir sagen, daß du herauskommen kannst. Und in Zukunft hältst du dich von Beths Zimmer fern, es sei denn, sie lädt dich zu sich ein.«

»Es ist nicht ihr Zimmer, und...« begehrte Tracy auf, doch ihr Vater ließ sie nicht weitersprechen.

»Es reicht, Tracy!«

In Tracys Augen funkelte Zorn, aber sie sagte nichts mehr. Sie lief aus dem Zimmer und knallte die Tür hinter sich zu. Als Tracy fort war, nahm Carolyn auf der Bettkante Platz und forderte Beth mit einem Wink auf, sich zu ihr zu setzen.

»Hast du gedroht, Tracy zu töten?« fragte Carolyn.

Beth zögerte mit der Antwort und nickte dann stumm.

»Aber warum?«

Beths Kinn bebte, doch sie brachte es fertig, zu antworten. »Weil – weil sie sagte, ich hätte Jeff Bailey getötet«, erwiderte sie leise. »Sie kam herein und sagte, sie wüßte, was ich getan habe, und würde es Onkel Phillip erzählen.«

»Aber du hast nichts getan«, warf Phillip ein. »Was glaubte Tracy denn zu wissen?«

»Sie lauschte heute nacht, als ich mit Mama sprach«, erklärte Beth. »Sie hat gehört, was ich Ma von meinem Traum erzählte, und sagte, ich hätte alles nur erfunden.«

Phillips Miene verfinsterte sich. »Ich verstehe«, sagte er. Dann wandte er sich an Carolyn. »Entschuldige mich, Carolyn. Ich finde, es ist an der Zeit, daß ich mich mal unter vier Augen mit meiner Tochter unterhalte.«

Bevor Carolyn etwas einwenden konnte, verließ er das Zimmer. Beth schaute mit tränenfeuchten Augen zu ihrer Mutter auf. »Es tut mir leid, Mama.«

»Mir auch, Liebling«, erwiderte Carolyn. »Ich wünschte, du und Tracy, ihr hättet nicht miteinander gekämpft, und es tut mir leid, daß sie so gemein zu dir war. Du wirst dich Tracy gegenüber wohl genauso verhalten müssen, wie ich es mit Abigail halte. Ganz gleich was sie sagt und wie sehr es schmerzt, du mußt darüber hinwegsehen. Wenn du nicht reagierst, wird Tracy nach einer Weile die Lust verlieren und aufhören.«

»Aber warum haßt sie mich?« fragte Beth. »Ich habe ihr nie etwas getan!«

Carolyn nahm ihre Tochter in die Arme und zog sie an sich. »Es geht nicht um dich, Schatz. Das mußt du verstehen. Im Augenblick wäre sie zu jedem so gemein, der hier wohnen würde. Sie hat Angst, daß wir ihr den Vater wegnehmen wollen, das ist alles.«

»Aber das will ich doch nicht«, sagte Beth. »Ich habe bereits einen Vater. Weiß sie das denn nicht?«

»Natürlich weiß sie das.« Carolyn erhob sich vom Bett und wandte sich zur Tür. »Aber du mußt verstehen, daß im Augenblick nicht zählt, daß Tracy es weiß. Es zählen nur ihre Gefühle. Sie ist noch sehr wütend, weil ihr Vater mich geheiratet hat. Und so läßt sie das an dir aus.«

»Aber... das ist nicht fair!« sagte Beth.

»Ich weiß«, stimmte Carolyn zu. »Aber so ist das Leben.

Es ist nicht immer fair, und es ergibt nicht immer einen Sinn. Dennoch müssen wir das Beste daraus machen.« Sie lächelte das kleine Mädchen liebevoll an. »Wie wäre es, wenn du jetzt all das vergessen, dich ankleiden und zum Frühstück hinuntergehen würdest? Okay?«

Beth nickte. Sie sagte nichts, doch als sie allein war, zog sie sich noch nicht an, sondern ging zum Fenster und schaute über die Stadt hinweg zur Fabrik.

Tief in ihrem Innern schienen Tracys Worte widerzuhallen.

*Ich weiß, was du getan hast.*

War es möglich? Konnte es sein, daß genau das, was sie in der Nacht im Traum erlebt hatte, als Amy Jeff einen Stoß versetzt und für seinen Sturz auf die Hacke gesorgt hatte, in Wirklichkeit nicht Amys Tat gewesen war, sondern...

Sie erschauerte und wandte sich vom Fenster ab.

Der Gedanke quälte sie weiterhin.

Was war, wenn Tracy recht hatte? Wenn es keine Amy gab?

Aber es mußte sie geben. Wenn Amy nicht existierte, wenn sie Amy nicht gehört und sie nicht in dem Traum gesehen hatte, dann bedeutete das...

Sie verdrängte den Gedanken, denn wenn es keine Amy gab, dann hatte Tracy vielleicht recht.

Vielleicht hatte sie, Beth, Jeff tatsächlich umgebracht.

Aber das würde sie nicht getan haben... das *konnte* sie nicht getan haben...

Alan Rogers warf einen Blick auf seine Armbanduhr und signalisierte dem Vorarbeiter, daß die Mittagspause begann. Als die Arbeiter aus der Hitze des Tages in die relative Kühle der Fabrik gingen, begann Alan mit der normalen Überprüfung der Arbeiten, wie er es regelmäßig zweimal am Tag tat. Er hatte schon vor langem die Erkenntnis gewonnen, daß es unmöglich war, Arbeiter zu finden, die so hohe Qualitätsansprüche stellten wie er selbst, doch er hatte ebenfalls erkannt, daß er nicht soviel von seinen Leuten verlangen konnte wie von sich selbst. Sie arbeiteten schließlich für einen Stundenlohn und teilten nicht seinen Fanatismus, daß alles optimal erledigt wurde. Für sie war ein Job ein Job, und was zählte, waren die Stunden, die sie dafür brauchten. Für Alan war die Arbeit selbst wichtiger als das Geld, das er damit verdiente. Seine Zufriedenheit über perfekt ausgeführte Arbeit übertraf für gewöhnlich sein Interesse daran, den letzten Dollar Profit herauszuholen.

Heute ging die Arbeit gut voran. Die Zaunpfosten waren bereits an Ort und Stelle, und mit einigermaßen Glück sollte der Zaun bis zum Nachmittag fertig sein. Der Zaun würde nicht schön sein – nicht mehr als Holzplatten, die eilig an Pfosten und Querstangen genagelt wurden –, aber er würde seinen Zweck erfüllen. Morgen konnten sie dann die eigentliche Arbeit fortsetzen – den Wiederaufbau.

Alan war an dem letzten Pfosten angelangt und wollte sich zu der Mannschaft in den Schatten und die Kühle der Fabrik gesellen, als er hörte, daß Beth nach ihm rief. Er blickte auf und sah, daß seine Tochter in schneller Fahrt über die River Road nahte und in die Prospect Street einbog, wobei sich das Mädchen mit mehr Mut in die Kurve legte als Alan selbst gehabt hätte. Dann fuhr Beth über die Bordsteinkante auf das Fabrikgelände. Während Alan sie beobachtete, begann das Hinterrad des Fahrrads zu schlingern, doch Beth nahm nur kurz einen Fuß vom Pedal, drehte sich mit dem Fahrrad und stoppte grinsend vor ihrem Vater.

»Gut, was?«

Alan nickte anerkennend. »Beinahe zirkusreif. Aber wenn du dir die Knochen brichst, komm nicht jammernd zu mir. Du bist verrückt.«

»Hast du niemals so eine Schau mit dem Fahrrad gemacht, als du noch eine Junge warst?«

»Natürlich habe ich das«, gab Alan zu. »Und da war ich ebenfalls verrückt. Was führt dich her?«

»Ich bin runtergefahren, um mit dir zu Mittag zu essen«, sagte Beth und hielt eine braune Tüte hoch, die sie aus der Satteltasche unter dem Rennradsattel gefischt hatte. »Hannah hat mir ein paar Brote geschmiert. Mit Erdnußbutter und Marmelade. Willst du eine Schnitte?«

»Ich könnte dir Thunfisch zum Tausch anbieten.«

Beth schnitt eine Grimasse. »Ich hasse Thunfisch. Ist das alles, was du hast?«

Alan lachte. »Werde nicht pingelig. Es mögen Thunfischbrötchen sein, aber ich habe sie selbst zurechtgemacht.«

»Tolles Angebot«, sagte Beth und verdrehte die Augen. »Du hast vermutlich jede Menge Mayonnaise draufgeklatscht, was?«

Alan betrachtete seine Tochter mit gespielter Empörung. »Wenn du nur hergekommen bist, um auf mir herumzuhacken, dann kannst du gleich heimfahren. Ich kann auf die Meckerei von elfjährigen Schlauköpfen verzichten, vielen Dank!«

Beth streckte die Zunge heraus, doch als Alan zum Fabrikgebäude ging, folgte Beth ihm.

Alan nahm einen Schutzhelm aus dem Bauschuppen, setzte seiner Tochter den Helm auf und trat zur Seite, um sie durch die Tür in das große Gebäude vorausgehen zu lassen. Als Beth die Fabrik betrat, schweifte ihr Blick sofort zu der Treppe am anderen Ende.

»Nein«, sagte Alan, als hätte er ihre Gedanken gelesen. »Du darfst nicht dort runter.«

Beth furchte die Stirn. »Warum nicht? Ich will mich nur mal umschauen.«

»Weil es ein trauriger Ort ist«, sagte Alan. Er öffnete die Kühltasche mit dem Mittagessen, nahm ein Thunfischbrötchen heraus und bot Beth eine Hälfte an. Beth schüttelte den Kopf.

»Ich will doch nur sehen, wo es passierte«, drängte sie. »Was hast du daran auszusetzen?«

Alan seufzte. Er wußte, daß er es ihr nicht erklären konnte. In ihrem Alter wäre er genauso begierig darauf gewesen, die Unfallstelle zu sehen. Heute morgen war – genau wie er es erwartet hatte – ein ständiger Strom von Kindern zum Fabrikgebäude gekommen, und alle hatten die alte Fabrik angestarrt, als wäre die Stätte, an der am Vortag jemand ums Leben gekommen war, die größte Sehenswürdigkeit der Welt. »Es gibt ohnehin nichts mehr dort unten zu sehen.«

»Nicht mal Blut?« fragte Beth mit unschuldiger Neugier.

Alan schluckte und konzentrierte sich auf das Brötchen, obwohl er plötzlich keinen Appetit mehr hatte. »Warum reden wir nicht über was anderes? Wie geht es oben bei dir zu Hause?« Beths Miene verfinsterte sich, und Alan spürte sofort, daß irgend etwas an diesem Morgen passiert sein mußte. »Willst du darüber reden?«

Seine Tochter blickte angespannt zu ihm auf und zuckte dann die Achseln. »Es war keine große Sache«, sagte sie. »Ich hatte nur einen Kampf mit Tracy, das ist alles.«

»Bist du deshalb hier runter gekommen? Weil es dort oben zu schlimm wurde?«

»Ich weiß es nicht. Jedenfalls ist keiner im Haus. Sie fuhren rüber zu den Baileys.«

»Alle?«

»Mama und Onkel Phillip. Tracy hat ein paar Freundinnen zu sich bestellt. Und sie reden alle über das, was mit Jeff passiert ist.«

So wechselt man geschickt das Thema, dachte Alan. Und dann glaubte er plötzlich zu verstehen. »Es wäre prima für dich, wenn du zurückfahren und ihnen erzählen könntest, wie der Unfallort aussieht, wie?«

Beth blickte ihn mit großen Augen an. »Darf ich? Kann ich für eine Minute dort runter?«

Hilflos gab Alan nach. »Also gut. Nach dem Essen bringe ich dich runter. Aber nur für eine Minute. Abgemacht?«

Beth nickte feierlich. »Abgemacht.«

Erhellt von dem Licht der Lampen wirkte das Kellergeschoß völlig anders als in der Dunkelheit. Es war einfach ein großer leerer Raum, ähnlich dem im Erdgeschoß, abgesehen davon, daß es hier unten die vielen Stützpfeiler gab. Als sich Beth im Kellergeschoß umsah, konnte sie sich kaum erinnern, wie furchteinflößend es in der Dunkelheit gewesen war. Jetzt war überhaupt nichts Furchterregendes daran.

Abgesehen von dem Fleck am Boden.

Es war ein rötlichbrauner Fleck, ein paar Schritte vom Fuß der Treppe entfernt. Es sah aus, als ob jemand versucht hätte, das Blut wegzuwaschen, aber es war ein großer verschmierter Fleck auf dem Holzboden übriggeblieben.

Wenn ihr Vater ihr nicht gesagt hätte, daß der Fleck von Blut stammte, dann hätte sie es vielleicht nicht gewußt. Irgendwie hatte sie erwartet, daß es ein leuchtend roter und glänzender Blutfleck war.

Sie schaute lange auf die Stelle und suchte nach einer Erinnerung.

Sie konnte sich jedoch nur an den Traum erinnern.

Wenn *sie* Jeff getötet hätte, dann wäre ihr beim Anblick des Tatorts alles wieder eingefallen.

Beth wollte sich abwenden, doch dann streifte ihr Blick über die hintere Wand. Beth kniff die Augen zusammen, spähte angestrengt hin und zupfte ihren Vater am Ärmel. »Was ist das?« fragte sie.

Alan blickte in die Richtung, in die seine Tochter wies. Einen Augenblick lang sah er nichts außer einer kahlen Wand. Als er wieder hinblickte, erkannte er jedoch, daß die Wand jenseits der Treppe nicht aus Zement bestand.

Sie sah aus, als wäre sie aus Eisen.

Alan trat in den Schatten unterhalb der Treppe und schaute genauer hin.

»Da will ich doch verdammt sein«, murmelte er vor sich hin.

»Was ist das, Daddy?« fragte Beth. Plötzlich schlug ihr Herz schneller vor Aufregung.

»Das sieht wie eine Art Feuertür aus«, antwortete Alan. Er griff hinauf und tastete in der Dunkelheit. Er entdeckte eine Schiene, die mit Schraubenbolzen hinter dem Eisen befestigt war, tastete weiter und stieß auf eine metallene Rolle.

Alan klopfte gegen das Eisen und hörte ein dumpfes Geräusch, das im Kellergeschoß widerhallte.

»Ist es dahinter hohl?« fragte Beth.

Alan nickte. »Das scheint mir eine Art Brandschutztür zu sein. Hilf mir, und wir sehen mal, ob wir sie öffnen können.«

Vorsichtig tastete Alan nach der Türkante und schloß die Hand um die Kante. Dann zog er mit aller Kraft daran.

Die Tür bewegte sich nicht.

Alan trat mit gerunzelter Stirn zurück, musterte die Tür und tastete zur anderen Kante.

Nahe der Decke fand er, was er suchte. Ein Metallstift ragte aus dem Zement. Als Alan versuchte, den Stift zu bewegen, hatte er ebenfalls keinen Erfolg.

»Was ist, Daddy?« fragte Beth.

»Keine Ahnung«, murmelte Alan. »Da braucht man wohl einen Schraubenschlüssel, um es herauszufinden.«

»Ist dahinter ein anderer Raum?«

»Das ist ja das Sonderbare«, erwiderte ihr Vater. »Nach den Plänen, die ich habe, ist dahinter nur die Laderampe, und die muß aus Zement sein.«

»Warum braucht man dann eine Feuertür?«

»Gute Frage. Vielleicht ist es keine. Es könnte etwas völlig anderes sein. Ich bin gleich wieder zurück.«

Während ihr Vater die Treppe hinaufstieg, starrte Beth fasziniert auf die seltsame, kaum sichtbare Tür.

Es gab einen Raum hinter der Tür – davon war sie überzeugt.

Und sie wußte, was der Raum war.

Amys Zimmer.

Das Zimmer, in dem Amy lebte, und deshalb hatte die Stimme, die sie gehört hatte, so sonderbar schwach geklungen.

Die Stimme war von der Tür gedämpft worden.

Beth ging näher an die Tür heran und ließ ihrer Phantasie freien Lauf.

Es konnte alles mögliche hinter der Tür sein. Sie stellte sich eine alte, vergessene Kammer vor, die noch mit Möbelstücken gefüllt war, wie man sie in Antiquitätengeschäften verkaufte. Es war vielleicht eine Art Büro mit Schreibtischen und einem großen, schwarzen Ledersessel. Vielleicht lag sogar einer dieser altmodischen, mit Borten besetzten Teppiche auf dem Boden.

Vor ihrem geistigen Auge sah Beth, daß alles mit Staub bedeckt war, aber immer noch Papiere auf den Schreibtischen lagen und die Papierkörbe gefüllt waren, denn Beth war überzeugt davon, daß der Raum einst einfach geschlossen und vergessen worden war. Und als dann die Fabrik geschlossen worden war, hatte sich keiner mehr daran erinnert, daß es diesen Raum gab.

Plötzlich hörte Beth Schritte auf der Treppe, und ihr Vater tauchte mit einem großen Schraubenschlüssel auf.

»Damit sollte es zu schaffen sein«, sagte er und zwinkerte Beth verschwörerisch zu. »Alles bereit?«

Beth nickte und trat zurück. Alan setzte den verstellbaren Schraubenschlüssel an dem Metallstift an und ruckte daran. Der Eisenstift hielt einen Augenblick lang, dann drehte er sich langsam und quietschend. Alan bemühte sich weiter, und dann fiel der Stift herunter. Von neuem packte Alan die Kante der Eisentür und zog.

Diesmal ächzte die Tür und bewegte sich leicht. Alan zog weiter daran, und dann knirschten die rostigen Rollen, und langsam glitt die Tür zur Seite.

Sofort drang eiskalte Luft aus dem Spalt.

Beth erstarrte. Die Kälte schien sie zu durchdringen, und Beth spürte, wie sie eine Gänsehaut bekam. Es war, als wäre etwas Körperliches hinter der Tür aufgetaucht. Im ersten Impuls wollte Beth die Flucht ergreifen.

Und dann hörte der eisige Windhauch auf, als hätte es ihn nie gegeben. Beth schaute zu ihrem Vater auf.

»Was war das?« fragte sie, und ihre Stimme zitterte leicht.

»Was?«

»Die Kälte«, erklärte Beth. »Hast du nicht die Kälte gespürt, die aus dem Spalt kam?«

Alan furchte die Stirn und schüttelte den Kopf. »Ich habe überhaupt nichts gespürt.« Er zog wieder an der Tür und öffnete sie weit genug, daß sie beide durch den Spalt spähen konnten.

Alan richtete den Strahl seiner Taschenlampe in die Finsternis jenseits der Eisentür.

Da war ein Raum, vielleicht sechs Meter lang und vier Meter breit.

Die Wände waren geschwärzt, und der Boden war mit einer dicken Staubschicht bedeckt.

Der Raum war völlig leer.

Als Beth ihren Blick durch den lange vergessenen Raum schweifen ließ, bemerkte sie einen vertrauten Geruch in der abgestandenen Luft.

In dem Raum roch es stark nach Rauch.

# 12

Die Stille im Mercedes hatte nichts Angenehmes, als Phillip den langen Zufahrtsweg hinauf nach Hilltop fuhr und vor der Villa anhielt. Es war, als warteten alle in stummen Einverständnis, bis sie im Haus waren, bevor sie sich dem Streit stellten, der unausweichlich war, wie sie alle wußten.

Für Carolyn war es besonders schwer, denn sie war in der einzigartigen Situation, ihrer Schwiegermutter zuzustimmen, wenn auch aus Gründen, die Abigail niemals verstehen würde. Dennoch blieb die Tatsache, daß Carolyn zum erstenmal im Begriff war, Partei für die Frau zu ergreifen, von der sie gehaßt wurde, und sich gegen ihren Mann zu stellen, der sie liebte.

Sie wartete, bis Phillip ihr die Wagentür öffnete, und schenkte ihm unsicher ein Lächeln, das halb dankbar und halb entschuldigend war. Carolyn stieg aus dem Wagen aus und ging die Treppe zur Haustür hinauf. Hannah öffnete die Tür, und Carolyn nickte der alten Haushälterin grüßend zu, bevor sie die Halle durchquerte und nach rechts über den breiten Flur ging, der zur Bibliothek führte. Jenseits der Verandatür und der Terrasse sah Carolyn Tracy und drei ihrer Freundinnen Tennis spielen.

Beth war nirgendwo zu sehen.

In der Bibliothek legte Carolyn ihre Handtasche auf den Tisch und warf einen Blick zum Kamin, in dem – wie immer – Brennholz aufgeschichtet war und nur noch angezündet zu werden brauchte. Einen Augenblick lang war Carolyn versucht, das Brennholz anzuzünden, obwohl es ein warmer Tag war. Doch selbst wenn sie die Bibliothek noch mehr erwärmte, würde nichts die Kälte vertreiben, die von Abigail ausging.

»Es würde nichts helfen«, sagte Abigail, als sie eintrat und offenbar Carolyns Gedanken erriet. Abigail zog die

Handschuhe aus, schlug den Schleier von ihrem Hut zurück und wandte sich zu ihrem Sohn um. »Es bedarf keiner Frage mehr, daß wir dein Projekt abbrechen. Wir werden Mr. Rogers beauftragen, morgen die Fabrik zu schließen.«

Phillip hob leicht die Brauen und verschränkte die Arme vor der Brust. Er lehnte sich gegen den Schreibtisch, der seinem Vater gehört hatte. »Wirklich?« fragte er. »Und wann wurde es zu *meinem* Projekt, Mutter? Bis gestern war es *unser* Projekt, wenn ich nicht plötzlich senil geworden bin.«

Abigails scharfer Blick schweifte über ihren Sohn, und ihre Lippen verzogen sich zu einem zynischen Lächeln. »Wenn du mit dieser Bemerkung andeuten willst, daß es mit mir bergab geht, so habe ich kein Verständnis dafür. Ich habe ganz einfach meine Meinung geändert, und angesichts dessen, was mit Jeff Bailey passierte...«

»Jeff Bailey kam bei einem Unfall ums Leben, Mutter. Wir haben die Berichte gesehen, und es gibt nicht die geringsten Anzeichen darauf, daß mehr daran ist, als die einfachen Fakten. Er stolperte, stürzte und fiel auf eine Spitzhacke. Damit hat sich's.«

»Er stolperte und stürzte an genau der Stelle auf ein Werkzeug, an der dein Bruder stolperte und auf ein Werkzeug stürzte. Findest du nicht, daß das ein bißchen mehr als ein Zufall ist?«

»Nein, Mutter, das finde ich nicht«, erwiderte Phillip, und seine Stimme und sein Verhalten verrieten deutlich, daß seine Entscheidung zu diesem Thema gefällt war.

Abigail gab jedoch nicht so leicht nach. »Ich bedaure, daß du nicht einsiehst, was völlig klar ist«, fuhr sie fort. »Aber das ist im Grunde auch gleichgültig, nicht wahr? Ich werde selbst mit Mr. Rogers sprechen.«

»So, wirst du?« fragte Phillip. Es war eine Härte in seinem Tonfall, die weder Carolyn noch Abigail von ihm je zuvor gehört hatten. Carolyn blickte ihren Mann verwundert an, während Abigail plötzlich unsicher wirkte. »Du kannst natürlich mit Alan sprechen, wenn du das wünschst«, fuhr Phillip fort, »aber ich hoffe, dir ist klar, daß er nicht auf deine Anweisungen hin handeln wird. Er arbeitet für mich, nicht für dich.«

Der Ausdruck von Unsicherheit verschwand aus Abigails Augen. Sie betrachtete ihren Sohn mit unverhohlenem Zorn. »Für dich?« fragte sie und bemühte sich nicht, ihre Verachtung zu verbergen. »Wie kannst du es wagen, dich zu widersetzen, daß meine Wünsche erfüllt werden? Besonders wenn ich alles tue, um dafür zu sorgen, daß die Wünsche deines Vaters respektiert werden.«

»Genug, Mutter«, sagte Phillip, und seine Stimme klang plötzlich müde. »Du magst jeden sonst auf diese Weise einschüchtern, aber bei mir klappt das nicht. Ich habe Vaters Testament gelesen. Er übertrug mir die Verantwortung für alle geschäftlichen Unternehmungen der Familie Sturgess, und es ist meine Entscheidung, das Projekt Fabrik weiterzuführen. Wenn du dich Vaters Aberglauben anschließen willst, dann bitte. Aber erwarte nicht, daß ich da mitspiele.«

»Die Erinnerung an deinen Bruder sollte dir etwas bedeuten«, stieß Abigail zornig hervor.

Phillip schüttelte den Kopf. »Die Erinnerung an meinen Bruder? Mutter, ich wurde erst ein Jahr nach Conrads Tod geboren. Und ich wäre überhaupt nicht auf der Welt, wenn er nicht gestorben wäre.«

Abigail wirkte, als hätte er sie geschlagen. Sie sank auf einen der Lehnstühle. »Phillip – das stimmt nicht!«

»Nicht? Ich bin kein Dummkopf, Mutter. Denkst du denn, ich weiß nicht, daß ich nur ein Ersatz für Conrad war? Gott weiß, daß ihr mich das nie vergessen ließt. Ich wuchs auf und wurde mit einem Bruder verglichen, den ich nicht mal gekannt hatte! Und jetzt willst du die Restaurierung der Fabrik beenden, weil im Zeitraum von 40 Jahren darin zwei Unfälle passierten? Nun, das kannst du vergessen, Mutter. Was du tust, ist deine Sache, aber ich fühle mich durch Vaters Aberglauben nicht gebunden.«

Carolyn fand, daß Abigail wie eine Schlange wirkte, wie zum Zustoßen bereit ist.

»Ich werde dich aufhalten«, zischte Abigail. »Ich werde meine ganze Macht einsetzen, um zu verhindern, daß du dieses Projekt fertigstellst.«

»Fein!« sagte Phillip in ruhigem Tonfall. »Ruf deine Anwälte an und mobilisier alles Mögliche. Aber das bringt dich nicht weiter. Die Macht ist auf meiner Seite. Oder hast du diese besondere Tradition der Familie Sturgess vergessen?«

Carolyn, die sich während des Streitgesprächs zurückgehalten und geschwiegen hatte, ergriff jetzt das Wort: »Tradition?« fragte sie. »Phillip, wovon redest du?«

Phillip wandte sich ihr zu, und Triumph leuchtete in seinen Augen auf. »Von etwas, das Mutter dir gegenüber gewiß nie erwähnt hat. In meiner Familie waren die Frauen stets willensstark – wir Sturgess' scheinen willensstarke Frauen anzuziehen –, aber es gab immer eine sorgfältig gezogene Trennlinie. Und bei dieser Linie hören persönliche Dinge auf und geschäftliche Dinge fangen an, wie Mutter nur zu gut weiß. Es hat nie eine weibliche Sturgess gegeben, die irgend etwas in geschäftlichen Dingen zu sagen hatte. Das ist stets den Männern vorbehalten gewesen. Als Vater starb, ging folglich die Kontrolle über das Vermögen der Familie an mich über.« Er lächelte grimmig. »Mutter kann mir also das Leben so schwermachen, wie sie will, und nach ihren Anwälten schreien, wie sie Lust hat. Aber letzten Endes kann sie nichts ausrichten. Wenn es um die Fabrik oder sonst etwas von unserem Besitz geht, ist sie völlig machtlos.« Seine Stimme nahm den gleichen eisigen Klang an, den Carolyn so oft von der alten Frau gehört hatte. »Um es hart zu sagen, Mutter, wenn ich es will, kann ich dich aus diesem Haus werfen.«

Abigail sprang wieder auf, und in ihren Augen loderte

Zorn. »Wie kannst du es wagen?« fuhr sie ihren Sohn an. »Wie kannst du es wagen, so mit mir zu sprechen. Und auch noch in *ihrer* Anwesenheit.« Sie ruckte zu Carolyn herum und starrte sie wütend an. »Es ist alles deine Schuld. Bevor Phillip dich kennenlernte, hätte er nie so mit mir gesprochen. Er hätte mich um meinen Rat gebeten und ihn befolgt. Doch das ist jetzt vorbei. Du hast ihn hypnotisiert! Du hast dich in unser Leben gedrängt – du und deine ordinäre kleine Tochter – und dein Bestes getan, um uns Phillip wegzunehmen. Aber das wird dir nicht gelingen! Verstehst du? Irgendwie werde ich eine Möglichkeit finden, dich aufzuhalten!« Sie ging zur Tür und schwankte leicht in ihrem Zorn, obwohl sie sich schwer auf den Stock stützte. Carolyn trat einen Schritt auf sie zu und wollte sie stützen, doch Phillip schüttelte den Kopf und wies Carolyn mit einer Geste an, zu bleiben, wo sie war.

Einen Augenblick später waren sie allein.

»Es tut mir leid«, sagte Phillip. »Sie hätte dich und Beth nicht angreifen sollen. Aber sie weiß, daß sie die Fertigstellung des Projekts nicht verhindern kann, und so mußte sie etwas anderes finden, um ihre Wut loszuwerden. Und da warst du gerade passend.« Phillip ging auf sie zu und breitete die Arme aus, doch anstatt ihm entgegenzugehen, wandte sich Carolyn ab und ließ sich auf den Stuhl sinken, den Abigail erst kurz zuvor verlassen hatte.

»Vielleicht hat sie recht«, sagte Carolyn. Widerstreitende Gefühle stürmten auf sie ein. All die Selbstbeherrschung, die sie in den Monaten seit dem Einzug in Hilltop so sorgfältig entwickelt hatte, schien sie gerade in dem Augenblick zu verlassen, in dem sie sie am meisten brauchte. »Vielleicht war unsere Heirat tatsächlich ein Fehler, Phillip. Vielleicht hättest du mich nie kennenlernen sollen. Vielleicht hättest du für den Rest deines Lebens von Westover fernbleiben sollen.«

»Das glaubst du doch nicht wirklich«, sagte Phillip. Er

war blaß geworden, und sein Blick war flehend. »Liebling, das kannst du doch nicht im Ernst meinen!«

»Nicht? Ich weiß nicht, was ich meine. Aber ich kann nicht länger mit einer Frau zusammenleben, die mich haßt. Und es geht nicht nur um mich. Es geht auch um Beth. Phillip, Beth weiß, welche Gefühle Abigail und Tracy ihr gegenüber hegen. Obwohl sie versucht, so zu tun, als ob nichts wäre, spürt sie jede Kränkung, die ihr von den beiden zugefügt wird! Ich hatte gehofft, wir könnten eine Familie sein – wir alle. Aber so ist es nicht! Seit wir verheiratet sind, war es wie ein Kampf mit Beth und mir auf der einen Seite und Abigail und Tracy auf der anderen. Und du warst stets in der Mitte.«

»Nun, dann sind die Fronten immerhin ausgeglichen«, sagte Phillip trocken in dem erfolglosen Bemühen, die Situation zu entschärfen. »Wenigstens habt ihr euch nicht gegen mich zusammengerottet!«

Plötzlich lachte Carolyn, doch es war eine schrille, spröde Parodie ihres normalen Lachens, und Phillip erkannte, wie nahe sie an der Hysterie war. »Haben wir das nicht?« fragte sie. »Abigail hat soeben einen Fehler gemacht, aber das weiß sie nicht. Bei dem Thema Fabrik hätte ich auf ihrer Seite gestanden. Ist das nicht komisch? Ist das nicht das Lustigste, was du je gehört hast?« Und dann sank Carolyn auf dem Lehnstuhl zusammen und schluchzte.

Phillip ging zu ihr, kniete sich neben den Stuhl und nahm Carolyn in die Arme. Carolyn zog sich nicht zurück, näherte sich aber auch nicht, und während er sie in den Armen hielt, spürte er, wie einsam sie sich fühlte.

»Es ist alles in Ordnung, mein Schatz«, flüsterte er und streichelte sanft über ihr Haar. »Wir werden das überstehen. Irgendwie werden wir all dies hinter uns lassen. Doch du darfst nicht einmal daran denken, mich zu verlassen – ohne dich hätte ich nichts.«

»Nichts?« wiederholte Carolyn. »Du hättest deine Mutter und deine Tochter und Hilltop und den Rest von allem Besitz, den die Sturgess' immer gehabt haben. Du würdest mich kaum vermissen.«

Phillip stöhnte leise auf und umarmte Carolyn fester. »Das stimmt nicht, Liebling. Das einzige, was für mich zählt, bist du. Du und unser Baby.«

Carolyn versteifte sich in seinen Armen. Während sie vom Kummer überwältigt worden war, hatte sie das Baby vergessen. Sie zog sich ein wenig zurück und schaute zu Phillip auf. In seinem Blick sah sie die Liebe zu ihr, und sie spürte einen Hoffnungsschimmer.

»Liebst du mich?« fragte sie, weil sie von neuem das Bedürfnis hatte, es bestätigt zu bekommen.

»Mehr als alles«, erwiderte Phillip.

»Und das Baby? Wünschst du es wirklich? Oder hast du das nur mir zuliebe gesagt?«

Phillip lächelte sie liebevoll an. »Wie könnte ich mir das Baby nicht wünschen?« fragte er. »Es wird unser Baby. *Unseres!* Und niemand wird es benutzen können, um zu versuchen, uns auseinanderzubringen. Eigentlich könnte es sogar helfen. Es wird Mutters Enkel, und sie wird sich sofort nach seiner Geburt in ihn verlieben.«

Tief in Carolyn war ein mahnendes Gefühl. »Enkel?« fragte sie. »Wie kannst du so sicher sein, daß es ein Sohn wird?«

»Was denn sonst kann es sein?« Phillip grinste jetzt breit; die Krise lag hinter ihm. »Ich habe bereits eine Tochter bekommen, und du ebenfalls. Und ich brauche einen Sohn. Wenn es kein Junge wird, wie soll dann das Geschlecht der Sturgess' fortbestehen?«

*Das Geschlecht der Sturgess'.*

Die Worte hallten in Carolyn nach. Sie versuchte, sich einzureden, daß Phillip sie nur im Scherz gesagt und sich nichts besonderes dabei gedacht hatte. Doch tief in ihrem Innern wurde die warnende Stimme lauter.

*Er wünscht sich einen Erben. Er will einen Sohn, dem er*

*seinen Namen geben und den er nach seinem Ebenbild aufziehen will. Abigail hat recht. Er ist ein Sturgess, und ich darf das nie vergessen.*

»Und wenn es ein Mädchen wird?« fragte Carolyn und bemühte sich um einen ebenso leicht scherzhaften Tonfall.

»Dann werde ich es verwöhnen«, sagte Phillip. »Ich werde einer Tochter jeden Wunsch erfüllen und sie wie die Prinzessin behandeln, die sie sein wird, und sie wird das glücklichste kleine Mädchen sein, das je gelebt hat.«

Aber sie wird ein Mädchen sein, dachte Carolyn. Und für die Sturgess' waren und sind Mädchen nicht ganz so gut wie Jungen. Nett als Gesellschaft, aber nicht ganz so gut. Nicht gleichrangig.

Sie küßte Phillip auf die Wange und erhob sich. »Nun«, sagte sie so heiter wie möglich, »ich werde gewiß mein Bestes tun, um einen Sohn für dich zu bekommen. Aber wenn es mir nicht gelingt«, fügte sie hinzu, »dann wird es deine eigene Schuld sein. Wenn ich das richtig verstanden habe, dann stammen die Gene, die das Geschlecht des Kindes bestimmen, vom Vater. Wenn die Sturgess' Jungen wünschen, dann sollten ihre Chromosomen dementsprechend dafür sorgen.«

Phillip nickte vergnüglich, und seine Augen nahmen wieder den sanften und zärtlichen Ausdruck an, den Carolyn so liebte. Es war keine Spur mehr von dem kalten Zorn darin, mit dem Phillip seiner Mutter erklärt hatte, daß sie wenig mehr als ein Gast in ihrem eigenen Haus war. »Und was ist mit der Fabrik?« fragte er. »Planst du wirklich eine Art Verschwörung mit meiner Mutter?«

Carolyn zögerte mit der Antwort. Dann schüttelte sie den Kopf. »Ich glaube nicht. Erstens sind meine Gründe für die Schließung der Fabrik genauso abergläubischer Natur wie ihre. Und zweitens habe ich das Gefühl, daß sie ohnehin ihre Meinung ändern würde, bevor sie von mir Unterstützung annehmen würde. So halte ich mich einfach heraus, hüte meine Zunge und hoffe das Beste.«

Als sie dann langsam die Treppe zum Schlafzimmer hinaufging, fragte sich Carolyn jedoch von neuem, was das Beste sein würde. Vielleicht hatte sie tatsächlich in ihrem hysterischen Ausbruch recht gehabt, und ihre Ehe – ganz gleich wie sehr sie und Phillip einander liebten – war bereits zum Scheitern verdammt.

Oder vielleicht (und das hielt sie für viel wahrscheinlicher) litt sie einfach unter der Schwangerschaft, die sie zu beunruhigen begann, obwohl sie sich immer wieder sagte, daß alles in Ordnung war und sie sich gut fühlte. Sie würde es Phillip gegenüber nicht zugeben, aber insgeheim war sie froh darüber, daß Dr. Blanchard sie ermahnt hatte, wenigstens zwei Stunden am Tag zu ruhen.

Das ermöglichte ihr immerhin eine Flucht vor den Spannungen im Haus.

Sie betrat das Schlafzimmer und schloß die Tür hinter sich. Dann legte sie sich auf das Bett, streckte sich behaglich aus und blickte aus dem Fenster zu dem gewaltigen Ahorn, der ein paar Meter entfernt war und durch dessen dichtes Blattwerk kein Sonnenschein drang.

Sie konzentrierte sich auf den kühlen friedlichen Anblick der grünen Blätter und schlief schließlich ein.

Am anderen Ende des Hauses, in ihrer Suite, die ein genaues Abbild der Zimmer war, die von ihrer Schwiegertochter bewohnt wurden, war Abigail Sturgess wach und angespannt. Sie schaute aus dem Fenster, und ihr Blick war ärgerlich auf das bedrohlich wirkende Gebäude gerichtet, das soviel Tragik für ihre Familie symbolisierte.

In Abigail wuchs immer mehr die Überzeugung, daß ihr Mann recht gehabt hatte.

Da war etwas Teuflisches an der Fabrik. Abigail war sich noch nicht sicher, was es war, aber sie war entschlossen, es herauszufinden.

Beth fuhr mit dem Fahrrad von der Fabrik fort, aber anstatt den Weg über die River Road zu wählen und den langen Aufstieg bis nach Hilltop in Angriff zu nehmen, bog sie auf den anderen Weg ab, fuhr langsam durch die Prospect Street und dann die Church Street hinauf zu dem kleinen Platz in der Mitte der Stadt. Dort fuhr sie langsamer und hielt Ausschau nach irgendwelchen Freundinnen, die vielleicht auf dem abgetretenen Rasen Softball spielten. Der Platz war jedoch leer, und Beth fuhr weiter.

Ohne darüber nachzudenken, bog sie nach rechts in die Main Street ab und später nach links in die Cherry Street. Schließlich hielt sie vor dem kleinen Haus, in dem sie gewohnt hatte, bevor sie nach Hilltop gezogen war.

Das Haus, das ihr immer groß vorgekommen war, wirkte jetzt klein, und die Farbe blätterte von den Wänden ab. Im Vorgarten wucherte Unkraut im Rasen, und die Büsche, die ihre Mutter vor dem Haus angepflanzt hatte, waren nicht so gepflegt geschnitten wie die Zierbüsche in den Gärten von Hilltop.

Für Beth war es jedoch immer noch das alte Zuhause, und sie hatte plötzlich das tiefe Verlangen, an der Haustür zu klingeln und die jetzigen Bewohner zu bitten, sie für ein paar Minuten in ihr ehemaliges Zimmer zu lassen.

Das konnte sie natürlich nicht – es war nicht mehr ihr Zimmer, und außerdem sah es gewiß nicht mehr so aus wie damals. Die neuen Bewohner hatten es bestimmt verändert, und sie würde sich nicht mehr darin wohlfühlen.

Beth stieg wieder aufs Fahrrad und fuhr an dem Block mit all den vertrauten Häusern entlang. An der Ecke bog sie nach rechts ab und fuhr dann nach links durch die Elm Street.

Vor dem Haus der Russells spielte Peggy mit Rachel Masin Himmel und Hölle, und Beth bremste und hielt an.

»Hallo«, sagte sie. »Wie geht es euch?«

Peggy konzentrierte sich soeben darauf, auf dem Feld

Nummer fünf das Gleichgewicht zu bewahren, während sie sich hinabneigte, um den Schlüsselanhänger aufzuheben, den sie im letzten Sommer von Beth gewonnen hatte. Schließlich schnappte sie den Schlüsselanhänger, holte tief Luft und hüpfte schnell über die letzten drei aufgemalten Quadrate und aus dem Spielfeld.

»Wir spielen Himmel und Hölle«, erklärte Peggy, »und ich gewinne. Rachel kommt nicht mal über Nummer drei hinaus.«

»Aber ich spiele mit einem Stein, wie du es vorgeschlagen hast«, protestierte Rachel. »Jeder kann gut mit einem Schlüsselanhänger ins Feld werfen. Die bleiben immer genau dort liegen, wo du sie hinwirfst.«

»Darf ich mitspielen?« fragte Beth. Sie lehnte das Fahrrad an einen Baum und kramte in ihrer Tasche nach etwas, das sie als Spielmarke einsetzen konnte. Sie fand nur den Schlüsselring mit Anhänger – identisch mit dem, den sie an Peggy verloren hatte –, an dem ihr Hausschlüssel hing. »Ich fange bei eins an.«

Peggy blickte sie mit offener Feindseligkeit an. »Wieso reitest du heute nicht mit deinem Pferd? Peter sagt, daß du jetzt jeden Tag ausreitest.«

Beth wurde das Herz schwer. Warum hatte Peter nicht den Mund halten können? Jetzt dachte Peggy, sie wäre wie Tracy. »Ich habe kein Pferd«, sagte sie. »Es ist Onkel Phillips Pferd, und er bringt mir nur das Reiten darauf bei. Und wir reiten nicht jeden Tag aus. Wir sind erst ein paarmal ausgeritten.«

»Mein Bruder hat etwas anderes erzählt«, sagte Peggy herausfordernd.

»Nun, es interessiert mich nicht, was Peter sagt«, begann Beth und verstummte, als sie erkannte, daß die Worte wie von Tracy Sturgess klangen. »Ich ... ich meine, wir reiten wirklich nicht jeden Tag«, fügte sie hinzu, als sie sich wieder etwas gefangen hatte. »Nur manchmal.« Dann kam ihr eine Idee. »Du könntest mal mitkommen, wenn du willst.« Peggy sagte nichts, doch ihr Gesicht rötete sich, und Beth erinnerte sich verspätet an das, was ihr Peter erzählt hatte. »Onkel Phillip würde Peter nicht feuern«, platzte sie heraus. »Das würde er bestimmt nicht tun.«

Peggys Gesicht rötete sich noch mehr, und ihre Augen füllten sich mit Tränen. »Warum verschwindest du nicht?« fragte sie. »Wir hatten Spaß, bevor du hier aufgetaucht bist!«

»Aber wir sind doch Freundinnen«, wandte Beth ein. »Du warst immer meine beste Freundin!«

»Das war, als du noch in der Cherry Street wohntest. Da warst du wie wir. Aber jetzt lebst du auf dem Hügel. Warum bist du nicht mit Tracy Sturgess befreundet?«

»Ich hasse Tracy«, entgegnete Beth und war jetzt selbst den Tränen nahe. »Ich hasse sie, und sie haßt mich! Und ich bin nicht anders, als ich immer war! Es ist nicht fair, das zu sagen, Peggy! Es ist einfach nicht fair!«

Rachel Masin schaute von Peggy zu Beth und wieder zu Peggy. Dann bückte sie sich plötzlich und hob ihren Spielstein auf. »Ich muß heim, Peggy«, sagte sie hastig. »Ich...« Sie suchte nach einer Ausrede und wählte die erste, die ihr in den Sinn kam. »Ich muß auf meinen kleinen Bruder aufpassen, hat meine Ma gesagt.« Ohne auf eine Antwort der beiden Mädchen zu warten, lief sie die Straße hinab und um die Ecke.

»Da siehst du, was du angerichtet hast«, sagte Peggy und schaute Beth ärgerlich an. »Wir hatten viel Spaß, bis du kamst.«

»Aber ich habe doch gar nichts getan. Warum kannst du mich nicht mehr leiden?«

Peggy zögerte einen Augenblick lang, dann stemmte sie die Hände in die Hüften und starrte Beth an.

Beth starrte zurück.

Die beiden Mädchen standen völlig still, blickten sich in die Augen, und jede war entschlossen, nicht als erste zu blinzeln. Nach dreißig Sekunden, die ihnen wie zehn Minuten vorkamen, begannen Beths Augen zu brennen.

»Du wirst blinzeln«, sagte Peggy.

»Nein, werde ich nicht!«

»Doch. Und dann schuldest du mir eine Cola. So sind die Regeln.«

Beth konzentrierte sich von neuem, doch je mehr sie sich bemühte, nicht zu blinzeln, desto unmöglicher wurde es. Schließlich gab sie auf, schloß die Augen und rieb darüber.

»Ich habe eine Cola gewonnen«, jubelte Peggy. »Komm, du kannst mich zum Drugstore fahren.«

Der Streit war vergessen. Peggy kletterte auf den Gepäckträger des Fahrrads, und gefährlich schwankend fuhr Beth los. Zehn Minuten später saßen sie in ihrer Lieblingsecke hinten im Drugstore und nippten an einer Cola.

»Wie ist es wirklich dort oben?« fragte Peggy. »Ich meine, wie ist es, in diesem Haus zu wohnen? Ist das nicht gruselig?«

Beth anwortete nach kurzem Zögern. »Gruselig ist es eigentlich nicht. Aber man muß sich daran gewöhnen. Das Schlimmste ist Tracy Sturgess.«

Peggy nickte verständnisvoll. »Ich weiß. Peter sagt, sie ist die gemeinste Person, die er je kennengelernt hat.«

»Das ist sie«, stimmte Beth zu. »Und sie haßt mich wirklich.«

»Warum?«

Beth zuckte die Achseln. »Ich weiß es nicht. Vermutlich hält sie Mama und mich für Proleten. Sie benimmt sich immer, als wäre sie etwas Besseres.« Dann lächelte sie. »Aber warte bis nächstes Jahr – dann wird sie hier zur Schule gehen!«

Peggy blickte Beth erstaunt an. »Du meinst, sie geht nicht auf die Privatschule zurück?«

»So habe ich es gehört.«

»Das ist ein Ding!« stieß Peggy hervor. »Warte, bis das

die anderen erfahren!« Sie kicherte boshaft. »Und warte bis zum ersten Schultag hier. Ich wette, jeder behandelt sie wie Luft.«

»Ich hoffe es«, sagte Beth voller Bitterkeit. »Ich hoffe, alle sind so gemein zu ihr, wie sie es zu mir ist.«

Peggy nickte und seufzte dann bedrückt. »Aber vielleicht läuft es auch anders. Es könnte sein, daß man ihr die Füße küßt, nur weil sie eine Sturgess ist.« Sie trank den Rest der Cola und setzte dann das Glas an, um das Eisstück in ihren Mund rutschen zu lassen. Einen Augenblick lang ließ sie den Eiswürfel im Mund zergehen, und dann blickte sie Beth wieder an. »Weißt du, was in Wirklichkeit mit Jeff Bailey passierte?«

In Beth stieg ein leichter Schauder auf. »Ich – er stolperte und stürzte, nicht wahr?«

»Was weiß ich«, erwiderte Peggy. »Aber ich hörte gestern abend, wie meine Eltern darüber sprachen, und sie redeten von dem anderen Jungen, der in der Fabrik starb...«

»Onkel Phillips Bruder«, warf Beth ein.

Peggy nickte. »Jedenfalls sagte meine Mutter, daß sie überhaupt nicht an einen Zufall glaubt. Sie sagte, es gab immer unheimliche Geschichten über die Fabrik, und sie meint, daß es dort vielleicht nicht mit rechten Dingen zugeht.«

»Das stimmt«, sagte Beth nach kurzem Zögern.

Peggy starrte sie an. »Woher weißt du das?«

Beth überlegte, ob sie sich Peggy anvertrauen sollte, und entschied sich dafür. »Komm morgen nach Hilltop, und ich zeige dir etwas. Und ich sage dir, was in der Fabrik ist. Aber du mußt mir versprechen, es keinem zu erzählen. Es ist ein Geheimnis.«

Peggy nickte begierig. »Ich verspreche es.«

»Ehrenwort?«

»Großes Ehrenwort«, erwiderte Peggy feierlich.

# 13

Eileen Russell schaute ihre Tochter skeptisch an und schüttelte den Kopf, während sie zwei Spiegeleier aus der Pfanne auf den Teller des Mädchens schob. »Ich weiß nicht. Mir gefällt einfach nicht der Gedanke, daß Peter dadurch in Schwierigkeiten kommen könnte.«

»Aber Peter wird dadurch nicht in Schwierigkeiten kommen«, beharrte Peggy. »Beth hat es versprochen. Sie sagte sogar, ich könnte mal mit ihnen ausreiten, wenn ich will. Mit ihr und Mr. Sturgess!«

Eileens Blick schweifte zu ihrem Sohn. »Was hältst du davon? Klingt das für dich nach Mr. Sturgess?«

Peter zuckte unverbindlich mit den Schultern, doch als er den bittenden Blick seiner Schwester sah, nickte er. »Er ist ziemlich nett, und er reitet manchmal mit Beth aus. Ich glaube, er hätte nichts dagegen, wenn Peg mitkommt.« Dann grinste er. »Aber Tracy würde vor Wut toben. Sie ist schon sauer genug, wenn ihr Daddy mit Beth ausreitet. Wenn Peg auch noch dabei ist, scheißt sie sich glatt in die Hose.«

»Hüte deine Zunge, junger Mann«, sagte Eileen, mehr aus Gewohnheit als aus Prüderie. Eileen ließ sich die Sache noch einmal durch den Kopf gehen. Sie wußte, wie sehr Beth ihrer Tochter in den letzten Monaten gefehlt hatte, doch ihre größte Sorge war immer noch, daß Peter seinen Job verlieren könnte.

Besonders im Sommer fand man nicht so schnell Arbeit, und sie brauchten das Geld. Mit dem Geld, das sie als Kellnerin im ›Red Hen‹ verdiente, konnten sie kaum den Lebensunterhalt bestreiten, und wenn Peter seinen Job verlor...

Schließlich entschied sie sich für einen Kompromiß, für einen Anruf bei Carolyn Sturgess. Selbst etwas so Einfaches erwies sich jedoch plötzlich als ein Problem. Es war albern, das war Eileen klar. Schließlich waren sie und

Carolyn zusammen aufgewachsen, Carolyn Deaver war eine ihrer besten Freundinnen gewesen und als Dan Russell sie sitzengelassen hatte, etwa zur gleichen Zeit, als Carolyn sich von Alan Rogers hatte scheiden lassen, war die Beziehung sogar noch enger geworden.

Dann hatte Carolyn Phillip Sturgess geheiratet und war in die herrschaftliche Villa auf dem Hügel eingezogen, und alles hatte sich geändert.

Eileen mußte zugeben, daß ein Teil des Problems ihre eigene Schuld war. Sie war ein paarmal auf Hilltop zu Besuch gewesen, doch allein die Größe des Hauses hatte ihr Unbehagen bereitet, und die alte Mrs. Sturgess war unverhohlen unfreundlich zu ihr gewesen. Schließlich hatte sie die Besuche eingestellt und sich seither gesagt, daß sie Carolyn irgendwann zu sich nach Hause einladen würde.

Das hatte sie jedoch nie in die Tat umgesetzt. Sie hatte versucht, sich einzureden, daß sie es einfach immer wieder verschoben hatte, weil sie zuviel Arbeit hatte, aber sie wußte, daß der wahre Grund ein anderer war. Im Vergleich zu Hilltop war ihr Haus kaum mehr als ein Schuppen. Und nachdem Carolyn sich an den Prunk der Villa gewöhnt hatte, würde ihr bestimmt die Armut von Eileens Haus besonders auffallen. So hatte sie Carolyn nicht eingeladen, und im Laufe der Monate hatte sie immer seltener daran gedacht.

Es gab jedoch keinen Grund, weshalb Peggys und Beths Freundschaft enden sollte, nur weil sich ihre Mütter entfremdet hatten. Eileen ging zum Telefon, nahm den Hörer ab und wählte die Nummer, die immer noch mit Bleistift an die Wand neben dem Telefon geschrieben stand. Zu Eileens Erleichterung meldete sich Carolyn persönlich nach dem zweiten Klingeln. Carolyns Stimme klang schläfrig, und mit sinkendem Mut wurde sich Eileen darüber klar, daß Carolyn es bestimmt nicht mehr nötig hatte, um sieben Uhr morgens aufzustehen.

»Ich bin's – Eileen«, sagte sie. »Eileen Russell. Habe ich dich geweckt?«

Sofort verschwand die Schläfrigkeit aus Carolyns Stimme. »Eileen! Wir haben uns ja Monate nicht mehr gesehen!«

»Ich weiß«, erwiderte Eileen. »Und es tut mir leid! Aber – nun, du weißt ja, wie das ist.«

Es folgte eine kurze Pause, bevor Carolyn antwortete, und ihre Stimme klang nicht mehr so begeistert wie zuvor. »Ja«, sagte Carolyn. »Natürlich. Ich... ich verstehe, Eileen.«

»Ich rufe aus folgendem Grund an«, fuhr Eileen hastig fort. »Beth begegnete gestern Peggy und lud sie für heute morgen nach Hilltop ein. Ich wollte mich nur vergewissern, ob es da irgendein Problem gibt.«

»Ein Problem? Eileen, es wäre wundervoll. Beth vermißt Peggy so sehr, und mir hat sie ebenfalls gefehlt. Du weißt, daß sie hier jederzeit willkommen ist.«

Plötzlich fühlte sich Eileen beschämt. Carolyn hatte sich nicht verändert – kein bißchen. Warum war sie so überzeugt gewesen, daß Carolyn anders geworden war? Oder war sie selbst unterschwellig ein Snob und unterstellte deshalb Carolyn Allüren, die sie selbst angenommen hätte, wenn sie an ihrer Stelle gewesen wäre? Sie mußte zugeben, daß die Möglichkeit bestand.

»Okay«, sagte sie. »Peggy wird dann heute vormittag kommen.« Sie zögerte und fuhr dann fort: »Und vielleicht kann ich heute nachmittag auch kurz raufkommen. Wir haben uns lange nicht mehr unterhalten.«

»Kannst du kommen?« fragte Carolyn. »Oh, Eileen, das wäre wunderbar. Zu welcher Zeit?«

Eileen dachte schnell nach. »Wie wäre es gegen drei? Ich muß im Red Hen das Mittagessen servieren, aber dann wechselt die Schicht. Ich brauche erst um 19 Uhr wieder zum Dienst dort zu sein.«

»Prima!« sagte Carolyn erfreut.

Als Eileen den Hörer auflegte, lächelte sie ihre Tochter glücklich an. »Sieht aus, als wäre die trübe Zeit vorbei«, sagte sie. »Du bist jederzeit dort oben willkommen.«

Peggy war nach der Fahrradfahrt den Hügel hinauf außer Atem. Sie hielt an, als sie durch das Tor gelangte und schaute schwer atmend zu der Villa. Immer noch fand sie es unmöglich, daß jemand tatsächlich darin wohnen konnte. Aber Beth? Das war wirklich seltsam. Beth sollte noch in der Cherry Street wohnen, wo sie sich vier- oder fünfmal am Tag gegenseitig besuchen konnten. Hier oben war schon der Zufahrtsweg länger, als die ganze Entfernung zwischen ihren Häusern gewesen war.

Peggy hielt auf die Vordertür zu und besann sich dann anders. Sie schob das Fahrrad um das Haus herum zur anderen Seite. Es mußte dort eine Hintertür geben, und Peggy war es gewohnt, ihre Freundinnen durch den Nebeneingang zu besuchen. Nur bei besonderen Anlässen klingelte man in ihren Kreisen an der Vordertür. Schließlich entdeckte sie die kleine Terrasse hinter der Küche und klopfte laut an die Terrassentür. Einen Augenblick später tauchte Beth hinter der Glastür auf. »Ich wußte, daß du hier reinkommen würdest«, sagte sie, öffnete die Tür und hielt sie für Peggy auf. »Möchtest du Plätzchen oder sonst was?«

Peggy nickte stumm, und Beth ging in die Küche voran, nahm Gebäck von einem Teller, der auf dem Küchentisch stand, und gab es Peggy. »Komm«, sagte Beth. »Laß uns von hier abhauen. Ich will dir etwas zeigen.« Sie schob die Terrassentür auf, verließ mit Peggy das Haus und ließ die Tür hinter sich zuknallen. Schnell rief Beth eine Entschuldigung, bevor Hannah zu einem Tadel ansetzen konnte. Dann führte Beth Peggy um die Hausecke herum und über den Rasen zum Pfad, der zum Mausoleum führte.

Patches schnaubte, stampfte gegen die Boxentür und streckte dann den Hals über die Boxentür und wieherte.

»Noch nicht«, sagte Tracy Sturgess zu der großen Stute. »Erst wenn ich mit dem Striegeln fertig bin.« Sie ruckte am Halfter des Pferdes, aber anstatt gehorsam von der Tür zurückzuweichen, schnaubte das Pferd von neuem, warf den Kopf und riß das Halfter aus Tracys Hand.

»Hör auf!« sagte Tracy ärgerlich, schnappte nach dem Halfter und verfehlte es. »Peter! Komm her und halte Patches still.«

»Ich komme gleich!« rief Peter vom anderen Ende des Stalls.

»Sofort!« verlangte Tracy. Sie schob sich vorsichtig um Patches herum, packte das Halfter und versuchte die Stute in die Box zurückzuziehen. Von neuem schnaubte das Pferd, scheute und versuchte sich loszureißen.

»Was ist los mit dir?« fragte Tracy. Sie schaute auf den Sattelplatz hinaus, um zu sehen, was die Stute erschreckt haben könnte. Der Sattelplatz war jedoch leer.

Tracy hob den Blick, und dann sah sie jenseits des Rosengartens die Bewegung, von der das Pferd beunruhigt worden war.

Beth und ein Mädchen, das Tracy nicht wiedererkannte, gingen über den Rasen. Tracy furchte die Stirn und riß die Stute wieder zurück. Patches wieherte laut und wollte sich erneut losreißen, doch dann kam Peter in die Box, hielt Patches fest und zog das Tier sanft von der Tür weg. Tracy blieb, wo sie war, und starrte hinaus zu den beiden Mädchen, die den Rasen überquerten.

»Wer ist das?« fragte sie, ohne sich zu Peter umzuwenden.

»Wer?«

»Das Mädchen bei Beth.«

Peter zuckte mit den Schultern. »Meine Schwester. Sie heißt Peggy.«

Jetzt fuhr Tracy herum und schaute den Stallburschen

ärgerlich an. »Wen interessiert es, wie sie heißt? Was treibt sie hier?«

Peter wurde rot. Er hatte es vorausgesehen. Jetzt war er in Schwierigkeiten. »Beth hat sie eingeladen.«

»Wer hat ihr das erlaubt?« fragte Tracy. »Dies ist nicht ihr Haus. Sie hat kein Recht, hier herauf Leute einzuladen!«

»Ihre Mutter sagte, daß es in Ordnung geht. Sie meinte, Peggy könnte jederzeit herkommen, wenn sie das möchte.«

»Das kann sie nicht!« stieß Tracy hervor. »Und ich werde ihr das sagen!« Sie stürzte aus dem Stall, lief durch den Rosengarten und um die Hausecke und sah gerade noch, daß Beth und Peggy den Pfad zum Mausoleum hinaufgingen.

Sie wollte rufen und Peggy Russell sagen, daß sie nach Hause gehen sollte, doch dann besann sie sich anders. Vielleicht würde es mehr Spaß machen, den beiden zu folgen und herauszufinden, was sie machten.

Peggy schaute ehrfürchtig auf die marmorne Struktur, die das Grabmal der Familie Sturgess war. »Hui, was ist das?«

Beth erklärte, was sie über das Mausoleum wußte. Dann zog sie Peggy fort. »Aber das wollte ich dir nicht zeigen. Das Wichtigste ist dort unten. Komm mit.«

Sie gingen über den von Unkraut überwucherten Pfad auf der anderen Seite des Mausoleums, und unter ihren Füßen raschelte Laub und knackten Äste, die den alten Weg bedeckten. Hier und da schien der Pfad völlig zu verschwinden, und mehrmals mußten sie über gefällte Baumstämme klettern. Als Peggy schließlich glaubte, der Pfad sei zu Ende, zweigte er plötzlich nach links ab. Peggy schaute sich um. An der Stelle, an der sich der Pfad gabelte, entdeckte sie ein altes, verrostetes Schild, das schief an einem Baum hing.

*Privatbesitz*
*Betreten verboten*

»Vielleicht sollten wir umkehren«, sagte Peggy im Flüsterton, während sie schuldbewußt in die Runde blickte.

»Das Schild gilt nicht uns«, erwiderte Beth. »Es markiert nur, wo Onkel Phillips Besitz anfängt. Das Schild gilt für Leute, die den Hügel heraufkommen, nicht für jemand, der hinuntergeht. Komm weiter.«

Peggy folgte Beth über den Pfad, der zu der kleinen Wiese führte.

»Wohin gehen wir?« fragte Peggy.

»Du wirst es gleich sehen«, antwortete Beth. »Mach dir keine Sorgen.«

»Aber wenn wir uns verirren?« wandte Peggy ein. »Woher weißt du, welchen Weg wir nehmen müssen?« Sie wünschte inzwischen, sie wäre nicht hergekommen. Es hatte für sie den Anschein, der Wald schließe sich immer mehr um sie. Sie wünschte, sie wäre wieder oben auf dem Hügel, wo man wenigstens alles überblicken konnte.

»Ich war schon hier unten«, sagte Beth. »Meine Mama und ich gingen mal hier runter, und Onkel Phillip und ich kamen mit den Pferden vorbei. Sei kein Angsthase.«

Peggy überlegte, was sie tun sollte. Vielleicht sollte sie umkehren und versuchen, den Weg zurück zu finden. Aber dann würde sie allein gehen müssen.

Sie entschloß sich, Beth zu folgen. Sie hatten nur etwa 100 Meter zurückgelegt, als Beth stehenblieb.

»Da«, sagte Beth leise. »Hier ist es.«

Peggy schaute sich auf der kleinen Wiese um. Hier und dort standen Schößlinge auf der Lichtung, und das Unterholz am Rand der Lichtung reichte Peggy fast bis zur Hüfte. Peggy fand, daß es keinen Unterschied zwischen dieser Lichtung und den anderen in den Wäldern rings um Westover gab.

»Was ist so besonderes daran?« beschwerte sie sich. »Das ist doch nur eine Lichtung, oder?«

Beth schüttelte den Kopf und führte Peggy über die Wiese zu der Stelle, an der sie beim letzten Mal die kleine Vertiefung entdeckt hatte. Sie wies schweigend darauf, und Peggy runzelte verwirrt die Stirn. »Was ist das?«

»Ein Grab«, sagte Beth.

Peggys Augen weiteten sich. Sie blickte sich nervös um und wünschte, woanders zu sein. »Woher weißt du das?«

»Ich weiß es eben«, erwiderte Beth. »Ich habe es neulich entdeckt.«

»Wessen Grab ist es?« fragte Peggy im Flüsterton und blickte mit großen Augen auf die sonderbare Vertiefung in der Wiese. »Wer ist dort begraben? Einer von der Familie Sturgess?«

»Nein«, sagte Beth. »Sie sind alle im Mausoleum in Urnen. Ich glaube...« Sie zögerte und atmete tief durch. »Ich glaube, hier ist Amy begraben.«

»Amy?« wiederholte Peggy verständnislos. »Wer ist Amy? Wie heißt sie mit Nachnamen?«

»Ich... ich weiß es nicht«, gab Beth zu.

Die beiden Mädchen standen einen Augenblick lang schweigend da und blickten auf die sonderbar eingesunkene Stelle.

»Vielleicht ist es überhaupt kein Grab«, sagte Peggy schließlich. »Wenn es ein Grab wäre, würde es einen Grabstein oder ein Kreuz geben, meinst du nicht?«

Beths Blick schweifte zum Hügel hinauf zu der Stelle, an der das Mausoleum verborgen im Wald war. »Es gibt keinen Grabstein, weil niemand etwas von dem Grab wissen sollte«, sagte sie im Flüsterton. »Keiner sollte wissen, wer sie war oder daß sie überhaupt hier war.«

»Aber wer ist sie?« drängte Peggy.

Beth wandte sich Peggy zu und sah sie an, und da war ein Ausdruck in Beths Augen, der Peggy plötzlich nervös machte.

»Sie ist meine Freundin«, sagte Beth.

»Deine – Freundin?« wiederholte Peggy. »Aber... aber ich dachte, sie wäre tot.«

»Das ist sie«, stimmte Beth zu. »Aber sie lebt trotzdem noch. Sie lebt in der Fabrik.«

»In der Fabrik?« Plötzlich stieg Furcht in Peggy auf.

Beth nickte, und ihre Gedanken jagten sich jetzt. »Ich glaube, sie hat hier gearbeitet«, sagte sie leise. »Es muß etwas Schreckliches mit ihr passiert sein, und man begrub sie hier. Aber sie ist nicht hier oben. Nicht wirklich. Sie ist noch in der Fabrik.«

Peggy musterte Beth zweifelnd. Etwas mußte jetzt über sie gekommen sein. Obwohl Beth sie ansah, war sich Peggy nicht sicher, ob ihre Freundin sie überhaupt wahrnahm. Und was Beth sagte, ergab überhaupt keinen Sinn. Es klang verrückt.

»Aber... was tut sie in der Fabrik?« stammelte Peggy schließlich. »Was will sie dort?«

Beths Miene verfinsterte sich. »Sie will sie töten«, sagte sie schließlich. »So wie sie Jeff Bailey getötet hat.«

Peggy erschauerte. Die Furcht in ihr wuchs.

»Warum?« flüsterte sie. »Warum hätte sie Jeff töten sollen?«

Beth hörte die Worte, und während sie den Blick auf das gerichtet hielt, was nach ihrer jetzt festen Überzeugung Amys Grab war, begann sie zu verstehen. Sie erinnerte sich an die Party und an die Art und Weise wie sie, Beth, von Tracy und deren Freunden behandelt worden war.

Sie erinnerte sich an die Demütigungen und den Schmerz.

»Weil er gemein zu mir war«, sagte sie leise. »Er war gemein zu mir, und da hat sie ihn umgebracht.« Noch während sie die Worte sprach, wurden sie für Beth zur Gewißheit. Für sie war Amy jetzt real. »Sie ist meine Freundin, Peggy. Verstehst du nicht? Sie ist meine beste Freundin.«

Peggys Herz schlug schneller. »Aber sie ist tot, Beth«, wandte sie ein. »Sie lebt nicht, und du weißt nicht mal, wer sie ist. Wie kann sie deine Freundin sein?«

Aber Beth hörte ihr nicht zu. Peggy war sich nicht einmal sicher, ob Beth sie überhaupt noch hören konnte. Langsam, Schritt für Schritt, wich Peggy von ihr fort. Wenn Beth es bemerkte, so war kein Anzeichen darauf bei ihr zu sehen, denn sie blickte starr auf die Vertiefung im Boden, die sie für ein Grab hielt.

Aber da ist nichts! sagte sich Peggy. Da ist nur eine kleine Mulde im Boden, wo das Gras anscheinend vertrocknet und nicht so grün wie das der restlichen Wiese ist, und sonst ist da nichts. Überhaupt nichts.

Peggy wich drei weitere Schritte zurück, dann wandte sie sich um, flüchtete von der Lichtung zurück in den Wald und lief über den Pfad und auf das Schild ›Betreten verboten‹ zu. Als sie dort war, wandte sie sich jedoch nicht nach rechts in Richtung Mausoleum.

Statt dessen bog sie links ab und bahnte sich einen Weg den Hügelhang hinab zum Fluß.

Beth stand wie angewurzelt da und starrte auf das Grab. Sie bemerkte nicht, daß Peggy fort war, und sie erzählte ihr von dem Traum, den sie gehabt hatte – von dem Traum, der wie eine Erinnerung war.

»Ich sah es«, sagte sie. »Ich war in der Fabrik unter der Treppe. Ich hörte etwas und wartete. Und dann kam Jeff die Treppe herunter, und er... er starb. Aber ich war es nicht, die ihn tötete. Es war Amy. Da gibt es eine Kammer unter der Treppe, und dort lebt Amy. Sie kam aus der Kammer, und sie tötete Jeff. Und ich hatte keine Angst«, schloß sie. »Ich schaute zu, wie Amy Jeff tötete, und ich hatte überhaupt keine Angst.«

Und dann, als sie den Blick vom Grab nahm und sich nach Peggy umsah, hallte Gelächter durch die Stille des Waldes.

Tracy Sturgess trat auf die kleine Lichtung und blickte Beth spöttisch an.

Beth errötete vor Scham. War Tracy gerade erst aufgetaucht, oder war sie ihnen die ganze Zeit über gefolgt und hatte sie belauscht und beobachtet? »Wie lange bist du schon hier?« fragte Beth, und ihre Stimme zitterte.

Tracy lachte grausam. »Lange genug, um herauszufinden, daß du verrückt bist!«

»Ich bin nicht verrückt«, entgegnete Beth zornig. »Hier ist ein Grab, und Peggy sah es ebenfalls. Nicht wahr, Peggy?« Sie blickte in die Runde und stellte fest, daß Peggy nicht mehr da war.

Tracy kicherte. »Die ist abgehauen. Und du verschwindest besser ebenfalls. Wenn du hierbleibst, könnte dich der Geist schnappen!«

Beth schaute sich verzweifelt um und suchte nach Peggy, doch sie war fort. »Wo ist sie?« fragte Beth. »Wo ist meine Freundin?«

»Sie ist nicht deine Freundin«, erwiderte Tracy höhnisch. »Als sie erkannte, wie verrückt du bist, rannte sie wie ein Angsthase davon.« Tracys höhnisches Gelächter hallte sonderbar im hellen Sonnenschein des Morgens, und dann verschwand sie wieder im Wald.

Beths Augen füllten sich mit Tränen des Zorns und der Scham. Sie sank ins Gras und zog die Knie an ihre Brust.

Sie glaubten ihr nicht. Peggy glaubte ihr nicht, und Tracy hielt sie für verrückt.

Aber es stimmte.

Sie *wußte*, daß es stimmte!

Ihr Schluchzen ließ langsam nach, und schließlich setzte sie sich auf. Sie richtete den Blick auf die kleine Vertiefung in der Erde und überlegte, wie sie beweisen konnte, daß sie recht hatte.

Es gab keine Möglichkeit, das zu beweisen. Selbst wenn sie das Grab ausgrub und Amys Gebeine fand, würde man ihr immer noch nicht glauben.

Fast unbewußt tastete sie wie suchend über den weichen Boden. Und dann berührte ihre Hand etwas Hartes und Ebenes, das dicht unter der Oberfläche begraben war.

Sie scharrte die Erde fort und legte einen verwitterten Stein bloß. Der Stein war tief zerfressen, und die Spalten und Risse waren mit braunem Erdreich bedeckt. Beth hatte zunächst keine Ahnung, was der Stein sein konnte. Als sie jedoch mehr Erde wegscharrte, begann der Stein Gestalt anzunehmen.

Eine Kante war rauh und gezackt, aber von da an war der Stein zu einem glatten, sauberen Halbkreis gehauen, dessen Kanten abgeschrägt waren. Nach ein paar Minuten hatte Beth das letzte Erdreich von der Oberfläche des Steins weggekratzt, und sie konnte die Hand unter die Kante des Steins schieben. Sie versuchte, den Stein anzuheben, doch es gelang ihr nicht. Sie brach sich nur einen Fingernagel ab und schrammte sich die Knöchel auf. Beth wischte sich die schmerzende Hand ab, so gut es ging, und hielt die Knöchel an den Mund. Als der Schmerz nachließ, suchte sie auf der Lichtung nach einem Stock, und schließlich fand sie einen Ast, der dick genug aussah und nur ein paar Schritte vom Pfad entfernt auf der Lichtung lag.

Sie hob den Ast auf und kehrte zu dem Stein zurück. Dort stieß sie ein Ende des Stocks unter die Kante des Steins und drückte mit aller Kraft das andere Ende hinunter. Einen Augenblick lang geschah nichts. Dann wirkte der Ast als Hebel, und der Stein lockerte sich. Beth ließ den Stock fallen, kauerte sich neben den Stein und drehte ihn herum.

Die andere Seite war glatt und geschliffen, und Beth wußte sofort, daß ihr Gefühl richtig gewesen war – es war der Kopf eines einstigen Grabsteins.

Mit zunehmender Aufregung rieb sie die Erde von der Inschrift, die unterhalb der oberen Wölbung in den Stein eingemeißelt war. Die Buchstaben waren verschwommen, fast ausgelöscht von den Spuren der Zeit. Dennoch konnte Beth sie entziffern.

AMELIA

Nichts sonst, und sie fand auch nicht den Rest des zerbrochenen Grabsteins.

Es war jedoch genug.

Amy war eine Realität.

Beth dachte an Tracy und ihr höhnisches Gelächter.

Und an Peggy, die ihr nicht geglaubt hatte und weggerannt war.

Aber sie, Beth, hatte den Beweis gefunden. Jetzt würden sie ihr Amy nicht mehr wegnehmen können, ganz gleich, was sie sagen mochten.

Wenn sie versuchten, ihr Amy wegzunehmen, dann würde ihnen das gleiche passieren, was mit Jeff Bailey geschehen war.

Amy würde sie töten.

Denn Beth und Amy waren jetzt Freundinnen – die besten Freundinnen –, und nichts würde sie jemals wieder auseinanderbringen.

## 14

Tracy durchquerte die Halle und ging die Treppe hinauf. Auf dem Weg von der Lichtung zum Haus hatte Tracy überlegt, wie sie am besten nutzen konnte, was sie von Beth gehört hatte, aber sie war noch zu keinem Entschluß gelangt.

Natürlich würde sie alles ihren Freundinnen und Freunden erzählen, und mit Alison Babcock würde sie anfangen.

Aber wem sonst? Sollte sie es ihrem Vater erzählen?

Wenn er ihr glaubte, würde er Beth vielleicht irgendwohin fortschicken.

Und wenn er ihr nicht glaubte? Wenn er dachte, sie hätte sich alles nur ausgedacht? Dann würde er böse auf sie sein.

Ihre Großmutter.

Ja, ihr würde sie es erzählen. Großmutter glaubte ihr immer, ganz gleich was sie sagte. Und wenn es sein mußte, würde sie ihre Großmutter zu der Lichtung führen und ihr zeigen, wo Beth bei einer blöden Vertiefung gestanden und über einen Geist gefaselt hatte, als wäre es ein Mensch.

Tracy eilte die Treppe hinauf und ging über den Flur. Sie war gerade an der verschlossenen Tür zur Suite ihrer Großmutter, als Tracy hörte, daß Carolyn ihren Namen rief.

Anstatt sich umzuwenden oder auch nur zu antworten, ignorierte Tracy ihre Stiefmutter, drehte den Türgriff und betrat die Suite.

Abigail saß auf einem Sessel beim Fenster. Ihre Augen waren geschlossen, und eine Hand lag auf ihrem Schoß. Die andere Hand hing schlaff an ihrer Seite hinab, und ein paar Zentimeter darunter lag ein Buch mit den aufgeschlagenen Seiten nach unten auf dem Boden.

Tracy starrte ihre Großmutter an. War es möglich, daß sie dort auf dem Sessel gestorben war?

Tracy stockte der Atem.

Langsam durchquerte sie das Zimmer. Wie stellt man fest, ob jemand tot ist? überlegte sie.

Indem man nach dem Puls fühlt.

Das wollte Tracy nicht. Es war schrecklich genug gewesen, als sie ihren toten Großvater gesehen hatte. Aber eine Leiche zu berühren ... Sie erschauerte bei dem Gedanken.

Sie blieb stehen. Vielleicht sollte sie ihren Vater oder sogar Carolyn holen.

Doch dann, als Tracy das Zimmer verlassen wollte,

bewegten sich die Lider ihrer Großmutter, und der herunterhängende Arm zuckte.

»Großmutter?« fragte Tracy.

Abigail öffnete die Augen, und Tracy atmete erleichtert auf.

Erleichtert und mit einer Spur Enttäuschung. Es wäre noch toller gewesen, wenn sie Alison Babcock hätte erzählen können, daß sie die Leiche ihrer Großmutter gefunden hatte, als wenn sie Alison nur berichtete, wie verrückt Beth Rogers war.

»Tracy?« sagte Abigail erwachend und setzte sich gerade auf. »Komm, gib mir einen Kuß, Liebling. Ich muß einen Moment eingedöst sein.«

Tracy ging gehorsam zu ihr und küßte ihre Großmutter widerstrebend auf die Wange.

»Was tust du hier, Kind?« fragte Abigail. »Warum bist du nicht draußen? Es ist ein wunderschöner Morgen.«

»Ich war draußen«, sagte Tracy. Sie überlegte, wie sie ihrer Großmutter erzählen konnte, was sie gehört hatte, ohne zuzugeben, daß sie Beth heimlich gefolgt war. »Ich... ich machte einen Spaziergang im Wald«, fuhr sie fort und ließ ihre Stimme absichtlich ein wenig beben. Wie sie gehofft hatte, musterte ihre Großmutter sie forschend.

»Ist etwas passiert?« fragte Abigail. »Du siehst aus, als hätte dir etwas Angst gemacht.«

Tracy tat ihr Bestes, um widerstrebend zu wirken, und abermals klappte die List.

»Sag mir, was passiert ist, Kind«, drängte Abigail.

»Es... es war Beth«, begann Tracy und verstummte, als wollte sie nicht über ihre Stiefschwester reden.

Abigails Miene verfinsterte sich. »Ich verstehe. Und was hat Beth dir getan?«

»N-nichts, eigentlich nichts«, sagte Tracy.

Abigail musterte ihre Enkelin mit scharfem Blick. »Nun, sie muß irgend etwas getan haben«, drängte Abigail. »Wenn nicht, warum siehst du dann so beunruhigt aus?«

Tracy spielte immer noch die Zögernde, und dann sagte sie sich, daß es besser wäre, sich von ihrer Großmutter die ganze Geschichte entlocken zu lassen. »Großmutter«, sagte sie, »hältst du es für möglich, daß Beth wahnsinnig sein könnte?«

»Wahnsinnig?« wiederholte Abigail und hob die Augenbrauen. »Tracy, was um Himmels willen ist geschehen? Wie kommst du dazu, so etwas zu sagen?«

»Nun, ich war draußen im Wald und spazierte ein bißchen, und auf einmal hörte ich etwas,« erklärte Tracy. »Es klang nach Beth, als ob sie mit jemand redete, und so machte ich mich auf die Suche nach ihr. Aber als ich dort war...« Tracy legte eine Pause ein und überlegte, ob sie überhaupt etwas von Peggy Russell erwähnen sollte. Sie entschied sich dagegen. »Nun, sie führte ein Selbstgespräch. Sie war dort draußen im Wald und redete mit sich selbst!«

Abigail runzelte die Stirn. »Und was sagte sie?«

Langsam, als versuchte sie, sich jede Einzelheit ins Gedächtnis zu rufen, wiederholte Tracy, was Beth gesagt hatte. »Es war unheimlich, Großmutter«, endete sie. »Ich meine, sie sprach, als wäre da wirklich ein Geist. Sie hatte einen Namen dafür und tat, als wäre der Geist tatsächlich bei ihr. Sie nannte den Geist Amy und sagte, der Geist hätte Jeff getötet! Sie sagte, der Geist hätte Jeff umgebracht, und sie hätte dabei zugeschaut! Klingt das nicht, als ob sie verrückt ist?«

Abigail saß lange schweigend da, und das Herz klopfte ihr bis zum Hals.

Amy.

Eine Kurzform von ›Amelia‹.

Und Amelia war ein Name, den sie schon gehört hatte.

Ihr Mann hatte ihn manchmal benutzt, wenn er über die Fabrik und Conrad junior vor sich hingemurmelt hatte.

»Wo war das?« fragte Abigail schließlich und heftete den Blick ihrer blauen Augen scharf auf Tracy. »Wo ist all das passiert, Kind?«

»Auf einer kleinen Lichtung«, antwortete Tracy. »Vom Mausoleum aus den Hügel runter. Da führt ein Pfad hin.« Sie zögerte und fuhr dann fort: »Willst du dorthin gehen, Großmutter? Ich kann dir den Weg zeigen. Ich kann dir sogar das zeigen, was Beth für ein Grab hält. Es ist aber kein Grab, sondern einfach eine kleine, eingesunkene Stelle.« Tracy schwieg einen Augenblick lang, doch als ihre Großmutter nichts sagte, sprach sie weiter. »Nun? Was denkst du? Ist sie wahnsinnig?«

Abigail blickte zu Tracy auf, und das Mädchen erkannte plötzlich, daß ihre Großmutter ihr gar nicht mehr zuhörte.

»Was?« fragte Abigail in Gedanken versunken.

Tracy verzog ärgerlich das Gesicht. »Nichts«, sagte sie. »Überhaupt nichts.« Dann fuhr sie herum, lief aus dem Zimmer und knallte die Tür hinter sich zu.

Abigail ignorierte das Knallen der Tür. Genauer gesagt, sie nahm es gar nicht wahr.

Ihre Gedanken waren mit anderen Dingen beschäftigt.

Eileen Russell parkte ihren fünf Jahre alten Chevy vor der großen Villa und wünschte von neuem, sie wäre nicht nach Hilltop gefahren. Sie hatte mit dem Gedanken gespielt, Carolyn anzurufen und sie zu bitten, statt dessen in die Stadt herunterzukommen. Sie hatte sich mit zuviel Arbeit herausreden und vorschlagen wollen, daß sie nur schnell etwas zusammen in einer Gaststätte trinken sollten. Diesen Gedanken hatte sie jedoch schnell verworfen; was sie mit Carolyn zu besprechen hatte, konnte nicht in der Öffentlichkeit diskutiert werden.

Vielleicht konnte es überhaupt nicht diskutiert werden, wenn man bedachte, daß sie sich seit mehreren Monaten nicht mehr gesehen hatten und sich in der Zwischenzeit Carolyns Leben so grundlegend verändert hatte.

Dennoch mußte sie es um der alten Zeiten willen versuchen.

Eileen stieg aus dem Chevy, warf die Wagentür zu und stieg die breite Treppe zur Haustür hinauf. Sie drückte auf den Klingelknopf, und als sie nichts hörte, klingelte sie von neuem. Dann sagte sie sich, daß die Klingel wohl nicht funktionierte, und sie betätigte den großen Türklopfer aus Messing.

Nach einer scheinbaren Ewigkeit wurde die Tür geöffnet. Hannah spähte heraus. Sie blinzelte gegen den Sonnenschein an und nickte dann grüßend. »Peter ist im Stall«, sagte sie. »Sie können gleich ums Haus herum dorthin gehen, wenn Sie wollen.«

»Ich bin nicht wegen Peter hier, Hannah«, entgegnete Eileen. »Ich möchte Carolyn besuchen.«

Hannah wirkte einen Moment erstaunt, doch dann hatte sie sich wieder unter Kontrolle. »Verzeihen Sie, Sie hat mir nicht gesagt, daß sie jemand erwartet. Kommen Sie herein, und ich werde ihr Bescheid sagen.« Sie hielt die Tür weit auf, und Eileen betrat die große Eingangshalle. »Nehmen Sie doch inzwischen Platz«, fügte Hannah hinzu, schloß die Tür, durchquerte die Halle und ging die Treppe hinauf.

Es kam Eileen wieder wie eine Ewigkeit vor, bis Carolyn oben auf dem Treppenabsatz auftauchte. »Eileen! Komm rauf. Wenn ich daran gedacht hätte, dann hätte Hannah dich gleich raufgeschickt, aber ich vergaß, es ihr zu sagen.« Als Eileen die Treppe hinaufstieg, lächelte Carolyn entschuldigend. »Ich kann mich einfach nicht daran gewöhnen, daß jemand für mich zur Tür geht. Das kommt mir so dekadent vor. Ich hätte dir selbst geöffnet, aber ich hörte kein Klingeln. Ich ruhte mich im Bett aus und muß eingeschlafen sein.«

Eileen musterte ihre Freundin besorgt. »Wenn du dich nicht gut fühlst, kann ich ein andermal...«

»Mir geht es prima«, fiel Carolyn ihr ins Wort. »Aber

unglücklicherweise kann ich weder Phillip noch Dr. Blanchard davon überzeugen, daß es kein Problem ist, in meinem Alter noch ein Baby zu bekommen.«

Sie waren jetzt auf halbem Weg zur Zimmertür. Eileen blieb abrupt stehen und starrte Carolyn an. »Ein Baby?«

Carolyn nickte glücklich.

»Allmächtiger!« Dann kam Eileen ein Gedanke, und sie platzte damit heraus, ohne nachzudenken. »Weiß Alan davon?«

Carolyn starrte sie verdutzt an. Dann brach sie in Gelächter aus. »Natürlich weiß er es! Beth hat es ihm prompt erzählt.« Ihr Lächeln wurde ein wenig schwächer. »Ich befürchte, Beth war zuerst ein bißchen bestürzt darüber, aber jetzt hat sie sich an den Gedanken gewöhnt. Ich glaube, sie freut sich sogar, einen kleinen Bruder zu bekommen. Jedenfalls hoffe ich das.«

Sie öffnete die Tür zum Schlafzimmer und trat zurück, um Eileen eintreten zu lassen. Eileens Blick schweifte schnell durch das große Schlafzimmer mit den teuren antiken Möbeln, und dann stieß sie anerkennend einen leisen Pfiff aus. »Wenn das mein Schlafzimmer wäre, dann würde ich es nie verlassen. Mein Gott, Carolyn, es ist größer als mein Wohnzimmer!«

»Ich weiß.« Carolyn seufzte. »Und wenn du die Wahrheit hören willst, manchmal hasse ich es.« Sie sah Eileens ungläubigen Blick und zuckte hilflos mit den Schultern. »Vielleicht muß man zu so etwas geboren sein. Manchmal fühle ich mich so fehl am Platz und wünsche mir, wieder in der Cherry Street zu wohnen.«

Eileen sagte nichts. Sie ging zum Fenster und blickte hinaus. Sie hatte einen Ausblick auf einen Teil von Hilltop, auf die Stadt und die Landschaft jenseits davon. Wenn sie genauer hinschaute, konnte sie sogar das Dach ihres Hauses entdecken, das von hier aus nur wie ein Pünktchen aussah. »Was ist mit Beth?« fragte Eileen, ohne sich umzuwenden. »Wie findet sie das Leben hier oben?«

Carolyn wollte eine beiläufige Antwort geben, doch da war etwas im Klang von Eileens Stimme, das sie davon abhielt. »Wie meinst du das?« fragte sie statt dessen. »Eileen, ist heute morgen etwas passiert? Mit Peggy?«

Jetzt wandte sich Eileen mit ernster Miene zu Carolyn um. »Ich wäre fast nicht hergekommen«, bekannte sie. »Peggy kam gegen elf ins Red Hen. Zuerst behauptete sie, alles wäre in Ordnung, aber ich glaubte ihr nicht. Du kennst Peggy – sie kann ihre Gefühle nicht verbergen. Und sie war ziemlich durcheinander.«

Carolyn setzte sich in einen der beiden Sessel beim Fenster. »Was war los?«

»Hat Beth nichts gesagt?«

Carolyn schüttelte den Kopf. »Aber ich habe sie noch nicht gesehen. Ich dachte, Peggy wäre noch bei ihr, und sie wären irgendwo draußen.«

»Sie machten einen Spaziergang«, erklärte Eileen. »Offenbar erzählte Beth gestern Peggy, daß sie ihr etwas zeigen wolle, und heute zeigte sie es ihr.«

»Was?« fragte Carolyn.

»Das ist ja der springende Punkt.« Eileen nahm auf dem Sessel gegenüber von Carolyn Platz. »Nach dem, was Peggy sagte, klingt es nach nichts. Es soll nur so eine Art Vertiefung auf einer kleinen Lichtung irgendwo unten am Hügel sein. Aber Peggy sagt, Beth bestand darauf, daß es ein Grab ist, das Grab irgendeines Mädchens, das einst in der Fabrik arbeitete.«

Carolyn musterte Eileen lange und versuchte zu ergründen, ob ihre Freundin sie auf den Arm nehmen wollte. Eileens Miene war jedoch ernst, und ihr Blick war besorgt.

»Ich ... ich bin mir nicht sicher, ob ich verstehe«, sagte Carolyn schließlich.

»Ich ebenfalls nicht«, erwiderte Eileen. »Zuerst klang es, als hätte Beth sich einen Scherz mit Peggy machen wollen, indem sie ihr eine Geistergeschichte erzählte. Du kennst Peggy. Sie glaubt fast alles, was man ihr sagt. Als sie mir jedoch berichtete, was dort oben los war, sagte sie, es war, als hätte Beth gar nicht zu ihr gesprochen. Sie sagte, es klang verrückt, als glaube Beth wirklich, daß irgendein Geist in der Fabrik lebt.«

»Aber das ist doch lächerlich«, sagte Carolyn. »Beth weiß, daß es keine Geister gibt...«

»Wir alle wissen das«, pflichtete Eileen ihr bei. »Und normalerweise hätte ich mir bei der ganzen Sache nichts gedacht. Aber Peggy war so verängstigt von der ganzen Sache, daß ich es für das richtige hielt, herzufahren und dir davon zu erzählen. Und ich nehme an, ich wollte herausfinden, was wirklich los war.«

»Ich weiß es nicht«, erwiderte Carolyn. »Aber ich bin sicher, daß es eine vernünftige Erklärung für alles gibt, was immer da los gewesen sein mag.« Als Eileen nichts sagte, hatte Carolyn plötzlich das Gefühl, daß die Freundin ihr etwas verschwieg. »Eileen? Was ist? Was verheimlichst du mir?«

Eileen wich ihrem Blick aus, und als sie sprach, schaute sie aus dem Fenster. »Peggy sagte, daß Beths Worte klangen, als wäre Beth in der Fabrik gewesen, als Jeff Bailey starb. Peggy gewann das Gefühl, daß Beth ihn vielleicht selbst umgebracht hat.«

»O Gott«, stöhnte Carolyn, die plötzlich begriff. Schnell erzählte sie Eileen von dem Traum, den Beth in jener Nacht gehabt hatte, und wie real er dem Mädchen vorgekommen war. »Das ist alles, was sie getan hat«, endete sie. »Sie hat Peggy nur den Traum erzählt.«

Eileen erhob sich. »Nun, ich hoffe, du hast recht«, sagte sie. »Ich hoffe, daß das alles war. Aber ich bin mir nicht sicher, ob Peggy das überzeugen wird. Ich befürchte...« Sie zögerte und gab sich dann einen Ruck. »Nun, ich befürchte, daß Peggy Beth nicht wiedersehen will.«

»Nicht wiedersehen! Aber Eileen, das ist verrückt. Sie waren stets die besten Freundinnen!«

Eileen schwieg einen Augenblick lang. Dann schüttelte sie den Kopf. »Sie waren die besten Freundinnen«, sagte sie leise. »Aber sie sind es nicht mehr. Alles hat sich jetzt geändert, Carolyn. Die Dinge sind nicht mehr, wie sie es waren. Es tut mir leid.« Als sie sich zur Tür wandte, wollte Carolyn aufstehen, doch Eileen gab ihr mit einer Geste zu verstehen, daß sie sitzenbleiben sollte. »Ich finde allein hinaus.«

Dann ging sie, und Carolyn wußte, daß Eileen nie wieder zu Besuch kommen würde.

Aber es hatte nichts mit Beth zu tun. Dessen war sich Carolyn völlig sicher.

Es hatte mit der Tatsache zu tun, daß sie Philip Sturgess geheiratet hatte und Eileen wie all die anderen alten Freunde und Bekannten bezweifelte, daß sie sich nicht verändert hatte. Sie wollten einfach nicht glauben, daß sie die Carolyn geblieben war, die sie viele Jahre lang gekannt hatten. Sie waren davon überzeugt, daß sie seit der Heirat mit einem Sturgess die Allüren einer Sturgess angenommen hatte, und ihre Tochter ebenfalls.

Was Peggy erzählt hatte, war nur eine Geschichte.

Peggy Russell wollte nicht mehr mit Beth spielen, weil sie neidisch auf Beth jetziges Leben war. Das mußte der wahre Grund sein.

Und es gab nichts, was Carolyn dagegen tun konnte. Es war einfach eine Frage der Zeit. Im Laufe der Zeit würde sich Beth auf das neue Leben einstellen und neue Freundinnen finden.

Und bald würde ein Baby im Haus sein. Das würde helfen. Das Baby würde ein Halbbruder sowohl für Beth als auch für Tracy sein, und vielleicht konnten die beiden dann endlich Freundinnen sein.

Die Geschichte von dem Geist, an den Beth laut Peggy so fest glauben sollte, verbannte Carolyn aus ihren Gedanken.

Sie war überzeugt davon, daß ihre Tochter viel zu

vernünftig war, um an so etwas wie einen Geist zu glauben.

Abigail Sturgess stand im Mausoleum und schaute durch den verblassenden Sonnenschein des späten Nachmittags zu der Silhouette der alten Fabrik. Als sie vor einer Weile beim Mausoleum eingetroffen war, hatten die Backsteine im Sonnenschein rot geschimmert, und einen Augenblick lang hatte es für Abigail ausgesehen, als stünde das Gebäude in Flammen. Aber das war nur eine Sinnestäuschung, wie sie wußte.

Abigail Sturgess glaubte nicht an übersinnliche Dinge.

Dennoch war irgendwo in der Fabrik etwas, an das ihr Mann geglaubt hatte und an das sie nun ebenfalls zu glauben begann.

Abigail traf widerstrebend eine Entscheidung. Sie machte sich auf den beschwerlichen Weg die Treppe hinab zum Pfad durch den Wald. Als Abigail schließlich zum Rasen vor dem Haus gelangte, ging sie nicht weiter zum Haus, sondern zur Garage und betrat sie durch eine Seitentür. Sie schaltete das Licht an, kramte in ihrer Handtasche und fand die Schlüssel des alten Rolls Royce. Ihr Mann hatte sich stets geweigert, den Wagen zu verkaufen, obwohl er ihn seit Jahren nicht mehr gefahren hatte. Statt dessen hatte er ihn in der Garage behalten und darauf beharrt, daß er einmal im Monat ein paar Kilometer gefahren, von einem Kfz-Mechaniker untersucht und dann wieder in der Garage abgestellt wurde, wo er für den Tag verfügbar war, an dem er sich entschließen sollte, selbst wieder damit zu fahren. Dieser Tag war nie gekommen. Als Conrad Sturgess gestorben war, hatte er seit fast einem Jahrzehnt nicht mehr am Lenkrad des Wagens gesessen. Der Rolls Royce war in perfekter Verfassung und jetzt für Abigail bereit.

Sie setzte sich steif hinter das Lenkrad, steckte den Schlüssel ins Zündschloß und startete.

Sofort sprang die Maschine an und schnurrte leise. Abigail drückte auf den Knopf, der an der Sonnenblende befestigt war, und das Garagentor öffnete sich hinter ihr. Sie legte den Rückwärtsgang ein und fuhr vorsichtig auf den Zufahrtsweg hinaus. Einen Augenblick später rollte der Wagen langsam um den Rasen herum und durch das Tor von Hilltop hinaus.

Abigail verließ das Anwesen und fuhr den Hügel hinab nach Westover.

Fast auf den Tag genau vor 45 Jahren, als sie Conrad junior beerdigt hatte, war Abigail mit ihrem Mann zu der Fabrik gefahren. Dort hatte sie zugeschaut, als er das Vorhängeschloß an der Eisentür angebracht hatte. Dann hatte sich Conrad zu ihr umgewandt, und sie hatte schwören müssen, nie wieder einen Fuß in die Fabrik zu setzen. Um ihm seinen Willen zu lassen, hatte sie es geschworen. Und obwohl sie Phillip bei den Plänen zum Wiederaufbau geholfen hatte, war sie nicht mit ihm in der Fabrik gewesen. Als sich Abigail jetzt für ihre Aufgabe wappnete, erinnerte sie sich an den Schwur, und sie erschauerte.

Aber das war lächerlich. Sie ging diesmal nicht in die Fabrik, um gegen Conrads Wünsche zu verstoßen, sondern um sie zu erfüllen.

Sie verließ den Wagen, überquerte die Prospect Street und bemerkte nicht, daß die Männer, die ihre Tagesarbeit auf dem Gerüst an der Fassade der Fabrik beendeten, sie verwundert anstarrten.

Sie ging über den Pfad an der Nordseite der Fabrik und ignorierte die Arbeiter, die ihr entgegenkamen und vom Pfad traten, um ihr Platz zu machen. Schließlich gelangte sie durch die offenstehende Tür in der Nordwand in die Fabrik.

Abigail verharrte hinter der Türschwelle. Die Arbeitslampen leuchteten mit überraschender Helligkeit; Abigail hatte Düsterkeit erwartet. Sofort hörte sie eine Stimme hinter sich. Sie wandte sich um und sah Alan Rogers aus dem Bauschuppen auftauchen. »Mrs. Sturgess«, sagte Alan. »Kann ich etwas für sie tun?«

Abigail preßte die Lippen zusammen und betrachtete ihn mit offener Verachtung. »Ich habe entschieden, daß wir die Arbeiten einstellen«, sagte sie ohne Einleitung. »Sie können Ihre Arbeiter nach Hause schicken. Ich habe es mir anders überlegt.«

Alan blieb abrupt stehen und starrte die alte Frau an. Wovon zur Hölle redete sie? »Verzeihung, Mrs. Sturgess, sagten Sie, Sie haben es sich anders überlegt?«

»So ist es«, erwiderte Abigail.

»In welcher Hinsicht?« fragte Alan, um etwas Zeit zu gewinnen, während er sich überlegte, wie er mit ihr zurechtkommen konnte.

»Stellen Sie sich nicht dümmer, als Sie sind, Mr. Rogers«, sagte Abigail kühl. »Ich habe mich entschlossen, die Arbeiten an der Fabrik einzustellen. Ich will, daß die Fabrik wieder geschlossen und versiegelt wird.«

Alan leckte sich unsicher über die Lippen. Das letzte, was er jetzt wollte, war eine Auseinandersetzung mit Abigail Sturgess. »Nun, ich befürchte, das ist nicht so ganz einfach, Mrs. Sturgess«, begann er, doch Abigail schnitt ihm das Wort ab.

»Natürlich ist das einfach«, fuhr sie ihn an. »Es ist meine Fabrik. Sie werden natürlich bezahlt werden. Aber die Arbeiten werden sofort eingestellt.«

Alan schüttelte den Kopf.

In Abigails Augen blitzte es gefährlich auf. »Haben Sie mich gehört, Mr. Rogers?«

Alan nickte seufzend. »Das habe ich, Mrs. Sturgess. Aber leider kann ich die Arbeiten nicht auf Ihre Anweisung hin stoppen. Phillip hat den Vertrag unterzeichnet. Wenn er sich anders entschieden hat, muß er mir das persönlich sagen. Er war heute morgen hier«, fügte er beiläufig hinzu, »und hat kein Wort davon erwähnt, daß er das Projekt stoppen will. Eher genau das Gegenteil. Wir überlegten, wie wir die Arbeiten beschleunigen können.«

Abigail schwieg einen Augenblick lang und nickte dann knapp. »Ich verstehe.« Sie wandte sich ab und wollte weiter in das Gebäude hineingehen. Sie hatte jedoch noch keine zwei Schritte zurückgelegt, als sie Alans Hand auf ihrem Arm spürte.

»Es tut mir leid, aber Sie können nicht dort hineingehen.«

Sie wischte seine Hand fort, als wäre sie ein lästiges Insekt. »Natürlich kann ich dort hineingehen«, fuhr sie ihn an. »Wenn ich meinen Besitz zu besichtigen wünsche, dann habe ich das Recht, das zu tun.« Sie blickte Alan herausfordernd an. »Die Arbeiter sind fort, Mr. Rogers. Ich werde also kaum im Weg sein.«

Alan nickte widerstrebend. »Also gut. Aber ich werde Sie begleiten.«

»Das ist nicht nötig«, entgegnete Abigail.

»Leider doch«, sagte Alan. »Die Fabrik mag Ihnen gehören, Mrs. Sturgess, doch im Augenblick bin ich hier verantwortlich. Ich verlasse den Bau abends erst, wenn ich weiß, daß er leer und abgeschlossen ist. Und ich bin nicht bereit, Sie allein hier herumwandern zu lassen.«

Abigails zustimmendes Nicken war fast nicht wahrnehmbar. »Nun gut.«

Zehn Minuten später standen sie auf dem oberen Absatz der Treppe, die ins Kellergeschoß führte. Abigail sprach, ohne Alan anzusehen. »Geben Sie mir Ihre Taschenlampe, Mr. Rogers. Ich möchte dort hinuntergehen.«

»Mrs. Sturgess...« begann Alan, doch Abigail ließ ihn nicht aussprechen.

»Mr. Rogers, einer meiner Söhne starb dort unten vor vielen Jahren, und vor zwei Tagen kam an der gleichen Stelle der Enkel meines besten Freunds ums Leben. Ich wünsche die Stätte dieser Tragödie zu besuchen, und zwar allein. Sie werden mir Ihre Taschenlampe geben, und dann werden Sie auf mich an der Tür warten.«

Alan zögerte. »Lassen Sie mich wenigstens das Licht unten einschalten.« Er wollte zum Schaltkasten gehen, doch Abigail hielt ihn zurück.

»Nein«, sagte sie. »Ich will es so sehen, wie mein Sohn und Jeff Bailey es sahen.« Als Alan immer noch zögerte, fügte sie in fast flehendem Tonfall hinzu: »Ich habe meine Gründe, Mr. Rogers. Bitte.«

Widerstrebend reichte Alan der alten Frau die Taschenlampe. Als Abigail Sturgess dann langsam die Treppe hinabstieg, ging Alan zu der Baubude zurück. Er würde Mrs. Sturgess zwanzig Minuten Zeit geben, mehr nicht.

Erst als sie im Kellergeschoß war und von Dunkelheit eingehüllt wurde, schaltete Abigail die Taschenlampe an und ließ ihren Strahl durch die staubige Weite des Kellers schweifen.

Da war anscheinend nichts.

Nur Stapel von Kisten und aufgestapelte Gipskartonplatten.

Abigail ging tiefer in das Kellergeschoß und wandte sich nach rechts. Nach fünf weiteren Schritten bog sie wieder nach rechts ab, so daß sie der Treppe gegenüberstand.

Sie richtete den Lichtstrahl der Taschenlampe in die Finsternis am Fuß der Treppe.

Abigail erinnerte sich an die sonderbaren Phantasien ihres Mannes über diese Stätte, und ihre Augen begannen ihr Streiche zu spielen.

Ein Gesicht tauchte aus der Dunkelheit auf. Blasse Haut spannte sich über scharfen Wangenknochen, und der Mund war zu einer Grimasse des Entsetzens verzogen.

Augen starrten sie an und funkelten haßerfüllt.

Ein anderes Gesicht, verzerrt im Todeskampf.

Ein Mund, der in der Schwärze hing und zu einem lautlosen Schrei geöffnet war.

Abigail klopfte das Herz bis zum Hals, als sie von Gesichtern umgeben war, die alle in der Finsternis hingen, sie anstarrten, sie anklagten, sie verurteilten.

Gelächter schallte in Abigails Ohren. Dann wurden aus dem Gelächter Schreie der Qual und des Entsetzens.

Ein stechender Schmerz schoß durch Abigails linken Arm, die Schulter hinauf und durch die Brust.

Die Taschenlampe fiel zu Boden, das Glas und die Birne zerbrachen auf dem harten Zement.

Ihre Knie gaben nach, und sie sank auf den Boden.

Und immer noch waren die Gesichter – die Gesichter von Kindern – in der Dunkelheit und näherten sich ihr immer mehr. Ihre Schreie hallten durch das alte Gebäude, schallten in Abigails Ohren, lauter und lauter, bis die Schreie in ihrem Kopf zu gellen schienen. Dann, als sie spürte, daß sie das Bewußtsein verlor, glaubte sie Lichtschein zu sehen, ein Glühen, als züngelten Flammen zwischen den Ritzen der Feuertür hervor.

*Es stimmt*, dachte sie, als die Flammen erloschen und sie wieder von Finsternis umgeben war. *Conrad hatte recht. Es ist alles wahr ...*

## 15

Abigail saß im Bett, hatte drei Kissen hinter dem Rücken, und um ihre schmalen Schultern lag eine Decke aus Kaschmirwolle. Die Decke hatte sie als erstes verlangt, nachdem sie im Krankenhaus erwacht war.

Ihre Haut wirkte fast durchsichtig, doch ihre Augen glänzten wie immer, als sie ihre Familie mit einem Ausdruck betrachtete, der für Carolyn sehr nahe an Verachtung grenzte.

»Es ist nicht mehr als eine unbedeutende Unpäßlichkeit«, beharrte die alte Frau. »Wenn jemand Blumen schickt, lasse ich sie wegwerfen – Blumen sind für Beerdigungen, und ein leichter Herzanfall bringt mich nicht ins Grab.«

»Es war nichts Leichtes daran, Mutter«, widersprach Phillip. »Du wirst vermutlich eine Weile hierbleiben müssen.«

»Ich wäre lieber tot, und das werde ich dem ersten Arzt sagen, der behauptet, daß ich mich nicht genausogut zu Hause erholen kann wie hier.« Trotz ihrer Worte wußte Abigail, daß sie im Krankenhaus bleiben würde, bis sie wieder bei Kräften sein würde, ganz gleich wie lange es dauern mochte. Und im Augenblick fühlte sie sich viel schlechter, als sie zugeben wollte.

»Aber was ist passiert, Großmutter?« fragte Tracy. »Was hast du dort unten gemacht?«

Abigail lächelte ihre Enkelin an. »Ach, ich habe nicht viel getan, Kind. Ich ging einfach dort runter, um zu sehen, was dein Vater aus dem alten Bau macht, das war alles.«

Tracy musterte sie mißtrauisch. »Nachdem alle anderen heimgegangen waren?«

»Mr. Rogers war noch da.« Abigail schniefte. »Und selbst wenn ich es gewünscht hätte, allein in die Fabrik zu gehen, wer hätte mich daran hindern sollen?«

»Das Gesetz und das Kleingedruckte im Vertrag hätten dich daran gehindert, wenn du es gelesen hättest«, bemerkte Phillip trocken. »Aber Tracy hat recht – was ist bloß in dich gefahren, heute dort hinunterzugehen? Und warum hast du mich nicht gefragt, ob ich dich begleite? Ich hätte dir nur zu gern alles gezeigt.«

»Und mich mit einer Menge technischem Blabla gelangweilt, aus dem ich mir nichts mache«, sagte Abigail gereizter, als sie in Wirklichkeit war. »Ich war oben im Mausoleum, und plötzlich hatte ich den Wunsch, zur Fabrik runterzufahren und mich dort umzuschauen.« Sie warf einen Blick zu Tracy, die sie mit mehr Klugheit musterte, als sie von einem 13jährigen Mädchen erwartet hätte. »Wie auch immer, es ändert eigentlich nichts, oder? Ich war nun mal unten in dem Keller und hatte einen Herzanfall. Ich gebe zu, daß es zu einem ungünstigen Zeitpunkt passierte und für uns alle leichter gewesen wäre, wenn ich den Anfall zu Hause bekommen hätte, aber das war eben nicht der Fall, und damit ist die Sache erledigt.«

Phillip blickte seine Mutter nachdenklich an. »Du warst im Mausoleum«, wiederholte er. »Warum bist du dorthin gegangen?«

Abigails Züge nahmen einen härteren Ausdruck an. »Dein Vater ist dort beigesetzt, Phillip. Brauchst du noch eine weitere Erklärung, weshalb ich dorthin gehe?«

»Unter den gegebenen Umständen, ja, Mutter«, erwiderte Phillip. »Du bist nie allein dort hinaufgegangen, und du hast seit Jahren keinen Wagen mehr gefahren. Doch heute bist du nicht nur zum Mausoleum hinaufgewandert, sondern bist anschließend mit dem Wagen zur Fabrik gefahren, wo du einen Herzanfall hattest.«

»Vielleicht waren der Spaziergang und die Fahrt einfach zuviel für mich«, sagte Abigail.

»Und vielleicht«, gab Phillip zurück, »steckt noch etwas anderes dahinter. Etwas, das du uns verschweigst.«

Abigail starrte ihren Sohn an. »Ich habe nicht vor, mich von dir verhören zu lassen, Phillip.« Dann gab sie scheinbar nach und ließ sich bequemer auf die Kissen sinken. »Ich dachte an Conrad, das war alles. So ging ich zum Mausoleum hinauf, um näher bei ihm zu sein. Ich fand es friedlich dort oben.« Sie lächelte bitter. »Eines Tages werde ich dort oben wohl meinen Frieden auf Dauer finden, nicht wahr?«

Keiner sagte etwas.

»Was die Fabrik anbetrifft, so entschloß ich mich heute ganz einfach, dorthin zu fahren und mich umzusehen, um vielleicht herauszufinden, was deinen Vater dort so sehr aufgeregt hat.«

Die Tür wurde geöffnet, und eine lächelnde Krankenschwester trat ein. »Leider ist die Besuchszeit vorbei«, erklärte sie mit übertriebener Heiterkeit. »Wir haben dem Doktor versprochen, heute abend nur kurz Besuch zu empfangen, und jetzt brauchen wir unser Nickerchen.«

Carolyn erhob sich von ihrem Stuhl und nahm ihre Handtasche, während sich Tracy über ihre Großmutter neigte und ihr einen Kuß gab. Abigail nahm den Kuß hin, hielt den Blick jedoch auf die Krankenschwester gerichtet. »Ich habe nichts desgleichen versprochen«, sagte sie. »Darüber hinaus habe ich nicht die Absicht, ein Nickerchen zu machen. Ich will noch ein paar Minuten mit meinem Sohn sprechen.«

»Mrs. Sturgess...«, begann die Schwester.

»Das klappt nicht, Schwester«, sagte Phillip, seufzte und setzte sich auf den Stuhl, den seine Frau soeben verlassen hatte. »Es ist besser, ihr ein paar weitere Minuten zu geben als mit ihr herumzustreiten und am Ende doch nachzugeben.«

»Aber der Doktor sagte...«

»Der Doktor war früher ein dummer Bengel, und ich kann mir nicht vorstellen, daß er zu einem viel schlaueren Erwachsenen geworden ist«, bemerkte Abigail. »Und jetzt lassen Sie mich bitte mit meinem Sohn allein.«

Die Krankenschwester zögerte und gab dann auf. Außerdem stimmte sie Abigail Sturgess' Meinung über den Doktor insgeheim zu, und nach dem, was sie von Mrs. Sturgess in den beiden Stunden seit ihrer Ankunft im Krankenhaus gesehen hatte, nahm sie an, daß die alte Frau wesentlich kräftiger war, als der Doktor dachte. »Also gut«, sagte sie. »Aber bitte nicht zu lange, Mrs. Sturgess, okay?«

Abigail nickte leicht und hielt Carolyn die Hand hin, als es den Anschein hatte, daß die jüngere Frau ihr einen Kuß auf die Wange geben wollte. »Ich rechne damit, daß ich in ein paar Tagen wieder zu Hause bin«, sagte Abigail. »Bis dahin muß ich dich mit der Beaufsichtigung von Hannah betrauen. Bitte, sag ihr...«

»Ich bin sicher, daß Hannah genau weiß, was zu tun ist, Abigail«, warf Carolyn ein. »Versuch dich einfach zu entspannen und werde gesund, ja?«

Abigail preßte die Lippen zusammen und schwieg, bis Carolyn und Tracy der Krankenschwester aus dem Zimmer gefolgt waren und die Tür geschlossen war. »Als wenn sie wirklich wünscht, daß ich gesund werde«, begann sie, doch diesmal schnitt ihr Phillip das Wort ab.

»Natürlich wünscht sie das, Mutter«, sagte er scharf. »Aber manchmal frage ich mich, warum sie das wünscht, wenn man bedenkt, wie du sie behandelst. War es das, was du mir erzählen und nicht im Beisein von Carolyn sagen wolltest.«

»Und nicht vor Tracy«, sagte Abigail.

»So? Irgendwie dachte ich, daß du hauptsächlich Carolyn loswerden wolltest.«

Abigail schüttelte den Kopf. »Diesmal nicht. Was ich zu sagen habe, ist nur für dich bestimmt.« Sie blickte ihren Sohn so durchdringend an, wie Phillip es selten bei ihr gesehen hatte. »Phillip, du mußt die Fabrik schließen.«

Phillip stöhnte auf. »Um Himmels willen, Mutter. Das ist völlig lächerlich. Ich dachte, nach Vaters Tod hätten wir all diesen Blödsinn hinter uns. Bitte fang jetzt nicht wieder davon an. Außerdem ist es viel zu spät, um jetzt noch aufzuhören. Die Investition ist zu groß, und die Verträge sind unterschrieben. Ich kann sie nicht rückgängig machen, selbst wenn ich das wollte, was nicht der Fall ist. Es gibt keine Möglichkeit...«

»Wenn du die Fabrik nicht schließt, werden noch mehr Leute darin sterben«, unterbrach Abigail. »Es wird nicht aufhören, Phillip – verstehst du denn nicht? Es passierte mit Conrad junior und jetzt mit Jeff Bailey...«

»Jeff Baileys Tod war ein Unfall – nicht mehr. In dem

Fall wurde ermittelt, und es ist klar erwiesen, daß Jeff stolperte, stürzte und auf eine Hacke fiel.«

»Was fast genau das gleiche ist, was deinem Bruder widerfuhr«, entgegnete Abigail.

»Und das war vor über 40 Jahren, Mutter.«

Abigail umklammerte Phillips Hand. »Und was ist mit mir?«

Phillip musterte sie ungeduldig. »Mit dir? Mutter, du hast selbst gesagt, daß du den Herzanfall genauso zu Hause oder sonstwo hättest haben können.«

»Ich habe gelogen«, sagte Abigail leise.

Phillip neigte sich vor. *»Gelogen?«*

»Ich wollte Tracy keine Angst einjagen und vor deiner Frau nicht darüber reden, aber heute passierte etwas.« Sie sah Phillip wieder an, und er glaubte in ihren Augen etwas zu sehen, das er noch nie so stark bei ihr wahrgenommen hatte.

Furcht.

»Ich habe dort unten etwas gesehen, Phillip. Ich kann dir nicht genau sagen, was es war, weil ich mich nicht richtig daran erinnere. Aber ich weiß, daß ich heute nachmittag, als ich im Keller der Fabrik war, vom Tod umgeben war. Ich konnte ihn sehen, ihn hören und spüren. Er ist dort. Phillip. Der Tod haust in der Fabrik, und wenn du sie nicht schließt, wird sie uns alle töten.«

Phillip saß still da und fragte sich, was er seiner Mutter sagen sollte. War es möglich, daß sie senil geworden war und unter Wahnvorstellungen litt? Aber ihre Stimme klang fest, und sie wirkte so überzeugt von ihren Worten. »Mutter, ganz bestimmt hast du heute irgend etwas gespürt, und es gibt keinen Grund, der dagegen spricht. Mein Gott! Du hattest einen Herzanfall! Es muß entsetzlich gewesen sein.« Phillip lächelte mitfühlend. »In gewisser Weise *war* der Tod in deiner Nähe, wie du es formuliert hast...«

»Rede nicht so gönnerhaft mit mir, Phillip«, sagte Abigail scharf. »Ich weiß, was ich spürte, und ich weiß, wann ich es spürte. Es hatte nichts mit dem Herzanfall zu tun, abgesehen davon, daß es ihn auslöste. O ja, es war entsetzlich. Was glaubst du, was den Herzanfall auslöste? Es war Angst, Phillip. Reine Angst. Ich war nie ein Feigling, aber ich sah etwas in diesem Keller, das mir mehr Furcht einjagte als alles, was mich je in meinem Leben fürchten machte. Was immer es ist, es hat Jeff Bailey umgebracht, und es versuchte, mich umzubringen. Und es gibt keine Möglichkeit, um es los zu werden. Dein Vater hatte recht. Man kann nur eines tun – die Fabrik schließen.«

Phillip stand auf. Er wußte, daß es sinnlos war, mit seiner Mutter zu streiten. »Ich werde darüber nachdenken, Mutter«, sagte er sanft, während er sich über sie neigte, um ihr einen Kuß zu geben. »Ich kann dir nichts versprechen, aber ich werde darüber nachdenken.«

Abigail drehte den Kopf zur Seite, als Phillip sie auf die Wange küssen wollte, und sank müde in die Kissen zurück. »Das reicht nicht«, flüsterte sie so leise, daß Phillip die Worte kaum verstehen konnte. »Das reicht einfach nicht.« Abigail schloß die Augen, und einen Moment lang dachte Phillip, sie wäre eingeschlafen. Doch dann öffnete sie blinzelnd die Augen, und ihr Körper versteifte sich. »Beth«, sagte sie.

Phillip starrte sie an. »Beth?«

Abigail kniff die Augen zu Schlitzen zusammen und nickte. »Wo ist sie?«

Die Frage verwirrte Phillip. Was um Himmels willen dachte Mutter jetzt? »Sie ist bei ihrem Vater«, antwortete er.»Alan war noch dort, als wir eintrafen, und wir baten ihn, Beth heute abend bei sich zu behalten.«

»Ich will sie sehen«, sagte Abigail. »Hol sie und bring sie her.«

Phillip blickte seine Mutter verwundert an. »Jetzt? Heute abend?«

»Natürlich heute abend!« erwiderte die alte Frau heftig.

»Wenn ich so krank bin, wie du es offenbar annimmst, könnte ich morgen tot sein!«

Phillip fühlte sich unbehaglich. »Mutter, was hat das alles zu bedeuten? Ich weiß, wie du zu Beth stehst...«

»Du weißt gar nichts«, zischte Abigail so giftig, wie Phillip es noch nie von ihr gehört hatte. »Anscheinend bist du so blöde, wie es dein Vater stets gesagt hat.«

In Phillip stieg Zorn auf, und er spürte, daß die Ader an seiner Stirn schwoll. »Ich glaube kaum, daß du mich auf diese Art dazu bringen kannst, deinen Wunsch zu erfüllen«, erwiderte er scharf. »Und wenn du denkst, ich liefere Beth deiner derzeitigen Stimmung aus, dann irrst du dich.«

Abigail starrte ihn einen Moment lang an und zitterte am ganzen Körper. Dann ließ sie sich langsam auf die Kissen zurücksinken, und als sie sprach, klang ihre Stimme ruhig.

»Es tut mir leid«, sagte sie, obwohl in ihrer Stimme keine Spur von Bedauern war. »Ich hätte wohl nicht so mit dir reden sollen. Aber ich wünsche, Beth zu sehen, und zwar heute abend.« Als Phillip nichts sagte, fuhr Abigail fort: »Wenn Beth mich nicht sehen will, werde ich das verstehen, Phillip. Und du kannst ihr sagen, daß sie jederzeit dieses Zimmer verlassen kann, wenn sie das will.«

»Aber warum, Mutter?« drängte Phillip. »Warum willst du Beth sehen?«

Abigail zögerte mit der Antwort. »Ich kann es dir nicht erzählen«, sagte sie schließlich leise. »Es würde für dich keinen Sinn ergeben.« Sie drehte den Kopf zur Seite und schloß von neuem die Augen. Phillip schaute sie einen Moment lang an, und dann verließ er das Krankenzimmer und ging zu Carolyn und Tracy.

»Was hat sie gesagt?« fragte Tracy sofort, während Carolyn die gleiche Frage mit ihrem Blick stellte.

»Nicht viel«, erwiderte Phillip nachdenklich. »Sie sagte

mir, daß sie die Fabrik schließen will und...« Er verstummte, und es folgte langes Schweigen.

»Was, Phillip?« fragte Carolyn schließlich. »Was sagte sie sonst noch?«

Phillip schaute kurz zu seiner Tochter und heftete dann den Blick auf seine Frau. »Sie will Beth sehen. Heute abend.«

Carolyn blickte ihn überrascht an. »Aber – Phillip, sie tut doch stets als würde Beth für sie gar nicht existieren!«

»Ich weiß«, stimmte Phillip zu. »Frag mich nicht, warum sie Beth sehen will – sie wollte es mir nicht sagen. Sie sagte nur, daß sie mit Beth reden will, und daß Beth nicht zu kommen braucht, wenn sie keine Lust dazu hat.«

Carolyn war so verwirrt wie ihr Mann, als sie das Krankenhaus verließen.

Sie waren in Gedanken so sehr mit Abigails sonderbarem Wunsch beschäftigt, daß keiner von ihnen den Ausdruck puren Hasses bemerkte, den Tracys Augen angenommen hatten, als der Name ihrer Stiefschwester gefallen war.

## 16

»Was hältst du davon, wenn wir im Red Hen zu Abend essen?« fragte Alan, als er in den fast leeren Kühlschrank blickte. Er hatte nicht damit gerechnet, daß Beth an diesem Abend bei ihm sein würde, und so hatte er nichts da, was sie gern aß.

Auf dem Weg vom Krankenhaus zu seinem Apartment hatte er auch nicht ans Einkaufen gedacht. Er war zu müde, und er hatte an Beths Schweigen gespürt, daß irgend etwas nicht stimmte. Als sie jetzt nicht auf seine Frage antwortete, entschloß er sich, die Sache offen zur Sprache zu bringen.

»Du könntest mir auch sagen, was los ist«, sagte er, schloß die Kühlschranktür und ging in das kleine Wohnzimmer. Er setzte sich neben Beth auf das Sofa und legte einen Arm um sie. »Wenn du es nicht deinem alten Vater erzählen kannst, wem dann?«

Beth schaute ihn an, und ihr Blick war tief besorgt.

»Ich... ich glaube, ich weiß, was mit Mrs. Sturgess passiert ist«, sagte sie nach langem Schweigen. »Ich glaube, Amy hat ihr etwas angetan, wie sie es bei Jeff Bailey tat.«

Alan runzelte nachdenklich die Stirn und wünschte – nicht zum erstenmal – mehr über Psychologie zu wissen. Dann rief er sich in Erinnerung, daß Eltern mit ihren Kindern jahrhundertelang zurechtgekommen waren, bevor sich die Psychologen erfunden hatten, und er sagte sich, daß er nur seine Instinkte brauchte. Und im Augenblick sagte ihm sein Gefühl, daß er besser nicht die Existenz von Beths imaginärer Freundin anzweifelte. »Warum sollte Amy Mrs. Sturgess etwas antun?« fragte er.

»Ich bin mir nicht sicher«, erwiderte Beth. »Ich glaube, sie haßt die Sturgess'. Und vielleicht auch alle Freunde der Sturgess'.«

»Aber warum?« fragte Alan. »Das ergibt keinen richtigen Sinn, oder?« Natürlich wußte er, daß es einen Sinn ergab. Amy, als Beths ›Freundin‹, würde zornig auf all die Leute sein, die Beth gekränkt hatten und die Beth nicht selbst hassen würde. Aber wie konnte er das seiner Tochter nach den heutigen Ereignissen klarmachen? Sie fühlte sich bereits einsam und ohne Freunde, und wenn er ihr Amy wegnahm – wenn er versuchte, Beth zu erklären, daß Amy nur in ihrer Phantasie existierte – würde das zuviel für das Kind sein.

Alan hatte gehört, was an diesem Morgen auf Hilltop passiert war. Jedenfalls hatte er Peggys Version gehört, als das Mädchen ins Red Hen gestürzt war, wo er gerade Kaffee getrunken hatte.

Jetzt wurde ihm klar, daß er Peggys wilde Geschichte nicht mit Abigail Sturgess' unerwartetem Besuch der Fabrik in Zusammenhang gebracht hatte. Er hätte den Zusammenhang erkennen sollen, besonders als die alte Frau darauf bestanden hatte, allein ins Kellergeschoß zu gehen.

Beth hatte offensichtlich den Zusammenhang erkannt, und jetzt mußte er, Alan, irgendeine Möglichkeit finden, wie er seine Tochter davon überzeugen konnte, daß Abigails Herzanfall ausschließlich auf ihr Alter und ihre gesundheitliche Verfassung zurückzuführen war und nichts mit der Anwesenheit irgendwelcher lebender oder imaginärer Wesen in der Fabrik zu tun hatte. Alan überlegte, wie er Beth das klarmachen konnte, als jemand an der Tür klingelte. Alan öffnete und sah zu seiner Überraschung Phillip und Carolyn mit Tracy in der Mitte auf dem Flur stehen.

Instinktiv verließ er das Apartment und schloß die Tür hinter sich, anstatt sie alle hereinzubitten. Als Phillip den Grund des Besuchs erklärte, wuchs Alans Besorgnis. Es konnte nur einen Grund geben, weshalb Abigail mit Beth reden wollte, und er wollte das Thema auf keinen Fall vor Tracy diskutieren. Warum konnten sie das Mädchen nicht zu Hause lassen? dachte er.

»Beth und ich wollten gerade zum Abendessen ausgehen«, sagte Alan schließlich, nur um etwas Zeit zum Überlegen zu gewinnen. Doch Phillip schlug sofort vor, daß sie alle gemeinsam essen gehen sollten, und Alan wurde dadurch überrumpelt und fand keine Möglichkeit, wie er höflich ablehnen konnte.

Es war ein Fehler.

Alan erkannte das, als er den Wagen auf dem Parkplatz des Restaurants parkte und zwei Minuten später herzlich von Eileen Russell begrüßt wurde. Als hinter ihm die Sturgess' auftauchten, verschwand Eileens Lächeln schlagartig, und Alan spürte eine gewisse Kälte zwischen Carolyn und Eileen, als Eileen sie zu einem großen, runden Tisch beim Kamin führte, in dem trotz des warmen Sommerabends ein künstliches Feuer aus schlecht nachgebildeten Holzscheiten brannte, in denen Glühbirnen leuchteten.

»Miese Bude«, bemerkte Tracy, als sie am Tisch Platz nahmen. »Kein Wunder, daß Großmutter nie hierher geht.«

»Wie geht es Mrs. Sturgess?« fragte Alan sofort. Aus dem Augenwinkel heraus sah er, daß Phillip zu einem Tadel wegen der Worte seiner Tochter ansetzte, und sein Gefühl sagte ihm, daß Tracy dann anschließend ihr Bestes tun würde, um es allen beim Essen so schwer wie möglich zu machen. Und für Beth würde es die reinste Tortur sein. Wie um sein Gefühl zu bestätigen, schaute Carolyn ihn dankbar an.

»Viel besser«, erwiderte Phillip und war abgelenkt. »Ehrlich gesagt, sie tut ihr Bestes, um jedem im Krankenhaus das Leben schwerzumachen, was bei Mutter ein gutes Zeichen ist.«

»Hat sie gesagt, was passiert ist?« fragte Alan vorsichtig. Er war immer noch überzeugt, daß die alte Frau deshalb mit Beth reden wollte.

Phillip schüttelte den Kopf. »Nichts genaues. Sie sagte, daß ihr etwas im Keller Angst eingejagt hat, aber sie weiß nicht mehr, was es genau war.«

Angespannte Stille folgte, und Alan brach schließlich das Schweigen mit einem Versuch von Heiterkeit. Er war noch immer nicht bereit, mit Beth über Abigails Bitte zu reden, und so versuchte er es aufzuschieben, in dem er sich gespielt heiter gab. »Wovor sollte man dort Angst haben, mal abgesehen von der Dunkelheit, dem Gestank und den Ratten?«

Es klappte nicht. Beth, die bis jetzt geschwiegen hatte, blickte ihn ernst an. »Gestank? Welche Art Gestank?«

Alan zwinkerte seiner Tochter zu. »Der Geruch von Dreck, Feuchtigkeit und Verfall. Der Bau war so lange geschlossen, und ich bin mir nicht sicher, ob ich ihn jemals ausgelüftet bekomme.«

»Natürlich schaffst du das«, widersprach Phillip. »Der Bau muß nur ordentlich beheizt werden und austrocknen.«

»Das ist vielleicht nicht so einfach«, sagte Carolyn leise. »Bei der Fabrik ist anscheinend nichts so einfach, wie es auf den ersten Blick wirkt, nicht wahr?«

Alan musterte seine Ex-Frau. »Höre ich da eine Spur von Skepsis?« fragte er. »Sag mir nicht, daß du dich auf die Seite deiner Schwiegermutter geschlagen hast und wie sie entschlossen bist, den Bau nicht wiederzueröffnen.«

Carolyn blickte ihn ärgerlich an, doch dann sagte sie sich, daß er die Frage trotz seines scherzhaften Tonfalls ernst gemeint hatte. »Es gibt vieles, was dagegen spricht«, erwiderte sie. »Abgesehen von der Geschichte der Fabrik, scheint mir Westover nicht groß genug für eine noble Ladenstraße zu sein, wie es sie in den Großstädten gibt.« In dem Versuch, ihren Worten die Schärfe zu nehmen, fügte sie scherzhaft hinzu: »In solchen Schickimicki-Geschäften kostet manchmal ein Stück Leberwurst fast soviel wie der ganze Laden – sofern man überhaupt Leberwurst führt.« Sie war erleichtert, als Phillip in Alans Lachen einfiel.

Doch dann verstummte Phillips Gelächter, und als er sprach, klang seine Stimme ernst. »Ich befürchte, daß ich trotz gegenteiliger Meinung von anderen – einschließlich meiner Frau – nach wie vor davon überzeugt bin, daß das Projekt ein Erfolg werden wird. Wenn es so läuft, wie Alan und ich das geplant haben, dann werden die Leute von überallher kommen. Und das könnte der ganzen Stadt Auftrieb geben.«

»Nun, Gott weiß, daß Westover Auftrieb gebrauchen kann«, sagte Alan und seufzte. Er nahm die Speisekarte und warf einen Blick auf die Vorspeisen. »Wie wäre es mit Schnecken?«

*»Hier?«* fragte Tracy. »Das kann doch nicht wahr sein!« Ihr Vater warf ihr einen mahnenden Blick zu, doch sie ignorierte ihn. »Warum sind wir nicht in ein gutes Restaurant gegangen?«

»An diesem Lokal hier ist nichts auszusetzen, Tracy«, sagte Phillip mit ruhiger Stimme.

Tracy zog einen Schmollmund. »Wenn Großmutter nicht im Krankenhaus wäre, dann hätten wir überhaupt nicht hierher gehen müssen.«

»Wir sind hier, weil wir das wollen«, erwiderte Phillip, und obwohl seine Stimme ruhig blieb, hatte sie eine gewisse Schärfe angenommen.

Carolyn gab anscheinend vor, nichts bemerkt zu haben, und Alan, der überzeugt davon war, daß jedes noch so unschuldige Wort, das er sagte, die Situation nur noch verschärfen würde, konzentrierte sich auf die Speisekarte, obwohl er allmählich den Appetit verlor. Und das müssen Carolyn und Beth Tag für Tag ertragen, dachte er, während er das Angebot der Vorspeisen las. Er empfand eine Spur Mitleid mit Carolyn, und er fragte sich, ob diese Ehe ebenso wie die ihre scheitern würde. Wenn es nach Tracy ging, dann würde die Ehe mit Sicherheit scheitern.

Es wurde Alan immer klarer, weshalb Beth es für nötig gehalten hatte, eine Freundin zu erfinden. Er warf verstohlen einen Blick auf seine Tochter. Es hatte den Anschein, als versuche sie hinter der Speisekarte zu verschwinden. Aber sie konnte nicht immer den Dingen ausweichen. Wie wurde sie mit Tracys ständigen Feindseligkeiten und ihrem snobistischen Getue fertig?

Und warum *mußte* sie überhaupt damit fertig werden? Vielleicht sollte er versuchen, eine Möglichkeit zu finden, daß sie zu ihm ziehen und bei ihm leben konnte. »Hast du schon etwas entdeckt, Schatz?« fragte Alan schließlich, als die Stille am Tisch unerträglich zu werden begann.

»Ich möchte die Shrimps«, sagte Beth, und als sie Tracy vorlesen wollte, wie sie zubereitet waren, starrte Tracy ihre Stiefschwester nur böse an und wandte sich dann ab. Beth verfiel wieder in Schweigen.

Während des Essens wurde die Unterhaltung zunehmend gezwungener. Beim Kaffee sprach Philip Sturgess plötzlich über den Grund ihres Besuchs bei Alan. Ohne ein Wort an Alan zu richten, wandte er sich an Beth.

»Beth, Tracys Großmutter möchte mit dir reden.«

Carolyn zuckte leicht zusammen, und Beth blickte überrascht. Alan, der an seinem Kaffee genippt hatte, stellte die Tasse ab, als er den vorwurfsvollen Blick seiner Tochter wahrnahm.

»Sind Sie deshalb zu uns gekommen?« fragte Beth.

»Wir sind bestimmt nicht gekommen, um dich zu sehen«, zischte Tracy und schwieg, als ihr Vater sie ärgerlich ansah.

»Leider ja, Schatz«, bekannte Alan. Er wandte sich an Phillip. »Aber ich verstehe wirklich nicht, warum sie Beth sehen will. Ich dachte...« Er unterbrach sich, weil es ihm peinlich war, auszusprechen, was er auf der Zunge hatte.

»Daß meine Mutter Beth nicht besonders mag?« vollendete Phillip. Als dann alle außer Tracy, die jetzt hämisch lächelte, so verlegen wirkten wie zuvor Alan, fuhr Phillip fort: »Ich finde, es gibt keinen Grund für irgendeinen von uns, um die Wahrheit herumzureden. Aber heute hat meine Mutter ausdrücklich darum gebeten, daß Beth zu ihr kommt. Ich weiß nicht, warum – sie wollte es mir nicht sagen. Aber sie erklärte, daß Beth nicht zu kommen braucht, wenn sie das nicht will.« Phillip wandte sich an Beth, die ihn jetzt mit einer Mischung aus Furcht und Neugier ansah. »Und sie sagte ebenfalls, daß du jederzeit wieder weggehen kannst, wenn du dich entscheiden solltest, sie zu besuchen.«

Alan furchte die Stirn. »Was um alles in der Welt meinte sie damit?«

Jetzt war es Phillip, der verlegen wirkte. »In diesem Punkt bin ich mir ebenfalls nicht sicher«, erwiderte er. »Aber ich habe Grund zu der Annahme, daß Mutter nur zu gut weiß, wie sie Beth behandelt hat, und daß dies ihre Art ist, sich zu entschuldigen.«

In Alan stieg plötzlich Zorn auf. »Mir scheint«, sagte er angespannt, »daß sich deine Mutter immer noch wie die Königin der Welt aufführt. Wenn sie gemein zu Beth war – und ich denke, wir alle wissen verdammt gut, daß sie das war –, dann sehe ich keinen Grund dafür, daß Beth sie jetzt besucht. Ehrlich gesagt, es überrascht mich, daß du auch nur fragst, Phillip.«

In Tracys Augen blitzte es zornig auf. »Reden Sie nicht so über meine Großmutter...« begann sie, aber Alan reichte es jetzt.

»Halt die dumme Klappe, Tracy«, sagte er, ohne das Mädchen eines Blickes zu würdigen. Statt dessen hielt er den Blick auf Phillip gerichtet, wie um ihn herauszufordern, das unverschämte Verhalten seiner Tochter zu verteidigen. Aus dem Augenwinkel heraus sah er die Betroffenheit, die sich auf Tracys Miene widerspiegelte. Offenbar hatte ihr Vater sie nie so hart angeschnauzt.

»Natürlich hast du recht«, sagte Phillip ruhig und ließ die Schulter sinken. »Mutter hat Beth schändlich behandelt – und Carolyn ebenfalls, was das anbetrifft. Und vielleicht hätte ich Mutter einfach sagen sollen, daß es nicht in Frage kommt.« Er wandte sich an Beth. »Es tut mir leid«, sagte er. »Ich hätte das Thema nicht mal zur Sprache bringen sollen.«

»Ich verstehe nicht, warum Großmutter überhaupt mit Beth reden will«, sagte Tracy, als ihr Vater schwieg.

Beth, die stumm dagesessen hatte, während die anderen geredet hatten, blickte ihre Stiefschwester an. »Warum nicht? Warum sollte sie nicht mit mir reden wollen?«

Tracy schaute Beth boshaft an. »Weil du nichts als Dreck bist!« sagte sie, und ihre Stimme bebte vor Zorn.

»Du solltest bei deinem blöden Vater in diesem miesen Apartment wohnen, und du hättest überhaupt nie nach Hilltop kommen sollen.«

»Tracy!« unterbrach Phillip. Er legte seine Serviette beiseite, und einen Augenblick lang dachte Alan, Phillip würde tatsächlich das Mädchen schlagen. Doch plötzlich hielt Carolyn ihren Mann mit leiser Stimme zurück.

»Laß sie, Phillip«, sagte Carolyn. »Sie soll nur sagen, was sie auf dem Herzen hat.« Sie wandte sich an Tracy. »Sprich weiter.«

Carolyns besonnene Worte schienen Tracys Wut nur noch zu steigern. »Rede nicht so mit meinem Vater«, sagte sie. Ihre Stimme schallte durch das Restaurant, und Leute an anderen Tischen wandten den Kopf und starrten herüber. »Ständig vesuchst du uns zu sagen, was wir zu tun haben. Warum nimmst du dir nicht mal Beth vor, anstatt immer auf mir herumzuhacken? Sie ist die Wahnsinnige, und jeder weiß, daß sie verrückt ist!«

Totenstille senkte sich über das gesamte Restaurant. Nach einer Weile legte Alan seine Serviette beiseite und stand auf. »Komm, Kleines«, sagte er zu seiner Tochter. »Ich finde, wir haben uns genug anhören müssen.«

Beth rührte sich jedoch nicht von ihrem Platz. Sie schaute Tracy einen Augenblick lang stumm an und schüttelte dann den Kopf. »Es ist alles in Ordnung«, sagte sie ruhig. »Ich werde Mrs. Sturgess besuchen. Und es ist mir gleichgültig, was du denkst und was du sagst. Ich bin nicht verrückt, und deine Großmutter weiß das.« Sie sagte es mit soviel gespielter Tapferkeit, wie sie aufbringen konnte, aber es reichte nicht, um den Schmerz zu vertreiben, den ihr Tracy mit ihren Worten zugefügt hatte.

Es gab nur eine Möglichkeit, um diesen Schmerz zu besiegen: Sie mußte sich auf etwas anderes konzentrieren, auf etwas, das ihr keinen Schmerz zufügen würde.

Und das war im Augenblick für sie Amy.

Von jetzt an würde sie sich auf Amy konzentrieren, und

dann würde sie sicher vor allem sein, was Tracy sagen oder tun mochte.

Beth blickte nervös über den Korridor zum Wartezimmer, in dem ihre Mutter, Phillip und Tracy warteten. Phillip nickte ihr zu, und ihre Mutter lächelte aufmunternd. Beth klopfte zaghaft an die Tür des Krankenzimmers. Abigail Sturgess forderte das Mädchen mit schwacher Stimme zum Eintreten auf. Beth öffnete die Tür und betrat das Krankenzimmer.

Das Zimmer war viel größer, als Beth gedacht hatte, und es gab überall Blumen. Es hatte den Anschein, als hätte es hier ein zweites Bett gegeben, das jetzt nicht mehr da war. Beth fragte sich, ob man es tatsächlich entfernt hatte, damit Mrs. Sturgess allein war. Nachdem sie den Anblick des Krankenzimmers in sich aufgenommen hatte, richtete Beth den Blick auf das Bett. Darin saß mit Kissen hinter dem Rücken die alte Frau, und sie wirkte viel kleiner, als Beth sie in Erinnerung hatte.

Abigail musterte das Mädchen mit mehr Interesse als je zuvor. Bis zum heutigen Tag war Beth für sie nur ein unwillkommener Eindringling in ihr Leben gewesen, den man besser wie Luft behandelte, bis Phillip endlich zur Vernunft kam und Carolyn verließ.

Als Abigail jetzt das Mädchen musterte, erkannte sie, welch ein hübsches Kind Beth war. Natürlich waren ihr Beths Züge völlig vertraut, aber heute nahm sie das Äußere des Mädchens zum erstenmal richtig und genau wahr. Da war eine Sanftheit und Weichheit in Beths Zügen, die Tracy völlig mangelten. Abigail konnte sich nicht erinnern, wie lange es her war, seit sie zum letztenmal solch einen Ausdruck von Unschuld in den Augen eines Kindes gesehen hatte. Bis jetzt hatte sie die Frühreife und Raffinesse von Tracy und ihren Freundinnen darauf zurückgeführt, daß sie in der modernen Welt aufwuchsen und dabei früh verhärteten. Doch in Beths Augen war keine

Spur von einem wissenden Schimmer. Im Gegenteil, sie wirkte völlig arglos.

»Komm her, Beth«, sagte Abigail weich und klopfte auf die Bettkante. »Ich...« Sie zögerte und brachte es fast nicht über sich, die Worte auszusprechen. »Ich möchte dir dafür danken, daß du eine kranke, alte Frau besuchst«, brachte sie schließlich heraus.

Langsam, wie ein nervöses Tier, näherte sich Beth dem Krankenbett und blieb außerhalb von Abigails Reichweite stehen. »Es tut mir leid, daß du krank bist«, sagte sie schüchtern und blieb stehen, als erwarte sie, daß ihr Mitgefühl abgewiesen wurde.

»Nun, vielleicht bin ich gar nicht so sehr krank«, erwiderte Abigail. Dann verzog sie die Lippen zu einer Grimasse, die ein herzliches Lächeln sein sollte. »Möchtest du nicht wissen, weshalb ich dich hergebeten habe?«

Beth zögerte und nickte dann stumm.

»Ich möchte mit dir über deine Freundin sprechen«, fuhr Abigail fort. Sie suchte in Beths Miene nach einer Reaktion, doch sie sah keine. »Über Amy«, fügte sie hinzu.

Einen Augenblick lang glaubte Abigail, Beth würde aus dem Zimmer flüchten. Statt dessen war in Beths Augen nur der Schmerz über Tracys Verrat zu sehen. »Tracy hätte dir das nicht erzählen sollen«, sagte Beth. »Sie sollte nicht mal etwas über Amy wissen.«

»Da stimme ich dir zu«, sagte Abigail in ruhigem Tonfall und musterte Beth genau, um ihre Reaktion zu sehen. Wie sie gehofft hatte, hellte sich Beths Miene ein wenig auf. »Aber da sie mir nun schon einmal von Amy erzählt hat, finde ich, daß wir über sie reden sollten.« Als Beth besorgt die Stirn furchte, beeilte sich Abigail, das Mädchen zu beruhigen. »Es wird unser Geheimnis bleiben. Ich verspreche dir, keinem etwas von Amy zu erzählen, es sei denn du erlaubst es.«

Beth nagte nachdenklich an der Unterlippe und blickte

die alte Frau auf dem Bett mißtrauisch an. »Was… was willst du über sie wissen?«

Abigail entspannte sich. Es würde alles gut laufen. »Nun, legen wir mal los. Wie alt ist sie?«

Beth zögerte. Sie war sich nicht ganz sicher. »In meinem Alter«, sagte sie schließlich. »Ich glaube, sie ist elf und wird bald zwölf.«

»Elf«, wiederholte Abigail. »Und weißt du, wie sie aussieht?«

Beth schüttelte den Kopf.

»Aber ich denke, sie ist deine Freundin«, drängte Abigail. »Hast du sie noch nie gesehen?«

»Doch…«

»Dann mußt du wissen, wie sie aussieht, nicht wahr?«

»Es… es war dunkel.«

»Dunkel. So dunkel wie in der Fabrik?«

Beth nickte.

»Hast du sie dort gesehen? In der alten Fabrik?«

Beth nickte erneut.

»Was tat sie dort?«

»Sie… sie lebt dort«, erwiderte Beth und wich zurück, als rechnete sie damit, für ihre Worte bestraft zu werden.

»Aber ich dachte – ich dachte, sie wäre tot«, sagte Abigail.

Beth blickte sie mit großen Augen ängstlich an, und abermals befürchtete Abigail, das Mädchen würde aus dem Zimmer fortlaufen. Beth blieb jedoch, wo sie war.

»Sie *ist* tot«, sagte Beth und schluckte hart. »Sie arbeitete vor langer Zeit in der Fabrik, und damals passierte etwas Schreckliches mit Amy. Und sie ist immer noch dort.«

»Ich verstehe«, flüsterte Abigail. »Weißt du, was mit ihr geschah?«

Beth überlegte, und dann erinnerte sie sich an den Geruch, den sie wahrgenommen hatte, als sie mit ihrem Vater im Kellergeschoß der alten Fabrik gewesen war. »Ich glaube, da hat es gebrannt«, sagte sie leise. »Es gab ein Feuer, und Amy konnte nicht heraus.«

Abigails Mund klaffte auf, und plötzlich setzte sie sich ruckartig im Bett auf. Ihre Hand schoß vor, und sie umklammerte Beths Arm. »Woher weißt du das? Woher weißt du, daß es dort gebrannt hat?«

Beth riß sich voller Angst aus Abigails Umklammerung los und rannte zur Tür. Dort wandte sie sich noch einmal zu der alten Frau um.

»Ich weiß es!« sagte sie, und ihre Stimme spiegelte ihre plötzliche Verzweiflung wider. Sie wünschte, sie wäre nicht hergekommen, um diese alte Frau zu besuchen, die sie aus Gründen haßte, die sie nicht verstehen konnte. »Ich weiß es einfach, das ist alles!«

Beth wollte die Tür öffnen und aus dem Zimmer laufen, als Abigail wieder sprach. »Ich kann dir alles über Amy erzählen«, sagte die alte Frau. »Ich kann dir alles über sie sagen, was du wissen willst.«

Beth verharrte sekundenlang wie erstarrt, und dann wandte sie sich langsam an der Tür um. Abigails Blick schien sie zu hypnotisieren und zum Bett zurückzuziehen...

Tracy saß im Wartezimmer, und ihr Zorn wuchs.

Ihr Großmutter hätte *sie* zu sich bitten sollen und nicht die blöde Beth. Worüber mochten sie sprechen? Großmutter konnte Beth nicht mal leiden – sie haßte sie fast so sehr, wie Tracy sie haßte.

Dann erinnerte sich Tracy an die Unterhaltung, die sie an diesem Nachmittag gehabt hatte, als sie der Großmutter erzählt hatte, wie verrückt Beth war. Und Großmutter hatte überhaupt nichts dazu gesagt.

Später war sie jedoch zur Fabrik gefahren.

Glaubte Großmutter nicht, daß Beth verrückt war? War es möglich, daß sie in Wirklichkeit glaubte, was Beth gesagt hatte?

Es war nicht fair.

Nichts daran war fair!

Alle schenkten Beth Aufmerksamkeit, und keiner kümmerte sich um sie!

Ihr eigener Vater hatte nicht mal etwas unternommen, als dieser widerliche Alan Rogers sie beim Essen angeschnauzt hatte. Statt sie, Tracy, zu verteidigen, hatte er sich bei Beth entschuldigt, als wäre er deren Vater.

Und jetzt tat Großmutter, als wäre Beth ihre Enkelin, anstatt Tracy.

Plötzlich wußte Tracy, was los war: Beth nahm ihr die Familie weg. Sie nahm ihr den Vater, und sie nahm ihr die Großmutter.

Tracy umklammerte die Zeitschrift, in der sie zu lesen vorgab, und sie sah, daß ihre Knöchel weiß wurden, als sie in ihrer Wut die Hände zu Fäusten ballte.

Nun, sie würde sich nicht damit abfinden, und wenn jemand von ihnen das annahm, dann irrte er sich!

Sie würde es ihnen heimzahlen. Ihnen allen!

## 17

Beth saß schweigend im Fond des Mercedes und schaute aus dem Fenster in die Dunkelheit, während der Wagen über die Prospect Street und zur River Road fuhr. Als der Wagen auf gleicher Höhe mit der Fabrik war, neigte sich Beth vor und spähte zu dem alten Gebäude, als könne sie es mit ihrem Blick durchdringen und in seine Tiefen sehen.

Das war jedoch unmöglich. Sie sah nur die kahle Fassade aus Backsteinen. Als Phillip nach links in die River Road einbog, blieb Beths Blick auf das große dunkle Gebäude gerichtet, und dann heftete sie ihn auf die Laderampe, die hinter der Fabrik vorragte.

Dort.

Dort in dem dunklen, kalten Raum unter der Laderampe war Amy gestorben.

Wenn Mrs. Sturgess nicht gelogen hatte.

Seit dem Verlassen des Krankenzimmers hatte sich Beth gefragt, ob die alte Frau ihr die Wahrheit erzählt hatte oder nicht, und sie war immer noch zu keinem Schluß gelangt. Aber vielleicht würde sie es erfahren.

Amy würde eine Möglichkeit finden, es ihr zu sagen.

Das alte Fabrikgebäude blieb in der Dunkelheit zurück, und Beth ließ sich auf den Sitz zurücksinken. Sie spürte Blicke auf sich gerichtet und schaute zu Tracy hinüber. Tracy starrte sie zornig an.

»Ich will wissen, was meine Großmutter gesagt hat«, flüsterte Tracy so leise, daß Beth davon überzeugt war, niemand außer ihr im Wagen könne es hören. Phillip Sturgess hatte es jedoch vom Fahrersitz aus mitbekommen.

»Das reicht, Tracy. Wenn Beth es uns erzählen will, dann wird sie das tun. Aber sie muß es uns nicht sagen.«

»Warum nicht?« fragte Tracy. »Und warum wollte meine Großmutter mit ihr sprechen, statt mit mir?« Tracy, die den Blick nicht von Beth genommen hatte, wurde noch wütender. »Ich werde es herausfinden«, sagte sie. »Ich werde Großmutter dazu bringen, es mir zu sagen.«

Beth sagte nichts, sondern wandte den Kopf wieder zum Fenster. Diesmal waren ihre Augen jedoch geschlossen. Sie öffnete sie erst, als der Wagen auf dem Zufahrtsweg vor dem Haus bremste und hielt. Wortlos stieg Beth aus, eilte die Treppe hinauf und betrat als erste das Haus, nachdem Hannah geöffnet hatte.

Hannah sprach Beth an, doch Beth eilte an der alten Haushälterin vorbei, als hätte sie sie nicht gesehen, und lief die Treppe hinauf. Einen Augenblick später richtete Hannah den Blick verwundert auf Carolyn, als die restlichen Familienmitglieder das Haus betraten.

»Ist alles in Ordnung mit Miß Beth?« fragte Hannah besorgt.

»Der fehlt nichts«, erwiderte Tracy, bevor ihr Vater oder ihre Stiefmutter antworten konnten. »Warum fragst du nicht, wie es meiner Großmutter geht?«

Hannah errötete leicht. »Das wollte ich gerade fragen, Miß Tracy. Wie geht es ihr? Besser?«

»Es geht ihr gut«, sagte Phillip, bevor Tracy zu Wort kam. »Sie wird vermutlich in ein, zwei Wochen nach Hause kommen.«

Hannah hob die Augenbrauen. »Soll ich eines der Zimmer hier unten bereit machen?«

»Mach dir keine Mühe, Hannah. Mutter wird bis zum Tag ihres Todes nicht aus ihrem Zimmer weichen, und der ist anscheinend noch ziemlich fern.« Dann wurden ihm Hannahs Worte erst richtig klar, und er tätschelte ihre Schulter. »Mach dir keine Sorgen, Hannah – wenn Mutter zusätzliche Hilfe braucht, werden wir eine Pflegerin einstellen. Ich werde nicht von dir verlangen, daß du den ganzen Tag die Treppe rauf und runterläufst.«

»Danke, Mr. Phillip. Ich bin nicht mehr die Jüngste. Möchten Sie Tee?«

Phillip und Carolyn tauschten einen Blick und schüttelten dann gleichzeitig den Kopf.

»Ich will eine Cola, Hannah«, sagte Tracy. »Du kannst sie mir auf mein Zimmer bringen.« Sie wandte sich zur Treppe, doch Carolyn hielt das Mädchen zurück.

»Wenn du eine Cola willst, Tracy, dann kannst du sie dir selbst holen.«

Tracy wandte sich um, und ihr Kinn bebte. »Das habe ich nicht nötig. Das ist Hannahs Job.«

»Das ist nicht Hannahs Job«, sagte Phillip ruhig, jedoch mit einer Entschiedenheit, die Tracy zum Schweigen brachte. »Die Dinge werden hier schwierig genug sein, wenn deine Großmutter heimkommt, und es wäre schön, wenn du deinen Beitrag leistest, ohne uns das Leben noch schwerer zu machen. Uns allen«, fügte er hinzu und nickte ostentativ zu Carolyn hin.

Tracy schwieg einen Augenblick lang, und Carolyn spürte förmlich, wie sich das Mädchen die Auswirkungen verschiedener Antworten überlegte. Schließlich setzte Tracy eine entschuldigende Miene auf und blickte dann scheu zu Boden. »Verzeihung, Vater«, sagte sie. Dann eilte sie die Treppe hinauf und nahm zwei Stufen auf einmal. Die Cola war anscheinend vergessen. Einen Augenblick später knallte die Tür von Tracys Zimmer zu.

Carolyn seufzte. »Es tut mir leid. Vermutlich hätte ich darüber hinwegsehen sollen?«

»Warum?« fragte Phillip. Er führte Carolyn in die Bibliothek und schenkte dort jedem einen Brandy ein. »Wenn du mich fragst, so wollte sie nur testen, wie weit sie gehen kann. Und ich muß gestehen, daß ich das genauso satt habe wie du.« Er reichte Carolyn das Glas mit dem Brandy und lächelte wehmütig. »Ich fürchte, als ihr Vater hätte ich mich mehr um sie kümmern müssen, was keine Ausrede ist – nur eine Entschuldigung.«

»Es gibt nichts, für das du dich entschuldigen müßtest«, erwiderte Carolyn. Sie hob ihr Glas zu einem stummen Toast, doch als Phillip trank, stellte sie das Glas auf der Bar ab, ohne zu trinken. »Schwangere sollten keinen Alkohol trinken.« Sie ließ sich müde auf einen Lehnsessel sinken. »Willst du mir sagen, was los ist?« fragte sie.

Phillip blickte sie fragend an, sagte jedoch nichts.

»Komm schon«, drängte Carolyn. »Deine Mutter sagte dir etwas, das du Tracy nicht hören lassen wolltest. Was war es?«

Phillip schwieg immer noch. Er ging zum Kamin, lehnte sich gegen den Sims und starrte in sein Glas. Statt Carolyns Fragen zu beantworten, stellte er selbst eine: »Du findest auch, daß ich das Projekt abbrechen sollte, nicht wahr? Denkst du dabei nur an die Vergangenheit der Fabrik, oder hat deine Ablehnung andere Gründe?«

Carolyn fragte sich, worauf er genau hinauswollte. Und dann fügten sich die Bruchstücke langsam zusammen wie die Teile eines Puzzles. Aber was dabei herauskam, ergab keinen Sinn. Es war, als wäre Conrad Sturgess plötzlich wieder auferstanden und von seinem Platz im Mausoleum mit all seinem Aberglauben und seinem Gerede vom Teufel in der Fabrik ins Haus zurückgekehrt. »Es ist wegen der Vergangenheit«, sagte Carolyn schließlich. »Mein Ururgroßvater wurde wegen der Fabrik in den Selbstmord getrieben. Daß meine Familie dem alten Samuel Pruett daran die Schuld gab, weißt du. Es war seit Generationen ein wunder Punkt in meiner Familie.«

»Und trotzdem hast du mich geheiratet«, bemerkte Phillip.

»Ich liebe dich.«

Phillip nickte flüchtig, und Carolyn hatte das bestimmte Gefühl, daß er gar nicht richtig hingehört hatte und in Gedanken mit etwas anderem beschäftigt war. »Hatte deine Familie Angst vor der Fabrik?« fragte er schließlich.

Carolyn zögerte mit der Antwort. Weitere Bruchstücke fügten sich zusammen. »Es gab da gewisse Geschichten«, sagte sie fast widerstrebend.

»Welche Geschichten?«

»Es hieß, daß einige Kinder aus der Fabrik verschwanden und daß deine Familie kurz danach die Fabrik schloß.«

»Daß Kinder aus der Fabrik verschwanden?« Phillips völlig verwirrte Miene verriet Carolyn, daß er die Geschichte nie gehört hatte.

»So erzählte man mir. Eines Tages gingen einige der Kinder zur Arbeit und kehrten nicht mehr nach Hause zurück. Offiziell wurde verbreitet, sie wären ausgerissen. Und ich finde, das war plausibel, wenn man die Arbeitsbedingungen dort bedenkt. Aber viele Leute in Westover glauben nicht an diese Version. Mein Ururgroßvater glaubte ganz bestimmt nicht daran.«

Phillip schenkte sich mit tief gefurchter Stirn Brandy nach. »Was geschah nach Meinung dieser Leute?«

»Man vermutete, daß die Kinder in der Fabrik ums Leben kamen und daß die Familie Sturgess das vertuschte.« Carolyn zögerte kurz, bevor sie weitersprach. »Eines der verschollenen Kinder war aus meiner Familie.«

Phillip schwieg einen Augenblick lang. »Warum hast du mir nie davon erzählt?«

»Es gab keinen Grund dafür«, erwiderte Carolyn. »Alles ist so lange her, und ich war mir nie ganz sicher, ob ich es glauben sollte oder nicht.« Sie lächelte reuevoll. »Nun, um ehrlich zu sein, ich war mehr als bereit, es zu glauben, bis ich dich kennenlernte. Dann sagte ich mir, daß ein so netter Mann wie du aus keiner Familie stammen kann, die etwas so Schreckliches tun würde. Ich dachte, daß die Geschichten, die mir meine Großmutter erzählt hatte, übertrieben sein mußten. Was sie vermutlich waren«, fügte sie mit einer Unbeschwertheit hinzu, die sie nicht ganz empfand. »Du weißt, wie das mit alten Familiengeschichten ist.«

»Und ob«, stimmte Phillip zu und lächelte matt. »Und jetzt glaubst du nicht mehr an die Geschichte?«

Carolyn zuckte die Achseln. »Ich weiß nicht, ob ich jemals wirklich daran geglaubt habe. Das ungute Gefühl war und ist einfach da, das ist alles. Und ob ich die Geschichten glaube oder nicht, bei dieser Fabrik werde ich nie ein gutes Gefühl haben. Der Gedanke daran macht mich verrückt, und ganz gleich, was du aus der alten Fabrik machst, ich werde nie ein besseres Gefühl dabei haben.«

Phillip seufzte schwer. »Nun, wenn es stimmt, was Mutter sagte, dann machte es sie heute nachmittag mehr als verrückt.« Während Carolyn schweigend zuhörte, wiederholte er, was Abigail ihm im Krankenhaus erzählt hatte. Als er zu Ende berichtet hatte, nahm Carolyn ihr Glas von der Bar, trank einen Schluck und stellte es wieder ab. »Sagte sie wirklich, daß ihre Angst den Herzanfall auslöste? Nicht umgekehrt?«

Phillip nickte. »Sie war sich ihrer Sache absolut sicher, und du weißt, wie fest in ihrer Meinung Mutter sein kann«, fügte er in scherzhaftem Tonfall hinzu. »Jedenfalls bat sie mich gleich danach, Beth zu ihr zu holen.«

Carolyn wurde es schwer ums Herz, als sie sich an die Unterhaltung erinnerte, die sie an diesem Nachmittag mit Eileen Russell gehabt hatte. Hatte Eileen den Rest des Tages damit verbracht, Peggys Geschichte in der ganzen Stadt zu verbreiten? So mußte es sein, denn offenbar hatte Abigail bereits davon gehört. Eine andere Erklärung gab es für Carolyn nicht.

»Deshalb fuhr deine Mutter heute also zur Fabrik«, sagte Carolyn, und dann erzählte sie Phillip von ihrem Gespräch mit Eileen. »Deine Mutter muß davon gehört haben«, endete sie schließlich ärgerlich. »Und so vermischte sie alles mit dem Blödsinn deines Vaters und Jeff Baileys Unfall und ging dort hinunter, um irgend etwas zu suchen. Aber da ist nichts – nur das, was in Beths Phantasie existiert und was sich dein Vater in seiner Verrücktheit eingebildet hat!«

»Und deine Familiengeschichten«, fügte Phillip hinzu. »Wenn du all das vermischst, wird es ziemlich stark, nicht wahr?«

»Aber es sind doch nur Märchen«, beharrte Carolyn und blickte ihren Mann fast beschwörend an. »Und außerdem hat Beth sie nie gehört. Alle von meiner Familie starben, bevor Beth überhaupt geboren wurde, und ich habe ihr diese Geschichten nie erzählt.«

»Beth ist aber in Westover aufgewachsen«, bemerkte Phillip. »Fast jeder in der Stadt muß diese Geschichten kennen, und sie hat sie vielleicht von klein an in der einen oder anderen Version gehört.« Er ging vom Kamin zum Sofa und nahm Platz. »Vielleicht hat Mutter recht«, sagte er. »Vielleicht habt ihr beide recht. Wenn alle in Westover diese unheimlichen Geschichten gehört haben, wird vielleicht niemand zu der ehemaligen Fabrik kommen. Na, wie wäre das?« fügte er ironisch hinzu. »All das Geld verpulvert, und am Ende werde ich den Bau wieder mit Brettern vernageln müssen.«

»Nein!« sagte Carolyn heftig. »Phillip, wir sind albern. Wir müssen mit dem Blödsinn aufhören. Ich glaube nicht an Geister, und du ebenfalls nicht. Es ist nichts in der alten Fabrik. Und wenn der Bau wiedereröffnet ist, werden all die alten Geschichten vergessen werden.«

Bevor Phillip etwas erwidern konnte, hörten sie die Schreie aus dem Obergeschoß.

Fünf Minuten zuvor war Tracy ohne anzuklopfen in Beths Zimmer gegangen. Beth hatte auf dem Bett gelegen, zur Decke gestarrt und sich nicht geregt, und im ersten Augenblick hatte Tracy sie für schlafend gehalten. Doch dann hatte sie gesehen, daß Beths Augen geöffnet waren.

»Sieh mich an«, verlangte Tracy.

Beth schreckte zusammen und sprang auf. Dann sah sie Tracy und setzte sich aufs Bett zurück. »Was willst du?«

»Ich will wissen, was meine Großmutter gesagt hat.« Tracy näherte sich und blieb dann nur drei Schritte von Beth entfernt stehen.

Beth überlegte, was sie tun sollte. Sie sah den Zorn in Tracys Augen und bezweifelte, daß Tracy ihr glauben würde, wenn sie einfach irgend etwas erfinden würde.

Vielleicht sollte sie ihre Mutter rufen. Doch was würde das nützen? Tracy würde einfach warten, bis sie wieder allein sein würden, und sie von neuem bedrängen.

»Sie... sie wollte mit mir über Amy reden«, brach es plötzlich aus ihr heraus.

Tracy blickte sie höhnisch an. »Du bist verrückt. Es gibt keine Amy.«

»O doch«, entgegnete Beth. »Sie ist meine Freundin, und deine Großmutter weiß alles über sie.«

»Sie weiß nur, was *ich* ihr erzählt habe.« Tracy lachte verächtlich. »Und ich habe ihr alles erzählt, was du zu dieser blöden Peggy Russell gesagt hast.«

»Peggy ist nicht blöde!«

»Vielleicht nicht«, räumte Tracy ein. »Wenigstens ist sie nicht blöde genug, um all diesen Quatsch zu glauben, den du gefaselt hast. Und ebensowenig kannst du mir und Großmutter solch einen Schwachsinn einreden.«

»Du weißt überhaupt nichts«, gab Beth zurück und kämpfte gegen Tränen an. »Du hältst dich für so schlau, aber du weißt gar nichts, Tracy Sturgess!«

»Halt das Maul!«

»Du kannst mir nicht den Mund verbieten!« stieß Beth hervor. »Ich wohne hier auch, und ich kann sagen, was ich will! Und es interessiert mich nicht, ob du mir glaubst oder nicht! Es ist mir gleich, ob mir jemand glaubt. Und jetzt verschwinde und laß mich in Frieden!«

In Tracys Augen funkelte Zorn. »Werde nicht frech! Werde nur ja nicht frech, du blödes, verrücktes Miststück!«

»Nimm das zurück!«

»Das brauche ich nicht, denn es stimmt! Du bist blöde, und du bist ein verrücktes Miststück, und wenn ich mit meinem Vater rede, wird er dich fortjagen. Und dann freue ich mich!«

Beth konnte die Tränen nicht mehr zurückhalten, doch es waren Tränen des Zorns, nicht des Schmerzes. »Wer will denn überhaupt in deinem blöden Haus wohnen? Ich wollte niemals hierher!«

»Und niemand wollte je, daß du herkommst!« schrie Tracy. »Weißt du nicht, daß wir alle dich hassen? Ich hasse dich, und meine Großmutter haßt dich und mein Vater haßt dich! Ich wette, daß dich sogar deine Mutter haßt!«

Das Blut wich aus Beths Gesicht, und sie sprang vom Bett und stürzte auf Tracy zu. Tracy sah sie kommen, wirbelte herum, riß die Tür auf und lief über den Flur davon. Beth holte ihre Stiefschwester ein, als sie gerade die Tür ihres Zimmers aufriß. Beth packte Tracy am Haar und versuchte, sie auf den Flur zurückzuzerren.

»Laß mich los!« schrie Tracy. Sie drosch mit den Armen um sich, taumelte in ihr Zimmer und stürzte. Im nächsten Augenblick war Beth auf ihr.

»Daddy! Daddy! Hilf mir! Sie will mich umbringen!«

Tracy lag auf dem Bauch, und Beth hockte auf ihr und trommelte auf ihre Schultern ein. Mit einem heftigen Ruck wälzte sich Tracy herum, drehte sich auf den Rücken, und immer noch schreiend stieß sie mit den Händen nach Beths Gesicht.

Und dann, gerade als sie glaubte, Beth von sich schleudern und ihr die Prügel geben zu können, die sie verdiente, tauchte ihr Vater auf, schob die Hände unter Beths Achseln und hob das Mädchen hoch.

»Schaff sie von mir weg!« schrie Tracy klagend und zog sofort von Beth die Hände fort, um sie schützend vors Gesicht zu halten. »Halte sie mir vom Leib! Sie tut mir weh!«

Phillip zog Beth schnell auf die Füße und ließ sie los. Schluchzend lief Beth zu ihrer Mutter, die auf der Türschwelle stand. Carolyn kniete sich nieder und nahm ihre Tochter in die Arme.

»Beth, Schatz, was ist passiert?«

Bevor Beth antworten konnte, schrie Tracy: »Sie ist wahnsinnig! Ich lag friedlich auf meinem Bett, und plötzlich kommt sie rein und geht auf mich los! Ich habe nichts getan, Daddy!«

Carolyn blickte verwirrt von Tracy zu Beth. »Beth? Stimmt das?«

Beth, aus deren Augen Tränen rannen, schüttelte den Kopf. »Sie kam in mein Zimmer«, erwiderte sie. »Sie kam herein, bezeichnete mich als verrückt und sagte, daß alle mich hassen. Und... und...« Sie verstummte schluchzend.

»Das ist gelogen!« rief Tracy hitzig. »Ich war nicht mal in der Nähe ihres Zimmers!«

»Jetzt reicht es!« sagte Phillip. »Es ist mir gleichgültig, wer angefangen hat. Ihr seid beide groß genug, um vernünftiger zu sein. Ich will jetzt, daß ihr euch beeinander entschuldigt.«

»Ich entschuldige mich nicht!« rief Tracy. »Ich habe nichts getan. Ich brauche mich bei keinem zu entschuldigen! Beth soll sich gefälligst bei mir entschuldigen. Sie hat angefangen!«

Phillip atmete tief durch und zählte lautlos bis zehn. Als er spach, klang seine Stimme ruhig, doch es war ein scharfer Unterton darin, den seine Tochter selbst in ihrem Zorn bemerkte. »Es interessiert mich nicht, wer angefangen hat, Tracy. Ich will nur, daß es beendet wird. Und jetzt entschuldigst du dich bei Beth.«

Tracy kniff die Augen zu Schlitzen zusammen. »Entschuldigung«, sagte sie dann kaum hörbar.

Phillip wandte sich an das andere Mädchen. »Beth?«

Beth zögerte und schniefte. »Entschuldigung«, murmelte sie schließlich. »Ich hätte nicht auf dich springen sollen.«

»Habt ihr es gehört?« schrie Tracy triumphierend. »Sie hat es zugegeben!«

»Sie hat sich entschuldigt, Tracy«, entgegnete ihr Vater. »Das war alles. Geht jetzt zu Bett, und ich komme bald, um euch gute Nacht zu sagen.«

Tracy warf einen Blick zur Uhr und entschloß sich dann, ihr Glück nicht herauszufordern, indem sie aufbegehrte, weil es noch nicht mal zehn Uhr war. Statt dessen blickte sie bittend zu ihrem Vater auf. »Darf ich noch etwas fernsehen?«

»Noch eine Stunde«, stimmte Phillip zu. »Sag Carolyn und Beth gute Nacht.«

Tracy zögerte und tat es dann, während sie auf den Boden starrte.

»Gute Nacht, Tracy«, sagte Carolyn mit ruhiger Stimme. Dann führte sie Beth aus dem Zimmer und brachte sie in Beths eigenes. Weder Mutter noch Tochter sagten etwas, während Beth sich entkleidete, den Pyjama anzog und unter die Decken schlüpfte. Schließlich neigte sich Carolyn über Beth und gab ihr einen Kuß auf die Stirn.

»Es tut mir leid, mein Kleines.«

Beth schaute zu ihrer Mutter auf. »Glaubst du mir, Ma?« sagte sie so leise, daß Carolyn es kaum verstehen konnte.

»Natürlich glaube ich dir«, versicherte Carolyn. »Warum sollte ich auf den Gedanken kommen, daß du einen Kampf mit Tracy anfängst?« Sie zwang sich zu einem heiteren Lächeln. »Schließlich ist sie größer als du.«

»Aber warum haßt sie mich?« fragte Beth.

»Ich weiß es nicht.« Carolyns Lächeln verschwand. »Und ich weiß ebensowenig, was wir dagegen tun können. Aber wir werden uns irgend etwas einfallen lassen, das verspreche ich dir.« Sie küßte Beth noch einmal und ging dann zur Tür. Als sie das Zimmer verließ, hörte sie Beth noch etwas sagen, fast wie im Selbstgespräch.

»Manchmal wünsche ich, Amy würde sie einfach töten.«

Carolyn erschauerte. Wortlos zog sie die Tür hinter sich zu.

Phillip blickte auf, als Carolyn ins Schlafzimmer kam. »Du bist weiß wie ein Laken«, sagte er. Er ergriff ihre Hand und wollte Carolyn zum Bett führen, doch sie entzog sich ihm und setzte sich an ihren Frisiertisch.

Im Spiegel des Frisiertischs sah sie, daß Phillip recht hatte. Sie war totenbleich, und unter ihren Augen waren dunkle Ringe.

»Ich weiß einfach nicht, wieviel mehr davon ich noch ertragen kann«, sagte sie mit bebender Stimme und kämpfte gegen Tränen an. »Es wird nicht besser, Phillip. Und ich bezweifle, daß es jemals besser werden wird!«

Phillip ging zu ihr und legte ihr sanft die starken Hände auf die Schultern. »Aber was können wir tun? Sie sind unsere Kinder.« Dann lächelte er angespannt. »Vielleicht habe ich falsch gehandelt«, sagte er nachdenklich. »Vielleicht hätte ich nicht eingreifen und sie kämpfen lassen sollen. Am Ende müssen sie es vermutlich ja doch auskämpfen.«

»Das ist bei Jungen so.« Carolyn nahm ein Papiertaschentuch, schneuzte sich und warf dann das Tuch in den Papierkorb aus Weidengeflecht. »Mädchen tun so etwas nicht.«

»Unsere schon«, sagte Phillip mit ruhiger Stimme.

Carolyn blickte mutlos drein. »Und was wird sein, wenn das Baby da ist? Phillip, ich glaube, ich bin mit alldem überfordert.«

»Du wirst schon damit fertig werden«, sagte Phillip, doch Carolyn schüttelte den Kopf.

Die Worte, die Beth gesagt hatte, bevor Carolyn das Zimmer verlassen hatte, schienen in ihr nachzuhallen. Sollte sie Phillip davon erzählen? Nein, das konnte sie nicht. Es wäre fast wie ein Verrat an Beth. Außerdem hatten die Worte nichts bedeutet – sie waren der Ausdruck kindlichen Zorns gewesen.

»Ich... ich habe darüber nachgedacht, ob wir Beth nicht für eine Weile zu Alan geben sollten«, sagte sie schließlich. »Wenigstens bis das Baby da ist.« Im Spiegel des Frisiertischs sah sie, daß ihr Mann besorgt die Stirn runzelte. »Und sie würde gern bei ihm sein, das weiß ich.«

»Und wie steht es mit Alan?« fragte Phillip. »Solltest du ihn nicht vorher fragen?«

»Das ist nicht nötig.« Carolyn seufzte. »Du weißt so gut wie ich, daß er Beth sofort zu sich nehmen würde. Er würde ihretwegen sogar sein ganzes Leben umstellen.«

Ihre Stimme klang melancholisch, und Phillip fragte sich, ob Carolyn wieder über ihre vergangene Ehe nachdachte. »Und ich würde das nicht tun?« fragte er ruhig und hoffte, daß die Frage nicht zu sehr nach Verteidigung klang.

Carolyn drückte sanft seine Hand. »Du würdest alles für jeden tun, was du kannst. Genau wie Alan. In diesem Punkt ähnelt ihr euch sehr. Und ich weiß, wieviel du für Beth getan hast, wie sehr du dich bemüht hast. Aber du mußt auch an Tracy und Abigail denken.«

»Und an dich«, fügte Phillip hinzu.

»Und an mich, und in ein paar Monaten noch dazu an ein Baby. Mir geht einfach nicht der Gedanke aus dem Kopf, daß ich vielleicht unfair Beth gegenüber bin. Sie war hier so unglücklich, und was du oder ich tun, ändert anscheinend nichts daran. Manchmal habe ich das Gefühl, wir beide sind irgendwo inmitten von alldem gefangen.«

»Ich weiß.« Phillip drückte noch einmal leicht Carolyns Schultern, schlenderte zum Fenster und schaute in die Dunkelheit hinaus. Von hier aus konnte er gerade noch den oberen Ring des Mausoleums sehen, auf dem der Mondschein schimmerte. Dort oben wirkte wenigstens alles friedlich. Wenn sie es doch nur schaffen konnten, im Haus ebenfalls Frieden zu erreichen.

»Laß uns jetzt keine Entscheidung treffen«, sagte Phillip. »Warten wir noch ein wenig, wie sich die Dinge entwickeln. Ich hasse es, aufzugeben. Noch ein paar Tage, ja? Und dann können wir immer noch mit Alan reden.«

Carolyn nickte und schaute sich im Spiegel an.

Sie sah jetzt nicht mehr müde aus, sondern auch besiegt, wie sie fand.

Auf dem Flur schlich Tracy von der Tür zum Schlafzimmer ihres Vaters fort.

Sie hatte nicht jedes Wort belauscht – die Tür war zu dick –, aber sie hatte genug gehört.

Sie dachten daran, Beth fortzuschicken. Genau das wünschte Tracy.

Sie würden Beth jedoch nicht für immer fortschicken.

Wenn das Baby da war, würden sie Beth zurückholen, und dann würde es schlimmer denn je sein.

Sie mußte eine Möglichkeit finden, wie sie ihren Vater und die Stiefmutter davon überzeugen konnte, daß Beth verrückt war, damit sie für immer fortgeschickt wurde.

Tracy kehrte zu ihrem Zimmer zurück und legte sich ins Bett. Der Fernseher war eingeschaltet, und obwohl sie auf den Bildschirm blickte, nahm sie das Bild nicht richtig wahr. Sie war in Gedanken vertieft.

Als ihr Vater zwanzig Minuten später zu ihr kam, um gute Nacht zu sagen, hatte Tracy einen Plan ersonnen. Phillip neigte sich über sie, um ihr einen Kuß zu geben. Tracy schlang die Arme um den Nacken ihres Vaters und schmiegte sich fest an ihn. »Ich liebe dich, Vater«, sagte sie leise. »Ich liebe dich, und mir tut wirklich leid, was heute abend mit Beth geschah. Von nun an werde ich mein Bestes tun, um nett zu ihr zu sein. In Ordnung?«

Sie spürte, wie sich ihr Vater kurz versteifte und dann entspannte, während er ihre Umarmung erwiderte. »Danke, Prinzessin«, flüsterte er ihr ins Ohr. »Das würde wirklich helfen.«

»Dann werde ich's tun.« Tracy küßte ihren Vater noch einmal und ließ sich dann aufs Bett zurücksinken. »Gute Nacht, Daddy.«

Nachdem ihr Vater fort war, wälzte sich Tracy auf den Rücken und schaute zur Decke. Als später im Haus alles still war und Tracy das sichere Gefühl hatte, daß alle schliefen, stand sie auf und kleidete sich schnell an.

Ein paar Minuten später schlich sie die Treppe hinunter und aus dem Haus. Sie huschte lautlos über die Terrasse und verschwand in der Nacht.

# 18

In der Wärme des Morgens erwachte Beth früh, und sie streckte sich behaglich aus. Dann schlug sie die Decke zurück und stand beschwingt auf. Einen Augenblick später war sie erst richtig wach. Sie erinnerte sich an den Kampf mit Tracy, und ihr gutes Gefühl verschwand.

Es würde ein Tag wie jeder andere werden – ein Tag, an dem sie sich bemühen würde, keine Fehler zu machen, Tracy aus dem Weg zu gehen und nicht zu wissen, was sie als nächstes tun sollte.

Vielleicht sollte sie zur Stadt hinabgehen und Peggy suchen.

Oder vielleicht statt dessen zur Fabrik gehen. Wenn sie ihrem Vater versprach, allen Arbeitern aus dem Weg zu bleiben, würde er vielleicht erlauben, daß sie den Tag in der Fabrik verbrachte. Während alle beschäftigt waren, konnte sie dann ins Kellergeschoß hinuntergehen und sich in den kleinen Raum hinter der Treppe schleichen. Und Amy würde dort sein und sie erwarten.

Sie konnten in der Dunkelheit beisammensitzen und miteinander reden. Wie schön es wäre, dachte Beth, allein an einem kühlen, dunklen und stillen Platz mit einer Freundin zusammenzusein, die einen nicht auslacht oder kränkt, ganz gleich was man sagt. Beth war überzeugt davon, daß Amy so eine Freundin für sie sein würde. Jemand, mit dem sie reden konnte, wenn sie so einsam war und das Gefühl hatte, daß niemand auf der Welt sie mochte oder verstand oder sich auch nur für sie interessierte.

Sie zog sich an und schaute auf die Uhr. Es war erst halb acht. Hannah würde in der Küche sein und mit dem Frühstück anfangen, aber weder Peter noch Mr. Smithers würden schon zur Arbeit eingetroffen sein.

Beth überlegte, ob sie zum Stall gehen und Patches

besuchen sollte, bevor Peter den Dienst antrat. Bestimmt hatte Peggy erzählt, was gestern geschehen war. Peggy erzählte immer alles, und inzwischen dachte Peter vielleicht ebenfalls, daß sie, Beth, verrückt war.

Was war, wenn er ihr sagte, daß sie nicht mehr zum Stall kommen konnte? Das würde schrecklich sein. Der morgendliche Besuch bei den Pferden war das Schönste von jedem Tag. Aber noch ist es nicht passiert, sagte sich Beth, und wenn Peter mir verbietet, zum Stall zu kommen, dann stehe ich einfach jeden Tag noch früher auf.

Sie band die Schnürsenkel ihrer Tennisschuhe, machte schnell das Bett und legte die Kleidungsstücke weg, die sie am Vortag getragen hatte. Dann verließ sie ihr Zimmer, spähte auf dem Flur in beide Richtungen und lauschte. Sie hörte nichts. Die Türen von Tracys Zimmer und der Suite ihrer Mutter waren noch geschlossen. Alle außer ihr schliefen noch. Beth huschte die Treppe hinab, durchquerte leise das große Wohnzimmer und schlich langsamer durch das Eßzimmer. Sie hatte das Gefühl, von all den toten Mitgliedern der Familie Sturgess auf den Porträts mißbilligend angestarrt zu werden, obwohl sie stets vermied, zu ihnen hinzuschauen. Als sie in den Anrichteraum gelangte, atmete sie erleichtert auf. Hier, in Hannahs Reich, fühlte sich Beth stets behaglicher. Schließlich stieß sie die Küchentür auf.

»Es muß viertel vor acht sein«, sagte Hannah, ohne vom Herd aufzublicken, auf dem sie Eier briet. »Ich könnte glatt die Uhr nach dir stellen. Orangensaft ist im Kühlschrank, und die Eier sind gleich fertig.«

»Ich hätte mir selbst Eier braten können«, sagte Beth, während sie den Krug mit frisch gepreßtem Orangensaft aus dem Kühlschrank holte. Sie mochte das Fruchtfleisch in dem Saft nicht, aber sie sagte es nicht, um Hannah nicht zu kränken, und so schenkte sie ein Glas voll, holte tief Luft, schloß die Augen und versuchte, alles auf einen Zug auszutrinken. Als sie es geschafft hatte und die

Augen öffnete, sah sie, daß die Haushälterin den Kopf schüttelte.

»Ich verstehe nicht, wie du das schaffen kannst«, sagte Hannah mit ernstem Gesicht, jedoch mit übermütig blitzenden Augen. »Den Fruchtbrei in diesem Zeug muß ich immer hinunterwürgen. Ich muß mich regelrecht dazu zwingen.«

Beth blickte sie überrascht an. Dann kicherte sie und nahm am Tisch Platz, um die Spiegeleier auf Toast zu essen, die Hannah inzwischen serviert hatte. Als Beth fertig gefrühstückt hatte, spülte sie den Teller, nahm den bereitstehenden Müllsack mit den Abfällen und verließ das Haus durch die Hintertür. Sie warf den Müllsack in die Mülltonne, überquerte die Terrasse und winkte Ben Smithers zu, der im Rosengarten schon bei der Arbeit war.

Auf dem Weg zum Stall rannte Beth. Als sie den Stall betrat, wußte sie gleich, daß Peter noch nicht da war, wie sie gehofft hatte. Tiefe Stille herrschte im Stall, die nur vom leichten Schnauben der Pferde unterbrochen wurde, als sie wahrnahmen, daß jemand in den Stall gekommen war.

Beth entspannte sich. Sie schloß das Stalltor hinter sich und ging über den Mittelgang zu der Box, in der Patches stand. Die große Stute reckte den Kopf und den Hals über die Boxentür und wieherte leise.

»Guten Morgen, Patches«, sagte Beth und streichelte über die Ohren des Pferds. »Hast du schon gefrühstückt?«

Das Pferd schnüffelte, stampfte auf und drängte die Nüstern gegen Beths Jeanstasche, wie um darin nach Futter zu suchen. Der Futtertrog war leer.

»Ich verstehe nicht, warum Peter dir nicht etwas Futter für die Nacht zurückläßt«, sagte Beth zu der großen Stute und kraulte sie liebevoll zwischen den Ohren. »Was machst du, wenn du Hunger bekommst?«

Patches schnaubte leise und bewegte den Kopf auf und ab, als hätte sie jedes Wort verstanden und stimme Beth zu. Das war das beste an der Stute, wie Beth fand – sie konnte alles zu ihr sagen und brauchte sich nie Sorgen zu machen, ob das Pferd ihr glaubte oder nicht.

Ganz anders war es mit den Menschen. Wenn man den Menschen etwas sagte, das nur ein wenig sonderbar klang, dann bezeichneten sie einen als verrückt.

Entweder das, oder sie glaubten einem nicht, daß man die Wahrheit sagte.

Beth seufzte bei diesen Gedanken, streichelte über den Hals der Stute und ging dann über den Mittelgang zu den Futterkästen, um etwas zum Fressen für das Pferd zu holen. Das Heu war noch nicht vom Heuboden herunter, aber unter dem Heuboden entdeckte sie einen großen Sack mit Hafer.

Während Beth einen Eimer mit Hafer füllte, fragte sie sich, ob ihr jemals irgend jemand glauben würde, daß Amy existierte.

Bis jetzt hatte es nicht den Anschein.

Mit einer Ausnahme: Mrs. Sturgess.

Aber hatte die alte Frau ihr tatsächlich geglaubt oder aus irgendeinem Grund nur so getan? Wenn sie sich nur verstellt hatte, warum hatte sie dann gesagt, daß sie gleich nach ihrer Entlassung aus dem Krankenhaus Beth einen Beweis dafür zeigen würde, daß es tatsächlich ein Mädchen namens Amy gab? Und warum hätte sie dann gefragt, was Amy wollte?

Beth glaubte nicht, daß Amy irgend etwas wollte. Sie und Amy wollten nur Freundinnen sein, das war alles.

Beth nahm den Eimer mit Hafer und ging zu Patches' Box. Sie öffnete die Boxentür und trat ein.

»Sieh mal, was ich hier für dich habe«, sagte Beth und hielt der großen Stute den Eimer mit Hafer unter die Nüstern.

Das Pferd schnüffelte an dem Eimer, wich zurück und warf den Kopf hoch.

»Das ist nur Hafer«, sagte Beth und näherte sich langsam dem Pferd, bis es das Halfter packen konnte. »Du magst Hafer, das weiß ich doch.«

Sie hielt der Stute von neuem den Eimer mit Hafer hin, doch das Pferd schnüffelte und wollte wieder zurückweichen. Beth war darauf vorbereitet. Sie hielt das Tier am Halfter fest.

»Vielleicht will sie nichts fressen«, hörte Beth plötzlich eine Stimme hinter sich. »Vielleicht hat sie keinen Hunger.«

Beth stieg das Blut in die Wangen. Sie fuhr herum und sah Tracy, die an der Boxentür stand und auf die überhebliche und überlegene Art lächelte, die Beth stets das Gefühl gab, dumm zu sein.

»Sie mag Hafer«, sagte Beth. »Sie will nur, daß ich sie füttere, das ist alles.«

»Sie will nicht, daß du sie fütterst«, erwiderte Tracy höhnisch. »Patches kann dich nämlich nicht leiden. Sie will nur, daß du verschwindest!«

»Das stimmt nicht!« begehrte Beth auf. »Sieh mal!«

Sie hielt das Pferd mit einer Hand am Halfter fest, stellte den Eimer ab, nahm eine Handvoll Hafer heraus und hielt sie Patches hin.

Das große Pferd schnüffelte, öffnete das Maul und leckte an dem Hafer. Beth hob die Hand höher, und die Stute rupfte an dem Hafer und begann zu fressen. Während Patches langsam kaute und schluckte, nahm Beth eine weitere Handvoll Hafer aus dem Eimer.

»So ist's richtig«, sagte Beth sanft, als das Pferd die zweite Handvoll Hafer knabberte. »Das schmeckt, nicht wahr?«

»Bilde dir nur nichts ein«, sagte Tracy höhnisch. »Ein Pferd frißt alles, was du ihm ins Maul schiebst.« Hämisch kichernd wandte sie sich ab und verließ den Stall so leise, wie sie aufgetaucht war.

Beth spürte plötzlich ein Brennen in den Augen, und sie schaute Tracy zornig nach. »Aber du magst mich«, sagte Beth zu Patches, als sie wieder mit dem Pferd allein war. »Du magst mich lieber als jeder sonst, nicht wahr?«

Sie hob den Eimer an und hielt ihn, während Patches mit offensichtlicher Zufriedenheit den restlichen Hafer fraß. Dann tätschelte Beth dem Pferd den Hals, ließ das Halfter los und verließ die Box, um den Eimer mit Wasser auszuspülen und wieder an den Haken hinten im Stall zu hängen.

Beth wollte das Pferd auf den Sattelplatz hinausführen, als sie hörte, daß ihre Mutter sie vom Haus aus rief. Beth tätschelte der Stute noch einmal den Hals. »Ich komme später wieder«, versprach sie. »Und vielleicht reiten wir aus. Okay?« Das Pferd wieherte leise und schlug mit dem Schweif. Dann leckte es noch einmal an Beths Hand. »Wen interessiert es schon, was Tracy denkt? Oder was jeder sonst denkt?«

Als Beth den Stall verließ, kam Peter Russell herein, und Beth konnte ihm am Blick ansehen, daß Peggy ihm tatsächlich alles erzählt hatte. Obwohl Peter nichts sagte, spürte Beth, daß sie rot wurde.

Es war ihr doch nicht gleichgültig, was die Leute dachten.

Als Beth eine Stunde später in den Stall zurückkehrte, hörte sie als erstes Patches' schrilles Wiehern, dem das Krachen von Hufen gegen die Boxenwände folgte.

Sie rannte über den breiten Mittelgang zwischen den Boxen und gelangte gerade rechtzeitig zu der großen Stute, um zu sehen, daß sie auf die Hinterhand stieg, mit der Vorderhand auskeilte und wieder aufsetzte. Patches stampfte auf, stieg erneut, hatte das Maul geöffnet und bleckte die Zähne, als versuche sie, einen unsichtbaren Feind zu beißen.

Entsetzt wich Beth zurück. »Peter!« schrie sie. »Komm schnell!«

Peter war jedoch bereits da. Er eilte aus der Box des

großen Araberhengstes namens Thunder. Peter starrte einen Augenblick lang verwundert auf Patches, dann flitzte er über den Gang zwischen den Boxen, öffnete das Gatter zum Sattelplatz und eilte zurück zu Patches' Box. Als die Stute, deren Augen jetzt glasig wirkten, durchging und aus der Box jagte, griff Peter nach dem Halfter, verfehlte es jedoch. Bockend und schnaubend preschte Patches bis in die Mitte des Sattelplatzes, blieb einen Moment stehen und schaute sich wild um, als suche es nach einem unsichtbaren Angreifer. Dann fiel die Stute zu Boden, wälzte sich und keilte wild aus. Einen Augenblick später tauchte Beth mit bleichem Gesicht an der offenen Boxentür auf. »Peter, was ist mit Patches los?«

Peter zögerte mit der Antwort und hielt den Blick auf das Pferd gerichtet, das sich gepeinigt am Boden wälzte. »Ich weiß es nicht«, sagte er schließlich. »Hol mir die Trense und lauf dann zum Haus und sag, daß jemand den Tierarzt anrufen soll.«

Beth stürzte in die Box zurück, schnappte eine Trense, rannte wieder hinaus und gab sie Peter. Nach einem kurzen Blick auf Patches rannte Beth zum Zaun des Sattelplatzes, kletterte über den Zaun und lief so schnell sie konnte den Hang hinauf zum Haus.

Bald darauf hetzte sie durch die Hintertür und rief nach Hannah.

»Was ist, Kind?« fragte Hannah und eilte aus ihrem Zimmer.

»Patches«, stieß Beth atemlos hervor. »Hannah, wir müssen sofort den Tierarzt anrufen. Etwas stimmt nicht mit Patches! Ich... ich glaube, sie stirbt!«

Beth und ihre Mutter, zusammen mit Phillip und Tracy Sturgess sahen zu, als Paul Garvey, der Tierarzt, den Kopf schüttelte und dem Pferd die Spritze gab. Einen Augenblick später erbebte Patches, stieß einen Laut aus, der wie ein Seufzen klang, und lag still.

»So ist es das beste«, sagte der Tierarzt leise und richtete sich auf. »Es gab keine Möglichkeit, sie zu retten.«

»Aber es war eine Kolik, nicht wahr?« fragte Phillip, wandte den Blick von der toten Stute und richtete ihn auf Garvey.

»Ich habe noch keinen so starken Fall gesehen«, erwiderte Garvey. »Wenn ich wetten müßte, würde ich mein Geld auf Gift setzen.«

»Gift?« wiederholte Carolyn fassungslos. »Aber wer...«

»Ich möchte ihr Futter untersuchen«, unterbrach Garvey. Er wandte sich an Peter Russell. »Zeigen irgendwelche der anderen Pferde solche Symptome?«

Peter schüttelte den Kopf. »Sie sind noch nicht mal gefüttert worden. Jedenfalls Patches nicht. Ich hatte gerade erst Thunder versorgt, und Patches wäre als nächste drangewesen.«

Der Tierarzt runzelte die Stirn. »Das Pferd hat nichts gefressen?« fragte er zweifelnd.

Tracy antwortete. »Es war Beth«, sagte sie, und ihre Stimme bebte in scheinbarem Zorn. »Beth hat ihr heute morgen Hafer gegeben.«

Die Falte an Garveys Stirn vertiefte sich noch. »Hafer? Wieviel?«

»Einen ganzen Eimer voll«, sagte Tracy. »Der Hafer ist in dem Sack dort hinten.« Sie wies zu dem großen Futtersack, der an der Wand unter dem Heuboden lehnte, und Garvey ging schnell hin. Er griff tief in den Sack, nahm eine Handvoll Hafer heraus und roch daran. Garvey furchte die Stirn und schnüffelte von neuem an dem Hafer.

»Nun?« fragte Phillip.

»Da stimmt was nicht«, sagte Garvey. »Ich nehme etwas von dem Hafer mit und untersuche ihn im Labor. Lassen Sie unterdessen keines der anderen Pferde an dieses Zeug heran.«

Es folgte betroffenes Schweigen. Und dann klang plötzlich Tracys Stimme schrill und wütend durch die Stille im Stall. »Sie hat Patches vergiftet! Sie hat mein Pferd vergiftet!«

Beths Mund klaffte auf. Sie blickte fassungslos zu Tracy, die anklagend auf sie wies. »Ich habe nichts getan... ich...«, begann Beth, doch Tracy ließ sie nicht aussprechen.

»Du hast sie getötet!« schrie sie. »Weil du mich haßt, hast du mein Pferd getötet! Patches wollte den Hafer gar nicht. Sie hätte ihn nicht angerührt. Ich habe gesehen, wie du ihn ihr ins Maul geschoben hast! Du hast ihn ihr regelrecht aufgezwungen!« Sie wollte sich auf Beth stürzen, doch ihr Vater packte sie und hielt sie zurück.

»Tracy, niemand würde versuchen, Patches zu töten...«

»Sie hat es getan!« schrie Tracy. »Sie hat den Hafer vergiftet, und Patches gezwungen, ihn zu fressen!«

Beth starrte Tracy an, und plötzlich erinnerte sie sich daran, wie Patches geschnaubt hatte und vom Eimer mit dem Hafer zurückgewichen war. Dann hatte sie den Hafer in die Hand genommen und dem Pferd fast ins Maul geschoben. Erst dann hatte Patches gefressen...

Beth brach in Tränen aus, warf sich herum und rannte aus dem Stall.

Während Phillip seine weinende Tochter an sich drückte, tauschten er und Carolyn einen langen Blick. Schließlich, nach einer scheinbaren Ewigkeit der stummen Entscheidungssuche, brach Phillip das Schweigen.

»Ich werde Alan anrufen«, sagte er leise. »Vielleicht ist es an der Zeit, daß wir etwas unternehmen.«

Während er das sagte, glaubte er zu spüren, daß sich Tracy an seinem Körper entspannte, und ihr Schluchzen schien nachzulassen.

Tracy Sturgess tauchte im Westover Country Club aus dem Wasser des Swimmingpools auf und stieg heraus. Sie nahm ein Handtuch, ließ sich auf den Rasen sinken und schüttelte Wasser aus ihrem Haar. Seit einer Stunde war sie im Country-Club, und obwohl es ihr niemand gesagt hatte, glaubte sie fast mit Sicherheit zu wissen, weshalb ihr Vater plötzlich vorgeschlagen, ja sogar darauf bestanden hatte, daß sie heute nachmittag in den Country Club gehen sollte.

Während sie fort war, brachten sie Beth aus dem Haus.

Und genausogut war die Tatsache, daß ihr Vater ihr ein neues Pferd versprochen und sogar nachgegeben hatte, als sie um einen Araber wie Thunder gebeten hatte. Sie hatte natürlich schreien und so tun müssen, als wäre der Verlust von Patches das Schlimmste, was ihr je widerfahren war, aber das war leicht gewesen. In solchen Dingen war sie schon immer gut gewesen.

Jetzt legte sie den Kopf auf einen Arm und grinste Alison Babcock an, die in diesem Sommer ihre beste Freundin war. »Worüber habt ihr denn gesprochen?« fragte sie.

»Über deine Großmutter«, erwiderte Alison, verdrehte theatralisch die Augen und nickte zu Kip Braithwaite hin, der auf einem Badetuch ausgestreckt neben ihr lag. »Kip meint, daß jemand sie umbringen wollte.«

Tracys Mund klaffte auf, und sie wandte den Kopf zu Kip und starrte ihn an. »Warum sollte das jemand tun wollen?«

»Nun, jemand wollte Jeff Bailey umbringen und tat es, oder nicht?«

»Ah, Quatsch«, stöhnte Brett Kilpatrick auf. »Niemand hat Jeff umgebracht. Er stolperte und stürzte unglücklich auf eine Hacke.«

»Das denkst du«, entgegnete Kip.

»Nun, ich sollte es wissen«, gab Bret heftig zurück. »Ich war dabei, oder?«

»Was hast *du* denn schon gesehen?« höhnte Kip. »Du warst sogar zu feige, die Treppe runterzugehen.«

»Was ist mit Großmutter?« fragte Tracy. »Wie kommst du darauf, daß jemand versuchte, sie umzubringen?«

Kip zuckte mit den Schultern. »Sie hatte ihren Herzanfall an der gleichen Stelle, an der Jeff getötet wurde, nicht wahr?«

»Na und?« meinte Alison Babcock. »Das beweist gar nichts.«

»Und es widerlegt auch nichts«, sagte Kip.

»Wenn du so schlau bist – wer hat es dann deiner Meinung nach getan?« fragte Brett.

Kip blickte seinen Freund böse an. »Wie wäre es mit Beth Rogers?«

Brett lachte. »Die? Das soll wohl ein Witz sein. Hast du sie nicht auf Tracys Party gesehen? Beth Rogers machte sich fast naß, als sie diesen Horrorfilm sah!«

»Aber sie sprach von einem Geist in der alten Fabrik«, sagte Kip. »Vielleicht ging sie hin, um nach einem zu suchen.«

»Witzbold!« Alison kicherte. »Beth Rogers? Ich lach' mich gleich weg.«

»Nun, ich glaube, sie hat Jeff getötet«, beharrte Kip. »Und ich glaube, daß sie versucht hat, Tracys Oma umzubringen.«

»Spinner«, sagte Alison. »Das *denkst* du dir. Aber was *weißt* du?«

»Ich weiß, daß sie Tracys Pferd vergiftet hat«, entgegnete Kip. »Tracy sagt, daß Beth deshalb aus dem Haus geworfen wird. Beth ist verrückt.«

»Ach, mach mal halblang...« begann Alison, doch Tracy fiel ihr ins Wort.

»Sie ist verrückt, Alison«, behauptete sie. »Ich spazierte gestern beim Mausoleum herum, und sie war dort oben. Ich hörte, wie sie über jemand namens Amy redete. Sie glaubt, daß diese Amy Jeff getötet hat.«

Alison starrte sie an. »Amy? Wer soll denn das sein?«

Tracy verdrehte theatralisch die Augen. »Sie ist der Geist! Und ich hörte, wie Beth darüber faselte, daß Amy Jeff umgebracht hat, weil er auf meiner Party nicht nett zu ihr gewesen war.«

Die anderen drei verfielen in Schweigen und tauschten Blicke. Tracy spürte, daß sie noch nicht überzeugt waren. »Ich sage euch, sie *ist* verrückt! Und ich wette, daß Kip recht hat. Ich wette, sie ist so irre, daß sie Jeff umgebracht hat und es nicht mal weiß. Ich wette, sie glaubt wirklich, ein Geist hätte es getan.«

Alison kniff die Augen zusammen und musterte Tracy mißtrauisch. »Und was ist mit deiner Großmutter? Glaubst du, daß Beth versuchte, sie ebenfalls umzubringen?«

Tracy überlegte schnell und nickte.

»Warum?« fragte Alison. »Was hat deine Großmutter ihr denn getan?«

»Nichts«, erwiderte Tracy. »Abgesehen davon, daß sie Beth nicht ausstehen kann, was Beth weiß. Aber Irre brauchen keinen Grund – sie tun es einfach.« Dann kam ihr eine Idee. »Und Großmutter benahm sich gestern abend auch wirklich sonderbar. Zuerst sprach sie mit Daddy, und dann mußten wir Beth holen und zu ihr ins Krankenhaus bringen. Danach wollte Beth keinem von uns erzählen, worüber sie und Großmutter sprachen.«

»Meinst du, daß sie Beth gestern dort in der Fabrik gesehen hat?« fragte Kip.

»Wenn sie Beth gesehen hätte, warum sollte sie dann noch mit ihr sprechen wollen?« fragte Alison. »Ich meine, wenn jemand versuchen würde, mich umzubringen, dann würde ich bestimmt nicht anschließend den Wunsch haben, mich mit ihm zu unterhalten.«

»Vielleicht war sie sich nicht ganz sicher, ob es Beth war«, überlegte Kip laut. »Vielleicht wollte sie mit ihr reden, um sie mit Fangfragen reinzulegen, wie sie es in den Fernsehkrimis tun.«

Alison verdrehte gelangweilt die Augen. »Wen interessiert es schon, worüber sie redeten? Wir können es ohnehin nicht herausfinden.«

Einen Augenblick lang herrschte Schweigen, und dann grinste Tracy verschwörerisch. »Ich wette, daß ich es herausfinden kann.«

»Und wie willst du das schaffen?« fragte Alison.

»Ich werde Großmutter besuchen«, erklärte Tracy. »Und ich wette, daß ich aus ihr herausbekomme, worüber sie mit Beth gesprochen hat. Großmutter tut letzten Endes immer, was ich will, denn sie haßt Carolyn so sehr.«

»Ich wette, nicht so sehr, wie du sie haßt«, sagte Alison, rollte sich auf den Rücken und schloß die Augen.

»Da hast du recht.« Tracy drehte sich ebenfalls auf den Rücken und schloß die Augen. »Ehrlich gesagt, ich wünschte, es gäbe eine Möglichkeit, wie ich Daddy dazu bringen könnte, Carolyn ebenfalls aus dem Haus zu werfen. Oder vielleicht könnte ich sogar Beth dazu bringen, sie zu töten. Wäre das kein Hammer? Sie dazu zu bringen, die eigene Mutter umzubringen?« Sie kicherte boshaft, und nach einer Weile fielen die anderen in ihr Lachen ein.

Tracy verließ den Country Club um 16 Uhr und sagte sich, daß es besser war, die zweieinhalb Kilometer zur Stadt zu Fuß zu gehen als ihren Vater zu bitten, sie zum Krankenhaus zu fahren, wenn er kam, um sie abzuholen. Er würde fragen, warum sie plötzlich ihre Großmutter besuchen wollte, und sie hatte nicht vor, ihm das zu sagen.

Tracy ging die River Road entlang und fragte sich, wie sie die gewünschte Information aus ihrer Großmutter herauslocken konnte. Sie konnte sie nicht einfach fragen, das war ihr klar. Wenn die alte Frau Beth zum Schweigen verpflichtet hatte, dann würde sie selbst auch den Mund halten. Und dann, als sich Tracy den Bahngleisen näherte, wußte sie auf einmal die Antwort.

Sie mußte Großmutter dazu bringen, über die Vergangenheit zu reden. Die alte Frau sprach stets gern über die ›guten alten Tage‹ vor Tracys Geburt. Und wenn sie in Erinnerung versunken und nicht auf der Hut war, würde ihr, Tracy, schon etwas einfallen, wie sie ihre Großmutter dazu bringen konnte, über die Ereignisse des Vorabends zu sprechen.

Tracy überquerte die Schienen auf der River Road, als sie plötzlich spürte, daß sie beobachtet wurde. Sie wandte sich um und sah Beth Rogers, die nur ein paar Meter entfernt stand und sie anstarrte.

Tracy blieb wie angewurzelt stehen und fragte sich, was passieren würde. Ob Beth bereits herausgefunden hatte, was sie mit dem Hafer gemacht hatte? Würde sie den Nerv haben, etwas zu sagen? Nein, damit war nicht zu rechnen, denn Beth war bestimmt zu dumm, um herauszufinden, was Patches wirklich widerfahren war, wie Patches zu blöde gewesen war, um den vergifteten Hafer zu verweigern. Tracy hob herausfordernd das Kinn, ignorierte Beth und ging weiter zur Prospect Street. Dann bog sie nach rechts ab, ging an der Fabrik vorbei und zum Krankenhaus, das ein paar Straßen weiter entfernt war.

Tracy ignorierte das Schild, auf dem die Besuchszeiten – 18 bis 20 Uhr – angegeben waren, ging geradenwegs zu dem Krankenzimmer, in dem ihre Großmutter lag, und trat ein. Abigail Sturgess lag mit geschlossenen Augen auf dem Bett, atmete gleichmäßig und schlief friedlich.

Tracy schaute einen Augenblick lang auf die zerbrechlich wirkende alte Frau. Dann rüttelte sie ihre Großmutter an der Schulter.

»Großmutter? Wach auf!«

Abigail bewegte sich leicht und wollte sich auf die Seite drehen.

Tracy schüttelte sie von neuem. »Großmutter! Ich bin's, Tracy. Wach auf!«

Abigail zuckte leicht zusammen, hustete und öffnete die Augen. Sie blinzelte gegen das Licht an und spähte zum Gesicht ihrer Enkelin hoch. »Tracy?« fragte sie schwach. »Was machst du hier?«

Tracy setzte ein Lächeln auf. »Ich bin zu Besuch gekommen. Ich dachte mir, du bist so einsam.«

Abigail setzte sich mühsam auf. »Wie lieb von dir«, sagte sie, als Tracy ihr ein zusätzliches Kissen hinter den Rücken schob. Sie blinzelte und nahm dann mit leicht zitternder Hand ein Glas mit Wasser vom Tisch neben dem Bett. »Ist dein Vater mit dir in die Stadt gekommen?«

Tracy schüttelte den Kopf. »Ich bin zu Fuß gegangen. Ich hatte Angst, daß Carolyn mir den Besuch bei dir verbietet, wenn ich etwas davon erzähle.«

»Das hätte leicht passieren können«, stimmte Abigail zu. »Diese Frau ist hart und herzlos.« Dann lächelte Abigail. »Überhaupt nicht wie deine Mutter.«

Das war wie ein Stichwort für Tracy, und sie lächelte wieder. »Erzähl mir von ihr«, sagte sie. »Erzähl mir von meiner lieben Mutter!«

Abigail seufzte zufrieden, und ihr Blick schien in weite Ferne zu gehen, als sie sich die Vergangenheit in Erinnerung rief. »Deine Mutter war eine wundervolle Frau. Bildhübsch und genau wie du.« Sie ergriff Tracys Hand und drückte sie sanft und liebevoll. »Sie wußte, welcher Platz ihr auf der Welt gebührte. Du hättest sie niemals in der Küche arbeiten sehen. Dorthin ging sie nur einmal in der Woche, wenn sie der Köchin den Speiseplan gab. Ja, deine Mutter war eine Frau von Format. Aber ich nehme an, diese Zeiten sind für immer vorüber...« Sie schwieg in Gedanken versunken und schloß die Augen.

Tracy schaute auf ihre alte Großmutter hinab und fragte sich, ob sie wieder eingeschlafen war. »Aber wenn die Fabrik wieder Geld einbringt...« begann sie, und Abigail riß die Augen auf.

»Das wird sie nicht!« sagte sie mit plötzlich fester Stimme. »Wir brauchen das Geld nicht, und ich habe deinem

Vater gesagt, daß er die Fabrik wieder schließen soll. Ich werde alles daransetzen, daß er das tut!«

Tracy lächelte vor sich hin. »Aber warum? Warum sollte er sie schließen?«

Abigail wandte ihrer Enkelin langsam den Kopf zu und heftete den Blick auf sie, doch Tracy hatte das unheimliche Gefühl, daß ihre Großmutter sie gar nicht wahrnahm.

»Weil sie eine Stätte des Teufels ist«, flüsterte die alte Frau wie im Selbstgespräch. »Sie tötete meinen Sohn und Jeff Bailey, und sie versuchte, mich ebenfalls zu töten!«

Tracys Herz schlug schneller. Das war genau das, was sie hatte hören wollen, obwohl ihre Großmutter verwirrt war. Beth konnte Onkel Conrad nicht getötet haben – sie war zu dieser Zeit noch nicht einmal auf der Welt gewesen. Aber was machte es schon, wenn dieser Punkt nicht stimmte? Tracy bemühte sich, ihre Aufregung zu verbergen. »Sie versuchte, dich zu *töten?*« flüsterte sie. »Wer?« Als ihre Großmutter nicht antwortete, entschloß sich Tracy, ihr Glück zu versuchen. »Du hast sie gesehen, nicht wahr? Du hast sie dort unten im Keller gesehen, und sie tat dir etwas an, stimmt's?«

Abigail hatte das Gefühl, ihr Herz krampfe sich schmerzhaft zusammen, als plötzlich die Erinnerungen an die vergangene Nacht auf sie einstürmten. Abermals streckte sie die Hand nach Tracy aus, doch diesmal war die Hand wie eine Klaue, und als sie das Mädchen am Handgelenk packte, zuckte Tracy vor Schmerz zusammen.

»Die Kinder«, keuchte Abigail. »Ja... ich sah die Kinder.«

»Beth«, flüsterte Tracy aufgeregt. »Du hast Beth Rogers gesehen, nicht wahr?«

Abigail nickte, und ihre Lippen bebten, als sie weitersprach. »Ja, die Kinder«, wiederholte sie. »Ich sah die Kinder. Ich sah sie, als wären sie wirklich dort...«

Tracys Puls raste jetzt. »Ja, Großmutter, du hast sie gesehen, und sie versuchte, dich umzubringen.«

»Tot«, wisperte Abigail. »Sie ist tot, und sie will uns töten.« Sie umklammerte Tracys Handgelenk noch fester, und Schmerzen stachen durch das Handgelenk des Mädchens. »Sie will uns alle töten, Tracy. Sie haßt uns, wegen dem, was wir ihr angetan haben. Sie haßt uns, und sie wird uns töten, wenn wir sie gewähren lassen.«

Tracy versuchte, sich loszureißen, aber Abigail fand anscheinend neue Kraft, während sie weiterredete. »Bleib dort fort, Tracy. Bleib dort fort. Versprich es mir, Tracy. Versprich mir, daß du dich von der Fabrik fernhältst.«

Tracy hatte plötzlich Angst vor ihrer Großmutter. Das Mädchen riß sich mit aller Kraft aus der Umklammerung der alten Frau los. Als wäre Abigail schlagartig von der Quelle ihrer Kraft abgeschnitten worden, erschlaffte sie und sank auf die Kissen zurück.

»Versprich es mir«, sagte sie schwach, während sie Tracys Blick suchte.

Tracy wich zur Tür zurück. »Ich ... ich verspreche es«, murmelte sie. Dann verließ sie eilig das Zimmer, zog die Tür hinter sich zu und wünschte, den Anblick der alten Frau aus ihrem Gedächtnis löschen zu können.

Als sie das Krankenhaus verließ, dachte sie über das Gehörte nach und sagte sich, daß sie alles in allem recht gehabt hatte.

Ihre Großmutter hatte tatsächlich etwas im Kellergeschoß der Fabrik gesehen, und wer auch immer es gewesen war, er hatte versucht, sie umzubringen.

Und für Tracy stand fest, wen die alte Frau gesehen hatte.

Beth Rogers.

Tracy folgte der River Road, bis sie in die Prospect Street gelangte. Dort blieb sie stehen und schaute neugierig das alte Gebäude an. Wenn stimmte, was ihre Großmutter erzählt hatte, war dieser alte Bau plötzlich zu neuem Leben erwacht. Tracy fragte sich, was wirklich dort vor so vielen Jahren geschehen sein mochte.

Nichts, sagte sie sich.

Ihre Großmutter war alt und krank und wußte nicht mehr, was sie sagte.

Und ein Versprechen, das man ihr gab, zählte in Wirklichkeit nichts. Tracy fand schon seit langem, daß Versprechungen nichts bedeuteten. Wenn man etwas haben wollte, dann versprach man etwas, um es zu bekommen. Anschließend pfiff man auf das Versprechen und tat, was man wollte, und keiner sagte etwas. Wenigstens ihr Vater und ihre Großmutter verloren kein Wort mehr darüber, und das war alles, was zählte.

Wenn ihr der Sinn danach stand, in die Fabrik zu gehen und sich dort umzuschauen, dann würde sie das tun und sich von keinem daran hindern lassen.

## 19

Die Schläfrigkeit des Sommers hatte sich über Westover gesenkt, und im August wirkte die Stadt wie in Trance. Schon in der feuchten Wärme des Juli bewegten sich die Leute langsam, doch in der drückenden Hitze des Augusts schien alles in Trägheit zu erstarren.

Für Beth war das Leben sonderbar eintönig geworden.

Jeder neue Tag war fast wie der vergangene.

Zuerst war alles schrecklich verwirrend gewesen. Die Erinnerung daran, wie Patches gestorben war, während sie zugeschaut hatte, war immer noch frisch und hatte sich ihr unauslöschlich eingeprägt.

Manchmal schreckte Beth immer noch mitten in der Nacht aus dem Schlaf.

Der Rest jenes Tages war jedoch wie aus einem Traum gewesen. Die plötzliche Ankunft ihres Vaters, seine Erklärung, daß sie – wenigstens eine Zeitlang – bei ihm leben würde, das hastige Packen ihrer Koffer, die Fahrt mit ihrem Vater von Hilltop zur Stadt – all das war so schnell geschehen, daß sie kaum gewußt hatte, wie ihr geschah, während sie zu ergründen versucht hatte, *warum* es geschah.

Ihr Vater hatte versucht, es ihr zu erklären. Er hatte gesagt, niemand gebe ihr die Schuld für das, was mit Patches passiert war, doch es sei einfach besser für alle, wenn sie eine Zeitlang bei ihm lebe. Mrs. Sturgess würde aus dem Krankenhaus heimkommen, Carolyn sei schwanger, und Tracy...

Er hatte nicht weitergesprochen, nachdem er den Namen Tracy erwähnt hatte, aber Beth hatte gewußt, was er meinte. Hilltop war Tracys Heim, nicht ihres, und sie beide konnten dort nicht mehr zusammen leben. Deshalb mußte sie, Beth, ausziehen.

Es war nicht fair, aber so waren die Dinge nun einmal, und selbst in ihrer Jugend wußte Beth bereits, daß das Leben nicht immer fair ist.

Das Leben bei ihrem Vater hatte sich ebenfalls nicht ganz als das erwiesen, was sie sich vorgestellt hatte. Vor dem Umzug zu ihm waren sie an den Abenden, die sie mit ihm zusammen verbracht hatte, stets zum Essen ausgegangen, und er hatte immer viel Zeit für sie gehabt.

Seit sie jedoch ständig bei ihm war, hatte sich das geändert. Sie verstand, warum – er mußte jeden Tag zur Arbeit und konnte es sich nicht erlauben, jeden Abend zum Essen auszugehen. So blieben sie an den meisten Abenden zu Hause, Beth machte für sie beide das Abendessen, und das Essen war nicht so gut wie das, was Hannah auf Hilltop gekocht hatte. Außerdem war ihr Zimmer viel kleiner, und man hatte vom Fenster aus keinen Ausblick über die ganze Stadt. Statt dessen blickte man auf einen Parkplatz, und nur eine kleine Ecke der Fabrik war zwischen zwei Häusern an der Fourth Street zu sehen.

Wenigstens war Tracy nicht da, und das war gut.

Nicht gut hingegen war das, was passiert war, als sie Peggy Russell besucht hatte. Peggy hatte die Haustür nur einen kleinen Spalt geöffnet und Beth nicht hereingebeten. Statt dessen hatte sie gesagt, daß sie nicht mehr mit ihr spielen könne und daß sie besser von ihrem Haus fernbliebe.

Beth war weinend nach Hause gegangen, doch in der Leere des kleinen Apartments hatte sie die Einsamkeit sogar noch stärker empfunden als bei Peggys Abweisung. So war Beth zur Fabrik gegangen und hatte den Rest des Tages dort verbracht.

Als die Tage zu Wochen geworden waren, hatte Beth versucht, wieder Freunde unter den Kindern zu finden, die sie gekannt hatte, bevor sie nach Hilltop gezogen war, doch es war vergebens gewesen. Alle hatten gehört, was mit Patches passiert war, und jeder hatte Peggys Geschichte über das Grab auf dem Hügelhang und die Tatsache gehört, daß Beth glaubte, die Person, die dort begraben war, lebe immer noch in der alten Fabrik. Zuerst hatten die anderen Kinder sie einfach ignoriert, wenn sie versucht hatte, mit ihnen Freundschaft zu schließen, doch als sie sich weiter bemüht hatte, war sie beschimpft worden. Und dann hatten die Kinder einen Spitznamen für sie erfunden.

*Crazy Bethy.*

Sie riefen es hinter ihr her, wenn sie die Straße entlangging, und wenn ihre Eltern dabei waren und sie es nicht laut rufen konnten, dann flüsterten sie es und zeigten mit dem Finger auf sie.

Ihr Vater sagte ihr, sie solle sich nicht darüber ärgern – in ein paar Wochen würde etwas anderes interessant sein, und die Kinder würden das alles vergessen.

Beth war sich jedoch nicht sicher, ob das jemals der Fall sein würde.

Sie verbrachte immer mehr Zeit in dem ehemaligen Fabrikgebäude, und schließlich gewöhnten sich die Arbeiter so sehr daran, daß sie Beth schon erwarteten und sich Sorgen machten, wenn sie mal auch nur ein paar Minuten später kam. Die Arbeiter waren stets freundlich zu ihr, und sie durfte herumspazieren, wo sie wollte, ihnen bei der Arbeit zuschauen, ihnen gelegentlich Werkzeuge bringen und manchmal sogar helfen.

Es war wirklich nicht schlecht, abgesehen von den Tagen, an denen Philip Sturgess kam, um sich anzusehen, wie es mit den Arbeiten voranging, und Tracy mitbrachte.

Phillip war immer freundlich zu Beth und interessierte sich dafür, wie es ihr ging und was sie so trieb.

Tracy dagegen sprach nie mit ihr. Sie starrte sie nur mit einem leichten Lächeln um die Lippen an, das Beth zu verhöhnen schien. Beth bemühte sich, so zu tun, als mache es ihr nichts aus, doch es setzte ihr natürlich zu.

Manchmal sah sie Tracy des Nachmittags draußen stehen und zur Fabrik schauen, und Beth wußte, was Tracy wollte.

Sie wollte hereinkommen und ins Kellergeschoß hinabgehen.

Das konnte sie jedoch nicht. Den ganzen Tag über waren Leute darin, und nachts war das Gebäude sorgfältig abgeschlossen, und das Vorhängeschloß an der einzigen Tür im Bauzaun wurde zweimal überprüft.

Für Beth dagegen war es einfach, ins Kellergeschoß und zu dem kleinen Raum unter der Laderampe zu gehen. Niemand vermißte sie je, und sie verbrachte stets einen Teil des Tages damit, allein in der Dunkelheit zu sitzen und die Anwesenheit von Amy zu spüren, die jetzt ihre einzige wahre Freundin war.

Zuerst hatte sie sich dort ganz allein ein wenig gefürchtet. Lange Zeit hatte sie immer die Tür offengelassen, mit der Taschenlampe in jede Ecke geleuchtet und die Lampe dann angelassen. Doch bald hatte sie sich gesagt, daß sie nichts in der Dunkelheit des Raums zu fürchten hatte, und von da an hatte sie die Tür geschlossen, die Taschenlampe ausgeschaltet und sich vorgestellt, daß Amy – eine echte, lebende Amy – dort mit ihr beisammen war.

Nach einer Weile hatte sie nicht einmal mehr der sonderbare Geruch von Rauch gestört, und Ende Juli hatte sie eine alte Decke in die Fabrik mitgenommen. Jetzt bewahrte sie die Decke in dem kleinen Raum auf und breitete sie dort manchmal aus, um sich daraufzulegen und mit offenen Augen von Amy zu träumen.

Sie wußte jetzt viel über Amy. Beth war in die Stadtbücherei gegangen und hatte in Büchern gelesen, wie Städte wie Westover vor hundert Jahren ausgesehen hatten, als Amy gelebt hatte.

Sie hatte über Kinder wie Amy gelesen, welche die meiste Zeit ihrer Jugend in solchen Gebäuden verbracht hatten, den ganzen Tag lang gearbeitet hatten und dann in kleine Häuser heimgekehrt waren, in denen es keine Heizung und weder Elektrizität noch sanitäre Anlagen gegeben hatte.

Eines Tages war Beth durch Westover gewandert und hatte überlegt, in welchem Haus Amy gewohnt haben mochte. Schließlich hatte sie sich entschieden, daß es das Haus an der Elm Street war, gleich neben den Bahngleisen. Natürlich sagte ihr ein Teil ihres Verstandes, daß sie sich auf dieses Haus festgelegt hatte, weil ihre Mutter es ihr vor langer Zeit gezeigt und erklärt hatte, daß es einst das Haus ihrer Familie gewesen war, vor langer Zeit, noch bevor sie selbst geboren worden war.

Beth hatte das Haus betrachtet, das jetzt lange verlassen war, dessen Dach durchhing und dessen verfallene Wände von Unkraut überwuchert waren, und als sie sich vorgestellt hatte, daß dies Amys Heim gewesen war, hatte sie geglaubt, Amys Stimme zu hören. Amy hatte ihr zugeflüstert, daß sie mit ihrer Annahme recht hatte. »Ja, hier habe ich gewohnt«, hatte Amy geflüstert.

Dann hatten ihre Träume von Amy angefangen. Sie träumte nur von ihr, wenn sie in dem kleinen Raum hinter der Treppe war, und Beth war sich nicht einmal sicher, ob es wirklich Träume waren. Denn wenn die Träume zu Ende waren, konnte sie sich nicht erinnern, vor dem jeweiligen Traum eingeschlafen und anschließend erwacht zu sein. Sie gelangte zu dem Schluß, daß es überhaupt keine Träume waren.

Es waren Visionen.

Es waren Besuche von Amy, die zu ihr kam, um ihr etwas zu zeigen und zu erzählen.

Beth sagte keinem jemals etwas von Amys Besuchen. Sie hatte inzwischen gelernt, daß es besser war, bei keinem über Amy zu reden. Niemand hatte ihr geglaubt, als sie das einzige Mal über Amy gesprochen hatte. Und jetzt hielt jeder sie für verrückt.

Jeder außer Mrs. Sturgess, und Beth hatte sie nicht mehr gesehen, seit sie die alte Frau im Krankenhaus besucht hatte. Einmal war Beth wieder ins Krankenhaus gegangen, doch die Schwester hatte ihr erklärt, daß es eine Liste von Leuten gab, denen erlaubt war, Mrs. Sturgess zu besuchen, und ihr Name stand nicht auf der Liste.

So war Amy Beths Geheimnis geworden, und es war nicht mehr wichtig für Beth, ob die alte Frau beweisen konnte, ob es tatsächlich jemand namens Amy gegeben hatte oder nicht.

Für Beth war Amy so real wie jeder sonst.

Amy war ein Teil von ihr.

Und dann, eines Tages im späten August in dem kleinen Raum im Kellergeschoß der ehemaligen Fabrik, wurde Beth für eine Weile tatsächlich zu Amy und sah und empfand wie sie.

Es war ein besonders heißer Nachmittag, doch hier unten in der Dunkelheit war es kühl, fast wie an einem perfekten Frühjahrsmorgen. Beth breitete die Decke auf dem Boden aus, legte sich darauf, knipste die Taschenlampe aus und ließ sich von Amy besuchen...

*Es war ein Frühjahrsmorgen, wie ihn Amy seit langem fürchtete: Die Sonne schien strahlend, und es war schon vor sechs Uhr warm. Sie wußte, daß es gegen zehn heiß sein würde. Dann reichte eine leichte Brise aus, um in ihr den sehnsüchtigen Wunsch zu wecken, auf dem Hof zu liegen, zu den Ahornbäumen emporzublicken und Tagträumen nachzuhängen. Und am Nachmittag, wenn die Hitze ihren Höhepunkt erreichte und die Luft so schwül war, daß einem das Atmen schwerfiel, würde der Fluß nur ein paar Meter entfernt mit seinem kühlen Wasser locken.*

*Ja, heute war die Art Tag, die sie fürchten gelernt hatte, denn aus irgendeinem Grund schien es solch einen Tag niemals sonntags zu geben, wenn sie wenigstens ein paar Minuten Zeit gehabt hätte, um ihn zu genießen. Obwohl sie an Sonntagen nicht zur Arbeit gehen mußte, gab es zuviel zu tun. Sie mußte zu Hause helfen, sich um die Schwestern und Brüder kümmern, ihrem Vater aus dem Weg bleiben und ihrer Mutter bei all den Arbeiten zur Hand gehen, für die sie im Lauf der Woche nie Zeit gehabt hatte.*

*Fast unbewußt ging Amy langsamer, als könne sie dadurch das Unabwendbare aufschieben. Sie wußte jedoch, daß es unmöglich war. Als sie sich von der Bahnlinie abwandte und den Weg zur Prospect Street hinaufging, wo der Schatten der Schuhfabrik den Sonnenschein auslöschte, begann sie sich gegen die Stunden zu wappnen, die vor ihr lagen. Vor langer Zeit hatte ihr die Mutter den Trick beigebracht, wie man in der Fabrik überleben konnte. Man mußte alles um sich herum ausschalten und vergessen, bis der kleine Raum, in dem man arbeitete, die ganze Welt zu sein schien und nichts außerhalb davon zu einem dringen konnte. Dann dachte man nur an die Arbeit: Man schnitt die kleinen Lederstücke aus den gegerbten Häuten, sorgte dafür, daß sie alle exakt die gleiche Größe hatten, und stapelte sie sorgfältig, jedoch schnell auf, bevor sie in den Fabrikraum nach oben befördert wurden, damit die Arbeiter die richtigen Stücke zum passenden Zeitpunkt bekamen. Und man mußte schnell arbeiten, denn es wurde pro Stück bezahlt.*

*Man mußte auch den Gestank ignorieren, denn sonst wurde*

*einem schnell schlecht und man konnte überhaupt nicht arbeiten. Manchmal fragte sich Amy, was am schlimmsten roch – der ätzende Geruch der Lauge, die zum Gerben der Häute benutzt wurde, oder der säuerliche Gestank der Farbstoffe, mit denen das Leder nach dem Gerben gefärbt wurde. Oder vielleicht, dachte sie manchmal, rührte der schlimmste Gestank von den Leuten selbst her, die alle in der Hitze schwitzten und den Blick starr auf die Arbeit gerichtet hatten, aus Furcht, ein Blick aus den schmutzigen Fenstern zum Licht und der frischen Luft draußen würde sie überwältigen und sie würden die Arbeit hinwerfen und für immer aus der Fabrik davonlaufen.*

*Das würden sie jedoch nicht tun – Amy am allerwenigsten. Es war das Jahr 1886, und es gab nicht viele Jobs, und ihre Mutter, die überhaupt keine Arbeitsstelle hatte, sagte ihr stets, wie glücklich sie sich preisen könne, mitten in der Wirtschaftskrise einen Job zu haben. Und wenn sich Amy auch nicht ganz sicher war, was eine Wirtschaftskrise war, so war ihr klar, daß sie nicht einfach aus der Fabrik fortlaufen konnte, weil sie dann überhaupt kein Geld und ihre Mutter und Schwestern und Brüder nichts zu essen haben würden.*

*Das Tor der Fabrik ragte jetzt ein paar Treppenstufen über ihr auf, und Amy blieb stehen. Nach der Uhr auf dem Kirchturm blieben ihr immer noch vier Minuten, bis die Pfeife ertönte und jeder an den Arbeitsplätzen und einsatzbereit sein mußte. Ihr Blick schweifte in die Runde, wie um Eindrücke zu sammeln und sie für eine spätere Untersuchung aufzuheben, und blieb dann auf drei Kindern haften, die in ihrem Alter waren und auf der anderen Straßenseite entlanggingen. Amy kannte ihre Namen, aber sie hatte ebensowenig mit ihnen gesprochen wie die Kinder mit ihr.*

*Flüchtig fragte sie sich, ob die Kinder wußten, wie sie hieß.*

*Vermutlich nicht, denn sie arbeiteten nicht in der Fabrik.*

*Sie arbeiteten überhaupt nicht.*

*Das waren die Glücklichen, deren Väter die Fabrik besaßen und die in schönen Häusern wohnten, im Winter zur Schule gingen und den ganzen Sommer draußen spielen konnten. Und sie hatten schöne Kleidung, die nie aussah, als wäre sie schon von anderen getragen oder zwei- oder dreimal in der Woche geflickt worden. Unwillkürlich strich Amy über ihr Kleid, als könne sie mit einer unsichtbaren Kraft die Flecken darauf verschwinden lassen oder die groben Nähte glätten, mit denen die Flicken zusammengehalten wurden.*

*Amy fragte sich flüchtig, wohin die Kinder heute gehen mochten. Dann sagte sie sich, daß es ihr gleichgültig sein konnte. Das einzige, was wirklich zählte, war die Tatsache, daß ihr jetzt nur noch eine Minute blieb, um zu ihrem Arbeitsplatz zu gelangen. Wenn sie zu spät kam, würde sie von dem Schichtleiter angebrüllt werden, vielleicht sogar gefeuert. Und wenn das passierte...*

*Sie verdrängte den Gedanken, eilte durch das Tor in das Halbdunkel der Fabrik und bemühte sich, den Rest der Welt vorübergehend zu vergessen.*

*Ein paar Leute sprachen sie an, als sie auf die Treppe am fernen Ende der Fabrikhalle zulief, und sie antwortete mit einem grüßenden Nicken. Die meisten der Leute waren jedoch bereits bei der Arbeit. Ihre Bewegungen waren schnell und wie automatisch, während die Arbeiter Schuhe aus den Lederteilen zusammensetzten, die rings um sie aufgestapelt waren. Die Arbeiter wirkten alle gleich eintönig: Ihr Blick war leer, und ihre Haut sah beinahe wie abgenutztes Leder aus. Ihre schäbige und schlecht passende Kleidung sah fast gleich aus und kennzeichnete sie als das, was sie waren – Fabrikarbeiter. Amy fragte sich flüchtig, ob die Arbeiter wie sie davon träumten, aus der Fabrik herauszukommen, doch dann sagte sie sich, daß sie nicht die gleiche Sehnsucht hatten. Für die meisten von ihnen war die Fabrik das Leben, und sie würden hier sein, bis sie starben.*

*Als die Pfeife schrillte, eilte Amy die Treppe hinab in den kleinen Raum unter der Verladerampe, in dem sie mit den anderen Kindern ihres Alters arbeitete. Ihre Aufgabe war es, aus den frisch gegerbten und gefärbten Häuten die vielen Stücke zu schneiden, die zur Herstellung der Schuhe dienten.*

*Hier hatte Amy vor drei Jahren als Achtjährige mit der Arbeit angefangen. Sie hatte sich um die Bottiche gekümmert, in denen die Häute eingeweicht wurden, und dann beim Färben mitgeholfen. Schließlich war sie als Zuschneiderin angelernt worden, und nun arbeitete sie sechs Tage pro Woche in ihrer 12-Stunden-Schicht, schnitt Sohlen aus dem Rohleder und bemühte sich wie die anderen, nichts bei der Arbeit zu denken.*

*Als sie ihre Schürze umband und ihren Platz am Schneidetisch einnahm, begann sie abzuschalten.*

*Zuerst die Augen.*

*Sie mußte den Blick auf ihre Arbeit gerichtet halten, obwohl ihr seit Monaten jede Bewegung in Fleisch und Blut übergegangen war und sie gar nicht mehr hinzuschauen brauchte. Wenn sie jedoch auf das Leder und die automatischen Bewegungen ihrer rechten Hand mit dem Messer schaute, dann würde ihr Blick nicht zu den anderen Kindern ringsum schweifen, und sie würde keine Dinge wahrnehmen, die sie nicht sehen wollte. Sie würde nicht ihren Cousin sehen, der nur ein paar Meter entfernt arbeitete und dessen Gesicht immer tränenverschmiert war. Amy wußte, warum ihr Cousin bei der Arbeit weinte, aber er hatte sie schwören lassen, es geheimzuhalten, denn wenn jemand herausfand, daß er allergisch gegen die Farbstoffe war, mit denen er arbeitete, würde er seinen Job verlieren. So arbeitete er weiter, und obwohl ihm die Farbstoffe so sehr zusetzten, daß er manchmal den ganzen Tag lang weinte, klagte er nie und wandte sich immer ab, wenn der Vorarbeiter in der Nähe war.*

*Amy bemühte sich ebenfalls, nichts mehr zu hören, denn sonst hätte sie wahrgenommen, was die anderen Kinder redeten und hätte bald ebenfalls gesprochen. Und dann hätten die Gedanken eingesetzt, und sie wollte nicht denken, weil dann wer weiß was hätte passieren können.*

*Sie konnte das alles nur überstehen, wenn sie sich völlig verschloß und sich von der eintönigen Routinearbeit einlullen ließ, um die Stunden hinter sich zu bringen.*

*Amy nahm das Messer und begann mit dem Zuschneiden. Binnen einer halben Minute hatte sie den Rhythmus der Bewegung gefunden, den sie den ganzen Tag lang durchhalten würde.*

*Sie hielt das Leder mit der linken Hand auf dem Schneidetisch fest, schnitt mit der Rechten einen Streifen von genau drei Zoll Breite ab, nahm den Streifen in die linke Hand, schnitt schnell und drehte das Messer leicht, um die Kurve vom Absatz zu schneiden. Dann drehte sie den Absatz und wiederholte den Schnitt. Sie legte das Absatzstück in den Kasten und begann mit dem nächsten. Langsam, wie jeden Tag, verschlossen sich ihre Sinne, bis sie nichts mehr wahrnahm außer dem kleinen Platz am Zuschneidetisch, dem Messer in ihrer Hand und dem Leder vor ihr. Bald würde die Zeit keine Bedeutung mehr für sie haben, und sie würde weiterarbeiten und weder ihre Umgebung noch die Schmerzen, die jeden Tag im Laufe der Stunden einsetzten. Sie würde sie erst spüren, wenn sie am Abend nach dem Schrillen der Pfeife auf dem Nachhauseweg war. Dann setzten alle Wahrnehmungen wieder ein, der Schmerz wurde ihr bewußt, und wenn sie daheim war, konnte sie kaum noch die Arme bewegen. Ihre Mutter hatte dann einen Zuber mit heißem Wasser bereit, das sie auf dem Herd erhitzt hatte, der mit Holz beheizt wurde. Amy sank in den Zuber und wartete, bis die Schmerzen in ein Gefühl der Taubheit übergingen, dann schließlich in ein Prickeln, und bald konnte sie die Arme wieder bewegen.*

*Aber während des Tages konnte sie den Schmerz nur unterdrücken, wie sie gelernt hatte, alles sonst auszuschließen. Das war die einzige Möglichkeit, wie sie den Tag in der Fabrik überstehen konnte.*

*Und dann, wenn sie die Empfindungen ausgeschaltet hatte und sich nicht mehr bewußt war, daß sie in der Fabrik arbeitete, lebte sie eine Zeitlang in ihrer eigenen Welt, in einer Welt, in der es keine Fabrik gab. In ihrer Welt lebte sie draußen, in der Wärme der Sonne, in der Brise, die durch ihr langes Haar blies und ihre Haut liebkoste. Die Luft war erfüllt vom Duft der Blumen, während Amy stundenlang am Fluß lag und das kühle Wasser über ihre Hand plätschern ließ. Und eines Tages würde sie wirklich in dieser Welt leben, davon war sie fest überzeugt. Eines Tages würde sie eine Möglichkeit finden, die Fabrik zu verlassen, und dann würde sie niemals mehr alle Wahrnehmungen aus-*

*schalten müssen. An diesem Tag würde sie ihren Cousin mitnehmen, ihn und all die anderen Kinder, die wie sie langsam in der Fabrik starben . . .*

*Amy hatte keine Ahnung, wie spät es war, als irgend etwas in ihr Bewußtsein drang. In den ersten Minuten war sie sich nicht einmal sicher, was sie überhaupt wahrnahm. Sie wußte nur, daß etwas nicht so war, wie es sein sollte. Irgend etwas störte ihre schützende Trance.*

*Langsam, fast unmerklich, öffnete sie ihre Sinne für die Umgebung.*

*Es war der Gestank.*

*Der Raum, der stets unbelüftet und von den stinkenden Dämpfen der Laugen und Farben und dem säuerlichen Geruch von Schweiß erfüllt war, roch jetzt außerdem nach etwas anderem.*

*Amy hielt im Zuschneiden inne und schnüffelte.*

*Da war ein beißender Geruch, irgendwie vertraut, doch fehl am Platz.*

*Und ihre Augen brannten.*

*Ihre Wahrnehmungsfähigkeit setzte voll ein, und Amy spürte, daß ihr Tränen in die Augen stiegen und über die Wangen rannen. Sie ließ das Messer fallen und hob die schmerzende rechte Hand, um die Tränen fortzuwischen.*

*Der Gestank war jetzt stärker, und sie zwang sich, sich umzuwenden und sich im Raum umzuschauen.*

*Und dann sah sie es.*

*In der Ecke bei der Tür war ein Haufen Lappen, die mit öligen Farben getränkt waren, in Brand geraten.*

*Amy starrte einen Augenblick lang auf die Flammen und war sich nicht sicher, ob sie wirklich da waren. Dann schaute sie in die Runde.*

*Die anderen Kinder unterhielten sich nicht während der Arbeit, wie sie angenommen hatte. Sie standen mit ausdruckslosen Mienen und starrem Blick auf ihren Plätzen und arbeiteten wie automatisch und im gleichen Rhythmus, den sie selbst jeden Tag wählte.*

*Ein paar Meter entfernt stand ihr Cousin mit Tränen in den Augen an einem der Farbbottiche.*

*Obwohl der Cousin weinte, erkannte Amy sofort, daß er sich ebenfalls in eine eigene Welt zurückgezogen hatte, in der die Fabrik keinen Platz hatte. Er war wie sie – wie all die anderen Kinder – in eine andere Welt geflüchtet und nahm nicht die Welt wahr, in der sein Körper litt.*

*Das Feuer breitete sich jetzt aus. Flammen züngelten über den Boden, und Rauch wolkte von den brennenden Lappen auf und erfüllte den Raum mit erstickendem Qualm.*

*Und dann hörte Amy jenseits des kleinen Raums die Schreie. »Feuer! Feuer im Zuschneideraum!« Im nächsten Augenblick übertönte ein schrilles Pfeifen die Schreie, diesmal nicht, um das Ende der Morgenschicht anzukündigen, sondern um die Arbeiter vor der Gefahr zu warnen. Gleich würde ein Löschtrupp kommen und das Feuer löschen.*

*Amy spürte, wie die anderen Kinder ringsum aus ihrer Trance gerissen wurden. Sie husteten, und die ersten Schreckenslaute ertönten.*

*Raus.*

*Sie mußte sie rausbringen.*

*Amy lief zu ihrem Cousin und ergriff seine Hand. Der Junge, der ein Jahr jünger war, starrte sie an und wollte sich losreißen.*

*»Komm«, bat Amy. »Willie, wir müssen hier raus.« Aber Willie starrte an ihr vorbei, schüttelte den Kopf und wollte zurückweichen. Amy wandte sich um und sah, was ihr Cousin bereits wahrgenommen hatte: Die Tür, im Rauch kaum noch sichtbar, war blockiert von lodernden Flammen.*

*»Dort durch!« schrie Amy. »Wir müssen durch das Feuer! Komm!« Sie packte Willies Hand fester und zerrte ihn auf die Tür zu, und die Hitze des Feuers schlug ihr entgegen und versengte ihr Haar.*

*Es gab jedoch keinen anderen Ausweg. Sie kämpfte sich weiter auf die Tür zu, und zwei andere Kinder folgten ihr. Und dann, als sie gerade im Begriff war, durch die Flammen zu springen, hörte sie eine Stimme auf der anderen Seite.*

*»Verschließt diese Tür, verdammt! Wollt ihr, daß die ganze Fabrik abbrennt?«*

*Amy erstarrte. Sie erkannte die Stimme und wußte, daß der Befehl befolgt werden würde. Hilflos schaute sie zu, als die schwere Metalltür schnell zuglitt. Kurz bevor sich die Tür schloß, sah Amy das Gesicht des Mannes, der den Befehl gegeben hatte. Der Mann schaute sie an, doch sie sah nichts in seinem Blick. Keine Liebe, kein Mitleid, kein Bedauern über das, was er getan hatte.*

*Dann verschwand sein Gesicht, und Amy war in der Falle.*

*Ohne es richtig zu begreifen, trat sie zurück und ließ sich dann von Willie von den lodernden Flammen fortzerren.*

*Schließlich wandte sich Amy um und schaute in die entsetzten Augen der anderen Kinder. Alle schienen sie anzusehen und von ihr zu erwarten, daß sie etwas unternahm. Aber es gab nichts, was sie tun konnte.*

*Schließlich begann eines der Kinder zu schreien, rannte in die Flammen und hämmerte mit den Fäusten gegen die verschlossene Feuertür. Das Kind flehte, jemand solle öffnen, sie herauslassen, sie retten.*

*Amy wußte, daß die Tür auch nicht geöffnet werden würde, wenn jemand die Schreie hören würde.*

*Die Schreie des Kindes wurden schwächer, und Amy sah, daß es langsam auf die Knie sank. Die Kleidung des kleinen Jungen stand in Flammen, und sein Haar war verbrannt. Dann fiel der Junge vornüber, und das letzte, was Amy sah, bevor sie sich abwandte, war die Hand des kleinen Jungen, die flehend zu der Tür und der Sicherheit hingestreckt war, die es nicht mehr gab.*

*Willie klammerte sich jetzt an Amy, und sie taumelte mit den anderen Kindern, die sich an sie drängten, zum anderen Ende des Raums. Noch während sie vor dem Feuer zurückwich, erkannte Amy, daß es sinnlos war.*

*Das Fenster.*

*Über ihr, hoch oben, war ein kleines Fenster.*

*Wenn sie hinaufgelangen und es einschlagen konnte...*

*Sie kämpfte gegen ihre zunehmende Panik an, wie sie es*

gelernt hatte, sich vor dem Leben in der Fabrik zu verschließen, und schaute sich nach etwas um, auf das sie klettern konnte.

Ein Stuhl. Dort in der Ecke stand ein Stuhl.

Amy ließ Willies Hand los, lief zu dem Stuhl und zog ihn bis unter das Fenster. Sie kletterte hinauf, streckte sich und konnte so gerade das Fenster erreichen.

Das Fenster war geschlossen.

Und dann gab ihr eines der Kinder einen Holzhammer. Amy ignorierte den Schmerz in ihren Armen und Schultern, schwang den Hammer und schlug zu.

Als die Fensterscheibe zerklirrte, erkannte Amy ihren Fehler.

Frische Luft strömte in den Raum, und der Sauerstoff gab dem Feuer neue Nahrung.

Sofort war der Raum mit stärkerem Rauch und höher lodernden Flammen erfüllt. Und mit den Schreien der Kinder, die wußten, daß sie gleich sterben würden.

Einen Augenblick lang schien die Zeit stillzustehen, und Amy beobachtete, wie das Feuer nahte, um sie zu verschlingen. Dann, als ihr Kleid Feuer fing und sie zu Boden stürzte, hörte sie Willie schreien.

»Amy!« Und dann noch einmal. »Aaaaammyyyy!«

Es war das letzte Wort, das Willie hervorbrachte, das letzte Wort, das Amy hörte. Und Willies Gesicht war das letzte, das sie jemals sah.

Ihre letzte Erinnerung jedoch, die Erinnerung, mit der sie starb, war die an eine andere Stimme, an ein anderes Gesicht.

Eine Stimme, die befahl, daß die Feuertür geschlossen wurde.

Eine Stimme, die ihren Tod besiegelte.

Eine Stimme, die verfügte, daß sie niemals die Fabrik verließ.

Und das Gesicht, das sie sah, das Gesicht, das zu der schrecklichen Stimme gehörte, die ihren Tod befohlen hatte, war das ihres Vaters.

Als Amy starb, wußte sie, daß sie niemals die Fabrik verlassen würde. Aber wie die Fabrik sie getötet hatte, so würde sie, Amy, andere töten.

Sie würde ihre Rache haben.

# 20

Für Alan Rogers war dieser Nachmittag Ende August der Tag, an dem er zum erstenmal die Ergebnisse der Arbeiten dieses Sommers sah. Die Außenwände der Fabrik waren fertig. Die Ruß- und Staubschicht war entfernt, und das warme Dunkelrot der alten Backsteine bildete einen schönen Kontrast zu den weißen Umrandungen der Fenster. Die Fenster selbst, zuvor nichts anderes als symmetrisch angelegte Öffnungen in der sonst kahlen Fassade des Gebäudes, waren vergrößert worden und hatten jetzt Läden.

Der Bauzaun, der keinen Zweck mehr zu erfüllen hatte, war vor einer Woche abgerissen worden.

Der Haupteingang an der Prospect Street war fertig, eine breite Treppe, die zu einer Reihe von Glastüren führte, die sich zum Hauptgang im Erdgeschoß öffnete. Auf halbem Weg verbreiterte sich der Hauptgang zu einem Atrium, über dem eine Glaskugel mit einem Schimmer von Regenbogenfarben angebracht worden war. Jenseits des Atriums führte der Mittelgang weiter zum Ende des Gebäudes, wo schließlich ein Wasserfall in ein kleines Becken herabrauschen würde. Die alten Büros waren seit langem herausgerissen, doch die Treppe zum Kellergeschoß war geblieben – eines der letzten Überbleibsel der ursprünglichen Struktur, das noch ersetzt werden mußte.

Der Bau des offenen Zwischenstocks war dem Zeitplan um zwei Wochen voraus, und die Trennwände für die Läden im Obergeschoß waren bereits an Ort und Stelle. Ihre Fassaden würden wie die im Erdgeschoß erst fertiggestellt werden, wenn die Pächter die Verträge unterzeichnet und die Pläne für die Gestaltung der Fassaden ihrer Läden vorgelegt hatten. Jede Front würde anders sein, doch es gab strikte Richtlinien, in deren Rahmen die Mieter ihre eigenen Vorstellungen verwirklichen konnten. Alan war jetzt davon überzeugt, daß am Ende das Projekt so aussehen würde, wie Phillip es sich vorstellte – eine reich verzierte Arkade aus dem 19. Jahrhundert von der Art, wie es sie in London gab, die man jedoch kaum in einer verblühenden Industriestadt 50 Meilen von Boston entfernt erwarten konnte.

Bis heute war Alan nicht sicher gewesen, ob der Termin 1. September eingehalten werden konnte. Selbst jetzt konnte er nicht mit Gewißheit sagen, ob jede Einzelheit vollendet sein würde. Aber alles würde früh genug fertig sein für die Einweihungsfeier am Tag der Arbeit und zur offiziellen Eröffnung. Einige der Läden würden belegt sein, und der Rest würde faszinierend bemalte hölzerne Fassaden haben, auf denen die Namen der zukünftigen Pächter und Hinweise auf die Art der Geschäfte stehen würden.

Die Baumannschaft war fort, und im Gebäude herrschte tiefe Stille, doch Alan glaubte förmlich das leise Stimmengewirr der vielen Kunden und das sanfte Rauschen des Wasserfalls zu hören. Er ging langsam durch das Erdgeschoß, inspizierte die Arbeiten, die an diesem Tag erledigt worden waren, und begutachtete von neuem, was in den Wochen zuvor fertiggestellt worden war.

Alan tat das jeden Tag, und er korrigierte eigenhändig so viele kleine Fehler, wie er konnte, und notierte ausführlich und mit genauen Anweisungen, was am nächsten Morgen erledigt werden mußte, damit er keine Zeit verlor, indem er mit den Männern von Arbeitsplatz zu Arbeitsplatz ging und ihnen mündliche Anweisungen gab. Die Arbeit war zum größten Teil perfekt – den Männern war seit langem klar, daß Alan Rogers nichts durchgehen ließ und sie nicht für das Ausbessern ihrer eigenen Fehler bezahlte. Den Bonus für die vorzeitige Fertigstellung des Projekts würde Alan unter den Arbeitern aufteilen, anstatt ihn in die eigene Tasche zu stecken, und das war ein zusätzlicher Anreiz für die Männer.

Alan hatte die Inspektion des Erdgeschosses beendet und stieg die Treppe zum Zwischenstock hinauf.

Dort oben war die Arbeit dem Zeitplan voraus, jedoch nicht so schnell fortgeschritten wie unten, aber damit war zu rechnen gewesen. Niemand erwartete, daß der Zwischenstock am Tag der Arbeit eröffnet wurde.

Sie kamen mit der Arbeit im Zwischenstock jedoch schneller voran, als Alan zu hoffen gewagt hatte, und die Unterteilungen waren fertig. Jetzt wurde die Zwischendecke für die Läden eingebaut. Obwohl es für den flüchtigen Beobachter aussah, als würde die Decke von den Wänden gestützt, hing sie in Wirklichkeit an den Streben, die das Dach des Gebäudes stützten. Fast drei Meter trennte die falsche Decke der Läden von dem komplizierten Eisenwerk oberhalb davon, und vom Hauptgang im Erdgeschoß aus waren all die alten Eisenstreben deutlich sichtbar und rahmten die neue Glaskuppel in der Mitte ein.

Alan blickte zur Glaskuppel hinauf und bewunderte sie wieder einmal. Obwohl die Kuppel massiv war, wirkte sie federleicht, was durch die blasse grüne, blaue, rote und orangefarbene Tönung erreicht wurde.

Als sein Blick über die kunstvolle Glasarbeit schweifte, runzelte Alan plötzlich die Stirn.

Eine der Glasscheiben unten an der Kuppel war anscheinend gesprungen.

Er wollte es notieren, doch dann zögerte er und fragte sich, ob er sich vielleicht irrte. Es war vielleicht gar kein Sprung im Glas, sondern ein kleiner Materialfehler im Glas, der durch den Schein der untergehenden Sonne verstärkt wurde.

Alan ging näher hin, konnte jedoch immer noch nicht erkennen, ob ein Sprung im Glas war oder nicht. Alan schaute sich um und sah eine Leiter, die an den Stützpfeilern lehnte, wo einer der Arbeiter sie für die Benutzung am nächsten Morgen zurückgelassen hatte.

Alan ging schnell zu der Leiter, stieg hinauf und war einen Augenblick später oben auf den Eisenstreben. Vorsichtig bewegte er sich über den Gang auf die Kuppel zu.

Er hatte nie Höhenangst gehabt, und bevor er den Weg zur Mitte der Kuppel fortsetzte, blickte er hinab. Wie stets wirkte die Entfernung zwischen Boden und Decke aus diesem Blickwinkel von oben größer, doch Alan hatte nicht das geringste Schwindelgefühl. Er blickte sich in dem leeren Gebäude um, genoß es, sein Werk aus einer anderen Perspektive zu betrachten und setzte dann selbstsicher den Weg zur Kuppel hin fort.

Als er unterhalb der Stelle war, an der er den Sprung im Glas zu sehen geglaubt hatte, blickte er auf, doch der Winkel war zu spitz. Die betreffende Glasscheibe war fast genau über ihm und kaum zu sehen.

Er neigte sich vor, und sein volles Gewicht hing in der Höhe über dem Boden und wurde nur von der Kraft seiner Hände gehalten.

Alan konnte die Glasscheibe immer noch nicht richtig sehen. Wenn er sich jedoch streckte, konnte er sie mit der hochgereckten linken Hand vielleicht betasten.

Er hielt sich mit der rechten Hand an einer der Querstreben fest und tastete mit der Linken nach oben.

Dann berührte er das kühle Glas und strich sorgfältig darüber.

Nichts.

Alan tastete weiter, neigte sich vor, und nahm den linken Fuß von dem Eisenträger, auf dem er stand.

Und dann, als er nur mit einem Fuß Halt hatte und nur mit der rechten Hand das Gleichgewicht bewahrte, geschah es.

Die Zeit schien stillzustehen, als die schmiedeeiserne Strebe, an der er sich festhielt, plötzlich brach und nachgab.

Instinktiv blickte Alan nach unten.

Die Entfernung bis zum Boden schien sich noch zu

vergrößern, und zum erstenmal in all seinen Berufsjahren hatte er Höhenangst. Sein Magen krampfte sich zusammen, es wurde Alan schwindelig, und eine Woge der Furcht erfaßte ihn. Kalter Schweiß brach ihm aus.

Was da mit ihm passierte, war nicht möglich.

Alle Eisenstreben waren genau untersucht worden, und rostige Teile waren schon vor Wochen durch neue ersetzt worden.

Dennoch mußte dieses Stück irgendwie übersehen worden sein. Genau die Strebe, auf die er sich heute verlassen hatte.

Seine Finger handelten unabhängig vom Verstand und klammerten sich an dem gebrochenen Stück fest, und dann ließ er zu spät das Bruchstück los und griff nach der soliden Strebe, die plötzlich außer Reichweite war.

Alan schwankte und fiel im Bogen von dem Eisenträger.

Er stürzte in die Tiefe, die Augen vor Entsetzen weit aufgerissen und die Arme ausgestreckt, wie um den Fall zu dämpfen.

Dann schrie er.

Es war der Schrei, der Beth in die Gegenwart zurückriß. Im ersten Augenblick war Beth davon überzeugt, daß es Amys Schrei war, dieser letzte schreckliche Schrei vor dem Sterben, doch dann erkannte Beth, daß es mehr war. Sie konnte den Schrei immer noch hören, obwohl die Vision vorüber war und sie wieder einmal allein in der Kühle und Dunkelheit des Raums hinter der Treppe war.

Und dann verstummte der Schrei wie abgeschnitten mit einem lauten, dumpfen Aufprall, dem eine gespenstische Stille folgte, wie Beth sie noch nie erlebt hatte.

Die Stille des Todes, der plötzlich und unerwartet eintritt.

Beth saß wie erstarrt da, und langsam nahm sie in der Stille das Pochen ihres Herzschlags wahr.

»Daddy?« flüsterte sie. Noch während sie das Wort aussprach, wußte sie instinktiv, daß es keine Antwort geben würde.

Beth stand langsam auf. Die angenehme Kühle des Raums war zu einer eisigen Kälte geworden, und unbewußt hob Beth die Decke auf und hüllte sich darin ein.

Das Mädchen ging langsam zur Tür. Dort zögerte Beth. Irgend etwas in ihr begehrte dagegen auf, die Sicherheit und Isolation des kleinen Raums zu verlassen. Sie wünschte sich, lieber allein in der Dunkelheit zu bleiben, als könne sie das vor dem schützen, was sie dort draußen erwarten würde.

Aber sie mußte hinausgehen und sich ansehen, was passiert war.

Sie schob die Tür einen Spalt auf, schlüpfte hindurch und zog die Tür hinter sich zu. Dann schaltete sie die Taschenlampe ein und stieg die Treppe hinauf.

Sie sah ihn, als ihr Blick über den Treppenabsatz ins Erdgeschoß reichte.

Er lag in der Mitte auf dem Boden, genau unter der bunten Glaskuppel. Der Sonnenschein fiel durch eines der hohen Seitenfenster auf seinen Körper, und Staubkörner tanzten in der Luft über ihm.

Er lag mit dem Gesicht nach unten reglos da, und seine Arme waren weit ausgestreckt, als wolle er nach etwas greifen.

Beth erstarrte.

Es konnte nicht wirklich sein.

Sie bildete sich das nur ein. Oder sie sah irgend etwas anderes, etwas aus der Vergangenheit wie die Dinge, die Amy ihr gezeigt hatte.

Dort auf dem Boden war nicht ihr Vater. Es war jemand anderes, ein Fremder, jemand, der ihr gleichgültig war.

Langsam ging sie auf die reglose Gestalt zu, und dabei sagte sie sich immer wieder:

*Es ist nicht Daddy.*

*Es ist nicht Daddy, und es ist nicht mal Wirklichkeit.*

*Es ist nur ein Traum.*

*Es ist nur ein Traum, und ich werde aufwachen.*

Doch dann war sie dort. Sie stand unter der Glaskuppel, und die Leiche ihres Vaters lag zu ihren Füßen. Unter seinem Kopf hatte sich eine Blutlache gebildet.

Beth wußte, daß es Wirklichkeit war und daß sie nicht aufwachen würde.

Sie spürte, wie ihr Körper taub und gefühllos wurde, während sich ihr Verstand weigerte, das Unfaßbare zu glauben. Aber da lag ihr Vater, bewegte sich nicht und atmete nicht mehr.

Und langsam, fast gegen ihren Willen, stieg die Erkenntnis in ihr auf.

Amy.

Amy hatte ihren Vater getötet.

Es war zur gleichen Zeit, zum gleichen Augenblick geschehen.

Sie war in diesem Raum mit Amy gewesen, als das Feuer ausgebrochen war, als Amy gestorben war.

Sie hatte gespürt, wie Amy starb, hatte das Gefühl gehabt, mit ihr zu sterben. Sie hatte die Hitze der Flammen gespürt und war wie Amy verzweifelt gewesen, als sie gewußt hatte, daß es kein Entkommen gab.

Und sie hatte wilden Zorn empfunden – Amys Zorn –, als sie in diesen letzten Sekunden von neuem die Worte ihres Vaters gehört und sein Gesicht gesehen hatte.

*Nicht mein Vater. Amys Vater.*

Aber der Wunsch – der verzehrende Wunsch nach Rache – war ihrer genauso gewesen wie der Amys.

Und jetzt war ihr eigener Vater tot.

Beth zog die schmutzige, rußverschmierte Decke fester um sich, als könne ihre Wärme den eisigen Schauer vertreiben, der sie erfaßte, und sank langsam auf die Knie. Mit den Fingerspitzen berührte sie das Gesicht ihres Vaters.

Es war noch warm, doch sie fühlte, daß kein Leben mehr darin war.

Er war tot.

Ein Laut brach aus ihrer Kehle, ein hohes, dünnes Wehklagen, das sich langsam steigerte bis zu dem Schrei eines wilden Tiers, das in den Fangeisen einer Falle gefangen ist.

Ein Schrei der Qual und des Entsetzens.

Der Schrei erfüllte das gewaltige Gebäude, hallte von den Wänden und der Decke wider und steigerte sich, bis es fast den Anschein hatte, die Wände müßten unter seiner Kraft nachgeben.

»NNNEEEIIIIIIN...«

Sie warf sich auf ihren Vater, umklammerte ihn, rüttelte ihn, zerrte an ihm, als könnte er jeden Augenblick darauf reagieren, sich unter ihr bewegen, sich umdrehen, die Arme um sie legen und ihr sagen, daß alles in Ordnung war, daß er lebte, daß er sie liebte und immer noch da war, um sich um sie zu kümmern.

Und immer noch gellte der Schrei...

Phillip fuhr langsam mit dem Mercedes durch die Prospect Street und bemühte sich, den schlimmsten Schlaglöchern auszuweichen. Neben ihm saß Carolyn und blickte starr geradeaus durch die Windschutzscheibe, doch er sah, daß ein leichtes Lächeln um Carolyns Lippen spielte, während Abigail im Fond lamentierte.

»Es ist nicht nötig, daß du im Schneckentempo fährst, Phillip. Ich werde nicht zerbrechen, und ich werde mich viel behaglicher in meinem Zimmer fühlen als in der Falle auf dem Rücksitz dieses Wagens.«

»Ich habe dich gebeten, mit einem Krankenwagen zu fahren, Mutter«, erinnerte Phillip, doch Abigail brachte ihn mit einem empörten Schnauben zum Schweigen.

»Krankenwagen sind für Kranke. Wenn ich nach sechs Wochen in diesem schreckliche Krankenhaus immer noch krank bin, dann sollte ich besser tot sein. Und wenn ich das sagen darf, Phillip, es ist ein Wunder, daß ich das nicht bin. Wenn man das viele Geld bedenkt, das wir dieser miserablen kleinen Klinik gezahlt haben, könnte man meinen, daß sie mir wenigstens anständiges Essen hätten geben können. Und was die Ärzte anbetrifft, so kann ich mir nicht vorstellen, wie sie überhaupt zum Medizinstudium zugelassen wurden, geschweige denn, wie sie es bestanden haben. Zu meiner Zeit...«

»Ich weiß, Mutter«, unterbrach Phillip. »Zu deiner Zeit konnte nicht jeder Dahergelaufene Doktor werden, nicht wahr?«

Abigail preßte die Lippen zusammen, als sie Tracy neben sich kichern hörte. Sie blickte ihren Sohn böse im Rückspiegel an. »Machst du dich über mich lustig, Phillip?« fragte sie mit scharfer Stimme.

Phillip antwortete nicht darauf. Er bremste, hielt vor der Fabrik und drückte auf einen Knopf, woraufhin sich die Fensterscheibe an der Fahrerseite des Wagens senkte. »Nun, da ist sie«, sagte er stolz. »Ich dachte mir, du möchtest sie sehen.«

»Das möchte ich nicht«, erklärte Abigail entschieden und wandte den Kopf ab. »Ich will nur nach Hause und...« Dann verstummte sie. Ein sonderbares Geräusch war zu hören, und es kam anscheinend aus der ehemaligen Fabrik. Das Geräusch wurde lauter, und binnen Sekunden wußten alle vier im Wagen, was es war.

Jemand schrie in der ehemaligen Fabrik.

Carolyn erstarrte auf dem Beifahrersitz, und plötzlich klopfte ihr das Herz bis zum Hals. Aus dem Fond hörte sie Abigail unsicher fragen, was der Schrei bedeuten konnte. Dann hörte Carolyn die Stimme ihres Mannes.

»Ich schaue mich mal um.«

»Ich gehe mit«, sagte Carolyn sofort. Beim Klang von Phillips Stimme war ihre Benommenheit verschwunden. Sie öffnete die Wagentür und stieg eilig aus.

Der Schrei schwoll an, und Carolyn erschauerte.

»Du bleibst besser zurück«, sagte Phillip. »Bring Tracy und Mutter nach Hause. Ich stelle fest, was passiert ist, und rufe dich so schnell wie möglich an.« Als Carolyn zögerte, packte Phillip sie fest an den Armen. »Tu, was ich sage!« Dann ließ er sie los und ging die Treppe hinauf zu den neu eingesetzten Vordertüren.

Carolyn blieb einen Augenblick lang auf dem Bürgersteig stehen. Schließlich ging sie widerstrebend zur Fahrerseite des Wagens, stieg ein und schloß die Tür.

Noch während Phillip die Treppe hinaufging, wußte er, daß es sinnlos war. Die Türen waren verschlossen, und er hatte keinen Schlüssel.

Er hätte sich gleich auf den Weg zum Seiteneingang machen sollen, doch das konnte er nicht. Er mußte jetzt gleich nachschauen.

Während der unheimliche Schrei noch in seinen Ohren hallte, erreichte Phillip die Glastüren und spähte hindurch.

Etwa 50 Meter entfernt, kaum sichtbar im schwachen Licht dort drinnen, sah er eine zusammengekauerte Gestalt am Boden. Während er beobachtete, bewegte sich die Gestalt.

Sonnenstrahlen fielen auf das Gesicht, und Phillip sah Beth, deren Züge zu einer Maske der Qual verzerrt waren. Ihr Gesicht war mit Blut verschmiert, und ihre Hände zuckten krampfhaft.

Phillip kämpfte gegen die Übelkeit an, die ihn zu überwältigen drohte.

Dann nahm er eine Bewegung neben sich wahr und hörte eine Stimme.

»Was ist?« fragte Tracy. »Was ist da drinnen los?«

Fast gegen seinen Willen blickte Phillip auf seine Tochter hinab. Tracy, deren Augen in boshafter Neugier glitzerten, schaute zu ihm auf. »Sie hat jemand umgebracht, nicht wahr?« hörte er seine Tochter sagen. Aber es war weder Furcht in Tracys Stimme noch auch nur eine Spur von Mitgefühl oder Bedauern.

Nur Neugier und ein sonderbarer Unterton von Befriedigung.

Phillip packte Tracy am Handgelenk und riß das Kind von der Tür fort.

»Hör auf!« kreischte Tracy, als Phillip sie die Treppe hinunterzerrte. »Du tust mir weh!«

Phillip zog Tracy zum Wagen, riß die hintere Tür auf, schob Tracy auf den Rücksitz und knallte die Tür hinter ihr zu. Dann sprach er durch das offene Fenster. »Sag nichts, Tracy. Wenn du auch nur ein einziges Wort sagst, dann bekommst du von mir eine Tracht Prügel, die du nie mehr vergessen wirst, das schwöre ich!«

Dann sah er den gequälten Ausdruck in Carolyns Augen. »Es sieht schlimm aus«, sagte er ruhig. »Fahr sie nach Hause. Ich komme so schnell wie möglich.«

Carolyn fuhr davon, und Phillip hetzte um die Ecke des Gebäudes und zur Seitentür.

Phillip erkannte Alans Wagen, der neben der Baubaracke parkte, und atmete erleichtert auf. Was immer auch passiert war, Alan würde sich bereits darum kümmern.

Dann war Phillip an der Tür, und bevor er voll erfaßte, was er sah, erkannte er die Leiche, die am Boden lag.

Er rannte zu dem Toten und ließ sich auf die Knie nieder, und instinktiv legte er den Arm um Beth, um sie fortzuziehen.

Sie wehrte sich einen Augenblick lang, klammerte sich an ihrem Vater fest, doch dann ließ sie los, barg ihr Gesicht an Phillips Brust, schlang die Arme um seinen Nacken, und ihre hysterischen Schreie gingen in krampfhaftes Schluchzen über. Phillip tastete an Alans Halsschlagader nach dem Puls.

Nichts.

Er hatte es nicht anders erwartet.

Benommen richtete er sich auf und taumelte einen Schritt zurück. Beth klammerte sich immer noch an ihn, und er versuchte nicht, sie abzusetzen oder auf die eigenen Füße zu stellen. Statt dessen hob er sie höher, hielt sie auf dem rechten Arm und streichelte sie sanft mit der linken Hand.

»Es ist alles in Ordnung«, flüsterte er, als er sich mit dem Mädchen auf dem Arm abwandte und zur Tür ging. »Ich bin hier, und es wird alles gut werden.«

In der Baubaracke nahm er den Telefonhörer ab und wählte schnell die Nummer des Polizeireviers.

»Ein Unfall«, sagte er, als sich ein Beamter meldete. »Hier spricht Philip Sturgess. Ich bin in der ehemaligen Fabrik. Es gab einen schrecklichen Unfall. Schicken Sie sofort einige Männer und einen Krankenwagen.« Ohne auf eine Antwort zu warten, legte er den Hörer auf, verließ die Baubaracke und setzte sich auf die Treppenstufen davor.

Beth schluchzte weiter auf seinen Armen, und einen Augenblick war das alles, was er in der Stille des Nachmittags wahrnahm.

Dann heulte in der Ferne eine Sirene, eine weitere ertönte und dann noch eine.

In weniger als einer Minute schwoll das Sirenengeheul zum Crescendo an und verstummte abrupt, als Bremsen kreischten und Staub rings um ihn aufstieg. Für Phillip hatte es den Anschein, als wären wie aus dem Nichts zwei Polizeiwagen und ein Krankenwagen aufgetaucht, und auf einmal waren überall Leute.

Zwei uniformierte Beamte, gefolgt von zwei Notärzten in weißer Kleidung, stürzten an ihm vorbei und verschwanden sofort in der ehemaligen Fabrik.

Dann war auf einmal jemand neben ihm, und Phillip blickte auf und sah Norm Adcocks zerfurchtes Gesicht.

»Es ist Alan«, sagte er leise. »Ich weiß nicht, was mit ihm passiert ist. Ich...« Er wußte nicht mehr weiter.

Beth bewegte sich auf seinen Armen. Ihr Schluchzen hatte ein wenig nachgelassen. Dann spürte er, wie sie sich wieder fester an ihn klammerte, und er hörte sie sprechen. Ihre Stimme klang verzerrt und kaum hörbar, denn sie hatte sich vor wenigen Minuten heiser geschrien. Dennoch waren die Worte deutlich zu verstehen.

»Ich habe ihn getötet«, flüsterte sie. »Ich wollte es nicht – wirklich, ich wollte es nicht.«

Phillip Sturgess und Norm Adcock tauschten einen langen Blick. Beth brach wieder in Schluchzen aus.

## 21

»Nun?« fragte Phillip Sturgess. »Was denken Sie?«

Es war nach 22 Uhr, aber wer das kleine Polizeirevier sah, hätte meinen können, es wäre heller Mittag. Die meisten Beamten waren da, und in der kleinen Eingangshalle drängten sich Leute und befragten jeden, dessen Aufmerksamkeit sie gewinnen konnten. Jeder Beamte war jedoch angewiesen worden, auf alle Fragen die gleiche Antwort zu geben.

Immer wieder wurde die Antwort wiederholt. »Wir wissen noch nicht genau, was geschah. Sobald wir Informationen haben, wird es eine offizielle Erklärung geben.«

Natürlich machten wilde Gerüchte die Runde.

All diese Gerüchte konzentrierten sich auf Beth Rogers und waren Variationen des gleichen Themas.

»Mr. Sturgess fand sie direkt bei der Leiche. Die Leiche war noch nicht kalt, und Beth Rogers war mit Blut besudelt.«

Dann folgten ein falsches, mitleidiges Zungenschnalzen und ein schweres Seufzen. »Sie war immer ein seltsames Kind, und in diesen letzten Wochen... nun, ich möchte nicht die Geschichten wiederholen, die ich gehört habe.«

Natürlich *wurden* die Geschichten wiederholt und ausgeschmückt und übertrieben, bis es in der Nacht nur noch wenige Leute in Westover gab, die nicht gehört hatten, daß Beth bereits Jeff Bailey ermordet hatte, jedoch durch die Macht der Familie Sturgess geschützt worden war, die keinen Skandal wollte.

Und da war natürlich das Pferd, Phillip Sturgess' preisgekrönte Stute, die Beth im Stall abgeschlachtet hatte. Würde eine geistig gesunde Person ein unschuldiges Tier töten? Natürlich nicht.

Und sie alle hatten Beth gesehen, oder nicht? Hatten sie nicht gesehen, wie sie ganz allein durch die Stadt gewandert war und Selbstgespräche geführt hatte? Natürlich hatten alle das beobachtet.

Die Kinder hatten es selbstverständlich gewußt, und ihre Eltern waren so dumm gewesen, nicht auf sie zu hören. Kinder haben stets ein Gespür dafür, wenn irgend etwas bei jemand nicht stimmt – sie haben eine Art sechsten Sinn in diesen Dingen. In gewisser Weise, erklärten die frömmlerischen Bürger, waren sie alle ein wenig mitschuldig an Alans Tod, denn sie alle hatten die Anzeichen auf Beths Krankheit gesehen, aber keiner hatte etwas dagegen unternommen.

Es war ein ständiges Kommen und Gehen auf dem Polizeirevier, und die Leute versammelten sich auf dem Hof, um die milde Wärme des Sommerabends zu genießen und Spekulationen anzustellen, was als nächstes passieren würde. Einige der Leute kehrten ins Red Hen ein, um etwas zu trinken, und hörten mit ernstem Gesicht zu, wenn Eileen Russell immer wieder erzählte, was Peggy widerfahren war, als sie Beth zum letztenmal besucht hatte. Alle stimmten zu, daß Peggy Russell Glück gehabt hatte, lebend zu entkommen.

Bobby Golding, der Pfleger im Krankenhaus war, ging

nach dem Ende seiner Schicht gleich ins Red Hen, wo er berichtete, daß Beth zur Zeit in einem geschlossenen Raum war, wo sie mit Fesseln im Bett gehalten wurde, bis sie am Morgen in die psychiatrische Klinik überführt werden würde. Und er fügte hinzu, daß sie wohl niemals für ihre Taten vom Gericht verurteilt werden würde, weil Schizophrene nicht zurechnungsfähig sind.

Und das war natürlich nicht fair, argumentierte jemand. Es war überhaupt nichts richtig Verrücktes an Beth. Sie war einfach verdammt clever. Sie wollte in Wirklichkeit nur wieder nach Hilltop, und das hatte sie nicht erreichen können, solange ihr Vater noch am Leben gewesen war. So hatte sie die Irre gemimt, ihn umgebracht und genau gewußt, daß sie nur ein paar Monate in eine Klinik kommen und dann entlassen werden würde. Und niemand würde mehr seines Lebens sicher sein, wenn sie nach Westover zurückkommen würde.

So ging es weiter, bis Beth gegen 22 Uhr angeklagt, schuldig gesprochen und verurteilt worden war.

Mit Ausnahme von Norm Adcock, der sich jetzt hinter seinem Schreibtisch zurücklehnte, sich die müden Augen rieb und dann versuchte, die Verspannung aus seinen schmerzenden Schultern zu massieren. »Ich kann mir nur vorstellen, daß es ein Unfall war«, antwortete er auf Phillips Frage. Er wies auf die Berichte, die ordentlich auf seinem Schreibtisch gestapelt waren. »Wir fanden das gebrochene Stück der Strebe einen Meter entfernt, und es waren Spuren von Farbe und Rost an Alans Händen und Schuhen, die zu den Proben passen, die wir von den Trägern genommen haben. Ich nehme an, der Rost kann von überallher stammen, aber die Farbe wurde nur für die Streben und Pfeiler benutzt, die das Dach stützen. Die Farbe kann von nirgendwoher sonst stammen. Außerdem haben wir seine Fingerabdrücke auf dem Glas über der Stelle gefunden, an der die Strebe brach. Alan muß dort oben gewesen sein und die Kuppel aus irgendeinem

Grund überprüft haben, und durch sein Gewicht brach die Strebe.«

Phillip nickte. »Und was ist mit Beth? Gibt es irgendeine Möglichkeit, daß sie ebenfalls dort oben gewesen sein könnte?«

»Das kann ich mir nicht vorstellen. Sie wissen so gut wie ich, daß Alan ihr nicht erlaubt hätte, dort hinaufzuklettern. Er hätte das keinem erlaubt, und schon gar nicht seiner eigenen Tochter.«

»Aber er ist selbst raufgeklettert«, bemerkte Phillip, ohne wirklich eine Antwort zu erwarten.

»So war Alan. Er hätte niemand sonst dieses Risiko eingehen lassen, aber er dachte nie an sich selbst.«

Es folgte Stille, und Phillip ließ sich das Gesagte durch den Kopf gehen. »Und wenn er bereits dort oben war und Beth ohne seine Erlaubnis hinaufkletterte?«

»Daran habe ich auch schon gedacht«, erwiderte Adcock. »Wenn Spuren der Farbe an Alans Schuhen waren, dann würden sie auch an ihren zu finden sein. Und das ist nicht der Fall. Sie kann nicht dort oben gewesen sein, und es ist ausgeschlossen, daß sie irgend etwas mit dem zu tun hat, was Alan passiert ist.«

Phillip spürte, wie die Spannung aus ihm wich, die sich unbewußt in ihm aufgebaut hatte. Er hatte Carolyn noch nichts von Beths sonderbaren Äußerungen gesagt, die sie an diesem Nachmittag gemacht hatte, als sie endlich wieder hatte sprechen können, und jetzt brauchte er nichts davon zu erzählen. Aber er wußte immer noch nicht, was er davon halten sollte.

»Wie denken Sie über das, was Beth sagte?« fragte er.

»Dafür bin ich nicht zuständig«, erwiderte Adcock und zuckte die Achseln. »Da müssen Sie die Ärzte fragen. Aber auf Anhieb würde ich sagen, daß es nicht mehr als ein Schock war. Sie war als einzige dort, Mr. Sturgess, und sie ist ein kleines Mädchen.« Adcock stand auf, reckte sich und rieb sich von neuem die Schultern. »Ich gehe besser raus und rede mit den Leuten. Hoffentlich kann ich sie überzeugen, daß ich ihnen die Wahrheit erzähle. Und Sie«, fügte er hinzu, »sollten vielleicht durch den Hinterausgang weggehen.«

Phillip runzelte die Stirn und fragte sich, worauf der Polizeichef hinauswollte. »Warum?«

»Wenn Sie bei mir sind, könnte jemand auf den Gedanken kommen, daß Sie mich unter Druck gesetzt haben, um zu vertuschen, was passiert ist.« Er lächelte bitter. »So sind die Leute. Sie wollen keine einfache Antwort. Sie haben lieber einen Skandal, und sie sind enttäuscht, wenn es keinen gibt.« Er zögerte kurz, bevor er fortfuhr, und dann änderte sich sein Tonfall leicht, wurde weniger förmlich. »Alan war ein Freund von Ihnen, nicht wahr?«

»Das war er«, erwiderte Phillip. »Unter anderen Umständen wäre er vermutlich mein bester Freund gewesen. Wir – nun, wir verstanden uns, Alan und ich.«

Adcock furchte nachdenklich die Stirn. »Er war auch mein Freund. So glaube ich, daß Sie und ich in gewisser Weise ebenfalls Freunde sein sollten, Mr. Sturgess.«

Phillip wußte nicht genau, wie der Polizeichef das meinte. »Freunde sprechen sich normalerweise mit dem Vornamen an«, bemerkte er leise. »Und meiner ist Phillip.«

Der Polizeichef nickte. »Meiner ist Norm. Und wenn Sie meine Meinung hören wollen, dann sage ich Ihnen, daß Ihnen harte Zeiten bevorstehen.«

»Ich weiß nicht, ob ich Ihnen folgen kann ...«

»Beth. Was haben Sie mit ihr vor?«

»Mit ihr vor? Ich werde sie nach Hause bringen und tun, was ich kann, damit sie über all das hinwegkommt.«

»Vor sechs Wochen warfen Sie das Mädchen aus Ihrem Haus.«

Phillip kniff die Augen zu Schlitzen zusammen, und plötzlich stieg Ärger in ihm auf. Doch bevor er etwas sagen konnte, wurde ihm klar, daß nichts Verdammendes am Tonfall des Polizeichefs gewesen war. Adcock hatte sachlich gesprochen, als verkünde er einfach eine Information. »Haben das die Leute erzählt?« fragte Phillip.

»Ja, das haben sie gesagt. Und jeden Abend habe ich Berichte von meinen Jungs erhalten.« Er erzählte Phillip kurz den Klatsch, der in der Stadt bereits die Runde machte. »Ich kann Ihnen nicht sagen, was Sie tun sollen, aber wenn Beth meine Tochter wäre, dann wäre ich mir nicht sicher, ob ich sie hierbehalten würde. Es wird nicht zählen, was ich sage, Mr. – Phillip. Die Leute werden reden, und die Geschichten und Gerüchte werden immer schlimmer werden.«

»Aber Beth hat nichts getan...«

»Und was war mit dem Pferd?« fragte Adcock offen heraus. »Wollen Sie mir erzählen, das Gift wäre von selbst in diesen Hafer gekommen?«

Plötzlich blitzte ungewollt eine Erinnerung in Phillip auf. Eine Erinnerung an seine Tochter Tracy, die an diesem Nachmittag zu ihm aufgeschaut und ihn gefragt hatte, ob Beth jemand getötet hatte.

Es hatte Tracy nichts ausgemacht.

Das hatte er ihr an den Augen angesehen.

Es hatte ihr nicht das geringste ausgemacht, daß jemand gestorben war. Sie hatte sich nur dafür interessiert, ob Beth Rogers von neuem in Schwierigkeiten sein könnte.

»Beth hat den Hafer nicht vergiftet«, sagte Phillip, und die Wahrheit schmerzte ihn. »Aber ich weiß, wer es tat.« Er erhob sich und wollte das Büro verlassen, doch Adcock hielt ihn zurück.

»Würde es Ihnen etwas ausmachen, es mir zu erzählen?« fragte der Polizeichef.

Phillip wandte sich nicht um. »Ja«, sagte er leise. »Das würde mir sehr viel ausmachen.« Er ging zur Tür, öffnete sie und ging hinaus in den Mannschaftsraum. Nach kurzer Suche entdeckte er die Hintertür, die in die Gasse hinter dem Gebäude führte, und er ging dorthin. Er spürte, daß ihm die Blicke aller Anwesenden folgten, doch keiner sprach ein Wort mit ihm.

Phillip betrat leise das Zimmer in der Klinik. Carolyn blickte mit bleichem Gesicht vom Stuhl neben dem Bett auf, in dem Beth schlief, traf jedoch keine Anstalten, aufzustehen. Er sah an Carolyns geröteten Augen, daß sie geweint hatte. Sie umkrampfte noch ein feuchtes Taschentuch in der linken Hand. Mit der Rechten hielt sie die Hand ihrer Tochter. Phillip neigte sich über seine Frau und küßte sie auf die Stirn.

»Wie geht es ihr?« fragte er.

»Sie schläft«, sagte Carolyn und seufzte. »Endlich. Sie mußten ihr eine Spritze geben. Beth wollte keine, doch schließlich gab sie nach.«

Phillips mitfühlendes Lächeln ging langsam in einen Ausdruck grimmiger Entschlossenheit über. »Und vielleicht ist das genau das Problem«, murmelte er vor sich hin. »Vielleicht hat sie immer zu leicht nachgegeben.«

Carolyn blickte verwirrt zu ihm auf. »Nachgegeben? Phillip, wovon redest du?«

Phillip schüttelte den Kopf, als versuchte er, ihn von unerwünschten Gedanken zu klären. »Ich bin mir nicht sicher. Ich habe nur nachgedacht, das ist alles. Und es gefällt mir nicht, was ich denke.« Er zögerte und sagte sich dann, daß es keinen Grund gab, das Thema zu beenden. »Es war ein Fehler von uns, sie zu Alan zu schicken.«

Carolyn schluckte, und einen Augenblick lang befürchtete Phillip, sie würde in Tränen ausbrechen, doch dann hatte sie sich wieder unter Kontrolle. »Phillip, erklärst du mir bitte, wovon du redest? Ich verstehe es einfach nicht. Alan ist tot, und Beth behauptet, sie hätte ihn getötet, und jetzt sagst du...« Dann kam ihr ein schrecklicher Gedanke, und sie wurde noch bleicher.

»Phillip«, flüsterte sie, »du glaubst doch nicht, daß Beth irgend etwas mit Alans Tod zu tun hat...«

»Natürlich nicht«, versicherte Phillip sofort. »Das wußte ich von dem Augenblick an, in dem sie es sagte, und ich hatte gehofft, du hättest es nicht einmal gehört. Norm Adcock ist felsenfest davon überzeugt, daß es ein Unfall war. Er sagt, es ist ausgeschlossen, daß Beth Alans Sturz verursacht haben kann. Aber das ist nicht genau das, wovon ich rede.«

Carolyn entspannte sich nur ein wenig. »Aber *wovon* redest du denn?«

»Je mehr ich darüber nachdenke, desto überzeugter werde ich, daß alles vielleicht nicht passiert wäre, wenn Beth nicht so verdammt entschlossen gewesen wäre, jedem zu gefallen und es allen recht zu machen. Was ein Charakterzug ist, den sie von ihrem Vater geerbt hat, Gott habe ihn selig«, fügte er bitter hinzu.

Jetzt brach Carolyn in Tränen aus. »Sag mir bitte, was du meinst«, schluchzte sie.

Plötzlich bewegte sich Beth, und Phillip streichelte über ihre Stirn. Immer noch im Schlaf hob das Mädchen die Hand, umklammerte Phillips Hand einen Augenblick lang, ließ sie wieder los und drehte sich auf die Seite. Nach ein paar Sekunden schlief sie wieder tief und friedlich.

»Komm«, sagte Phillip leise und zog Carolyn vom Stuhl. »Suchen wir uns einen Platz, wo wir miteinander reden können.«

Er führte sie aus dem Zimmer und sprach mit der Nachtschwester, die ihm ein unbenutztes Büro zeigte. Phillip führte Carolyn zu einem Stuhl und ging eine Weile in dem kleinen Büro auf und ab, während er überlegte, womit er anfangen sollte.

»Ich frage mich, weshalb sie überhaupt am späten Nachmittag dort waren«, sagte Phillip schließlich. »Die Arbeiter hatten eine Stunde zuvor Feierabend gemacht, doch Alan und Beth waren noch dort. Jeder sonst hätte

Schluß gemacht, aber nicht Alan. Ich bat ihn, den Zeitplan noch ein paar Tage eher zu erfüllen, und statt mir zu sagen, daß er das nicht kann, legte er einfach los und schaffte es irgendwie. Er hat jeden Tag bis spät in den Abend hinein gearbeitet, und sogar an den Wochenenden. Und um das Maß voll zu machen, schoben wir auch noch Beth zu ihm ab.«

Carolyn blickte ihn entgeistert an. »Wir haben sie nicht abgeschoben«, widersprach sie. »Du weißt, wie die Lage zu Hause war. Und sie wurde einfach schlimmer.«

»Ich weiß«, stimmte Phillip zu. »Aber machte sich einer von uns die Mühe, über Alans Situation nachzudenken? Carolyn, wir wissen, was los war, und wir haben uns nur gesagt, daß es sich legen wird. Aber wie müssen die letzten sechs Wochen für Beth gewesen sein? Keine Freunde, von jedem Kind in der Stadt gemieden, die ganze Zeit in der Fabrik, weil sie nirgendwo sonst hinkonnte! Mein Gott, sie muß vor Einsamkeit verrückt geworden sein. Und sie würde sich auch nicht beklagen. Nicht Beth. Sie wollte stets nur, daß man sie liebt, doch keiner von uns schaffte es je, sich Zeit für sie zu nehmen.«

»Das stimmt nicht!« wandte Carolyn ein. »Ich hatte immer Zeit für sie, und du bist früher aufgestanden und mit ihr ausgeritten.«

»Dreimal vielleicht«, entgegnete Phillip. »Aber du weißt so gut wie ich, daß wir beide wie auf Eiern gingen und versuchten, fair zu jedem zu sein. Du hast genauso hart wie Beth versucht, dich anzupassen Und als Patches starb, waren wir beide bereit, zu glauben, daß Beth den Hafer vergiftet hat.«

»Das haben wir nicht geglaubt«, stieß Carolyn hervor, doch Phillip bat sie mit einer Geste, zu schweigen.

»Vielleicht haben wir das nicht. Aber wir nahmen es hin und bemühten uns nicht stark genug, herauszufinden, was wirklich geschah. Es war leichter, einfach allem aus dem Wege zu gehen, indem wir Beth zu Alan ziehen ließen.«

»Wir hielten es für das beste«, beharrte Carolyn. »Wir sprachen darüber, und wir stimmten überein, daß es für uns alle das beste ist. Wir dachten nicht nur an uns! Wir dachten auch an Beth und Tracy!«

»Tracy!« wiederholte Phillip. Er hatte am Fenster gestanden und in die Dunkelheit geschaut, doch jetzt wandte er sich zu Carolyn um. »Es war Tracy, die Patches vergiftete.«

Carolyn starrte ihn an. »Nein... nicht einmal Tracy würde...«

»So, würde sie nicht? Wie wäre es mit der Möglichkeit, daß Tracy hörte, was wir am Abend zuvor besprachen?« Phillip wußte, daß er nur riet, aber noch während er die Worte aussprach, sagte ihm sein Gefühl, daß sie stimmten. »Was ist, wenn sie wußte, daß wir uns entschlossen hatten, Beth zu Alan zu schicken, wenn noch einmal etwas passieren würde – irgend etwas? Du weißt so gut wie ich, daß Tracy stets einen Groll gegen Beth hatte.«

»Aber sie liebte dieses Pferd...«

Phillip schüttelte müde den Kopf und spürte die Erschöpfung durch die widerstreitenden Gefühle, die ihn in der letzten Stunde beherrscht hatten. »Es war nicht das Pferd, das sie liebte«, sagte er. »Es war der Besitz des Pferdes. Ich... ich bin mir nicht sicher, ob Tracy wirklich fähig ist, etwas oder jemand wirklich zu lieben. Heute nachmittag...« Er schwieg einen Augenblick und zwang sich dann, Carolyn zu erzählen, was sich vor der ehemaligen Fabrik abgespielt hatte. »Sie machte sich nichts daraus, daß Alan tot war«, endete er, und jetzt hatte auch er Tränen in den Augen. »Es interessierte sie nur, ob es Beth angehängt werden könnte. Und sie hoffte es. Ich sah es ihr an den Augen an.«

Carolyn stöhnte leise auf. Sie blickte zu Boden und knetete unbewußt das Taschentuch. Schließlich blickte sie auf.

»Aber was sollen wir tun? Was *können* wir tun?«

»Ich weiß es nicht«, bekannte Phillip. »Aber wir können Beth heimholen und versuchen, es irgendwie wiedergutzumachen. Wir müssen ihr irgendwie das Gefühl geben, daß sie nicht allein ist. Sie muß wissen, daß wir sie sehr lieben.«

Carolyn nickte stumm. Und dann, nach langem Schweigen, stellte sie die andere Frage, die sie beide beschäftigte.

»Und Tracy? Was machen wir mit ihr?«

Phillip wußte keine Antwort darauf.

## 22

Phillip verließ das Krankenhaus ein paar Minuten später. Carolyn wollte ihre Tochter in dieser Nacht nicht allein lassen. Sie hatte darum gebeten, daß ein Bett ins Krankenzimmer gebracht wurde, und Hannah würde ein paar Sachen zum Übernachten schicken.

Phillip ging langsam die Prospect Street entlang und spürte eine Aura von Spannung in der Stadt. Es war immer noch eine Menschenmenge vor der ehemaligen Fabrik versammelt. Die Leute unterhielten sich leise, doch sie verstummten, als er sich näherte. In ihren Blicken war etwas Verdammendes, obwohl ihn keiner direkt ansah. Phillip war sich jedoch nur zu sehr bewußt, daß man ihn verstohlen musterte und dann schnell wegblickte. Er überlegte, ob er bei den Leuten stehenbleiben und mit ihnen reden sollte, und dann sagte er sich, daß er ihnen nichts sagen konnte.

Als er sich schnell einen Weg durch die Menge bahnte und zur Nordseite des alten Backsteingebäudes gelangte, riet ihm sein Gefühl, weiterzugehen und die Fabrik und alle Gedanken daran bis morgen hinter sich zu lassen. Aber das konnte er nicht. Es mußten Entscheidungen getroffen werden, und er konnte sich nicht erlauben, sie hinauszuzögern. An der Ecke des Gebäudes wandte er sich nach links und ging auf den Seiteneingang zu.

Mit einem Schlüssel öffnete er die Baubaracke und stöberte in Alans verschrammtem Schreibtisch, bis er die Ersatzschlüssel für das Gebäude fand. In der Dunkelheit des späten Abends öffnete er die Tür und schlüpfte in die ehemalige Fabrik hinein. Ein paar Sekunden lang verharrte er und kämpfte von neuem gegen den sonderbaren Drang an, das alte Gebäude zu verlassen und einfach davonzugehen.

Er sagte sich, daß die Besorgnis, die plötzlich in ihm aufstieg, nichts zu bedeuten hatte. Es war nicht das Gebäude, auf das er reagierte, sondern die Tragödie, die sich erst vor ein paar Stunden darin abgespielt hatte. Die ehemalige Fabrik war nur ein Bau, und es mußten praktische Entscheidungen getroffen werden.

Dennoch ging seine Besorgnis in etwas wie Furcht über. Er tastete zum Lichtschalter bei der Tür und war überzeugt davon, daß helles Licht die unsinnige Panik vertreiben würde, die ihn jetzt zu überwältigen drohte.

Zuerst klappte es. Grelles Licht erhellte das Gebäude, und der vertraute Anblick der neuen Konstruktion gab ihm ein Gefühl der Sicherheit. Da war wirklich nichts, vor dem man sich fürchten mußte.

Während er sah, wie gute Fortschritte Alans Arbeit gemacht hatte, wurde Phillip sofort klar, daß es keinen vernünftigen Grund für ein Aufgeben des Projekts gab. Es war fast fertig, und es fehlten nur noch ein paar Tage Arbeit am Zwischenstock.

Trotzdem hatte Phillip immer noch das unbehagliche Gefühl, daß hier etwas war, das er noch nicht ganz verstand. Obwohl alle Lampen brannten, hatte er den Eindruck, daß irgendwelche Schatten in den weiten Flächen unter dem Dach zurückblieben.

Phillip ging zu der Stelle, an der Alan Rogers erst vor ein paar Stunden gestorben war. Obwohl der Boden bereits sauber gewaschen war und es kein Anzeichen auf die Tragödie gab, die sich hier abgespielt hatte, sah Phillip vor seinem geistigen Auge immer noch Alans Leiche dort liegen, und er glaubte Beth zu sehen, die mit kreidebleichem Gesicht über dem Toten zusammengesunken war und in ihrem Kummer und Schmerz schrie.

Er verharrte einen Moment, und dann wandte er sich fast widerstrebend zur Frontseite des Gebäudes. Auf der Treppe, getrennt von ihm durch das Glas der Eingangstüren, drängten sich die neugierigen Leute von Westover und beobachteten ihn mit Argwohn, wie er fand. Plötzlich fühlte er sich wie ein Schauspieler auf der Bühne, der unerwartet vom Scheinwerferlicht angestrahlt wird, obwohl er seine Rolle nicht geprobt hat.

Und als er jetzt allein in dem Gebäude stand, wurde ihm klar, daß er heute nicht einfach nur hierhin gegangen war, um eine Entscheidung über die Zukunft der Fabrik zu fällen. Sein Besuch hatte noch einen anderen Grund.

Er suchte nach etwas.

Phillip wandte sich ab, ging tiefer in das Gebäude hinein und verharrte bei der großen Schalttafel für die Beleuchtung, die erst vor einer Woche fertiggestellt worden war. Er drückte auf Tasten und Knöpfe, und einen Augenblick später flammten alle Lampen im Gebäude auf, und das Licht vertrieb die Schatten, die von den Arbeitslampen nicht durchdrungen worden waren. Das gesamte Gebäude war von hunderten Lampen hell beleuchtet.

Als Phillip die Treppe hinunter ins Kellergeschoß schaute, war dort die Dunkelheit ebenfalls verschwunden, und alles war von hellem Licht erfüllt.

Phillip ging langsam die Treppe hinab. Er fühlte sich trotz der Helligkeit immer noch unbehaglich wie beim Betreten des Gebäudes, als er fast in Panik geraten war.

Am Fuß der Treppe spähte er in die fernen Winkel des Kellergeschosses, aber da war nichts, was auch nur ein bißchen ungewöhnlich wirkte. Es war alles, wie es stets gewesen war, nur eine gewaltige Fläche, die in regelmäßigen Abständen durch riesige Holzpfeiler unterbrochen war, mit denen die Decke gestützt wurde. Phillip sah nichts, was das Gefühl des Unbehagens hervorrufen konnte, das wieder in ihm wuchs.

Er blickte hinab zu der Stelle, an der sein Bruder und Jeff Bailey gestorben waren und an der seine Mutter fast ums Leben gekommen wäre.

Das war, wie ihm jetzt klar wurde, der wahre Grund für seinen Besuch hier. Er wollte allein an dieser Stelle stehen und warten, ob das Schreckliche, das seine Mutter ihm vor sechs Wochen beschrieben hatte, jetzt ihm widerfahren und ihn bedrohen würde, wie es sie bedroht hatte.

War es die gleiche Furcht, die seinen Bruder getötet hatte?

Er mußte es wissen.

Die Sekunden dehnten sich zu Minuten, doch nichts geschah.

Schließlich wandte er sich ab, und zum erstenmal sah er den kleinen Raum, der versteckt hinter der Treppe lag. Die Tür stand einen Spalt auf, und jenseits davon war nur Dunkelheit.

Aus der Finsternis heraus griffen schließlich die Klauen wahrer Furcht nach ihm.

Er sagte sich, daß sein Gefühl unsinnig war, daß es nichts außer einem leeren Raum hinter dieser Tür gab. Dennoch trat er einen Schritt zur Seite, als er sich der Tür näherte, damit die Tür ihn von allem trennte, was auch immer dahinter sein mochte. Sein Puls beschleunigte sich plötzlich, während er die Tür ganz aufschob. Das Licht aus dem Kellergeschoß fiel in den Raum und wurde von der Schwärze der fernen Wände geschluckt.

Phillip fand nichts Ungewöhnliches an dem Raum. Ein

einfaches Viereck mit einem einzigen kleinen Fenster hoch oben in der hinteren Wand und ohne Möbel. Das einzige Anzeichen darauf, daß sich jemand seit Jahren hier aufgehalten hatte, war eine Stelle am Boden, wo der Staub eines Jahrhunderts aufgewühlt worden war.

Das einzige, was den Raum vom Rest des Kellergeschosses unterschied, war der Geruch.

Der starke Geruch von Rauch strömte von diesem Raum aus, als hätte es hier vor kurzem gebrannt.

Als Phillip den Rauchgeruch wahrnahm, empfand er einen sonderbaren Aufruhr von Gefühlen, der nicht aus ihm selbst, sondern aus dem Kellerraum zu kommen schien.

Die Furcht war jetzt stärker, jedoch gemischt mit dem Gefühl aufgestauten Zorns. Es war fast, als rolle sich der Raum wie eine Schlange zusammen, die sich darauf vorbereitete, auf ihn zuzustoßen.

Und dennoch war ein seltsames Gefühl von Sehnsucht danach in ihm. Eine tiefe Melancholie, mit einer starken Spur von Trauer. Als Phillip dort stand, in den Raum schaute und dem zwingenden Drang widerstand, hineinzugehen und dem zu begegnen, was immer darin sein mochte, spürte er, daß seine Augen feucht wurden. Einen Augenblick später liefen ihm Tränen über die Wangen.

Er trat zögernd einen Schritt vor und streckte die Arme aus, wie um zu berühren, was in dem Raum war, doch dann wich er plötzlich zurück, und anstatt den Raum zu betreten, packte er die Türkante und zog die Tür schnell zu.

Bevor die Tür zuknallte, glaubte er, von drinnen einen kurzen Aufschrei zu hören, eine Kinderstimme, die ihn rief.

*»Vater!«*

Phillip eilte die Treppe hinauf, schaltete die Beleuchtung aus und hastete zur Seitentür.

Und dann, am fernen Ende der ehemaligen Fabrik, sah er die Gesichter.

Sie waren noch immer da – die Leute von Westover. Sie drückten die Gesichter gegen die Glasscheiben der Türen, und ihre Züge waren zu sonderbaren Grimassen verzerrt. Ihre Hände schienen nach ihm zu greifen, und zuerst hatte er das Gefühl, sie würden ihn anflehen. Dann erreichte er die Rotunde unter der Glaskuppel und nahm noch etwas anderes wahr.

Die Gesichter waren zwar vage vertraut, doch nicht zu erkennen. Die Männer waren unrasiert und schäbig bekleidet, und alle trugen Mützen tief in die Stirn gezogen.

Die Frauen waren allesamt hohlwangig und anscheinend vor Hunger ausgemergelt, und sie trugen ebenfalls schäbige Kleidung, lange dünne Kleider, die hoch am Hals zugeknöpft waren und bis zu den Knöcheln reichten. Alle trugen das Haar gleich zu einem Dutt aufgesteckt.

Und sie streckten nicht flehend die Hände nach ihm aus.

Sie griffen nicht nach ihm, weil sie etwas von ihm haben wollten.

Sie wollten *ihn.*

Der Ausdruck ihrer Augen zeigte es deutlich. In den Augen, die ihn jetzt alle anstarrten, glitzerte Haß. Er spürte fast körperlich, wie der Haß von ihnen ausströmte, durch das Glas der Türen drang – auf ihn zu über den breiten Gang wogte wie eine Welle, die ihn zu verschlingen drohte.

Er erstarrte, und seine Panik steigerte sich. Dann warf er sich herum und hetzte zur Seitentür. Er schaltete das Licht aus, und die ehemalige Fabrik war wieder in Dunkelheit getaucht wie ein paar Minuten zuvor. Phillip ging hinaus, zog die Tür hinter sich zu und schloß sie ab.

Er warf einen Blick zur Front des Gebäudes und rechnete fast damit, eine zornige Menge zu sehen, die sich ihm näherte. Da war jedoch nichts. Nur ein einzelner Mann, der sich vor dem Schein der Straßenlampe abhob und ihm winkte.

»Mr. Sturgess?« rief der Mann. »Ist alles in Ordnung?«

Phillip zögerte. »Alles in Ordnung«, rief er dann zurück. »Ich wollte mich nur mal umsehen.« Er hob die Hand und erwiderte den Wink des Mannes. Anstatt die Prospect Street zurückzugehen, wandte er sich in die andere Richtung und ging den Pfad hinab, bis er zu den Bahngleisen gelangte.

Als er durch die Nacht eilte, versuchte er sich einzureden, daß alles, was er gesehen hatte, nur in seiner Einbildung existiert hatte.

Als Phillip zwanzig Minuten später zu Hause eintraf, wurde er von Tracy erwartet. Sie saß oben auf der Treppe im Haus, und als er zur Tür hereinkam, stand Tracy auf und schaute neugierig zu ihm herab. Er blickte kurz zu ihr hinauf und legte seine Schlüssel in die Schublade der Kommode, die in der Nähe der Haustür stand. Weder Phillip noch Tracy sagten etwas, bis er zur Bibliothek ging, um sich etwas zu trinken einzuschenken. Tracy folgte ihm in die große, walnußgetäfelte Bibliothek, wie er es im voraus gewußt hatte.

»Nun?« fragte Tracy, während sich Phillip großzügig Scotch einschenkte und zwei Eiswürfel und etwas Wasser hinzufügte. Erst als er fertig war, wandte sich Phillip zu Tracy um.

»Was – nun?« fragte er gelassen.

Tracy wurde unsicher. Da war etwas im Blick ihres Vaters, das sie noch nie gesehen hatte. Obwohl er sie ansah, hatte sie das sonderbare Gefühl, daß er sie nicht wahrnahm. »Hat sie ihn umgebracht?« fragte sie schließlich.

Phillip furchte die Stirn. Er drehte das Glas in der Hand, ging zum Fenster und starrte in die Nacht hinaus. »Warum sollte sie das tun?« fragte er mit dem Rücken zu Tracy.

»Liegt das nicht auf der Hand?« fragte Tracy. »Sie will

hierher zurück. Deshalb hat sie ihren Vater umgebracht, denn wenn er tot ist, kann sie nirgendwo sonst wohnen.«

Phillip spürte, daß seine Augen wieder feucht wurden, und er unterdrückte ein Aufstöhnen. »Ist dieses Haus wirklich so wundervoll?« fragte er so leise, daß Tracy sich anstrengen mußte, um ihn zu verstehen. »Ist dieses Haus es wirklich wert, jemanden zu töten – den eigenen Vater – nur um hier zu wohnen?« Er wartete lange genug, um seine Worte einwirken zu lassen, und dann fuhr er zu Tracy herum, die inmitten der Bibliothek stand und ihn mit großen Augen anstarrte. »Nun?« fragte er. »Ist es wirklich all das wert?«

»Für sie...« begann Tracy, doch Phillip ließ sie nicht aussprechen.

»Wie kann das sein?« fragte er. »Was war denn hier so wunderschön für sie? Seit du von der Schule heimgekommen bist, hast du dein Bestes getan, um Beth das Leben schwerzumachen. Du hast nicht mal versucht, dich mit ihr anzufreunden. Du hast sie wie ein Dienstmädchen behandelt, sie ignoriert, sie gekränkt...«

»Na und?« Tracys Gesicht war vor Zorn gerötet, und ihre blauen Augen glitzerten im Schein des Kronleuchters. »Sie ist nichts als ein Dreckstück, genau wie ihre Mutter. Sie gehört nicht hierhin, und sie paßt nicht zu uns. Und wenn sie wieder herkommt, dann will ich nicht mehr hier leben!«

»Ich verstehe«, sagte Phillip ruhig. »Und wo stellst du dir vor, zu leben?«

Tracys Mund klaffte auf, und plötzlich wich die Farbe aus ihrem Gesicht. Was sagte er da? Das konnte doch nicht sein Ernst sein, oder? »Ich... ich werde dann bei Alison Babcock wohnen.«

Phillip nickte nachdenklich und nippte an seinem Scotch. »Tracy«, sagte er ruhig. »Du solltest dich hinsetzen. Es ist ein guter Zeitpunkt für ein Gespräch zwischen uns, denn Carolyn wird heute nacht nicht hier sein.«

»Ich hoffe, Carolyn kommt niemals wieder her«, erklärte Tracy, ließ sich auf einen der Lehnstühle sinken und legte ihr linkes Bein lässig über die Armlehne.

»Ich bin sicher, daß du das hoffst«, erwiderte Phillip und nahm ihr gegenüber Platz. »Aber ich sage dir jetzt, daß es eine Hoffnung ist, die ich nie wieder in diesem Haus hören will. Du magst dir denken, was du willst, aber du wirst von jetzt an deine Gedanken für dich behalten.«

Die Worte trafen Tracy wie eine körperliche Züchtigung. Einen Augenblick lang war sie zu benommen, um überhaupt etwas zu sagen. Dann schluckte sie und blickte ihren Vater verwirrt an. »Daddy ...«

»Nimm das Bein von der Lehne und setz' dich richtig hin wie die Lady, für die du dich hältst«, sagte Phillip.

Tracy nahm das Bein von der Lehne und setzte sich auf dem Lehnstuhl auf. Sie starrte ihren Vater an und versuchte zu ergründen, was passiert war. »Du läßt sie wieder herkommen, nicht wahr?« fragte sie schließlich, und ihre Stimme klang vorwurfsvoll. »Selbst nach dem, was sie meinem Pferd angetan hat.«

»Ah«, sagte Phillip, trank sein Glas leer und erhob sich, um sich von neuem Scotch einzuschenken. »Das Pferd.« Als er an Tracy vorbeiging, blickte er ihr in die Augen und sah, daß sein Verdacht stimmte. »Die Babcocks haben einige ziemlich gute Tiere in ihrem Stall«, bemerkte er. Er schwieg, bis er Tracy gegenüber saß. »Ich frage mich, wie sicher sie sich fühlen würden, wenn du in ihrem Haus wohnen würdest.«

Tracy klopfte jetzt das Herz bis zum Hals, und sie klammerte sich an den Lehnen des Stuhls fest, damit ihre Hände nicht zitterten. »Ich habe es nicht getan ...« begann sie, doch unter dem Blick ihres Vaters verstummte sie.

»Ich glaube dir nicht, Tracy«, sagte Phillip. »Ich glaube dir nicht, und ich weiß nicht, was ich tun soll.« Seine Augen füllten sich wieder mit Tränen, und diesmal bemühte er sich nicht, sie zu verbergen. »Ich nehme an, ich war kein guter Vater, nicht wahr? Ich habe stets versucht, dir alles zu geben, was du wolltest, aber das war nicht genug.«

»Aber ich liebe dich, Daddy«, sagte Tracy.

»So? Nun, ich nehme an, das tust du, auf deine Weise. Aber es ist die falsche Weise, Tracy. Ich kann nicht mein Leben für dich leben. Ich kann mir nicht deine Liebe erkaufen, indem ich dir einfach jeden Willen lasse. Und ich kann mir nicht von dir vorschreiben lassen, wer in meinem Haus wohnt und wer nicht.«

Tracy mißdeutete die Traurigkeit in Phillips Worten als Schwäche. »Aber sie gehören nicht hierher, Daddy«, wandte sie von neuem ein. »Ich begreife nicht, warum du das nicht verstehen kannst. Carolyn und Beth gefällt es hier nicht mal. Sie wollen nur unser Geld!«

Als die Miene ihres Vaters einen harten Zug annahm, erkannte Tracy, daß sie einen Fehler begangen hatte, und sie wich unwillkürlich auf dem Stuhl zurück. Die Augen ihres Vaters spiegelten jetzt kalten Zorn wider.

»Ich werde dich nicht schlagen«, sagte er. »Vielleicht sollte ich das, aber ich werde es nicht tun. Ich halte nichts von solchen Dingen. Aber ich sage dir jetzt folgendes, Tracy, und du solltest gut zuhören und es verstehen, denn ich werde es nicht wiederholen. Von jetzt an wirst du Carolyn mit all dem Respekt behandeln, den du deiner eigenen Mutter oder jeder anderen erwachsenen Frau entgegenbringen würdest. Es interessiert mich nicht, welche Gefühle du ihr gegenüber hegst. Mich interessiert nur, wie du sie behandelst. Von jetzt an wirst du freundlich und hilfreich und höflich sein, ob ich zu Hause bin oder nicht. Was Beth anbetrifft, ja, sie wird zurückkehren und hier wohnen. Und das wird nicht geschehen, weil sie kein anderes Heim hat, sondern weil ihre Mutter und ich sie sehr lieben. Und du wirst sie auf die gleiche Weise behandeln wie Carolyn. Du wirst sogar noch einen Schritt weiter gehen. Du wirst Freundschaft mit Beth schließen, es sei denn, sie ist nicht interessiert daran, mit dir befreundet zu sein. In diesem Fall wirst du einfach höflich zu ihr sein und ihr aus dem Weg bleiben. Wenn sie morgen heimkommt, wirst du ihr sagen, daß dir leid tut, was mit ihrem Vater passiert ist, und du wirst dich entschuldigen, weil du ihr Pferd vergiftet hast...«

»Es war *mein* Pferd!« begehrte Tracy auf. Plötzlich sprang sie auf und starrte ihren Vater in wildem Zorn an. »Es war mein Pferd, und ich hatte das Recht, damit zu machen, was ich wollte! Und es ist mein Haus, und ich kann darin machen, was ich will, und du kannst mich nicht daran hindern. Ich hasse dich!«

Phillip erhob sich. »Also gut«, sagte er leise. »Wenn das dein Ernst ist, dann kann ich nur noch eines tun. Morgen früh werde ich ein wenig telefonieren und eine Schule für dich finden.«

»Gut«, gab Tracy zurück. Sie stand jetzt breitbeinig da, und ihr Gesicht war eine Maske zorniger Aggressivität. »Und ich hoffe, die Schule ist so weit von hier weg wie möglich!«

»Oh, das wird sie sein«, erwiderte Phillip. »Aber da du von jetzt an ganzjährig dort sein wirst, werden wir ein Internat finden müssen, in dem es keine Ferien gibt. Ebenfalls natürlich eines, in dem es keine Pferde gibt.« Er heftete den Blick auf seine Tochter. »Keinerlei Privilegien irgendwelcher Art, daran sollte ich denken«, sagte er mit ruhiger Stimme. »Ich finde, du hattest bereits viel zu viele davon.«

Tracy musterte das Gesicht ihres Vaters und versuchte zu ergründen, ob er tatsächlich ernst meinte, was er sagte. »Ich... ich werde fortlaufen!«

Phillip zuckte die Achseln. »Wenn du das willst, dann bitte. Aber an deiner Stelle würde ich mir das gut überlegen. Ich hörte, daß das Leben dort draußen ziemlich hart für ein Mädchen in deinem Alter sein kann.« Dann wandte er sich ab, verließ die Bibliothek und schloß schweigend die Tür hinter sich.

Tracy war einen Augenblick lang vor Wut und Ungläubigkeit wie erstarrt. Dann ging sie zur Bar und warf ein Glas nach dem anderen gegen die Tür.

Phillip und Hannah begegneten sich am Fuß der Treppe, als das erste Zerklirren von Kristall aus der Bibliothek zu hören war. Die alte Frau blickte Phillip mit großen Augen an und ließ vor Schreck fast den kleinen Koffer fallen, den sie trug. Sie sagte nichts, doch ihr Blick war fragend auf Phillip gerichtet.

»Das ist Tracy«, sagte er sanft. »Sie ist im Augenblick ein bißchen aufgeregt, aber ich denke, daß sie ruhiger werden wird, wenn ihr die Gläser ausgehen. Wenn Tracy dich auffordert, die Scherben für sie wegzuräumen, dann tu mir bitte einen Gefallen und stell dich taub.« Er hörte sie scharf einatmen, bevor sie gehorsam nickte. »Oh ... und noch eines, Hannah«, fügte er hinzu, als er die Treppe hinaufging. »Von jetzt an brauchst du nichts mehr in Tracys Zimmer zu tun. Sie wird es von morgen an selbst aufräumen und saubermachen.«

Hannahs Brauen ruckten hoch, und sie musterte Phillip prüfend. »Ist das der Grund für all das?« fragte sie und nickte zur Bibliothek hin.

»Ich befürchte, nein«, sagte Phillip und blieb kurz auf der Treppe stehen. »Tracy weiß noch gar nicht, daß sie ihr Zimmer von morgen an selbst saubermachen muß.«

»In diesem Fall, Sir, werde ich den Rest des Kristalls und Porzellans einschließen, sobald ich aus dem Krankenhaus zurück bin.«

»Danke«, sagte Phillip und ertappte sich bei einem Grinsen, während er weiter die Treppe hinaufging und sich auf dem Gang zur Suite seiner Mutter wandte.

Abigail saß in ihrem Lieblingssessel und hatte ein Buch mit den aufgeklappten Seiten nach unten auf dem Schoß liegen. Als Phillip eintrat, heftete sie sofort den Blick mißtrauisch auf ihn.

»Was um Gottes willen hat dieser Lärm zu bedeuten, Phillip?«

»Das ist Tracy, Mutter«, erwiderte er. »Ich habe endlich ein Machtwort gesprochen.« So knapp wie möglich erklärte er seiner Mutter, was er Tracy gesagt hatte und warum. Als er damit fertig war, schaute ihn die alte Frau unter halb gesenkten Lidern hervor an.

»Du machst einen schrecklichen Fehler, Phillip.«

Phillip zuckte mit den Schultern und setzte sich auf den Sessel ihr gegenüber. »Mir scheint, ich habe eine Reihe von schrecklichen Fehlern mit Tracy gemacht, solange sie lebt.« Seine Mutter schien es jedoch nicht zu hören. Sie schaute ihn jetzt mit der Mißbilligung an, die eine Mutter einem mißratenen Kind vorbehält. Worüber ärgert sie sich jetzt? fragte er sich. Und dann erkannte er, daß der Sessel, in den er sich ohne nachzudenken gesetzt hatte, nie von jemand anderem als seinem Vater benutzt worden war. »Er ist tot, Mutter«, sagte Phillip mit ruhiger Stimme. »Reicht der Platz im Mausoleum nicht? Soll das hier ebenfalls eine Grabstätte sein?«

Sofort bedauerte er seine Worte, aber sie waren nicht mehr rückgängig zu machen.

»Sitz, wo du willst«, erwiderte Abigail mit kalter Stimme. »Da du anscheinend seinen Platz in diesem Haus einnehmen willst, kannst du ebensogut seinen Sessel übernehmen. Aber was Tracy anbetrifft, so kannst du nicht einfach die Regeln bei einem Kind wie ihr ändern. Sie ist viel zu empfindsam.«

»Ich befürchte, ich kann dir bei letzterem nicht zustimmen«, bemerkte Phillip trocken. »Und was die Regeln anbetrifft, so habe ich sie nicht geändert. Ich habe einfach einige eingeführt.«

»Und du erwartest von mir, daß ich das zulasse?« Abigails Miene nahm eine harten Zug an.

»Es geht nicht darum, ob ich dir etwas erlaube oder nicht«, entgegnete Phillip. »Ich lege einfach einige Grenzen und Regeln für meine Tochter fest, das ist alles.«

Abigail verzog verächtlich die Lippen. »Deine Tochter? Ich nehme an, du hast ein biologisches Recht, das zu sagen, aber ich kann kaum sagen, daß du deine Aufgaben und Pflichten als Vater bei ihr erfüllt hast.«

Phillip war nicht bereit, sich ködern zu lassen. »Und natürlich hast du recht, wenn du das sagst«, stimmte er zu. »Aber das ist nicht der springende Punkt. Das Wichtige ist, sie muß endlich lernen, daß es sie nicht zu etwas Besonderem macht, nur weil sie eine Sturgess ist, und ich habe vor, ihr das beizubringen.«

»Indem du sie dafür bestrafst, daß sie eine natürliche Abneigung gegen die falsche Art Leute hat, die in ihr Leben eindringen?«

»Es reicht, Mutter«, sagte Phillip und stand auf. »Ich wollte nur sehen, wie es dir geht. Ich bin nicht hergekommen, um mit dir zu debattieren.«

Abigails Stimme nahm den kalten Klang an, den Phillip seit langem als das Anzeichen für den Zorn seiner Mutter kannte. »Und du hast angenommen, ich würde einfach einwilligen?«

»Ich nehme überhaupt nichts an, Mutter«, erwiderte er und bemühte sich, seinen eigenen Zorn unter Kontrolle zu behalten. »Aber ich habe den Eindruck, daß du wenigstens ein kleines bißchen daran interessiert sein solltest, wie es Beth geht. Ihr Vater starb heute nachmittag. Ist der Schutz von Tracys Egoismus wirklich wichtiger als Beths Wohlergehen?«

»Ich kann nichts für Beth Rogers tun«, erwiderte Abigail scharf. »Aber ich kann viel für meine Enkelin tun. Wozu nicht zuletzt zählt, daß ich dich daran hindere, Beth wieder in dieses Haus zu holen.«

»Weil sie zu ›der falschen Art von Leuten‹ gehört, Mutter?« fragte Phillip müde.

»Überhaupt nicht«, erwiderte sie. »Ich will sie nicht hier haben, weil ich sie als Gefahr für uns alle betrachte.«

»Ach, um Himmels willen, Mutter! Du klingst so paranoid, wie es Vater vor seinem Tod war.«

»Ich bezweifle nicht im geringsten, daß dein Vater all seine Sinne beisammen hatte«, sagte Abigail steif.

Phillip seufzte. »Also gut, Mutter. Es hat offenbar keinen Zweck, weiter darüber zu diskutieren. Wenn du etwas brauchst, ich bin in meinem Zimmer.«

»Wenn ich etwas brauche, werde ich Hannah läuten, wie ich es in den letzten vierzig Jahren getan habe.«

»Hannah ist nicht hier. Sie ist zum Krankenhaus gegangen, um Carolyn einige Sachen zu bringen.«

Tracy starrte ärgerlich auf die leere Bar und suchte nach etwas, das sie noch zertrümmern konnte. Aber da war nichts mehr. Das letzte der drei Dutzend Kristallgläser lag zerbrochen am Fuß der Tür in der Bibliothek. Die Tür wies eine Reihe sichelförmiger Eindrücke auf, wo die Gläser gegen das Holz geknallt waren, und Tracy erkannte selbst in ihrem Zorn auf den Vater, daß diese Male nie entfernt werden würden. Für den Rest ihres Lebens würden sie in der Tür sein, eine ständige Erinnerung an diesen Tag, an dem sich ihr Vater gegen sie gewandt hatte.

Aber da war noch ihre Großmutter.

Die alte Frau würde für sie Partei ergreifen und ihren Vater davon überzeugen, daß er unrecht hatte und besser Carolyn von Hilltop fortjagen sollte anstatt Beth zurückkehren zu lassen. Die beiden konnten wieder in ihr mieses, kleines Haus in der Cherry Street ziehen. Ihr Vater konnte es für sie zurückkaufen.

Tracy öffnete die Tür der Bibliothek und ignorierte die Glasscherben, die sich in den Parkettboden bohrten und tiefe Kratzer hinterließen. Hannah sollte morgen die Scherben entfernen und Handwerker bestellen, die den Boden in Ordnung bringen würden.

Tracy eilte die Treppe hinauf und vergewisserte sich mit einem Blick über den Flur, daß die Tür zum Zimmer ihres Vaters geschlossen war. Dann wandte sie sich in die andere Richtung und ging zur Suite ihrer Großmutter.

Sie hielt es nicht für nötig, anzuklopfen; sie stieß einfach die Tür auf und trat ein. Zuerst dachte sie, das Zimmer wäre verlassen. Ihre Großmutter saß nicht mehr in dem Sessel. Tracy wollte zum Schlafzimmer gehen.

Dann hörte sie vom Fenster her Abigails Stimme.

»Tracy? Alles in Ordnung, Kind?«

Tracy wandte sich um und sah die alte Frau, die sich schwer auf ihren Stock stützte und einen Morgenrock anhatte. Sie wirkte viel kleiner, als Tracy sie in Erinnerung hatte, und sie sah krank aus. Ihre Haut schien in Falten von ihrem eingefallenen Gesicht zu hängen, und ihre Hände zitterten.

»Daddy will mich fortschicken«, sagte Tracy.

Abigail nickte langsam. »Ich weiß«, sagte sie mit einem Seufzen. »Er hat es mir gesagt.«

»Du mußt ihn umstimmen.«

»Das habe ich bereits versucht. Aber ich glaube nicht, daß es mir gelingt. Er ist davon überzeugt, daß ich dich verwöhnt und verzogen habe. Wenn deine Mutter noch lebte...«

»Aber sie lebt nicht mehr!« schrie Tracy. »Sie ist tot! Sie starb und verließ mich genauso, wie du mich im Stich gelassen hast!« Tracy durchquerte das Zimmer, und ihr Gesicht verzerrte sich, als der Zorn hervorbrach, den sie so sorgfältig gezügelt hatte. »Du bist ins Krankenhaus gegangen und hast mich hier bei ihnen gelassen! Sie hassen mich! Alle hassen mich!«

Bei dem Zornausbruch des Mädchens klopfte Abigail das Herz bis zum Hals, und unwillkürlich wandte sie sich ab. Sie bemühte sich, nicht hinzuhören und sich auf die Nacht jenseits des Fensters zu konzentrieren.

Sie sollte nicht einmal hier stehen. Der Arzt hatte sie

ermahnt, sich zu schonen, doch nach der Unterhaltung mit Phillip hatte sie es nicht mehr im Sessel ausgehalten und war unruhig im Zimmer auf und ab gegangen, während sie überlegt hatte, wie sie mit der Situation fertig werden konnte. Und schließlich war sie zum Fenster gegangen und hatte zu der ehemaligen Fabrik geschaut, die immer und unausweichlich die Quelle all ihrer familiären Probleme war.

Sie konzentrierte sich von neuem auf die Fabrik und versuchte immer noch, sich vor Tracys schrillen Worten des Zorns zu verschließen.

Und dann, als sie in die schwarze Nacht blickte, schien der dunkle Umriß des Fabrikgeländes auf einmal so nahe zu sein, daß sie ihn fast berühren konnte.

Sie sah die Eingangstüren und die Fenster mit ihren Läden so deutlich, als stünde sie auf der anderen Straßenseite davor.

Es war nur Einbildung; so mußte es sein. Es war viel zu dunkel, und die Fabrik war viel zu weit entfernt. Sie sah sie nur in ihrer Phantasie so nahe.

Ihr Herz pochte schneller, und von neuem hatte sie das Gefühl, daß sich stählerne Bänder um ihren Oberkörper legten.

Die ehemalige Fabrik schien sogar noch größer zu werden und näherzurücken, und dann sah sie das sonderbare Glühen eines Feuers. Zuerst war nur ein rötlicher Schimmer zu sehen, ein merkwürdiges Glühen, das von der Treppe im Kellergeschoß ausging.

Doch während sie hinausschaute und das Gefühl hatte, ihr altes Herz würde fast zerspringen, wurde das Glühen heller. Flammen loderten von der Treppe auf, züngelten über die Wände und krochen über die schwarz werdenden Backsteine, als suchten sie etwas.

Als suchten sie nach ihr.

»Nein!« wimmerte sie. Mit purer Willenskraft, denn der Schmerz in ihrer Brust raubte ihr fast die Besinnung, wandte sie sich vom Fenster ab und tastete nach einem Sessel. »Tracy!« keuchte sie. »Tracy, hilf mir!«

»Warum?« sagte Tracy mit ruhiger Stimme, gleichgültig gegenüber den Schmerzen ihrer Großmutter. »Warum sollte ich dir helfen? Was hast du je für mich getan?«

»Mein Herz...« flüsterte Abigail. Sie streckte die Hand nach Tracy aus, doch der Schmerz nahm ihr den Atem und stach ihre Arme hinab zu den Fingern, und sie konnte den Stock nicht mehr halten und stürzte vornüber auf die Knie. Sie streckte den linken Arm aus und schaffte es, Tracy am Bein zu berühren.

Tracy wich von ihr fort. Sie stürzte aus dem Zimmer und schrie nach ihrem Vater.

»Daddy, komm schnell! Großmutter stirbt!«

Phillip fand seine Mutter auf dem Boden in ihrem Salon. Sie lag auf der Seite und hatte die Hände an den Oberkörper gekrallt, als versuche sie, sich von dem Dämon zu befreien, von dem sie besessen war. Phillip kniete sich neben sie und ergriff ihre Hände.

Ihre Augen, die bereits vom Tod gezeichnet waren, blickten Phillip starr an. Sie hob die rechte Hand, um Phillips Gesicht zu berühren.

»Feuer«, flüsterte sie. »Es brennt wieder. Du mußt sie aufhalten, Phillip... du mußt...«

Phillip stockte der Atem. »Wen? Wen muß ich aufhalten, Mutter?«

Die alte Frau rang um Atem und sprach mit letzter Kraft. »Amy«, keuchte sie, »Amy...«

Und dann war sie tot.

# 23

Fast jeder in Westover nahm entweder an Alan Rogers Beerdigung oder an Abigail Sturgess' Beisetzung teil.

Nur eine Handvoll Leute gingen zu beiden Beerdigungen.

Carolyn und Phillip hatten kurz die Möglichkeit erwogen, beide Beerdigungen zu kombinieren, diesen Gedanken jedoch schnell verworfen. Es hatte keine Beziehung zwischen den beiden Verstorbenen bestanden, und der Kreis der Trauernden war unterschiedlich. So hatten sich Carolyn und Phillip entschieden, Alan am Morgen zu beerdigen, drei Tage nach seinem Tod, und Abigail am folgenden Nachmittag.

Was Carolyn im Laufe der beiden langen Tage am meisten auffiel, waren die Unterschiede zwischen den beiden Beerdigungen.

Bei Alans Beisetzung war die kleine Kirche überfüllt mit all den Leuten, die Carolyn während der Kindheit und den Ehejahren mit Alan gut gekannt hatte. Der Pastor, der mit Alan zusammen aufgewachsen war, sprach 40 Minuten lang über den Freund, den er verloren hatte, und alle Trauernden fühlten sich in die Vergangenheit zurückversetzt.

Es war für Carolyn eine Zeit der Erinnerungen, die sie mit Leuten teilte, die sie kaum noch kannte, und sie vermißte all die alten Freundinnen und Bekannten, von denen sie sich unbewußt abgesondert hatte, als sie Phillips Ehefrau geworden war. Alan war in diesen 40 Minuten für jeden in der Kirche wieder lebendig, und Carolyn hatte fast das Gefühl, am Ende des Gottesdienstes aufzustehen, sich umzuwenden und Alan an der hinteren Wand der Kirche lehnen zu sehen, grinsend über all das Theater, das seinetwegen gemacht wurde. So ein Mensch war er gewesen.

Nach dem Gottesdienst, als sie mit ihrer Tochter am

Portal der Kirche stand, verblaßte jedoch schnell Carolyns vorübergehende Nostalgie. Sie erkannte sofort, daß keiner wußte, was er sagen sollte. Sollte man der Frau kondolieren, die sich von dem Mann hatte scheiden lassen, dem man hier die letzte Ehre erwies?

Ebensowenig wußten die Leute, was sie zu Beth sagen sollten, denn die Gerüchte waren trotz Norm Adcocks offizieller Erklärung noch immer nicht verstummt. Als Alans Freunde langsam aus der Kirche strömten, blieben sie nur ganz kurz stehen, um mit Carolyn zu sprechen und Beth mit schlecht verhohlener Neugier anzuschauen. Dann hasteten sie weiter. So schnell wie es der Anstand erlaubte, führte Phillip Carolyn zum Wagen. Auf der Fahrt nach Hilltop war Carolyn froh darüber, daß Alan in seinem Testament eine Feuerbestattung verfügt hatte. Carolyn war überzeugt davon, daß eine Beerdigung auf dem Friedhof für jeden unerträglich gewesen wäre. Sie fragte sich, ob Alan aus genau diesem Grund verfügt hatte, daß keine Zeremonie am Grab stattfand. Das hätte zu Alan gepaßt.

Am nächsten Nachmittag fand der Gottesdienst vor Abigails Beisetzung statt. Wiederum war die Kirche voller Leute, doch es waren überwiegend andere Trauergäste. Zu Abigails Beisetzung waren Leute bis von Boston gekommen, und in den Straßen um die Kirche parkten Reihen von Cadillacs und Lincolns. Derselbe Pastor hielt die Predigt, doch diesmal sprach er über jemand, den er kaum gekannt hatte. Die Lobrede rief kaum Erinnerungen an Abigail wach, sondern war mehr eine Aufzählung der Leistungen der Familie Sturgess. Während Carolyn zuhörte, wurde ihr schnell bewußt, daß die Frau, die der Pastor beschrieb, nichts mit der Person gemein hatte, die Carolyn gekannt hatte.

Als Carolyn diesmal am Portal der Kirche neben ihrem Mann und ihrer Stieftochter stand, verweilte jeder und kondolierte ihr zum Verlust der Schwiegermutter, obwohl alle nur zu gut wußten, daß Abigail sie gehaßt hatte. Carolyn zwang sich, die Rolle zu spielen, die man von ihr erwartete, und mit gesenktem Blick murmelte sie die passenden Worte.

Am späten Nachmittag fand die Beisetzung im Mausoleum statt. Abigails Platz war außerhalb des Rings der Säulen an der Seite ihres Mannes, und sie wurde nicht wie Conrad in einer Ansprache Samuel Pruett Sturgess vorgestellt. Das war offenbar eine Ehre, die nur Blutsverwandten vorbehalten war.

Nach der Bestattung gingen alle ins Haus, und es gab einen Empfang wie vor ein paar Monaten für Conrad. Und wie damals war der Trauerfall Anlaß für ein paar automatische Phrasen im geflüsterten Tonfall, und danach versammelten sich die Männer, um über Geschäftliches zu reden, während die Frauen verschiedene Treffen und Wohltätigkeitsveranstaltungen planten, und bei keinem von beiden wurde Carolyn mit eingeschlossen.

Und dann war endlich alles vorüber, und Carolyn und Phillip waren allein in der Bibliothek.

Beide Mädchen waren stumm auf ihre Zimmer gegangen, als sie von der Beisetzung zurückgekehrt waren. Oben im Haus herrschte Stille. Carolyn war dankbar dafür. Sie setzte sich erschöpft auf einen der Lehnstühle und nippte an dem Scotch mit Wasser, den Phillip ihr gemacht hatte. Mit einem Schaudern, das sie kaum verbergen konnte, dachte Carolyn daran, wie jeder Beth bei der Beerdigung angeschaut hatte, als ob sich immer noch alle fragten, was Alan wirklich widerfahren war, obwohl niemand gewagt hatte, die Frage laut zu stellen.

Auch auf Hilltop hatten in den letzten drei Tagen die unausgesprochenen Fragen die Atmosphäre belastet. Selbst Tracy war nichts als ernst und höflich gewesen, das perfekte Kind, das entsprechend traurig über den Tod seiner geliebten Großmutter war.

Carolyn hatte Tracy verstohlen beobachtet, bis jetzt

jedoch noch nichts gesagt. Seit dem Moment, an dem am Morgen nach Alans Tod Beth aus dem Krankenhaus geholt und nach Hilltop gebracht worden war, wirkte Tracy verändert. Als Carolyn und Beth ins Haus gegangen waren, hatte Tracy auf sie gewartet. Sie hatte Beth gesagt, wie leid es ihr tue, daß ihr Vater gestorben war, und dann war sie zum Wagen hinausgegangen und hatte Carolyns Koffer mit den Sachen zum Übernachten und Beths Koffer geholt. Und als sie nach oben gegangen waren, hatte Tracy sogar angeboten, Beth beim Auspacken zu helfen.

Und so war es weitergegangen. Soweit Carolyn das sehen konnte, tat Tracy endlich ihr Bestes, um sowohl sie als auch Beth zu akzeptieren.

Carolyn hatte gleich bemerkt, daß alles Kristall in der Bibliothek verschwunden war und daß die Tür und der Boden arg verschrammt waren. Obwohl Phillip sich nicht dazu geäußert und Carolyn ihn bis jetzt auch nicht gefragt hatte, war sie überzeugt, daß Tracy für den Schaden verantwortlich war. Jetzt entschloß sie sich, das Thema zur Sprache zu bringen.

»Ich habe bemerkt, wie gut sich Tracy benommen hat«, begann sie vorsichtig. »Und mir ist ebenfalls aufgefallen, daß hier offensichtlich etwas passiert ist. Willst du mit mir darüber reden?«

Phillip zögerte, doch er wußte, daß er seiner Frau nicht die Wahrheit verschweigen konnte. So kurz wie möglich erzählte er Carolyn, was an dem Abend geschehen war, an dem Abigail gestorben war. Als er schließlich seinen Bericht beendet hatte, saß Carolyn lange schweigend da. Dann erhob sie sich, ging zum Fenster und schaute in das verblassende Licht des Sommerabends. Trotz der Wärme des Abends fröstelte sie.

»Du denkst, ich habe das Falsche getan, nicht wahr?« fragte Phillip, als er Carolyns Schweigen nicht länger ertragen konnte.

»Ich hoffe, es war richtig«, erwiderte Carolyn leise.

»Aber ich befürchte, sie muß uns jetzt noch mehr hassen denn je.« Dann wandte sie sich zu ihrem Mann um. »Ich habe Angst, Phillip. Ich habe große Angst.«

Tracy hatte die Tür ihres Zimmers abgeschlossen, und jetzt saß sie an ihrem Schreibtisch und stöberte im Inhalt der Schmuckkassette ihrer Großmutter. Die besten Stücke befanden sich in einem Banktresor, wie sie wußte, und ihre Großmutter hatte sie nur einmal im Jahr nach Hause geholt, um sie zu Weihnachten und Neujahr zu tragen. Das waren die Dinge, die Tracy in Wirklichkeit haben wollte – das Diamantenhalsband mit dem großen Smaragd, dazu passende Ohrringe und einen Armreif. Und da gab es das Saphir-Diadem. Die Steine waren besonders ausgewählt, damit sie zur Augenfarbe ihrer Großmutter paßten. Tracy wußte, daß sie genauso zu ihrer Augenfarbe passen würden.

Auch in der Schmuckkassette gab es einige schöne Stücke, und Tracy konnte sich kaum entscheiden, welche sie nehmen sollte. Sie mußte vieles in der Kassette lassen, damit keiner bemerkte, daß einiges fehlte, und sie mußte auch einige der besten Stücke zurücklassen.

Vielleicht auch nicht.

Viele der Schmuckstücke, die ihr wirklich gefielen, hatte ihre Großmutter nie getragen, soweit sich Tracy zurück erinnern konnte, und es war gut möglich, daß sich ihr Vater ebensowenig erinnern konnte.

Und einige der Schmuckstücke in der Kassette hatten ihrer Mutter gehört. Diese Stücke würde sie zurücklassen – gewiß würde ihr Vater ihrer Mutter Juwelen Carolyn geben.

Sie hob einen großen Anhänger aus Jade hoch, der ein verschiedenes Muster auf jeder Seite hatte, und hielt ihn an ihren Hals. Die Kette war ein wenig zu lang, aber das machte nichts. Jade war eine perfekte Farbe für sie. Sie öffnete ihre eigene Schmuckschatulle, hob den Einsatz heraus und legte den Anhänger in das kleine versteckte Fach am Boden der Schatulle.

Plötzlich klopfte es leise an der Tür, zweimal, dann kurze Pause und schließlich ein drittes Mal. Es war der Code, den sie Beth genannt hatte. Sie hatte ihr gesagt, das würde ein Geheimnis zwischen ihnen sein. Und Beth war, wie von Tracy erhofft, zu dumm, um zu erkennen, daß das verabredete Zeichen nur dazu diente, Tracy eine Chance zu geben, Dinge zu verstecken, bevor sie Beth in ihr Zimmer ließ.

Was ihr Vater verlangt hatte, war in Wirklichkeit wesentlich leichter gewesen, als Tracy gedacht hatte. Es war fast wie ein Spiel, bei dem es darauf ankam, herauszufinden, wie blöde Beth und Carolyn wirklich waren.

Und bei Beth herauszufinden, wie verrückt sie wirklich war, damit ihr Vater sie endlich fortschicken mußte.

Bis jetzt hatte es den Anschein, als wären sie sogar noch dümmer, als Tracy gedacht hatte, obwohl sie noch nicht herausgefunden hatte, wie sie Beth dazu bringen konnte, wieder über Amy zu reden.

Tracy war zu dem Schluß gelangt, daß Beth wirklich mitleiderregend war. Als sie den Koffer geöffnet hatte, den Beth mitgebracht hatte, wäre Tracy beim Anblick des Plunders fast in Gelächter ausgebrochen. Alte, abgetragene Jeans und ein paar Blusen und Kleider, die aus einem Trödlerladen stammen mußten. Aber sie hatte ›ah‹ und ›oh‹ gesagt und Beth gebeten, ihr gelegentlich etwas von dem Plunder zu leihen, und Beth war darauf hereingefallen.

Heute morgen hatte Tracy in ihrem Schrank gekramt, bis sie ein Kleid gefunden hatte, das sie seit zwei Jahren nicht getragen, aber auch noch nicht weggeworfen hatte, und sie hatte Beth angeboten, es ihr zu leihen, damit sie es bei den Beerdigungen tragen konnte. Das Kleid hatte schrecklich an Beth ausgesehen, wie Tracy es vorausgesehen hatte, aber Beth hatte es nicht bemerkt und ebensowenig war es ihrer Mutter aufgefallen.

Statt dessen hatten ihr beide gedankt, als hätte sie etwas Nettes getan.

Als jetzt die Klopfzeichen an der Tür wiederholt wurden, schloß Tracy die Schmuckkassette ihrer Großmutter und versteckte die Kassette schnell im obersten Fach des Kleiderschranks, bevor sie die Tür aufschloß und öffnete. Beth stand mit großen Augen auf dem Flur. Ihr Gesicht war blaß. Das Kleid, das Tracy ihr geliehen hatte, hing auf einem Kleiderbügel, den Beth hoch genug hielt, damit das Kleid nicht den Boden berührte.

»Ich ... ich habe einen Fleck darauf gemacht«, flüsterte Beth und schaute Tracy wie ein fruchtsames Kaninchen an. »Es tut mir leid – ich weiß nicht, wie es passiert ist.«

Tracy setzte eine Miene großzügigen Verzeihens auf. »Ach, das macht nichts. Ich bin sicher, daß die Reinigung nicht viel kostet.« Sie verschwieg Beth, daß sie das Kleid ohnehin wegwerfen würde. »Komm herein.«

Tracy zog die Tür weiter auf, und Beth betrat das Zimmer und legte das Kleid behutsam auf dem Bett ab. Tracy konnte es kaum erwarten, Alison Babcock anzurufen und ihr zu erzählen, daß Beth den alten Fetzen behandelt hatte, als wäre es ein Abendkleid von Halston.

»Es ... es tut mir wirklich leid, das mit deiner Großmutter«, sagte Beth, während sie rückwärts zur Tür ging.

»Schon gut«, erwiderte Tracy. »Sie war alt, und es ist ein Wunder, daß sie nicht schon vor Jahren starb. Ich meine, sie war nicht jung wie dein Vater.« Tracy zwang sich, nicht zu kichern, als sich Beths Augen mit Tränen füllten. »Verzeih mir«, sagte sie hastig. »Ich nehme an, du willst nicht über deinen Vater sprechen, oder?«

Beth wischte schnell die Tränen fort und schaffte ein Lächeln. »Ich muß immer weinen, wenn ich an ihn denke. Aber Ma sagt, daß ich darüber hinwegkommen werde.« Dann blickte sie zweifelnd drein. »Aber ich weiß nicht, ob ich das schaffe. Es tut einfach so weh. Hast du dich auch so gefühlt, als deine Mutter starb?«

Tracy zuckte die Achseln. »Sie starb, als ich geboren wurde. Ich erinnere mich nicht mal an sie. Meine Großmutter zog mich auf.«

Beths Stirnrunzeln vertiefte sich. »Wie kommt es dann, daß dir deine Großmutter nicht so fehlt wie mir mein Vater?«

»Ich habe es dir gesagt. Sie war eine alte Frau.« Tracy schaute Beth aus den Augenwinkeln heraus an und tat dann ihr Bestes, um ein paar Tränen zu vergießen. »Außerdem liebte sie mich nicht mehr. Sie liebte dich mehr als mich.«

Beth blickte sie entgeistert an. »Das ist nicht wahr...«

Jetzt schaffte Tracy ein kleines Schluchzen. »Doch, es stimmt! Sie hat mich nicht um einen Besuch gebeten, als sie im Krankenhaus war. Jedenfalls nicht am ersten Abend. Da wollte sie nur dich sehen.«

»Aber das war wegen...« Beth verstummte unvermittelt, weil sie nicht den Namen aussprechen wollte, den Tracy so lange gegen sie benutzt hatte.

»Wegen Amy?« fragte Tracy, und ihre Stimme klang keine Spur spöttisch wie in der Vergangenheit.

Zögernd nickte Beth.

Tracys Herz schlug schneller. Sie mußte jetzt vorsichtig sein, damit sie Beth nicht abschreckte. »Großmutter hat von ihr erzählt«, sagte sie und dachte schnell nach. »Sie sagte mir, sie wünschte, du könntest zurückkommen und wieder hier wohnen, weil sie alles über Amy wissen wollte.«

»Das... das hat sie getan?« stammelte Beth, und sie fragte sich, ob es stimmen konnte und ob Tracy sie vielleicht nicht mehr für verrückt hielt.

Tracy nickte feierlich und erinnerte sich an die letzten Worte ihrer Großmutter. Vielleicht konnte sie diese Worte nutzen, um Beth zum Reden zu bringen. »Und sie sagte, daß es ein Feuer gab.« Beim Ausdruck von Beths Augen erkannte sie, daß sie ins Schwarze getroffen hatte.

»In der Fabrik?« fragte Beth angespannt. »Sprach sie wirklich über das Feuer in der Fabrik?«

Jetzt zögerte Tracy. Was war, wenn Beth genauso log, wenn sie ebenfalls versuchte, sie in eine Falle zu locken? Aber das war albern – Beth war nicht schlau genug für so etwas.

»Ich glaube, ja«, sagte Tracy. »Was hat sie dir denn gesagt, als sie im Krankenhaus war?«

»Nichts«, antwortete Beth, und Tracy war enttäuscht. Doch dann sprach Beth weiter. »Sie hat nur gesagt, daß sie mir nach der Entlassung aus dem Krankenhaus etwas zeigen wird, das beweist, daß es Amy gibt.«

*Es ist in der Kassette,* dachte Tracy aufgeregt. *Es ist in der Kassette, die Großvater stets hütete wie einen Schatz.*

Aber sie sagte nichts.

## 24

Es war kurz nach Mitternacht. Im Haus herrschte Stille, doch durch das offene Fenster hörte Tracy das Zirpen von Grillen und Quaken von Laubfröschen. Mit nackten Füßen und nur einem dünnen Morgenrock über dem Pyjama ging sie zum Schrank, öffnete ihn und nahm die Schmuckkassette ihrer Großmutter aus dem obersten Fach. Dann schaltete sie das Licht in ihrem Zimmer aus und öffnete vorsichtig die Tür.

Der Flur war dunkel, aber Tracy erwog nicht einmal, das Nachtlicht auf der Kommode anzuschalten. Die Suite ihrer Großmutter war nur ein paar Meter entfernt, und Tracy hätte den Weg dorthin mit verbundenen Augen gefunden.

Sie hatte die halbe Strecke zurückgelegt und achtete sorgfältig darauf, nicht gegen die Kommode zu stoßen, als Tracy erkannte, daß der Flur überhaupt nicht völlig dunkel war. Am fernen Ende war ein schwacher Lichtschimmer unter der Tür zu sehen.

Unter der Tür zur Suite ihrer Großmutter.

Tracy erstarrte in der Dunkelheit, packte die Schmuckkassette fester und starrte auf den Lichtschein. Er schien jetzt leicht zu flackern. Warum drang Licht unter der Tür zur Suite ihrer Großmutter hervor? Das Zimmer war doch leer.

Oder nicht?

Aber wer konnte darin sein? Sie war die ganze Nacht wach gewesen und hatte gelauscht.

Ihr Vater und die Stiefmutter waren gekommen und hatten ihr gute Nacht gesagt, und dann hatte sie gehört, wie die beiden den Flur hinab zum anderen Ende des Hauses gegangen waren. Sie hatte sogar die Tür einen Spalt geöffnet, um zu lauschen, und ihre Stimmen gehört, bis sie die Tür geschlossen hatten.

Zweimal war Tracy über den Flur geschlichen, hatte an der Tür von Beths Zimmer gelauscht und sie schließlich einen Spalt geöffnet, um die tiefen, gleichmäßigen Atemzüge ihrer schlafenden Stiefschwester zu hören.

Die einzige andere Person im Haus war Hannah.

Es mußte also Hannah sein.

Hannah war dort im Zimmer ihrer Großmutter, stöberte in ihrem Besitz und suchte nach Dingen, die sie stehlen wollte.

Die Großmutter hatte Tracy gesagt, was sie von Bediensteten hielt. »Die stehlen immer, damit mußt du rechnen«, hatte Abigail erklärt. »Diener und Hausmädchen neiden dir deinen Besitz und fühlen sich unterbezahlt. So stehlen sie, weil sie kein Gefühl für Recht und Unrecht haben. Du kannst das nie ganz unterbinden – es ist einfach der Preis, den wir Besitzenden zu zahlen haben.«

Und jetzt, kurz nach dem Tod der Großmutter, war Hannah in deren Zimmer mit einer Taschenlampe und suchte nach Dingen, die sie stehlen konnte.

Tracy lächelte in der Dunkelheit und beglückwünschte sich, weil sie bereits die Schmuckkassette ihrer Großmutter an sich genommen hatte. Sie wandte sich um und wollte zu ihrem Zimmer zurückkehren.

Dann erinnerte sie sich jedoch, wie Hannah immer um Beth herumscharwenzelt war, und sie dachte daran, daß sich die Haushälterin in den letzten drei Tagen geweigert hatte, auch nur die einfachsten Dinge für sie, Tracy, zu erledigen. Langsam nahm eine Idee Gestalt an. Sie wußte, was sie tun würde. Sie würde Hannah im Zimmer ihrer Großmutter ertappen, und dann würde Hannah von Vater gefeuert werden. Hannah konnte sogar für das Verschwinden des Schmucks aus der Kassette verantwortlich gemacht werden. Vielleicht konnte sie, Tracy, es sogar so drehen, daß die alte Haushälterin ins Gefängnis kommen würde.

Tracy schlich schnell über den Flur und hielt vor der geschlossenen Tür zur Suite ihrer Großmutter.

Sie neigte das Ohr an die Tür, lauschte und bückte sich dann, um durchs Schlüsselloch zu spähen.

Das Zimmer war jetzt dunkel, und sie konnte weder etwas sehen noch hören.

Vielleicht hatte Hannah sie gehört?

Vorsichtig drehte Tracy den Türgriff und schob die Tür langsam einen Spalt auf. Dann tastete sie zum Lichtschalter neben der Tür und schaltete das Licht an. Der Kronleuchter flammte auf, und helles Licht erfüllte das Zimmer.

Tracy schob die Tür weiter auf und schaute sich um.

Das Zimmer war verlassen.

Aber es war ein Lichtschimmer unter der Tür gewesen, dessen war Tracy sicher. Ihr Blick schweifte wieder durch das Zimmer und fiel auf die Tür, die zum Ankleidezimmer und dem Badezimmer jenseits davon führte.

Im Ankleidezimmer hielt sich ebenfalls niemand auf, ebensowenig im Badezimmer. Tracy verharrte auf dem

Weg zum Schlafzimmer und stellte die Schmuckkassette zurück an ihren Platz in der obersten rechten Schublade der Frisierkommode.

Schließlich ging sie ins Schlafzimmer und schaute sich dort um. Sie konnte sich nicht geirrt haben – das war einfach nicht möglich. Sie hatte Licht gesehen.

Nirgendwo gab es jedoch das geringste Anzeichen darauf, daß jemand in der Suite gewesen war. Alles war genau so, wie es gewesen war, als sie sich in das Zimmer gestohlen hatte, um die Schmuckkassette an sich zu nehmen. All der alte Kram – die Dinge, die ihre Großmutter so sehr geschätzt hatte und die Tracy für Plunder hielt – war genau dort, wo er immer gewesen war. Alle Lampen bis auf den Kronleuchter waren ausgeschaltet und kamen also auch nicht für den sonderbaren Lichtschimmer in Betracht, den sie unter der Tür gesehen hatte.

Tracy ging zum Fenster und schaute in die Dunkelheit hinaus. In der Stadt brannten immer noch ein paar Lampen, und in der Ferne konnte Tracy soeben den Umriß der ehemaligen Fabrik erkennen. Und dann, als sie genau hinschaute, nahm sie wieder den sonderbar flackernden Lichtschein wahr.

Diesmal bei der Fabrik.

Der Lichtschein flackerte nur für einen Moment auf und verschwand dann in der Schwärze der Nacht.

Und dann glaubte Tracy zu wissen, was es war: Ein Wagen, der über die gewundene Straße fuhr und dessen Scheinwerferlicht kurz auf die Fabrik fiel, als er um eine Kurve bog.

Das gleiche mußte passiert sein, als sie auf dem Flur gewesen war – nur ein Wagen, der den Hügel heraufgefahren war und dessen Scheinwerferlicht sekundenlang in das Zimmer gefallen war.

Tracy wandte sich vom Fenster ab und ging zu dem Wandschrank, der ihrem Großvater gehört hatte.

Wenn Tracy noch ein paar Sekunden lang am Fenster

geblieben wäre, hätte sie wieder das sonderbare Licht in der ehemaligen Fabrik gesehen. Und sie hätte ebenfalls gesehen, daß keine Autos auf der River Road fuhren.

Sie fand die Kassette im obersten Fach des Wandschranks, wo sie gestanden hatte, solange Tracy zurückdenken konnte. Sie hatte sie dort oft gesehen, doch immer wenn sie ihren Großvater gefragt hatte, was darin war, hatte er nur gesagt, daß sie es erfahren würde, wenn die Zeit dafür reif sein würde.

Jetzt starrte sie einen Augenblick lang auf die Kassette. Sie sah nicht nach etwas Besonderem aus. Es war einfach eine rechteckige Metallkassette mit einem metallenen Griff. Dem Aussehen nach mußte sie sehr alt sein. Tracy nahm sie behutsam aus dem Schrank und trug sie ins Wohnzimmer. Dort setzte sie sich auf den Sessel ihrer Großmutter und öffnete die Kassette.

Darin lag nur irgendeine Art altes Buch. Sie betastete es und fragte sich, ob sie es hier lesen und dann die Kassette in den Schrank zurückstellen sollte. Doch dann kam ihr eine Idee, und sie nahm die Kassette, verließ damit die Suite und zog die Tür hinter sich zu.

In ihrem eigenen Zimmer stellte Tracy die Kassette auf ihren Schreibtisch und nahm das merkwürdige Buch heraus. Sie legte sich ins Bett, zog die Decken über sich und schlug das Buch auf.

Es war eine Art Tagebuch, das von Hand mit schwarzer Tinte geschrieben und kaum lesbar war. Die krakelige Schrift sah sehr altmodisch aus, und einen Augenblick lang bezweifelte Tracy, daß sie die Schrift überhaupt lesen konnte. Doch dann erinnerte sie sich daran, daß das Buch irgend etwas mit Amy zu tun hatte, und sie sah sich die Worte sorgfältiger an. Langsam entzifferte sie ein Wort nach dem anderen und las das alte Buch.

Als der Morgen dämmerte, und Tracy aus einem unruhigen Schlaf erwachte, wußte sie genau, was sie zu tun hatte.

Sie lächelte vor sich hin, genoß die Wärme des Sommermorgens und noch mehr das Wissen, daß sie morgen um diese Zeit Beth Rogers endlich los sein würde.

Du bist einfach albern, sagte sich Carolyn, als sie an diesem Morgen am Frühstückstisch saß. Alles ist prima. Tracy benimmt sich wie ein ganz normales Kind, und ich habe keinen Grund, mißtrauisch zu sein.

Und am Tisch geschah ebenfalls nichts, was Anlaß zu Besorgnis und Mißtrauen gegeben hätte. Beth und Tracy plauderten miteinander, und Tracy schlug vor, Beth nach dem Frühstück eine Stunde Tennis zu geben.

»Aber ich habe noch nie gespielt«, sagte Beth. »Ich werde alles falsch machen.«

»Jeder fängt mal an«, entgegnete Tracy. »Und außerdem kannst du nicht in den Club gehen, wenn du nicht Tennis spielst.«

Carolyn rechnete mit einer geringschätzigen Bemerkung, die ihrer Meinung nach folgen mußte. Statt dessen sprach Tracy einfach weiter, und nichts an ihrem Tonfall und ihren Worten verriet die Verachtung, die sie Beth gegenüber sonst stets gezeigt hatte.

»Sieh mal, jeder im Club spielt Tennis, richtig?«

Beth nickte.

»Wenn du also kein Tennis spielst, was wirst du dann dort tun? Einfach herumsitzen?«

»Vielleicht werde ich gar nicht in den Club gehen«, sagte Beth.

Jetzt verdrehte Tracy theatralisch die Augen, und wieder stieg in Carolyn ein ungutes Gefühl auf, das sie sich nicht erklären konnte.

»Und was willst du sonst anfangen? Den ganzen Tag allein hier herumhocken? Das macht doch keinen Spaß. Und du weißt, daß du keine Freunde mehr in der Stadt hast...«

»Tracy...« unterbrach Phillip und schaute seine Tochter mahnend an. Sofort blickte Tracy entschuldigend drein.

»Es tut mir leid«, sagte sie zu Beth. »Ich hätte das nicht sagen sollen.«

Beth zuckte mit den Schultern und starrte auf ihre halb gegessene Grapefruit. »Warum nicht? Es stimmt. Alle halten mich für verrückt.«

»Wen interessiert es, was die Leute denken?« sagte Tracy.

Beth musterte Tracy argwöhnisch. »Du hältst mich ebenfalls für verrückt. Das hast du gesagt.«

»Das war früher«, erwiderte Tracy. »Ich kann ja meine Meinung ändern, oder nicht?«

»Und was ist mit all deinen Freundinnen und Freunden?«

»Hör auf, dir soviel Sorgen zu machen. Laß mich dir Tennis beibringen, und dann nehme ich dich nächste Woche mit in den Club. Und ich werde dir sogar einiges von meiner Kleidung geben. Oder wir überreden Daddy, mit uns nach Boston zu fahren und dir einige Sachen zu kaufen.«

»Und wenn ich nicht gut im Tennis bin?« fragte Beth, doch der Ausdruck ihrer Augen verriet, wie begierig sie war. »Wenn ich schrecklich schlecht spiele?«

»Du kannst nicht schlechter als Alison Babcock sein«, antwortete Tracy. »Die kann kaum den Ball übers Netz schlagen. Und wenn sie aufschlägt, ist das ein Punkt für den Gegner.«

»Du wirst mich nicht auslachen?«

»Bestimmt nicht«, versprach Tracy und grinste plötzlich. »Jedenfalls werde ich nicht sehr viel lachen. Außerdem, wer sieht dich denn schon?«

Zehn Minuten später räumten die beiden Mädchen pflichtgemäß den Tisch ab bis auf die Kaffeetassen ihrer Eltern und verließen das Eßzimmer. Ein paar Minuten später sah Carolyn sie über den Rasen zum Tennisplatz gehen. Tracy zeigte Beth bereits, wie man den Schläger hält.

»Nun?« fragte Phillip, als hätte er in der vergangenen halben Stunde Carolyns Gedanken gelesen. »Du glaubst es nicht, was?«

Carolyn seufzte. »Ich wünschte, ich könnte es glauben, aber niemand ändert sich so schnell, wie es bei Tracy der Fall ist. Nein, ich glaube es überhaupt nicht. Ich bin fest davon überzeugt, daß sie nur Theater spielt, aber ich kann mir nicht denken, was sie damit bezweckt.«

»Vergiß nicht, daß ich sie vor die Wahl stellte, sich entweder zu benehmen oder fortzugehen.«

Carolyn schüttelte den Kopf. »Was sie tut, geht darüber hinaus, Phillip, und das weißt du so gut wie ich. Ich habe das Gefühl, daß sie etwas vorhat, für das sie Beths Vertrauen braucht.« Dann sah sie den gekränkten Ausdruck in Phillips Augen und versuchte, sich zu entschuldigen. »Es tut mir leid. Ich nehme an, ich bin nicht fair zu ihr. Aber ich glaube einfach nicht, daß sie sich über Nacht so sehr verändert hat.«

»Das hat sie vermutlich auch nicht«, räumte Phillip ein. »Aber selbst, wenn sie nur schauspielert, ist das besser, als die Dinge zuvor waren. Und wir müssen ihr eine Chance geben, nicht wahr? Du weißt so gut wie ich, daß Tracy Beth mögen wird, wenn sie das Mädchen erst richtig kennt.«

*Ich weiß das überhaupt nicht,* dachte Carolyn. *Ich weiß nur, daß ich all dies nicht glaube. Ich habe das Gefühl, an einem Schauspiel beteiligt zu sein, dessen Inhalt ich nicht kenne.* Trotz ihrer geheimen Gedanken zwang sie sich, ihren Mann anzulächeln. »Vor ein paar Monaten wäre das alles glaubhaft gewesen. Aber nach allem, was passiert ist...«

»Es ist jetzt alles vorüber«, erklärte Phillip.

Carolyn wünschte, er hätte recht. »Ist es das? Und was ist mit Beths Freundin Amy?«

Phillips Miene verfinsterte sich, und Carolyn hatte das

Gefühl, er verheimlichte ihr etwas. Er schüttelte den Kopf. »Sie wird diese Amy vergessen. Beth machte eine schlimme Zeit durch, als sie Amy im Traum erfand, aber wenn die Dinge besser werden, braucht sie Amy nicht mehr.« Er schaute seine Frau bittend an. »Liebling, hatten wir diesen Sommer nicht genug Probleme? Müssen wir noch nach weiteren suchen? Und außerdem hat Beth seit ihrer Rückkehr nach Hause kein einziges Mal von Amy gesprochen, oder?«

»Kannst du ihr das verdenken?« erwiderte Carolyn schärfer als beabsichtigt. »Weil sie über Amy sprach, verlor sie alle Freundinnen und Freunde. An Beths Stelle hätte ich schon viel früher über Amy geschwiegen. Aber ich hätte an sie *gedacht*.«

Phillip furchte die Stirn. »Worauf willst du hinaus?«

»Ich weiß es nicht.« Carolyn erhob sich vom Tisch und ging zur Terrassentür. Jenseits der Terrasse und des Rasens sah sie Beth und Tracy auf dem Tennisplatz. Wären es zwei andere Mädchen gewesen, hätte die Szene perfekt natürlich ausgesehen. Doch wenn man wußte, was alles in diesem Sommer geschehen war und sich an Tracys Worte im Restaurant nach Abigails erstem Herzanfall erinnerte, dann war es sonderbar zu beobachten, wie Tracy Beth zeigte, wie sie den Tennisschläger halten sollte. Die Szene wirkte so unschuldig, doch Carolyn wurde das Gefühl nicht los, daß das, was sie sah, mehr als nur eine einfache Lektion in Tennis war. Tracy plante etwas, davon war Carolyn überzeugt. Aber was? Und dann, als ihr Blick über den Tennisplatz hinaus schweifte und auf das ehemalige Fabrikgebäude fiel, kam ihr der Gedanke.

Was auch immer Tracy vorhatte, es hatte etwas mit der ehemaligen Fabrik zu tun. Carolyn wandte sich um und schaute ihren Mann an. »Was wird aus der Fabrik?« fragte sie. »Hast du dich entschieden, was damit geschieht?«

Phillip blickte sie verwirrt an. »Was hat denn das mit Beth und Tracy zu tun?«

»Ich bin mir nicht sicher, was es mit Tracy zu tun hat«, erwiderte Carolyn. »Aber mein Gefühl sagt mir, daß es etwas mit Beth zu tun hat. Ich möchte, daß du den Bau abreißt.«

»Was? Carolyn, wovon redest du? Ich kann das nicht tun...«

Carolyns Herz schlug schneller, denn noch während sie die Worte ausgesprochen hatte, war ihr klargeworden, daß sie recht hatte.

»Du *mußt* es tun! Verstehst du denn nicht? Es geht nicht nur um Beth! Es geht um alle! Früher oder später vernichtet dieses Gebäude jeden der Familie. Deinen Bruder – deinen Vater. Sogar Abigail und Alan. Und ich weiß, wer die nächsten sein werden! Phillip, wenn du nichts unternimmst, wird die Fabrik Beth und Tracy ebenfalls vernichten!«

Phillip starrte Carolyn an. Es war, als höre er wieder seinen Vater von Teufeln und Gefahren in dem alten Backsteingebäude sprechen. Aber nichts war daran – es war nur abergläubisches Gerede. »Nein! Carolyn, ich will nicht, daß du so redest. Es ist nichts in der alten Fabrik – überhaupt nichts!«

Carolyn wünschte inbrünstig, sie könnte es glauben. Doch tief in ihrem Herzen wußte sie, daß sich Phillip irrte. Es *war* etwas Teuflisches in der ehemaligen Fabrik, und es breitete sich jetzt aus und streckte die Hand nach ihnen aus. Wenn sie nichts unternahmen, würde es sie alle vernichten.

Aber was konnten sie tun abgesehen vom Abriß des Gebäudes?

Nichts.

Sie mußte eine Möglichkeit finden, wie sie Phillip davon überzeugen konnte, daß sie recht hatte. Und zwar bald.

»Habe ich das wirklich richtig gemacht?« fragte Beth eine Stunde später, als Tracy schließlich die Tennisstunde beendete.

»Du warst großartig«, log Tracy und fragte sich, warum sie überhaupt Tennisunterricht vorgeschlagen hatte, obwohl alles andere den gleichen Zweck erfüllt hätte. Es war so langweilig gewesen, in der heißen Sonne herumzustehen und Bälle langsam übers Netz zu schlagen, damit Beth versuchte, sie zu treffen. Und sie hatte kaum das Lachen unterdrücken können, als Beth nach den Bällen gedroschen und oftmals vorbeigeschlagen hatte. Natürlich war es in der letzten Viertelstunde eine Art Spaß gewesen, als sie Beth hin und hergescheucht und von einer Ecke in die andere gejagt hatte, bis ihr die Puste ausgegangen war.

»Wann bringst du mir den Aufschlag bei?« fragte Beth.

»Morgen«, versprach Tracy. Sie sprang lässig über das Netz hinweg und begann die Bälle aufzusammeln, die auf dem ganzen Platz verstreut waren. Als sie damit fertig waren, gingen sie zum Haus. Plötzlich blieb Tracy stehen, als wäre ihr etwas eingefallen. Beth wandte sich um. Tracy spähte den Hügel hinauf zum Mausoleum. Als sie aus den Augenwinkeln heraus sah, daß Beth sie musterte, sagte Tracy: »Ich wette, daß Amy eigentlich dort oben begraben sein sollte.«

Beth blickte sie mit großen Augen an. »Amy? Ich dachte, du glaubst nicht, daß es sie gibt.«

»Ich habe meine Meinung geändert«, sagte Tracy. »Das sagte ich doch beim Frühstück, nicht wahr? Oder hast du überhört, daß ich dich nicht mehr für verrückt halte?«

Beth nickte zögernd. »Doch, das hast du gesagt.«

»Und wenn ich dich nicht mehr für verrückt halte und du denkst, daß es Amy gibt, dann muß ich das ebenfalls annehmen, nicht wahr?«

»Ja ... vermutlich.«

»Außerdem«, fuhr Tracy mit gesenkter Stimme fort,

»habe ich mich letzte Nacht in Großmutters Zimmer geschlichen und etwas gefunden.«

Beth sah sie angespannt an. »Über Amy?«

Tracy nickte.

»Was?« drängte Beth. »Was hast du gefunden?«

»Versprichst du mir, keinem etwas davon zu erzählen?«

»Ich verspreche es.«

Tracy musterte Beth prüfend. »Schwörst du es beim Grab deines Vaters?«

»Das ... das ist nicht fair«, wandte Beth ein und glaubte plötzlich einen Kloß in der Kehle zu haben.

»Wenn du nicht schwörst, sage ich es nicht.«

Beth zögerte und nickte dann. »Ich ... ich schwöre es.«

»Okay. Ich fand ein Buch, und darin steht alles über Amy.«

»Was genau?«

Tracy lächelte geheimnisvoll. »Willst du es lesen?«

»Du hast es immer noch?«

»Ich habe es in meinem Zimmer versteckt. Komm mit.« Sie eilten ins Haus und liefen die Treppe hinauf. Oben auf dem Treppenabsatz flüsterte Tracy ihrer Stiefschwester ins Ohr. »Geh in dein Zimmer, schließ die Tür ab und laß keinen herein, bis ich mit dem Geheimzeichen anklopfe. Und wenn ich im Zimmer bin, schließt du sofort wieder ab. In Ordnung?«

Beth nickte, eilte in ihr Zimmer und schloß die Tür ab. Tracy ging kichernd auf ihr Zimmer, schloß die Tür ab, legte sich aufs Bett und schaltete den Fernseher an. Eine halbe Stunde später sagte sie sich, daß Beth alles nur für einen Scherz halten würde, wenn sie sie noch länger warten ließ, und sie zog die Kassette unter dem Kopf hervor. Sie vergewisserte sich, daß der Flur verlassen war. Dann lief sie zu Beths Zimmer, klopfte zweimal, wartete einen Augenblick und klopfte ein drittes Mal. Sofort wurde die Tür geöffnet, und Beth ließ Tracy herein.

»Was war los?« flüsterte Beth. »Ich dachte schon, du kommst nicht mehr.«

»Ich wurde beinahe geschnappt«, log Tracy. »Jedesmal, wenn ich mich aus meinem Zimmer schleichen wollte, schnüffelte Hannah herum. Und wenn sie mich hiermit schnappt, wird sie es meinem Vater erzählen, und der wird uns beide vertrimmen.«

Beth schluckte. »Uns vertrimmen? Wirklich?«

Tracy nickte ernst. »Deshalb darf er nicht erfahren, daß wir es haben.« Sie trug die Kassette zu Beths Schreibtisch und öffnete sie. Feierlich nahm sie das Buch heraus, legte es auf den Schreibtisch und schlug es auf. »Lies«, sagte sie.

Als Beth die sonderbare Handschrift auf den Seiten des kleinen Buchs entziffert hatte, blickte sie zu Tracy auf.

»Was bedeutet das?« fragte sie. »Was sollen wir tun?«

»Es bedeutet, daß Amy an der falschen Stelle beerdigt wurde«, sagte Tracy. »Verstehst du denn nicht? Sie sollte oben im Mausoleum beigesetzt sein, aber das ist sie nicht. Das will sie.«

Beth blickte Tracy mit großen Augen an. »Du meinst, wir müssen sie ausgraben?«

Tracy zögerte und schüttelte den Kopf. »Das wäre nicht genug«, sagte sie. »Wir müssen ihren Geist aus der Fabrik holen.«

Beth schluckte. Ihr Puls raste. »Wie?« fragte sie im Flüsterton. »Die Fabrik ist abgeschlossen. Wie können wir dort rein?«

»Ich weiß, wo Daddy die Schlüssel aufbewahrt«, erwiderte Tracy. »Wir werden es heute nacht machen, in Ordnung? Wir gehen zusammen dort runter, lassen Amy heraus und bringen sie zum Mausoleum. Dann wird sie dort sein, wo sie hingehört. Sie wird nicht mehr wütend sein, und du kannst sie jederzeit besuchen, wenn du das willst. Verstehst du?«

Beth nickte, sagte jedoch nichts.

»Behalte das Buch hier, okay? Hannah kommt immer in mein Zimmer, um sauberzumachen, und wenn sie das findet, sind wir erledigt.«

»Aber – wenn sie es hier findet?«

»Das wird sie nicht. Und selbst wenn, dann wird das nicht schlimm sein, denn du kannst sagen, du hättest nicht gewußt, daß du es nicht aus Großmutters Zimmer hättest holen sollen. Leg das Buch einfach in deinen Schreibtisch und versteck die Kassette im Schrank.«

»Aber wenn ...« begann Beth von neuem, doch diesmal ließ Tracy sie nicht aussprechen.

»Versteck Buch und Kassette und komm dann zum Stall. Wir müssen einiges für heute nacht vorbereiten.« Bevor Beth noch etwas sagen konnte, huschte Tracy aus dem Zimmer und schloß die Tür hinter sich.

Als Tracy fort war, schaute Beth lange auf das Buch, und dann las sie es langsam noch einmal.

Alles, was sie entzifferte, paßte zu dem, was sie bereits über Amy wußte.

Amy war also doch Wirklichkeit, und selbst Tracy glaubte ihr endlich.

Tracy ist gar nicht so schlecht, sagte sich Beth, als sie die Kassette in ihrem Schrank versteckte und das Buch in die oberste Schublade ihres Schreibtischs legte. Tracy ist nicht übel. Wie es aussieht, werden wir doch noch fast wie richtige Schwestern.

Tracy konnte es kaum glauben.

Sie ging beschwingt den Pfad zum Stall hinunter und konnte nur mit Mühe das Lachen unterdrücken.

Beth war tatsächlich darauf hereingefallen. Nur weil ein Name in einem alten Buch stand, war sie so blöde, das für einen Beweis für die Existenz eines Geistes zu halten.

Tracy schlenderte in den Stall. Peter Russell mistete die Boxen aus. Er blickte auf, als Tracy eintrat, und runzelte die Stirn.

»Ich dachte, du darfst nicht mehr herkommen«, sagte er.

»Ich muß einige Sachen holen«, erwiderte Tracy ärgerlich.

»Welche Sachen? Dein Daddy sagte mir, daß er dir das Betreten des Stalls verboten hat.«

»Das geht dich nichts an«, entgegnete Tracy. Als sie an Peter vorbeihuschen wollte, trat er auf den Mittelgang und blockierte ihr den Weg.

»Und ob mich das was angeht. Bis dein Vater das Gegenteil sagt, bleibst du hier fort.«

Tracy überlegte, ob sie versuchen sollte, ihn zu überreden. Doch dann hatte sie eine noch bessere Idee.

Sie würde einfach auf Beth warten und ihr sagen, was sie aus dem Stall holen sollte. Beth würde es tun. Nachdem Tracy Beth dieses alte Buch gezeigt hatte, war sie davon überzeugt, daß Beth alles tun würde, was sie von ihr verlangte.

Alles.

## 25

Die bleierne Schwere des Sommers hing den ganzen Tag über dem Haus, und mehrmals mußte Carolyn dem Wunsch widerstehen, auf ihr Zimmer zu gehen, die Vorhänge zu schließen, sich ins kühle Halbdunkel zu legen und sich vom Schlaf übermannen zu lassen. Sie hatte es jedoch nicht getan, denn den ganzen Tag lang war sie von dem Gedanken besessen gewesen, daß irgendwo im Haus der Schlüssel zu dem Geheimnis versteckt war, was auch immer Teuflisches in der ehemaligen Fabrik sein mochte.

Nach dem Frühstück hatte sie eine Zeitlang gegen die zunehmende Zwangsvorstellung angekämpft und sich gesagt, daß Phillip recht hatte und es nichts Teuflisches in dem alten Gebäude geben konnte. Sie rief sich in Erinnerung, daß Phillips Vater in seinen letzten Jahren senil geworden war und daß Abigail in den letzten Wochen ihres Lebens, als sie ihre Ansichten bezüglich der ehemaligen Fabrik geändert hatte, bereits von einem Herzanfall geschwächt gewesen war.

Dennoch hatte kein Argument ihr Gefühl vertreiben können, daß es etwas in der alten Fabrik gab, das weder Conrad noch Abigail ganz verstanden hatten und das sie trotzdem schließlich hatten akzeptieren müssen.

Nach dem Mittagessen durchsuchte Carolyn das Haus.

Sie begann in Abigails Zimmer, öffnete jeden Schrank, las die Korrespondenz in den Aktenheftern der alten Frau und suchte nach irgend etwas, das vielleicht einen Bezug auf die ehemalige Fabrik hatte, wenn auch nur indirekt.

Es gab nichts.

Sie ging in den Keller und stöberte zwei Stunden lang in dem Durcheinander von alten Möbeln, die dort gelagert wurden. Schließlich war sie vom Staub bedeckt, der sich im Laufe der Jahre angesammelt hatte, aber sie gab noch nicht auf, sondern stieg zum Dachboden hinauf, um dort die Suche fortzusetzen.

Auch dort fand sie nichts.

Aber es war merkwürdig. Die Mitglieder der Familie Sturgess waren offensichtlich seit vielen Generationen leidenschaftliche Sammler gewesen. Abgesehen von vielen alten Möbelstücken, mit denen man das Haus fast ein zweites Mal hätte einrichten können, fand sie unzählige alte Alben, Stapel von Sammelalben, Kartons mit persönlicher Korrespondenz und sogar vergilbte Schulzeugnisse von Kindern der Sturgess, die längst aufgewachsen, alt geworden und verstorben waren.

Zwischen all den alten Dingen aus dem Leben der

Familie Sturgess war jedoch keine einzige Information über die Fabrik, welche die Basis für ihren Reichtum gewesen war.

Das war das Merkwürdige.

Carolyn sagte sich, daß es einen Grund dafür gab. Die Aufzeichnungen, dessen war sie sicher, hätten zu deutlich die Realitäten der Fabrik wiedergegeben – den Diebstahl des Anteils ihrer eigenen Familie und die entsetzlichen Mißstände, unter denen die Fabrik betrieben worden war. Carolyn war überzeugt davon, daß die Mitglieder der Familie Sturgess diese Aufzeichnungen vernichtet hatten, weil sie eine ständige Erinnerung an die Sünden der Vergangenheit gewesen wären.

Schließlich gab Carolyn die Suche auf, ging ins Eßzimmer und setzte sich unter die Porträts der verstorbenen Mitglieder der Familie Sturgess.

Ihr Blick verweilte lange auf dem Gemälde von Samuel Pruett Sturgess, der sie heute zu verspotten schien, als wüßte er, daß sie eine Nachkommin von Charles Cobb Deaver war. Er schien sie auszulachen, weil sie sich vergeblich bemühte, die Geheimnisse zu ergründen, die seit langer Zeit für die Nachwelt vernichtet worden waren.

Als der Nachmittag in einen warmen Abend überging, der keine Erleichterung von der Schwüle des Tages versprach, kam Phillip nach Hause.

»Genießt du das Vergnügen ihrer Gesellschaft?« fragte er seine Frau, die immer noch im Eßzimmer bei den Porträts saß. Als sich Carolyn umwandte und ihn anblickte, bereute er seinen scherzhaften, leicht spöttischen Tonfall. Carolyns Haar, das sonst in weichen Wellen auf ihre Schultern fiel, hing schlaff herab, und ihre weiße Bluse war staubig und schmutzig. Ihr Gesicht wirkte abgespannt, und ihr Blick war fast furchtsam. Phillips Lächeln verschwand. »Carolyn, was ist los?«

»Nichts.« Carolyn seufzte. Dann schaffte sie ein schwaches Lächeln. »Ich nehme an, ich benehme mich hysterisch. Den ganzen Tag lang habe ich im Haus nach alten Aufzeichnungen über die Fabrik gesucht.«

»Die sind vielleicht auf dem Speicher«, bemerkte Phillip. »Da ist praktisch alles alte Zeug.«

»Nein, da sind sie nicht«, widersprach Carolyn. Sie erhob sich und schickte sich an, das Eßzimmer zu verlassen. »Und wenn du mich fragst, hat sie der alte Samuel Pruett alle persönlich vernichtet.«

Im ersten Augenblick nahm Phillip an, daß sie scherzte. Es war jedoch nichts Humorvolles an ihrem Tonfall. Phillip folgte ihr in die Bibliothek. Dort schenkte er sich einen Scotch und Carolyn eine Cola ein. »Was ist mit den Mädchen?« fragte er. »Irgendwelche Probleme?«

Carolyn ließ sich in einen Sessel sinken und schüttelte den Kopf. »Überhaupt keine. Sie waren den ganzen Tag zusammen, und ich habe auf einen Knall gewartet. Er blieb jedoch aus.«

Phillip wirkte hoffnungsvoll. »Vielleicht haben wir uns heute morgen geirrt.«

»Ich wünschte, ich könnte es glauben.« Carolyn nippte an ihrer Cola. »Aber ich kann es nicht. Ich habe das Gefühl, daß irgend etwas passiert. Und ich habe mich heute morgen auch nicht geirrt, was die Fabrik anbetrifft. Ich möchte wirklich, daß du sie wieder schließt.« Carolyn schaute ihm in die Augen. »Ich weiß, daß es verrückt klingt, und ich kann es nicht erklären, aber ich bin an einem Punkt angelangt, an dem ich glaube, daß deine Eltern recht hatten. Es ist etwas Teuflisches in diesem Gebäude, und ich glaube, deine gesamte Familie wußte es. Deshalb fand ich keine Aufzeichnung. Keine einzige!«

Zu Carolyns Überraschung nickte Phillip. »Du könntest recht haben. Jedenfalls kann ich nicht mehr sagen, daß ich deine Meinung anzweifle.« Er blickte kurz fort und sah Carolyn dann wieder an. »Ich war heute wieder unten im Kellergeschoß, und irgend etwas geschah mit mir. Und zwar nicht zum erstenmal.«

Er erzählte Carolyn so genau wie möglich von seinen sonderbaren Wahrnehmungen – von dem Geruch nach Rauch, den er in der ehemaligen Fabrik bemerkt hatte, als er beim Beginn der Arbeiten mit Alan dort gewesen war, und dem Gefühl der Panik, das er an Alans Todestag gehabt hatte.

Phillip berichtete Carolyn sogar von der Halluzination, die er gehabt hatte, als wäre er ein Jahrhundert zurückversetzt worden und der Mob hätte nach ihm gegriffen und versucht, Hand an ihn zu legen.

»Ich hatte das Gefühl, sie wollten mich lynchen«, endete er. »Und ich ging heute morgen dorthin zurück.«

»Und?« drängte Carolyn.

Phillip zuckte die Achseln. »Ich weiß nicht. Ich fühlte mich dort unbehaglich so ganz allein, aber ich sagte mir, daß ich nichts zu befürchten hatte und gar nichts anderes empfinden konnte, weil die Fabrik so viele schlimme Assoziationen für mich hat. Doch je länger ich blieb, desto schlimmer wurde es. Und ich konnte überhaupt nicht ins Kellergeschoß gehen. Ich versuchte es, aber ich konnte es nicht. Jedesmal, wenn ich die Treppe hinunterblickte, hatte ich das Gefühl, daß ich sterben würde, wenn ich hinunterginge.« Er verstummte, trank sein Glas leer und stellte es auf die Bar.

»Was hast du getan?« drängte Carolyn.

»Ich sprach mit meinem Buchhalter.« Phillip lachte dumpf. »Als ich ihm erzählte, daß ich mit dem Gedanken spielte, das Projekt aufzugeben, erklärte er mir das gleiche, was ich dir sagte – wir können es nicht. Im Gegensatz zu mir konnte er das jedoch mit exakten Zahlen belegen.«

»Mit welchen Zahlen?«

»Mit all den Zahlen der Geldsummen, die wir in das Projekt gesteckt haben. Die Kredite, die Verträge, die Löhne und Materialkosten – das gesamte Pipapo. Wir können uns nicht erlauben, das alles zu verlieren. Wir haben bereits zuviel Geld investiert.« Er lächelte bitter.

»Das beste, was uns passieren könnte«, fügte er hinzu, »wäre, wenn der Bau bis aufs Fundament abbrennen würde.«

Den Rest des Abends mußte Carolyn immer wieder an diese Worte denken, und als sie schließlich zu Bett ging, konnte sie nicht einschlafen.

Für sie war die ehemalige Fabrik zu einer Falle geworden, die sich unerbittlich schloß, um sie alle zu verschlingen.

Tracy Sturgess erwachte um Mitternacht, kurz bevor der Wecker auf ihrem Nachttisch klingelte. Es war kein langsames Erwachen, das leichte Bewegen, das zu einem Recken wird, dem ein widerstrebendes Öffnen der Augen folgt. Es war das Gegenteil, ein Aufschrecken aus dem Schlaf, bei dem man sofort hellwach ist. Beim ersten Klingeln des Weckers schaltete Tracy ihn sofort aus.

Tracy blieb still im Bett liegen und lauschte auf die schwachen Geräusche der Nacht. Sie hatte überhaupt nicht vorgehabt, einzuschlafen. Sie hatte sich nicht mal die Mühe gemacht, sich auszuziehen. Als ihr Vater gekommen war, um ihr gute Nacht zu sagen, hatte sie nur schnell die Decken bis zum Hals hochgezogen. Später hatte sie dann den Wecker gestellt, nur für alle Fälle.

Jetzt stand sie aus dem Bett auf und ging zum Fenster. Der fast volle Mond stand hoch am Nachthimmel und tauchte die Stadt in silbriges Licht. Selbst von hier aus war jedes der Häuser von Westover deutlich sichtbar, und als Tracy zur ehemaligen Fabrik schaute, schimmerte der Mondschein auf den Fenstern, daß es aussah, als wären sie von innen erhellt.

Tracy wandte sich vom Fenster ab, zog ihre Turnschuhe an und ging zur Tür. Sie öffnete sie einen Spaltbreit und lauschte ein paar Sekunden lang. Unten tickte die große Standuhr in der Halle durch die Stille im Haus. Tracy war überzeugt, daß alle im Haus schliefen.

Sie öffnete die Tür weiter, ging auf den Flur hinaus und schlich zu Beths Zimmer. Vor der geschlossenen Tür verharrte Tracy und lauschte von neuem. Dann drehte sie den Türgriff. Er ließ sich leicht drehen, und die Tür knarrte nicht in den Angeln, als Tracy sie aufstieß. Sie huschte ins Zimmer zum Bett und rüttelte ihre Stiefschwester an der Schulter.

»Wach auf«, flüsterte sie.

Beth bewegte sich, öffnete die Augen und blinzelte in den Mondschein, der durch das Fenster fiel. Sie schaute zu Tracy auf. »Ist es soweit?«

Tracy nickte und zog die Decken von Beth fort. Angewidert sah sie, daß Beth einen Pyjama trug. »Ich sagte dir, du sollst angezogen bleiben«, zischte sie. »Beeil dich, ja?« Beth wollte die Nachttischlampe einschalten, doch Tracy stieß ihre Hand fort. »Kein Licht. Das könnte jemand sehen. Zieh dich endlich an.«

Beth stand auf und eilte zum Wandschrank. Binnen einer Minute hatte sie Jeans und ein graues Sweatshirt an. An den Füßen ohne Strümpfe trug sie Turnschuhe, die fast identisch mit denen Tracys waren. Beth setzte sich auf die Schreibtischkante und band schnell die Schnürsenkel, und dann folgte sie Tracy auf den Flur hinaus. Oben auf dem Treppenabsatz blieb Tracy plötzlich stehen.

»Was ist los?« wisperte Beth.

»Das Bett. Wir haben vergessen, es so herzurichten, daß es aussieht, als wärst du noch darin.«

»Aber alle schlafen«, wandte Beth ein.

»Und wenn jemand aufwacht? Warte unten auf mich an der Tür.« Bevor Beth protestieren konnte, eilte Tracy zu Beths Zimmer zurück und verschwand darin.

Anstatt die Kissen und Decken auf dem Bett herzurichten, ging Tracy zum Schreibtisch, öffnete die oberste Schublade und nahm das alte Buch heraus. Sie schlug es auf und legte es mit den offenen Seiten nach unten auf den Schreibtisch. Dann eilte sie aus dem Zimmer.

Die Tür ließ sie weit offen.

Unten wartete Beth nervös an der Haustür. Tracy zog die Schublade der Kommode auf, kramte herum, bis sie die richtigen Schlüssel fand, und schob die Lade wieder zu. Einen Augenblick später waren sie draußen.

Sie schlichen über den Rasen und zwischen den beiden steinernen Löwen hindurch, die den Pfad zum Mausoleum begrenzten. Tracy nahm die Laterne, die Beth in ihrem Auftrag am Nachmittag aus dem Stall geholt hatte.

»Warum können wir in der Fabrik nicht einfach das Licht einschalten?« hatte Beth eingewandt, als Tracy ihr gesagt hatte, was sie wollte.

»Bist du verrückt?« hatte Tracy erwidert. »Wenn wir das Licht einschalten, weiß jeder in der Stadt, daß jemand in der Fabrik ist. Aber wer sieht schon eine Laterne?«

Jetzt überprüfte Tracy die Laterne noch einmal. Der Tank war mit Kerosin gefüllt, und der Docht, den sie sorgfältig zurechtgeschnitten hatte, war unbeschädigt. Das Messer, das sie dazu benutzt hatte – ein altes rostiges Taschenmesser, das Beth ebenfalls aus dem Stall besorgt hatte – steckte in Tracys Tasche, zusammen mit drei Streichholzbriefchen.

Tracy nahm die Lampe und ging den Pfad zum Mausoleum hinauf, und Beth folgte ihr.

Der große Marmorbau wirkte in der Nacht noch größer, und die Säulen warfen tiefe Schatten im Mondlicht. Einer der Schatten fiel auf den marmornen Stuhl, der die Asche von Samuel Pruett Sturgess enthielt, und für die Mädchen sah es auf den ersten Blick aus, als wäre der Stuhl völlig verschwunden. Sie blieben bei der zerbrochenen Säule stehen und spähten zur ehemaligen Fabrik.

»Sieh«, flüsterte Beth. »Es brennt.«

Tracy unterdrückte ein höhnisches Lachen. »Es ist Amy«, wisperte sie. »Sie weiß, daß wir kommen.« Aus dem Augenwinkel heraus sah Tracy, daß Beth zögernd nickte. »Sollen wir bei ihrem Grab anhalten?«

Diesmal schüttelte Beth den Kopf. »Sie ist nicht dort«, flüsterte sie. »Sie ist noch in der Fabrik. Komm.«

Jetzt übernahm Beth die Führung, und sie gingen den gewundenen, von Unkraut überwucherten Pfad hinab, der schließlich am Fluß enden würde.

»Hast du Angst?« fragte Tracy. Sie hatten die Holzbrücke erreicht, die über den Fluß führte. Auf der anderen Seite, gegenüber der River Road, stand die ehemalige Fabrik im Mondschein.

»Nein«, antwortete Beth mit einer Tapferkeit, die sie nicht ganz empfand. Die Holzbrücke erstreckte sich vor ihnen und wirkte in der Dunkelheit länger und höher als bei Tageslicht. »Hast *du* Angst?«

Tracy schüttelte den Kopf und betrat die schmale Brükke. Sie setzte die Füße vorsichtig auf den Schwellen zwischen den Schienen auf und konzentrierte sich, auf die Schwellen zu schauen, denn wenn ihr Blick auf den Fluß fiel, wurde es ihr schwindelig.

Dann waren sie auf der anderen Seite des Flusses, und zu beiden Seiten des Schienenstrangs war wieder fester Boden.

Sie verharrten auf der River Road und huschten dann hinüber.

Schließlich gelangten sie an die Rückseite der ehemaligen Fabrik, und Beth wies auf die Laderampe. »Dort lebt sie«, wisperte sie. »In einem kleinen Raum unter der Rampe.«

Tracy ignorierte Beth und ging über den Pfad zur Seite des Gebäudes. Sie bewegten sich jetzt über eine freie Fläche im Mondschein, und wenn ein Wagen vorbeifuhr, konnten sie leicht gesehen werden.

Der dritte Schlüssel, den Tracy ausprobierte, paßte zum Vorhängeschloß an der Seitentür, und Tracy schloß es auf. Dann zog sie die Tür auf und spürte, daß Beth neben ihr erstarrte. Sie schaute sie an und sah, daß Beth mit weitaufgerissenen Augen durch die Türöffnung starrte. Beth zitterte leicht, und im fahlen Mondschein sah sie leichenblaß aus.

»Was ist los?« flüsterte Tracy. Im ersten Augenblick dachte sie, Beth hätte sie nicht gehört, doch dann wandte sich Beth langsam zu ihr und schaute sie furchtsam an.

»Daddy«, sagte Beth leise. »Sieh nur. Der Mond scheint genau auf die Stelle, wo Daddy...« Ihre Stimme brach, und von neuem blickte sie wie gebannt in das Fabrikgebäude.

Tracy folgte Beths Blick.

Der Mondschein fiel durch die Glaskuppel in das Gebäude. Die Farben der Kuppel waren schwach zu sehen, doch das Mondlicht nahm ihnen die Kraft. Anstatt hell zu funkeln, warfen sie einen unheimlichen, fahlen Schimmer in das Gebäude.

Auf dem Boden zeichnete sich das gewaltige Spinnennetz ab, das von den Schatten der Bleiglasvierecke gebildet wurde. Nahe bei der Mitte der Rotunde fiel ein einzelner Strahl Mondlicht hinab und erhellte die Stelle, an der Alan Rogers gestorben war.

Tracy nahm Beth an der Hand, zog sie in das Gebäude und schloß die Tür hinter ihnen.

Die schwachen Laute der Sommernacht verstummten, und Stille hüllte die beiden Mädchen ein. Es war, als hätten sie eine andere Welt betreten, eine sonderbar tote Welt, die sie einschloß und an ihren kalten Busen zog.

Sie gingen langsam durch das Erdgeschoß und wichen unbewußt den spinnwebenartigen Schatten aus, als könnten sie sich darin verfangen und von irgendeiner unheimlichen Kreatur gefangengenommen werden, die in den Schatten auf Opfer lauerte.

In der Ferne, scheinbar unerreichbar, war die Treppe, die ins Kellergeschoß hinabführte, und Tracy wollte zu ihr rennen, wollte fort von dem sonderbaren Licht und den furchteinflößenden Schatten.

Wie in einem Alptraum schienen ihre Füße in Schlamm zu versinken, und jeder Schritt kostete sie ungeheure Anstrengung.

Aber schließlich waren sie an der Treppe und spähten hinab in die Schwärze unterhalb davon.

Tracy kniete sich hin, stellte die Laterne vorsichtig auf dem Boden ab und hob den Glaszylinder an. Sie rieb ein Streichholz an, schirmte die Flamme kurz mit den Händen ab und hielt sie dann an den Docht.

Der Docht fing Feuer. Als die Flamme hell brannte, zog Tracy den Glaszylinder herunter und drehte den Docht höher. Die Flamme wurde größer, doch das Licht verlor sich immer noch in der dunklen Weite des Gebäudes.

»Komm«, flüsterte Tracy, richtete sich auf und nahm die Laterne.

Beth blieb jedoch zurück und schaute furchtsam in die Dunkelheit hinab. Vor ihrem geistigen Auge erinnerte sie sich an die höllische Vision, die sie gehabt hatte, als sie das letzte Mal in dem kleinen Raum hinter der Treppe gewesen war. »Vielleicht . . . sollten wir nicht . . .« begann sie mit schwacher Stimme.

Tracy packte sie mit der freien Hand am Handgelenk. »Sie ist deine Freundin, oder?« zischte Tracy und zeigte zum erstenmal seit Beths Rückkehr nach Hilltop wieder ihren Ärger. »Du kannst jetzt nicht feige kneifen. Das lasse ich nicht zu!«

Sie ging die Treppe hinab und hielt die Laterne hoch. Beth sträubte sich nur kurz, und als sich Tracys Hand noch fester um ihr Gelenk spannte, gab sie nach. Ihr Puls begann zu rasen. Widerstrebend folgte sie Tracy ins Kellergeschoß.

Die Finsternis schien sich vor ihnen zu öffnen und sie willkommen zu heißen.

# 26

Carolyn drehte sich im Schlaf auf die Seite und erwachte. Zuerst wehrte sie sich gegen das Erwachen, wälzte sich noch einmal auf die andere Seite und hielt die Augen geschlossen.

Es nutzte nichts. Im nächsten Moment war sie hellwach. Sie setzte sich auf, lauschte und versuchte zu ergründen, was ihren Schlaf gestört hatte. Aber da war nichts. Das Konzert der Grillen und Frösche klang wie immer durch das Fenster, und das schwache Knarren der alten Villa im Wind bildete den leisen Hintergrund zu den Lauten der Nacht. Carolyn warf einen Blick auf die Uhr.

Ein Uhr.

Carolyn ließ sich auf das Bett zurücksinken und spürte, daß sich Phillip neben ihr bewegte.

Sie versuchte wieder einzuschlafen, aber es gelang ihr nicht.

Langsam, zuerst kaum wahrnehmbar, stieg ein seltsames Gefühl in ihr auf. Ein unbehagliches Gefühl, daß irgend etwas nicht in Ordnung war.

Das Gefühl, daß irgend jemand im Haus fehlte.

Abigail, sagte sie sich. Abigail ist eben nicht mehr hier.

Aber es war mehr als das, und sie wußte es.

Carolyn stand auf, zog einen Morgenmantel über, ging auf den Flur hinaus und schaltete das Licht an.

Die Tür von Beths Zimmer stand offen.

Das war sonst des Nachts nie der Fall.

Carolyn runzelte die Stirn und eilte den Flur entlang. Dann schaltete sie das Licht in Beths Zimmer an.

Sie sah die Bettdecken am Fuß des leeren Betts.

Obwohl ihr eine innere Stimme sagte, daß das Badezimmer ebenfalls leer war, ging Carolyn hin und schaute nach. Kein Anzeichen von Beth.

Carolyn spürte, wie Panik in ihr aufzusteigen begann,

und sie kämpfte dagegen an. Beth war vielleicht nur in die Küche hinuntergegangen, um den Kühlschrank zu plündern.

Carolyn verließ das Zimmer und wandte sich zur Treppe, doch anstatt hinunterzugehen, schritt sie daran vorbei zu der geschlossenen Tür von Tracys Zimmer. Sie zögerte, dann drehte sie den Türgriff und schob die Tür einen Spalt auf, um in das Zimmer zu blicken.

Tracys Bett war ebenfalls leer.

Jetzt hastete Carolyn die Treppe hinab, suchte im Haus und gelangte schließlich in Hannahs Schlafzimmer hinter der Küche. Sie klopfte leise an die Tür, dann lauter. Schließlich nahm sie jenseits der Tür Bewegung wahr, die Tür wurde einen Spaltbreit geöffnet und Hannah spähte schläfrig heraus.

»Hannah, ich brauche deine Hilfe. Etwas ist mit den Mädchen passiert.«

»Mit unseren Mädchen?« fragte die alte Haushälterin, öffnete die Tür weiter und zog ihren Morgenmantel fester um sich. »Wie soll ich das verstehen? Was ist ihnen passiert?«

»Sie sind nicht hier«, erwiderte Carolyn. »Sie sind weder auf ihren Zimmern noch hier unten.«

Hannah schüttelte den Kopf und stieß einen leisen Schnalzlaut aus. »Nun, ich bin sicher, daß sie irgendwo sind.«

»Nein, sie sind nicht hier«, beharrte Carolyn. »Ich werde Phillip wecken. Sieh bitte unten im Keller nach.

Hannah nickte und schlurfte stumm zur Kellertreppe.

Carolyn eilte zurück in ihr Schlafzimmer und rüttelte Phillip wach.

Tracy blieb am Fuß der Treppe stehen und schaute sich um. Der schwache Lichtschein der Laterne wurde schnell von der dunklen Masse der Stützpfeiler geschluckt, und ihre Sinne spielten ihr Streiche, als sie in die Dunkelheit jenseits des Laternenscheins starrte. Dort konnte alles mögliche in der Finsternis lauern.

Sie glaubte fast, Blicke auf sich gerichtet zu spüren und Augen in der Schwärze zu erkennen, die sie beobachteten.

Furcht stieg in ihr auf, und sie erschauerte. Als sie Beths Stimme hörte, wandte sich Tracy schnell von der bedrohlichen Dunkelheit ab.

»Es ist hier hinten«, flüsterte Beth. »Hinter der Treppe.«

Tracy hielt die Laterne von neuem hoch, und der Schein breitete sich vor ihr aus. Sie sah die große Eisentür, die einen Spalt offenstand. Und jenseits davon war der Raum, in dem laut Beth ein Geist hausen sollte.

Für Tracy sah der kleine Raum völlig normal aus. Er war leer, und die Wände waren geschwärzt, als hätte es irgendwann vor langer Zeit darin gebrannt. Als Tracy eintrat, konnte sie es fast riechen. Da war ein schwacher Rauchgeruch in der Luft, und Tracy rümpfte die Nase.

»Wo ist sie?« fragte sie und flüsterte immer noch, obwohl sie allein waren.

»Sie ist hier«, sagte Beth. »Ich ging immer hier hinunter und wartete. Und nach einer Weile – nun, dann kam sie einfach zu mir.«

Tracy stellte die Laterne auf den Boden und schaute zu Beth auf.

Beth sah im Schein der Laterne, daß Tracy lächelte. Das Lächeln wirkte spöttisch, und Tracys Augen schienen grausam zu glitzern, wie Beth es seit Wochen nicht mehr bei ihr gesehen hatte.

Aber das war albern.

Tracy war jetzt ihre Freundin.

Und dann sprach Tracy.

»Du bist wirklich verrückt, nicht wahr?« fragte sie und tastete nach etwas in ihrer Tasche.

Beth stockte der Atem. »Verrückt?« Ihre Stimme war

kaum mehr als ein gepreßtes Wispern. »Ich dachte – ich dachte...«

»Du dachtest, ich glaube dir, was? Du dachtest, ich wäre blöde genug, um zu glauben, daß hier unten wirklich ein Geist ist.«

Beth erstarrte, und ihr Herz hämmerte. Fassungslos sah sie, daß Tracy ein rostiges Taschenmesser aus ihrer Tasche zog und aufklappte. »Was – was tust du da?« wimmerte Beth. Sie wollte zurückweichen, doch dann erkannte sie, daß Tracy zwischen ihr und der Tür stand.

»Du hast ihn umgebracht, nicht wahr?« fragte Tracy, und in ihren Augen glühte jetzt Haß. Langsam näherte sie sich Beth, hielt das Messer mit der rechten Hand umkrampft, und die Klinge funkelte matt im Schein der Laterne. »Du hast ihn getötet, damit du zurückkommen und mir meinen Vater wegnehmen kannst. Aber das lasse ich nicht zu.«

»Nein«, stieß Beth flüsternd hervor. »Ich habe nichts getan. Amy – es war Amy –«

»Es gibt keine Amy!« Tracy sprang plötzlich schnell wie eine Katze auf Beth zu und holte mit dem Messer aus.

Ein brennender Schmerz schoß durch Beths linken Arm, und als sie hinabblickte, quoll Blut aus einem langen, tiefen Schnitt. Sie starrte einen Augenblick lang fassungslos darauf. Dann spürte sie ganz nahe eine Bewegung und blickte auf. Das Messer stieß im Bogen auf sie zu, und dahinter war Tracys Gesicht, das vor Zorn verzerrt war.

»Ich hasse dich!« schrie Tracy. »Du bist verrückt, und ich hasse dich und ich werde dich töten!«

Beth duckte sich, und das Messer rutschte von ihrer rechten Schulter ab und schlitzte ihr den Arm auf. Beth wollte zur Seite ausweichen, doch Tracy krallte jetzt die linke Hand in ihr Haar und hielt sie fest.

*»Nein!«* schrie Beth erstickt auf. »Bitte, Tracy! *Neeeiiin!«*

Es war zu spät.

Tracy holte mit der rechten Hand aus, und dann schoß das Messer von neuem hinab und drang in Beths Brust. Tracy drehte das Messer, riß es frei und stieß von neuem zu.

»Nein...« stöhnte Beth, »Oh, bitte nicht...«

Tracy ließ plötzlich Beths Haar los und schleuderte sie zu Boden. Beth blutete aus beiden Armen und der Brust. Sie versuchte, wegzukriechen, doch Tracys Fuß schoß vor und traf sie in die Magengrube.

Beth krümmte sich zusammen, und wieder stieß das Messer auf sie hinab und drang in ihren Rücken. Tracy riß es heraus, ließ sich auf die Knie nieder und packte von neuem Beths Haar.

Sie zerrte Beths Kopf zurück, umklammerte das Messer fester und zog es mit aller Kraft über Beths ungeschützte Kehle.

Das Messer schnitt tief, und plötzlich gingen Beths Schreie in ein entsetzliches Gurgeln über, als sich das Blut, das aus der durchtrennten Arterie pumpte, mit der Luft mischte, die sie ausatmete.

Sekundenlang erstarrte Tracy. Sie starrte hinab auf Beths offene Augen, und jede Einzelheit der Furcht und des Schmerzes, die Beths Gesicht in den letzten Sekunden ihres Lebens verzerrten, prägten sich ihr unauslöschlich ein. Dann ließ sie die Leiche los, und sie rollte von ihr fort, während Tracy auf den Hacken auf und ab wippte.

Das blutige Messer fiel ihr aus der Hand.

Und dann, im flackernden Schein der Laterne, besudelt vom Blut ihres Opfers, begann Tracy Sturgess zu lachen...

Phillipp erwachte schlaftrunken und schaute zum besorgten Gesicht seiner Frau auf. Er beschattete die Augen gegen das helle Licht des Kronleuchters. »Was ist los?« fragte er. »Wie spät ist es?«

»Früh. Kurz nach halb zwei. Phillip, die Mädchen sind weg.«

Phillip war sofort hellwach und setzte sich auf. »Weg? Wie meinst du das?«

»Sie sind verschwunden.« Schnell erklärte Carolyn, was passiert war. »Hannah sieht im Keller nach, aber ich bin mir sicher, daß sie dort nicht sind. Als ich aufwachte, hatte ich ein sonderbares Gefühl, daß irgend etwas nicht stimmt, daß etwas im Haus fehlt. Es sind die Mädchen. Ich habe noch nicht im ganzen Haus gesucht, aber ich bin mir fast sicher, daß sie nicht hier sind.«

Phillip sprang aus dem Bett. Er zog eine Khakihose und ein Golfhemd an. Gefolgt von Carolyn eilte er aus dem Schlafzimmer zuerst in Tracys Zimmer und dann zu Beths Zimmer, wo Carolyn auf ihn wartete.

»Sie *müssen* hier sein«, sagte Phillip.

»Aber sie sind es nicht!« beharrte Carolyn.

»Hast du oben nachgeschaut?«

Carolyn schüttelte den Kopf. »Nein, natürlich nicht. Es ist alles abgeschlossen. Dort oben ist nichts...«

»Sie müssen irgendwo sein. Sie hauen doch nicht einfach ab. Nicht mitten in der Nacht.« Phillip eilte zu der Treppe, die zum lange verlassenen dritten Stock des alten Gebäudes führte. Carolyn wollte ihm folgen, doch dann fiel ihr Blick auf etwas.

Auf Beths Schreibtisch lag ein altes, in Leder gebundenes Buch.

Carolyn starrte darauf. Sie hatte es nie zuvor gesehen, und sie war sicher, daß es nicht Beth gehörte.

Was war es, und warum lag es hier?

Auf beides wußte sie keine Antwort, doch plötzlich wußte sie mit der Gewißheit, die aus dem Instinkt geboren wird, daß das kleine Buch – was auch immer es sein mußte – einen direkten Zusammenhang mit der Abwesenheit der Mädchen hatte.

Sie nahm es vom Schreibtisch, schlug es auf und begann verzweifelt die kritzelige Handschrift zu entziffern, mit der die Seiten gefüllt waren. Bereits nach ein paar Zeilen glaubte sie zu wissen, wo Beth und Tracy waren.

Sie lief zur Tür und rief nach Phillip.

Sie wollte gerade ein zweites Mal rufen, als er auf der Treppe auftauchte.

»Sie sind nicht oben ...«

»Phillip, ich weiß, wo sie sind! Sie sind zur Fabrik gegangen!«

Phillip sah seine Frau entgeistert an. »Zur Fabrik? Wovon um Himmels willen redest du? Warum sollten sie dorthin gehen?«

»Hier«, sagte Carolyn und hielt ihm das alte Journal hin. »Das fand ich auf Beths Schreibtisch. Ich weiß nicht, woher sie das haben, aber sie müssen es gelesen haben.«

Phillip nahm ihr das Buch aus der Hand. »Was ist das?«

»Ein altes Tagebuch. Es berichtet über die alte Fabrik, und ich weiß, daß die Mädchen dorthin gegangen sind. Ich *weiß* es!«

Phillip starrte seine Frau an und traf dann eine Entscheidung. »Ich rufe Norm Adcock an. Und dann fahre ich hinunter.«

»Ich komme mit«, sagte Carolyn.

»Nein. Du bleibst hier. Ich ... ich weiß nicht, was ich dort finden werde. Ich weiß im Augenblick nicht mal, was ich von allem halten soll ...«

Einen Moment lang war Carolyn versucht, mit ihm zu streiten, doch dann besann sie sich anders. Ein Gefühl tief in ihr sagte ihr bereits, daß etwas Schreckliches in der ehemaligen Fabrik geschehen war. Etwas aus der Vergangenheit hatte sich wieder gemeldet, um grauenvolle Rache zu nehmen.

Tracys Lachen ließ langsam nach, bis es kaum mehr als ein wahnsinniges Kichern war.

Sie blickte sich noch einmal in dem Raum um, jetzt gehetzt wie ein Tier, das gejagt wird.

Dann schleifte sie Beths Leiche im sanften Schein der Laterne zur hinteren Wand. Hoch oben, außer ihrer Reichweite, gab es ein kleines Fenster. Tracy legte Beths Leiche unter das Fenster und lehnte einen Arm gegen die Wand, hochgestreckt als greife er nach dem Fenster über ihr.

Dann kehrte Tracy zu der Stelle zurück, an der Beth gestorben war, kniete sich hin und tauchte ihre Hand in das noch warme Blut. Als ihre Hand mit Blut bedeckt war, ging Tracy zurück zur hinteren Wand und schmierte das Blut darauf. Sie hinterließ sonderbar geformte Male, wo immer sie die geschwärzte Wand berührte. Sie sammelte mehr Blut, bis schließlich die Botschaft fertig war.

Immer noch vor sich hin kichernd, kehrte sie zur Laterne zurück und bückte sich, um sie aufzuheben.

Plötzlich verblaßte das Licht der Laterne, und Dunkelheit hüllte Tracy ein.

Sie war nicht mehr allein in dem Raum.

Ringsum tauchten Gesichter aus der Finsternis auf und rückten näher.

Die Gesichter von Kindern.

Abgemagerte Gesichter mit vom Hunger eingefallenen Wangen und großen, tiefliegenden Augen, die sie anstarrten.

Tracy rang um Atem. Dies waren die Kinder, die ihre Großmutter gesehen hatte. Und jetzt sah sie die Kinder, und sie wußte, daß die Kinder auch sie sehen konnten und wußten, wer sie war und was sie getan hatte. Sie kreisten sie ein, näherten sich, griffen nach ihr.

Sie wich vor ihnen fort und stieß gegen etwas.

Ihr stockte der Atem, denn sie wußte sofort, was es war. Sie bückte sich von neuem nach der Laterne, doch es war zu spät. Die Laterne fiel um, und der Glaszylinder zerbarst.

Die Verschlußkappe auf dem Kerosinbehälter war bei

dem Aufprall abgesprungen, und das Kerosin lief aus. Und dann fing es Feuer, und plötzlich war Tracy von Flammen umgeben. Sie starrte entsetzt auf das plötzliche Feuer, und dann hörte sie schwach kindliches Gelächter. Ringsum waren die Gesichter der Kinder – der Kinder, die unmöglich dort sein konnten –, und sie grinsten jetzt, und in ihren Augen funkelte boshaftes Vergnügen. Tracy fuhr zur Tür herum und hetzte darauf zu. Und dann, als sie die Tür fast erreicht hatte, sah sie ein anderes Kind.

Ein Mädchen, das nicht älter als zwölf Jahre war.

Sie war mager, und ihre Kleidung war verkohlt und geschwärzt, als wäre sie einst verbrannt. Ihre Augen glühten wie brennende Kohlestücke, während sie Tracy anstarrte, und dann, als die Flammen dicht vor ihren Füßen aufloderten, wich sie zurück durch die Tür.

Die Flammen, gespeist vom Kerosin, das sich ausbreitete, folgten ihr.

Langsam begann sich die Tür zu schließen.

»Nein«, keuchte Tracy. Sie sprang auf die Tür zu, doch es war zu spät.

Die Tür knallte zu.

Tracy warf sich dagegen, versuchte, sie zur Seite zu schieben, aber die Tür bewegte sich nicht von der Stelle. Dann hämmerte Tracy gegen die Tür, schrie um Hilfe und flehte, die Tür zu öffnen.

Doch von jenseits der Tür hörte sie nur das höhnische Gelächter des Mädchens.

Sie spürte, wie sich hinter ihr die Geister der anderen Kinder versammelten und darauf warteten, sie in ihrer Runde willkommen zu heißen.

Das brennende Kerosin breitete sich schnell auf dem Boden des Kellergeschosses aus, erfaßte einen Stapel Bauholz und züngelte an den Holzpfeilern empor, die so lange das Erdgeschoß gestützt hatten.

Das Bauholz fing als erstes Feuer, und jetzt breiteten

sich die Flammen schnell aus und loderten auf, um neue Nahrung zu suchen. Dann gerieten die Stützpfeiler in Brand. Nach über einem Jahrhundert waren die Holzpfeiler zundertrocken und brannten mit einer Heftigkeit, daß das Kellergeschoß mit einem furchterregenden Brausen erfüllt war. Schließlich fing der Holzboden Feuer, der sich durch das Hartholz fraß und immer mehr ausbreitete.

Die Temperatur schnellte in die Höhe, und Fässer mit Farbe und Verdünner explodierten zu neuen Brandherden, die sich schnell zu dem Hauptfeuer zusammenschlossen.

Die Hitze erreichte die Temperatur eines Hochofens und durchdrang selbst die Eisentür, die den Raum unter der Treppe abgesperrt hatte.

Tracy war jetzt von Schwärze umgeben; das Kerosin war verbrannt. Aber sie konnte das Feuer spüren und hören, das jenseits der Eisentür tobte.

Und dann sah sie, daß die Eisentür rötlich zu glühen begann.

Sie wich zurück und wimmerte, vom Entsetzen überwältigt. Dann stolperte sie und stürzte schwer zu Boden. Benommen nahm sie wahr, daß Beths Leiche unter ihr lag.

Als das Glühen der Tür heller wurde und rötlicher Schein den Raum erhellte, erinnerte sich Tracy an das Fenster.

Sie rappelte sich auf und versuchte, hinaufzugreifen. Und dieses schreckliche Gelächter – Amys Gelächter – spottete über ihre verzweifelten Bemühungen.

Tracy begann zu schreien. Sie schrie nach ihrem Vater, der kommen und sie retten sollte.

Bei jedem Atemzug stachen Schmerzen durch ihre Lunge, und Tracys Schreie wurden schwächer.

Sie sank zu Boden, und ihr Verstand verwirrte sich, während die Hitze ringsum zunahm.

Ihr Vater würde nicht kommen – das wußte sie jetzt. Ihr

Vater liebte sie nicht. Er hatte sie nie geliebt. Es war stets das andere Kind gewesen, das er geliebt hatte.

Mit dem Rest ihres Verstandes versuchte sich Tracy an den Namen des anderen Kindes zu erinnern, aber er fiel ihr nicht mehr ein. Es machte auch nichts, denn sie wußte, daß sie das andere Kind getötet hatte, und nur das war wichtig.

Ihre Großmutter.

Ihre Großmutter würde sie retten. Es machte nichts aus, was sie getan hatte, denn ihre Großmutter war immer für sie da.

Diesmal nicht.

Diesmal war niemand da.

Sie war allein und in der Hitze eingeschlossen. Sie spürte, wie ihre Haut verbrannte, und sie roch ihr versengtes Haar.

Sie wälzte und krümmte sich am Boden, versuchte dem Tod zu entrinnen, der immer näherkam, doch sie konnte nirgendwohin, sich nirgendwo verstecken.

Der ganze Raum rings um sie glühte jetzt, und tief in ihrem Herzen war die Furcht, daß sie bereits gestorben war und für immer im Feuer eingeschlossen sein würde – im Feuer der Hölle.

Noch einmal rief sie nach ihrem Vater und flehte ihn an, sie zu retten.

Doch sie starb, wie Amy gestorben war, mit dem Wissen, daß es keine Rettung geben würde.

Ihre Seele würde wie Amys Seele für immer gefangen sein, eingesperrt im brennenden Inferno...

# 27

Als Phillip bei der ehemaligen Fabrik eintraf, war bereits klar, daß das Gebäude verloren war. Drei Feuerwehrwagen waren an der Nordwand aufgereiht, zwei weitere standen mitten auf der Prospect Street, und die Schläuche schlängelten sich über den Bürgersteig und die Treppe hinauf zu den Überresten der Glastüren. Doch das Wasser, das aus den Feuerwehrschläuchen in das Gebäude gespritzt wurde, schien so schnell zu verdampfen, wie es hineingepumpt wurde.

Das Tosen des Brandes war ohrenbetäubend, und als Phillip Norm Adcock fand, mußte er dem Polizeichef ins Ohr schreien, um überhaupt gehört zu werden.

»Es hat keinen Sinn«, schrie Phillip. »Das Feuer ist nicht mehr zu stoppen!«

Adcock nickte grimmig. »Wenn sie es nicht binnen zehn Minuten unter Kontrolle bekommen, dann müssen sie den Bau aufgeben und versuchen, ein Übergreifen des Feuers auf andere Gebäude zu verhindern.«

Sie brauchten jedoch keine zehn Minuten zu warten.

Das Erdgeschoß war jetzt verbrannt, und das Feuer tobte durch den neu erbauten Zwischenstock. Hitze und Flammen stiegen empor, und plötzlich schien die große Kuppel über dem Atrium einen Augenblick lang zu schwanken, und dann stürzte sie in den Feuersturm hinab.

Das klaffende Loch im Dach, zusammen mit den zerstörten Eingangstüren, verwandelte das gesamte Gebäude in einen riesigen Kamin. Frischluft füllte das Vakuum, und die Flammen loderten noch höher und erhellten den Himmel über der Stadt mit dem roten Glühen der Hölle. Das Heulen der Sirenen bildete einen melancholischen Kontrapunkt zum Donnern des Infernos, ein sonderbarer Klagegesang an der Stätte des Todes, zu der die ehemalige Fabrik geworden war.

»Die Mädchen!« schrie Phillip gegen das Crescendo an.

Adcock schüttelte den Kopf. »Als ich hier eintraf, gab es keine Möglichkeit, in den brennenden Bau hineinzukommen. Und wenn sie darin waren...« Er brauchte nicht weiterzusprechen.

Die Feuerwehrleute hatten jetzt das Gebäude aufgegeben. Sie richteten die Wasserspritzen auf den Boden rings um das brennende Gebäude. Es war im Grunde kaum notwendig. Die alte Fabrik hatte stets allein zwischen dem Schienenstrang und der Prospect Street gestanden, und die Grundstücke zu beiden Seiten waren unbebaut gewesen, als wolle kein anderes Haus etwas mit dem bedrohlichen Bau zu tun haben, der so lange ein brütender Wachtposten gewesen war, der die Vergangenheit bewacht hatte.

Die Prospect Street füllte sich jetzt mit Leuten aus Westover, die sich hastig angekleidet hatten und sich versammelten, um Zeuge der letzten Atemzüge der sterbenden Fabrik zu werden.

Sie standen überwiegend schweigend da und beobachteten einfach den Brand. Dann und wann explodierte ein Fenster unter dem Druck der Hitze in dem Bau, ein kurzes Donnern, das verhallte und wieder von unheimlicher Stille abgelöst wurde.

Es war kurz nach zwei Uhr, als die Backsteinwände, die über ein Jahrhundert dort gestanden hatten, unter der Wucht des Feuers und dem Gewicht des Dachs nachgaben, einen Augenblick zitterten und dann zusammenbrachen.

Das gesamte Gebäude schien in sich zusammenzufallen und fast sofort in den Flammen zu verschwinden.

Jetzt war nur noch die weite Fläche der brennenden Trümmer übrig, und von neuem bekämpften die Feuerwehrleute die Flammen. Dampfwolken mischten sich mit Rauch, das donnernde Inferno ließ nach und wurde zu einem wilden Zischen als liege ein Drache in den letzten Zügen.

Erst jetzt kam Leben in die Menge. Es entstand Bewegung, die Leute tuschelten miteinander und schoben sich näher an das sterbende Monster heran.

Die Menge brandete um Philip Sturgess, als wäre er ein Fels in der Strömung. Er stand allein da, als sich die menschliche Masse teilte, an ihm vorbeidrängte und sich wieder zusammenschloß, um über die Straße zu fluten.

Und dann stand er schließlich ganz allein in der Nacht und schaute auf die Ruine, die einst der Grundstein für das gesamte Leben seiner Familie gewesen war.

Carolyn stand mit Hannah auf der Terrasse und beobachtete, wie die Flammen langsam kleiner wurden, bis nur noch ein Glühen zu sehen war. Sie konnte die dunklen Umrisse von Leuten vor dem Feuerschein sehen. Von Hilltop aus wirkten sie wie Ameisen, die um die Überreste eines zerstörten Nestes wimmelten.

*Es hätte vor hundert Jahren passieren sollen.*

Der Gedanke kam ihr ungewollt in den Sinn und setzte sich fest, bis sie ihn schließlich laut aussprach. Einen Augenblick lang blieb Hannah stumm. Dann nickte sie unvermittelt.

»Ich nehme an, Sie haben recht«, sagte die alte Frau leise.

Dann nahm sie Carolyn mit ihrer knorrigen Hand am Arm und zog sie sanft zum Haus. »Ich möchte nicht, daß Sie hier in der Nachtluft herumstehen, wenn Sie nichts sehen und nichts tun können.«

»Ich muß *irgend etwas* tun«, wandte Carolyn ein, doch sie ließ sich ins Haus führen. Sie folgte Hannah ins Wohnzimmer und sank in einen Sessel.

»Sie bleiben hier sitzen«, sagte Hannah sanft. »Ich werde Tee aufsetzen, damit er fertig ist, wenn Mr. Phillip zurückkommt.«

Carolyn nickte, obwohl sie die Worte kaum wahrnahm.

Langsam erlebte sie noch einmal die kurze Zeit, seit Phillip das Haus verlassen hatte.

Sie war ihm nach unten gefolgt und hatte das sonderbare Buch, das sie in Beths Zimmer gefunden hatte, immer noch in der Hand gehalten. Erst als Phillip fort gewesen war, hatte Carolyn sich ins Wohnzimmer gesetzt und das Journal sorgfältig gelesen.

Schließlich war Hannah aufgetaucht und hatte ihr gesagt, daß die Fabrik brannte.

Bevor Carolyn auf die Terrasse hinausgegangen war, um zur brennenden Fabrik zu schauen, hatte sie das sichere Gefühl gehabt, daß Beth und Tracy tot waren. Und in der Benommenheit, die der ersten überwältigenden Woge der Trauer um ihre Tochter gefolgt war, hatte sie ebenfalls erkannt, daß es eine gewisse Wiederholung in den Ereignissen gab, die geschehen waren.

Es war, als suche die Tragödie, die sich vor einem Jahrhundert in der Fabrik abgespielt hatte – die Tragödie, die nie ganz aufgeklärt worden war –, endlich ihre eigene Lösung und übe schreckliche Rache an den Nachfahren derjenigen, die sich so lange ihrer Verantwortung entzogen hatten.

Abgesehen von Beth.

Carolyn wußte, daß sie sich den Rest ihres Lebens fragen würde, warum Beth in dieser Nacht hatte sterben müssen.

Jetzt saß Carolyn im Wohnzimmer, wartete auf die Rückkehr ihres Mannes und versuchte, ihre Gedanken zu ordnen, sich darauf vorzubereiten, Phillip zu erklären, was vor so vielen Jahren in der Fabrik geschehen war.

Kurz vor drei Uhr hörte sie schließlich Motorengeräusch. Phillip hielt mit dem Wagen vor dem Haus. Einen Augenblick später wurde die Haustür geöffnet und geschlossen, und Carolyn hörte, daß Phillip nach ihr rief. Seine Stimme klang erschöpft, besiegt.

»Ich bin hier«, sagte Carolyn ruhig, und als er sich zu ihr wandte, sah sie die Qual in seinen Augen.

»Die Mädchen –«, begann er. »Tracy – Beth –«

»Ich weiß«, sagte Carolyn. Sie erhob sich vom Sessel und trat in den schwachen Lichtkreis der einzigen Lampe, die sie von Hannah hatte einschalten lassen. Carolyn ging zu ihrem Mann, schlang die Arme um ihn und drückte ihn einen Augenblick lang an sich. Dann lockerte sie die Umarmung und zog Phillip sanft mit sich ins Wohnzimmer. »Ich weiß, was geschah«, sagte sie leise. »Ich verstehe nicht alles, und ich glaube, ich werde es nie ganz verstehen, aber ich weiß, daß die Mädchen tot sind. Und ich weiß auch fast, warum.«

»Warum?« In Phillips Augen war ein gequälter Ausdruck, und seine Stimme klang hohl.

»Es steht in dem Buch«, sagte Carolyn leise. »Es steht alles in dem kleinen Buch, das ich in Beths Zimmer fand.«

»Ich verstehe nicht«, sagte Phillip.

»Es ist eine Art Tagebuch, Phillip«, erklärte Carolyn. Sie nahm das kleine, ledergebundene Journal vom Tisch neben Phillips Sessel und drückte es ihm in die Hand. »Es muß von deinem Urgroßvater stammen. Hannah sagte, daß sie es schon gesehen hat. Dein Vater pflegte darin zu lesen, und Hannah glaubt, daß er es in einer Kassette in seinem Schrank aufbewahrte.«

Phillip nickte benommen. »Eine braune Kassette. Ich wußte nie, was darin war.«

»Das ist sie«, erwiderte Carolyn. »Hannah fand sie, kurz nachdem du fort warst, in Beths Schrank.«

»Aber wie kam sie dorthin?«

»Es ist nicht wichtig, wie sie in Beths Zimmer gelangte. Wichtig ist, was in dem Tagebuch steht. Es ... es erzählt, was damals in der Fabrik geschah. Dort gab es ein Feuer, Phillip.«

Phillip blickte sie überrascht an, sagte jedoch nichts.

»Es brannte in einem Arbeitsraum im Kellergeschoß.«

»In dem kleinen Raum unter der Verladerampe«, murmelte Phillip vor sich hin. »In der Kammer hinter der Treppe.«

Carolyn sah ihn verblüfft an. »Du wußtest von dem Brand?«

»Nein.« Phillip atmete tief durch. »Nein, ich wußte nichts davon. Aber eines Tages war ich mit Alan unten im Kellergeschoß. Wir schauten uns das Fundament an. Und am Fuß der Treppe roch ich etwas. Es war sonderbar. Es war sehr schwach, aber es roch nach Rauch. Als ob dort mal etwas gebrannt hätte.«

»Ja, so war es«, flüsterte Carolyn. »Es hat dort gebrannt.« Sie ergriff Phillips Hand. »Phillip, dort unten starben Kinder.«

Phillip schaute seine Frau verständnislos an. »Dort starben Kinder?«

Carolyn nickte. »Und eines der Kinder, das dort umkam, war die Tochter deines Urgroßvaters.«

Phillip sah Carolyn benommen an. Dann schüttelte er langsam den Kopf. »Das... das kann nicht sein. Das ist unmöglich. Tracy ist das erste Mädchen, das wir jemals in der Familie hatten.«

Carolyn drückte von neuem seine Hand. »Phillip, es steht in dem Tagebuch. Es gab ein kleines Mädchen – die Tochter deines Urgroßvaters, die von einer der Frauen aus der Stadt geboren worden war. Der Name des Kindes war Amelia.«

»Amelia?« wiederholte Phillip. »Das... das ergibt keinen Sinn. Ich habe noch nie so eine Geschichte gehört.«

»Er bekannte sich nie zu dem Kind«, erklärte Carolyn. »Offenbar erzählte er keiner Menschenseele etwas davon, doch er gab es in seinem Tagebuch zu. An dem Tag, an dem das Feuer ausbrach, arbeitete Amelia in der Fabrik.«

Phillip war jetzt leichenblaß. »Ich... ich kann das nicht glauben.«

»Aber es ist so«, beharrte Carolyn. »Ihr Name war Amelia, aber jeder nannte sie... Amy.«

Phillip schien noch eine Spur bleicher zu werden. »Mein Gott«, stieß er hervor. »Es gab wirklich eine Amy!«

»Und da ist noch etwas«, fügte Carolyn hinzu. »Laut Tagebuch benutzte Amy den Nachnamen ihrer Mutter. Phillip – ihr Name war Deaver. Amy Deaver.

Phillip starrte Carolyn an. Die einzigen Deavers, die je in Westover gelebt hatten, waren Carolyns Familie. »Wußtest du davon?« fragte er. »Wußtest du all das, als du meine Frau wurdest?«

Carolyn schüttelte den Kopf. »Ich wußte es nicht, Phillip. Ich wußte, was meine Familie für deine empfand. Ich hatte gehört, daß meine Familie vor langer Zeit ein Kind in der Fabrik verloren hatte. Aber wer der Vater des Kindes war – nein, das habe ich nie gehört. Ich schwöre es.«

»Was passierte damals?« fragte Phillip nach langem Schweigen. Seine Stimme klang dumpf, als wüßte er bereits, was er hören würde. »Warum kamen die Kinder nicht aus der brennenden Fabrik heraus?«

Carolyn zögerte mit der Antwort, und als sie endlich sprach, war ihre Stimme so leise, daß Phillip sich anstrengen mußte, um sie zu verstehen. »Er war an jenem Tag dort«, sagte Carolyn. »Samuel Pruett Sturgess. Und als das Feuer ausbrach, schloß er die Feuertür.«

»Er tat – *was?*«

Carolyn nickte kläglich. »Phillip, es steht alles in dem Tagebuch, in seiner eigenen Handschrift. Er schloß die Feuertür und ließ all diese Kinder verbrennen. Sogar seine eigene Tochter. Er ließ sie verbrennen, um die Fabrik zu retten!«

»Mein Gott«, stöhnte Phillip. Er schwieg eine Weile und versuchte zu verarbeiten, was Carolyn gesagt hatte. Die Geschichte war fast unglaublich, die Grausamkeit, die sie in sich barg, zu ungeheuerlich. Und doch wußte er, daß die Geschichte stimmte, und es war ihm jetzt klar, daß dies das Geheimnis war, das seinen Vater um den Verstand gebracht hatte.

Auch seine Mutter hatte am Ende ihres Lebens die Geschichte entdeckt und deren Wahrheit akzeptiert.

»Ich glaube nicht an Geister«, sagte Phillip schließlich. »Ich habe nie an Geister geglaubt, und ich werde niemals an welche glauben.«

»Ich auch nicht«, stimmte Carolyn zu. »Aber ich mache mir Gedanken darüber. Die Kinder – gefangen im Feuer. Heute nacht unsere Kinder – gefangen im Feuer. Und die anderen Leute, die in der Fabrik gestorben sind. Dein Bruder. Und Jeff Bailey. Die Baileys waren einst an der Fabrik beteiligt, nicht wahr?«

Phillip nickte widerstrebend. »Aber was ist mit Alan?«

»Der Wiederaufbau«, flüsterte Carolyn. »Verstehst du denn nicht? Dein Vater hatte recht. Das Projekt hätte nie begonnen werden sollen.«

Phillip wandte sich ihr heftig zu und schaute ihr in die Augen. »Und was ist mit Beth? Was hat sie getan? Womit hat sie verdient, was heute nacht passierte?«

Carolyn begann zu weinen. »Ich weiß nicht«, sagte sie schluchzend. »Sie war so ein süßes Kind. Ich... ich weiß es einfach nicht!«

Phillip nahm seine Frau in die Arme und versuchte sie zu trösten. »Es war ein Unfall, Schatz«, sagte er leise. »Ich weiß, wie das jetzt alles wirkt, aber was auch immer heute nacht geschah, es kann nichts mit dem zu tun haben, was vor hundert Jahren passierte. Es war einfach ein schrecklicher Unfall. Das müssen wir glauben.«

*Wir müssen es glauben,* wiederholte er in Gedanken. Denn *wenn wir es nicht glauben, müssen wir den Rest unseres Lebens darauf warten, daß alles wieder von neuem anfängt.*

Und dann sah er ungewollt ein Bild seiner Tochter vor seinem geistigen Auge.

Er sah Tracy noch einmal, wie er sie am Tag von Alan Rogers Tod gesehen hatte, und sie spähte in die Fabrik auf die Leiche von Beths Vater.

In ihren Augen hatte boshafter Haß geglitzert, und ihre Lippen waren zu einem zufriedenen Lächeln verzogen gewesen.

Phillip zog seine Frau fester in die Arme und schloß die Augen, doch die Vision blieb.

Spät am nächsten Nachmittag schauten Phillip und Carolyn mit Norm Adcock zu, während Arbeiter die Eisenplatte entfernten, die in den letzten hundert Jahren eine Seite der Verladerampe bedeckt hatte.

Samuel Pruett Sturgess hatte auf den letzten Seiten seines Tagebuchs von der Eisenplatte geschrieben und die Hoffnung geäußert, daß sie den Raum von der Außenwelt abschließen würde, wie er durch die schwere Eisentür von innen versiegelt wurde. Samuel Pruett Sturgess war in den letzten Tagen seines Lebens entschlossen gewesen, dafür zu sorgen, daß niemals mehr jemand den Arbeitsraum im Kellergeschoß hinter der Treppe betreten würde.

Graue Wölkchen von Asche stiegen immer noch von der rauchenden Ruine zum Himmel, und die Hitze schimmerte noch in der Sommerluft.

Die Männer arbeiteten schnell. Mit Meißel und Hammer entfernten sie die Bolzen, mit denen die Eisenplatte am Zement der Laderampe befestigt war. Schließlich fiel die Platte, und das Fenster, dessen Scheibe seit langem aus dem Rahmen gebrochen war, war zum erstenmal seit einem Jahrhundert dem Sonnenschein ausgesetzt. Die Arbeiter traten zurück, und Norm Adcock und Phillip näherten sich der Öffnung. Aufgespeicherte Hitze drang aus dem Raum, doch als Adcock vorsichtig den Zement berührte, stellte er fest, daß der Raum nicht mehr zu heiß zum Betreten war. Er ließ sich auf die Knie nieder und leuchtete mit einer Taschenlampe hinein.

Zuerst dachte er, der Raum wäre leer. Gegenüber vom Fenster konnte er die Überreste der Eisentür sehen. Sie war von der enormen Hitze verbogen und verbeult und hing grotesk von der zerbrochenen Laufschiene.

Norm Adcock ließ den Lichtstrahl der Taschenlampe schweifen und untersuchte den Boden.

Wohin er auch schaute, da war nichts außer Schwärze.

Schließlich richtete er den Lichtstrahl genau nach unten.

»Jesus«, stieß er hervor. »Ich bin mir nicht sicher, ob Sie das sehen wollen, Phillip.«

»Sie sind da drinnen?«

Adcock zog den Kopf vom Fenster zurück und wandte sich zu Phillip um. »Ja, sie sind da drinnen. Aber Sie sollten uns alles weitere überlassen. Bringen Sie Carolyn nach Hause, Phillip, und ich werde Sie wissen lassen, wenn wir irgend etwas herausfinden.«

Phillip überlegte kurz und schüttelte dann den Kopf. »Ich muß es mit eigenen Augen sehen.« Als Adcock zu einem weiteren Einwand ansetzte, kam Phillip ihm zuvor. »Carolyn und ich haben darüber gesprochen. Und wir haben beschlossen, daß ich sehen muß, was auch immer dort drinnen ist.«

Adcock hob die Augenbrauen. »Sie *müssen* es sehen?«

»Ich verzichte besser auf eine Erklärung«, sagte Phillip. »Ehrlich gesagt, ich bezweifle, daß sie viel Sinn für Sie ergeben würde. Aber ich muß sehen, was passiert ist.«

Adcock erwog die Sache und nickte widerstrebend. »Also gut. Ich lasse von den Männern eine Leiter holen, und dann steigen wir hinein.«

Als die Leiter in den Raum gesenkt war, stieg Adcock durch das Fenster und verschwand in dem Raum. Phillip folgte dem Polizeichef. Er vermied es sorgsam, hinabzublicken, bis er auf dem Boden und vorsichtig von der Leiter weggetreten war. Als sich dann seine Augen an das Halbdunkel in dem kleinen Raum gewöhnt hatten, schaute er auf das, was Adcock bereits gesehen hatte.

Die Hitze des Feuers hatte alles bis auf die Überreste der beiden Mädchen zerstört.

Ihre Kleidung war verbrannt wie ihr Haar. Es hafteten noch Bruchstücke von Haut an den Schädeln, und die

Skelette waren von den ausgezehrten Überresten ihres Körpergewebes bedeckt.

Phillip wurde an Fotografien erinnert, die er von Konzentrationslagern der Nazis nach dem Krieg gesehen hatte. Er kämpfte gegen Übelkeit an und zwang sich, niederzuknien und zu berühren, was von seiner Tochter übriggeblieben war.

Tracys Leiche war fest zusammengekugelt, als hätte Tracy im Sterben versucht, sich gegen die Hitze zu schützen.

Um ihren Hals hing eine Kette, an der ein Anhänger befestigt war, den Tracy mit den knochigen Überresten ihrer rechten Hand umklammerte, ein Jadeanhänger, den Phillip als den seiner Mutter wiedererkannte.

Wenn dieser Anhänger nicht gewesen wäre, dann hätte Phillip nicht gewußt, welche der grauenhaften, fast mumifizierten Leichen die von Tracy war.

Sein Blick schweifte zu Beths Leiche. Sie lag auf dem Bauch ausgestreckt am Boden und hatte eine Hand erhoben. Die fleischlose Hand schien zum Fenster hinaufzugreifen.

Langsam nahm er die Male auf der Wand wahr. Zuerst waren sie nur verschwommene Flecke, die sich fast in der Schwärze verloren, auf die sie geschmiert waren. Als er darauf starrte, nahmen sie jedoch allmählich Gestalt an, und er erkannte, daß eines der beiden Mädchen – welches konnte er nicht mit Sicherheit sagen – vor dem Tod eine Botschaft hinterlassen hatte. Jetzt war die Botschaft klar.

Sie bestand aus einem einzigen Wort: AMY.

»Das sieht nach Blut aus«, hörte Phillip Norm Adcock sagen. »Da ist noch mehr auf dem Boden.« Dann senkte Adcock die Stimme. »Phillip?«

»Ja, sprechen Sie ruhig weiter«, erwiderte Phillip.

»Ich bin mir noch nicht ganz sicher, aber es sieht aus, als wäre nur Tracy durch die Hitze gestorben. Ich nehme an, Beth war bereits tot, bevor das Feuer ausbrach. Sehen Sie hier.«

Widerstrebend blickte Phillip in die Richtung, die Adcock wies. Adcock zeigte auf Beths Leiche.

Trotz des Schadens, den das Feuer angerichtet hatte, trotz der verbrannten Haut und des zusammengeschrumpften Fleischs waren die Male deutlich sichtbar.

Entweder vor ihrem Tod oder kurz danach war Beth Rogers fast in Stücke gehackt worden.

Phillip stöhnte auf, als ihm klarwurde, was das bedeutete. Sein Verstand weigerte sich, es zu glauben, und sein Körper rebellierte. Er konnte nicht mehr gegen die Übelkeit ankämpfen. Es wurde ihm schlecht, und er zog sich in die andere Ecke des Raums zurück, um sich zu übergeben.

Zehn Minuten später stieg er aus dem kleinen Raum wieder ans Tageslicht. Phillip war bleich und zitterte, hatte sich jedoch wieder unter Kontrolle. Carolyn stand noch dort, wo er sie zurückgelassen hatte, und wartete auf ihn. Sie schaute ihn an, und ihr Blick war eine stumme Frage.

Phillip nahm Carolyn in die Arme und hielt sie fest an sich. »Es ist vorüber«, sagte er. »Es ist jetzt alles vorüber.«

Carolyn erschauerte und ließ ihren Tränen freien Lauf. Sie fühlte sich benommen und innerlich völlig leer, als hätte sie alles verloren, das sie geliebt hatte.

Doch das ist nicht wahr, sagte sie sich.

Ich habe immer noch Phillip, und wir haben immer noch unser Baby.

Und dann spürte sie zum erstenmal, wie sich ihr ungeborenes Kind in ihr bewegte.

*Wir werden damit fertig werden,* sagte sie sich. *Wir werden alles überstehen und überleben. Was immer auch geschehen ist, wir werden darüber hinwegkommen.*

Sie ergriff Phillips Hand und hielt sie auf ihren Bauch. »Es ist nicht vorüber, Liebling«, sagte sie leise. »Wir müssen einfach neu beginnen. Und wir können es. Ich weiß, daß wir es können.«

Abermals bewegte sich das neue Leben in ihr, und diesmal spürte Phillip es ebenfalls.

# EPILOG

Fast ein Jahr war vergangen.

Am Morgen des 4. Juli ging Carolyn Sturgess über den Rasen zu den beiden steinernen Löwen, die den Pfad zum Mausoleum flankierten. Sie spazierte langsam und genoß die Wärme der Sonne. Der Himmel war an diesem Morgen tiefblau, und kein einziges Wölkchen kündigte an, daß es am Nachmittag Regen geben könnte. Der Tag würde perfekt werden.

Carolyn wünschte, Beth wäre da, um diesen schönen Tag mit ihr zu teilen.

Der Schmerz des Verlusts hatte im Laufe der Zeit nachgelassen, und wenn sie heute an ihre Tochter dachte, erinnerte sie nur ein dumpfes schmerzliches Gefühl an die schrecklichen Tage des vergangenen Sommers. Und selbst dieser dumpfe Schmerz würde eines Tages nachlassen, das glaubte sie jetzt.

Sie trat auf den schattigen Pfad und ging die sanfte Steigung hinauf zur Hügelkuppe und dem Marmorbau, der die Überreste der Vorfahren ihres Mannes beherbergte. Das Licht war dort anders, wurde vom sanften Grün der Blätter über ihrem Kopf gefiltert. Hier und dort schien die Sonne durch das Blätterwerk, und in ihren Strahlen tanzten Staubkörnchen. Ein Eichhörnchen verharrte ein paar Meter entfernt auf dem Pfad, setzte sich auf und musterte sie neugierig mit glänzenden Augen, bevor es an einem Baumstamm hinaufhuschte und von oben herabschimpfte. Carolyn blieb stehen und schimpfte zurück. Sie lachte leise, als das Eichhörnchen empört mit dem Schwanz schlug. Schließlich beendete das Eichhörnchen die Tirade und verschwand im Baumwipfel, und Carolyn setzte den Weg zum Mausoleum fort.

Es gab jetzt einen siebten Marmorstuhl um den Tisch, und die zerbrochene Säule war endlich repariert worden. Der zusätzliche Stuhl und die neue Säule hatten das Monument nicht nur äußerlich verändert, sondern auch ein neues Gefühl beim Aufenthalt dort bewirkt. Es hatte nicht mehr die Aura des Geheimnisvollen und Unheimlichen, als ob es mit unbeantworteten – und nicht zu beantwortenden – Fragen erfüllt wäre. Es war jetzt vollständig, als hätte der zusätzliche marmorne Stuhl für Amy Deaver Sturgess den Familienkreis um Samuel Pruett Sturgess geschlossen. Jetzt saß er mit seiner Frau an der Seite am Tisch, und seine vier Söhne flankierten sie. Und genau gegenüber von ihm befand sich der Platz seiner einzigen Tochter. Jenseits ihres Marmorstuhls blockierte die neue Säule den Blick auf die Stelle, an der so viele Jahrzehnte lang die Fabrik gestanden hatte.

Samuel Pruett Sturgess würde nicht länger die Ewigkeit damit verbringen, auf die Quelle seines Wohlstands und seiner Schuld zu blicken. Jetzt saß er mit seiner vollzähligen Familie beisammen und hatte sich zu seiner lange verleugneten Tochter bekannt. Für Carolyn hatte das Mausoleum endlich das Unheimliche verloren und war zu einer Stätte des Friedens geworden.

An diesem Morgen verharrte sie kurz beim Mausoleum und nahm den Anblick in sich auf. Dann ging sie weiter über den Pfad, der schließlich zum Fluß führte. Der Weg war nicht mehr von Unkraut überwuchert und von gefällten Bäumen blockiert. Phillip hatte ihn räumen und verbreitern lassen, und steinerne Stufen waren sorgfältig eingesetzt worden und wirkten, als wären sie dort schon immer gewesen. Die Arbeit war so gut ausgeführt worden, daß die Treppenstufen schon eine Woche nach ihrer Fertigstellung perfekt mit dem Hügelhang harmoniert hatten.

Carolyn gelangte an eine Wegkreuzung und wandte sich nach links, um dem alten Pfad zu folgen, den sie einst fast jeden Tag benutzt hatte. Seit dem Frühjahr war sie jedoch seltener hierhin gegangen. Als sie jetzt auf die kleine Wiese gelangte, auf der sowohl Beth als auch Tracy begraben waren, machte sich Carolyn klar, daß es fast zwei Wochen her war, seit sie zum letzten Mal hier gewesen war.

Sie näherte sich langsam den Gräbern in der kleinen Vertiefung, in der einst Amy begraben worden war, und dabei erinnerte sie sich an die Beerdigung, die hier im vergangenen Sommer stattgefunden hatte.

Fast ganz Westover war an diesem Tag hier gewesen, und Carolyn und Phillip hatten erkannt, daß ihr tragischer Verlust nicht völlig vergebens gewesen war. Obwohl es niemand ausgesprochen hatte, war das Gefühl dagewesen, daß die Beerdigung der beiden jungen Mädchen einen Wendepunkt für die Stadt darstellte, ein letztes Durchtrennen ihrer Bande zu der Vergangenheit, eine Beendigung der letzten Reste von Groll gegen die Sturgess' und die anderen alten Familien, die einst das Leben der Leute von Westover beherrscht hatten.

Nach der Beisetzung hatte es einen Empfang auf dem Rasen vor dem Haus gegeben, denn selbst die riesige Villa war nicht groß genug gewesen, um die Menschenmenge aufzunehmen. Und als Carolyn und Phillip durch die Menge gegangen waren und die Beileidsbekundungen angenommen hatten, die an diesem Tag aufrichtig gewesen und aus dem Herzen gekommen waren, hatten sie gespürt, daß eine Heilung alter Wunden begann.

In jener Nacht hatten sie beschlossen, einen Park auf dem Grundstück anzulegen, auf dem die ehemalige Fabrik gestanden hatte, und ihn der Stadt zu stiften. Während der Wochen, in denen der Park angelegt worden war, der die verkohlten Überreste der Fabrik verdeckte, hatten sie darüber diskutiert, welchen Namen sie dem Park geben sollten.

Phillip hatte schließlich vorgeschlagen, den Park zur Erinnerung an Alan Rogers zu benennen, und Carolyn hatte sofort zugestimmt. Es war nur passend, daß der Name Sturgess nicht länger in Zusammenhang mit diesem Teil von Westover gebracht wurde.

Carolyn pflückte ein paar wilde Blumen und legte sie wie stets zwischen die beiden Gräber, in denen Beth und Tracy ruhten. Wie immer fragte sie sich flüchtig, was sich wirklich im Kellergeschoß der alten Fabrik abgespielt hatte, als die Mädchen gestorben waren, aber sie hatte Phillip nie gefragt, was er in dem kleinen Raum unter der Verladerampe gesehen hatte, und er hatte nie angeboten, es ihr zu erzählen. Obwohl sie im Grunde ihres Herzens wußte, daß es nur Einbildung war, gefiel ihr der Gedanke, daß die beiden Mädchen einfach zusammen in die Fabrik gegangen waren, weil sie ein pubertäres Abenteuer gesucht hatten, das dann verheerende Folgen gehabt hatte.

Die Wahrheit, das wußte Carolyn, war so schrecklich, daß sie sie nicht ertragen würde.

Sie wandte sich von den Gräbern ab, ging zurück zum Haus und ließ die Vergangenheit hinter sich.

»Wir gehen nur zu einem Picknick«, bemerkte Phillip, als Carolyn einen großen Korb mit so vielen Dingen vollstopfte, die sie unmöglich alle brauchen würden. »Wir verreisen nicht für eine ganze Woche.«

»Babys mögen klein sein, aber sie sind große Konsumenten«, erwiderte Carolyn gelassen und fügte noch zwei weitere Windeln und einen Teddybär, der noch größer als ihr Kind war, zum Inhalt des bereits überfüllten Korbs hinzu. »Außerdem, hast du Hannah nicht angewiesen, zwei zusätzliche Kisten Bier in den Wagen zu stellen?«

»Ich möchte nicht, daß uns das Bier ausgeht.«

»Bloß nicht. Natürlich könnten einige Leute argwöhnen, daß du mit Bier Wahlstimmen kaufen willst, aber ich nehme an, das ist besser, als den Leuten einfach Geld zu überreichen.« Carolyn versuchte den Deckel des Korbs zu schließen, was sich jedoch als unmöglich erwies. »Hier«, sagte sie, hob den Korb an und reichte ihn Phillip. »Es wird gut für dein Image sein, wenn man sieht, daß du Babysachen durch den Park schleppst. Das gibt dir etwas von einem guten Familienvater.«

»Was vermutlich ein Gegensatz zu der Arroganz der alten Aristokratie ist«, bemerkte Phillip und nahm den Korb.

»Wie auch immer. Bring den Korb in den Wagen, und ich hole das Baby. Und wenn du sie küssen willst, dann tu es jetzt. Ich will nicht, daß du jedes andere Baby in der Stadt küßt und dann die Bazillen auf deine eigene Tochter überträgst.«

»Kandidaten für den Stadtrat küssen keine Babys«, wandte Phillip gutgelaunt ein. »Das bleibt strikt den Staats- und Bundespolitikern vorbehalten. Wir sehen uns dann unten.«

*Stadtrat*, dachte Carolyn, während sie das Baby aus dem Kinderbett nahm und behutsam in eine Decke hüllte. *Wer hätte je gedacht, daß ein Sturgess als Stadtrat kandidieren könnte?* Dennoch war es geschehen, und nicht durch irgendeine Bemühung von Phillips Seite. Im Dezember war eine Abordnung von Geschäftsleuten zu ihm gekommen, als Carolyn noch nach der Geburt des Babys im Krankenhaus gewesen war, und nach vielem Herumdrucksen und Reden (was ihr Phillip am nächsten Tag genüßlich in allen Einzelheiten erzählte) hatte man ihn informiert, daß man auf einer Versammlung beschlossen hatte, Westover brauche einen Stadtrat, der Zeit hatte, sich als Vollzeitkraft um die Belange der Stadt zu kümmern. Und es müsse jemand mit gutem Geschäftssinn und starken Banden zu der Stadt sein. Nach reiflicher Überlegung und Beratung sei man zu dem Schluß gelangt, daß Phillip Sturgess der Mann sei, den man wünsche.

Phillip war überrascht gewesen. Er hatte bemerkt, daß sich nach den Beerdigungen seiner Tochter und Stieftochter das Verhalten der Leute in der Stadt geändert hatte. Sie sprachen jetzt mit ihm, wann immer er in die Stadt herunterkam, begrüßten ihn und wechselten ein paar Worte mit ihm, wie sie es untereinander taten.

Die Gespräche verstummten nicht mehr, wenn er sich näherte. Statt dessen wurde der Kreis größer, und man schloß ihn mit ein.

Das gleiche war Carolyn widerfahren.

Es war, als hätte die Stadt erkannt, daß selbst die Sturgess' nicht immun gegen Tragödien waren, und sie in ihre Gemeinschaft aufgenommen. Und jetzt wollten sie, daß Phillip die Führung übernahm.

Als sie zwanzig Minuten später im Park eintrafen, stellten sie fest, daß Phillip es überhaupt nicht nötig hatte, eine große Schau als guter Familienvater abzuziehen, wie Carolyn ihm scherzhaft angedroht hatte. Statt dessen nahm Norm Adcock den Korb mit den Babysachen, während vier seiner Männer das Bier ausluden.

Eileen Russell tauchte aus der Menge auf, zog die Tür des Mercedes auf und griff hinein, um von Carolyn das Baby entgegenzunehmen.

»Ich schwöre bei Gott, Carolyn«, sagte Eileen, während Carolyn den Sicherheitsgurt ablegte und ausstieg, »wenn du nicht diesen Babysitz benutzt, den ich dir gegeben habe, wird noch etwas Schreckliches mit Amy passieren.«

Dann wurde ihr bewußt, was sie gesagt hatte, und ihr Gesicht lief rot an, doch Carolyn ignorierte die taktlose Bemerkung – wie immer in solchen Momenten –, denn sie wußte, daß sie unabsichtlich gefallen war.

»Wenn sie etwas älter wird, benutzt sie den Babysitz. Im Augenblick ziehe ich es noch vor, sie zu halten.« Dann nahm sie Amy wieder auf die Arme und wiegte sie sanft.

Amy.

Zuerst hatte es sowohl ihr als auch Phillip widerstrebt, dem Kind den Namen zu geben, der ihnen vor der Geburt des Babys in den Sinn gekommen war, aber am Ende hatten sie erkannt, daß sie wirklich keine andere Wahl hatten. Diesmal würde Amelia Deaver Sturgess ein perfekt glückliches Leben haben.

Es hatte ein paar betroffene Blicke gegeben, als die Leute den Namen des Babys zum erstenmal gehört hatten, doch nachdem entweder Carolyn oder Phillip erklärt hatten, weshalb sie den Namen gewählt hatten und was der ersten Amy widerfahren war, hatten die Leute schnell verstanden. Und Amy war ebenfalls ein Teil der Heilung von Westover geworden.

Carolyn bahnte sich einen Weg durch die Menge und bemühte sich, mit Phillip Schritt zu halten. Wohin sie auch gingen, überall scharten sich die Leute um sie, plauderten einen Augenblick lang mit Phillip und bewunderten das dunkeläugige Baby auf Carolyns Armen.

Und Amy schaute mit großen Augen ernst zu allen auf, fast als erkenne sie die Leute wieder, obwohl sie erst sechs Monate alt war.

Schließlich gelangten sie zu einer Stelle hinten im Park, an der eine Mauer Schatten spendete, die den Park von den Bahngeleisen trennte. Beim Plätschern eines Springbrunnens wirkte der Platz kühler in der Nachmittagssonne, als er in Wirklichkeit war. Phillip breitete eine Decke aus, und Carolyn legte behutsam ihre Tochter darauf.

In dem Augenblick, in dem Amy Deaver Sturgess den Boden berührte, begann sie zu schreien.

Die Stelle, an der Phillip die Picknickdecke ausgebreitet hatte, war genau dort, wo einst der kleine Raum hinter der Treppe im Kellergeschoß der Fabrik gewesen war. Phillip und Carolyn ahnten es nicht, doch ihr Kind wußte es.

Denn selbst im Säuglingsalter erinnerte sich Amy Deaver Sturgess genau an alles, was je in diesem Raum geschehen war.

Sie erinnerte sich, und ihr Zorn wuchs noch...

HEYNE BÜCHER

# Dean R. Koontz

01/6667

**Die Romane von Dean R. Koontz gehören zu den Highlights der anspruchsvollen Horror-Literatur.**

01/6833

01/6913

01/6951

01/7707

01/7810

01/7903

**Wilhelm Heyne Verlag München**